活字本 古小說의 편폭과 지향

權 純 肯 著

보고사

　묵혔던 논문을 정리해서 책을 내려니 자긍보다는 쑥스러움이 앞선다. 돌이켜 생각해 보면 공부를 시작한 지는 20년이 넘었고, 학위를 받은 지는 꼭 10년이 됐다. 그런데도 갈 길은 아직 멀고 공부를 하면 할수록 모르는 것만 늘어간다. 여행도 끝나지 않았고, 길도 열리지 않았다.

　처음 필자의 연구 주제는 活字本 古小說에 집중됐다. 거기서 뭔가 전통 서사양식의 근대적 모색을 읽어내려고 했었다. 하지만 자료더미에 파묻혀 판본을 밝히고 서지사항을 정리하는 실증적인 작업 밖에 하지 못했다. 욕심 같아서는 活字本 古小說의 간행 및 유통과 작품성격에 대한 전모를 밝히고 싶었다. 하지만 발로 뛰는 작업이란 것이 품은 많이 들고 빛은 나지 않는데다 자료 역시 한계가 있어 만족스럽게 진척시키지 못했다. 최근에 와서 이 분야의 연구 논문도 많이 나와 저자의 拙稿가 인용되고 보완되는 것을 보면서 다행이다 싶으면서도 부끄러움을 감출 길 없었다. 내친 김에 묵은 원고를 보완하리라 마음먹었지만 생각처럼 쉽지가 않았다. 게다가 최근 고소설에 대한 관심이 諷刺性을 밝히는 쪽으로 바뀌어서 그 작업을 하다보니 活字本 古小說에 대한 그간의 연구를 정리할 필요를 느끼게 되어 부족하나마 한 권의 책으로 묶게 되었다.

　책의 제목은 『活字本 古小說의 편폭과 지향』으로 정했다. 활자본 고소설이 성행됐던 시대에 그 다양한 스펙트럼과 지향성을 밝히고자 해서다. 특히 活字本 古小說은 미약하나마 근대적 형태의 출판 및 유통경로를 갖추고 있기에 그 작업이 가능하다고 여겼고 지금도 그 생각에는 변함이 없다. 이를테면 구 양식을 새로운 형태로 출판, 유통시킨 셈이다. 거기엔 뭔가 질적 변화가 있겠고 희미하게나마 근대를 향한 움직임이 있으리라 여긴다. 그저 여러 同學들의 애정어린 叱正을 기다릴 뿐이다.

책을 내면서 감사함과 고마움을 전해야할 사람들이 너무 많은 것을 깨달았다. 수많은 스승과 선배들, 그리고 같은 길을 걸어가는 동학들. 그 많은 이름들을 어찌 다 헤아릴 수 있으랴. 다만 저자에게 진정한 학문이 무엇인가를 깨우쳐준 碧史 선생님과 林下 선생님, 자상한 가르침으로 갈 길을 인도해준 金時鄴, 林熒澤, 金學成 선생님께 특별히 감사드린다. 이 분들의 가르침을 받은 것이 저자에게는 행운이었고, 지금까지 이 길을 갈 수 있는 힘이 되어왔다.

공부를 한다고 집안에 소홀히 한 남편을 너그러이 이해해준 아내 선옥과 아들 용득에게는 그저 고맙고 미안할 따름이다. 원고를 정리해 준 김정환, 박진선 조교와 책을 정성껏 만들어 준 보고사의 김홍국 사장에게도 고마움을 전하고 싶다.

2000년 봄날

權 純 肯

차 례

책을 내면서

제 I 부 1910년대 活字本 古小說 硏究

제1장 序 論

1. 연구의 목적

이 연구는 근대문학 전환기에 활발하게 출판되고 읽힌 活字本 古小說의 역사적 성격을 밝히기 위한 것이다.

주지하다시피 고소설은 筆寫本·坊刻本·活字本으로 전해 온다. 필사본은 직접 손으로 베낀 것이며, 방각본은 주로 목판에 판각한 형태로 18~9세기 상업의 발달과 함께 등장했다. '이야기책'·'딱지본'·'육전소설'[1] 등의 명칭으로 불렸던 활자본 고소설은 신식 활자(연활자)의 도입과 근대 인쇄술의 발달로 나타나게 되었다. 활자본 고소설은 근대문학 전환기인 1910년대에

---

1) ① '이야기책'으로 불렸던 근거는 趙潤濟, 「朝鮮小說發達槪觀」(『新生』12호, 1929)에 "朝鮮서는 小說을 一般히 '이야기책'이라 하여 왔다". 金基鎭, 「大衆小說論」(『東亞日報』 1924. 4.14)에 "재래의 소위 <이야기冊>이라는 玉樓夢...", 金台俊, 『朝鮮小說史』(학예사, 1939)에 "예전부터 傳하여 오든 이야기책으로는"(p.245) 등이 있으며, ② '딱지본'이라는 말은 표지가 석판 다색 인쇄되어 아이들의 딱지처럼 울긋불긋해서 그렇게 부르게 되었다 한다. 서울대학교 동아문화연구소 편 『國語國文學事典』(신구문화사, 1981), p.204에 '딱지본'을 용어로 규정하였다. ③ '육전소설'은 특별히 新文館에서 표제에 붙였던 이름인데, 나중에는 활자본고소설 을 뜻하는 말로 광범위하게 사용되었다. '舊活版本', '舊活字本'으로 부르기도 하나 이 논문에서는 '활자본 고소설'로 통일한다.

등장하여 1930년대까지 활발하게 출판되고 읽혔으며, 해방 후까지도 그 명맥이 유지되었다.

필사본이나 방각본과 구별하여 특히 활자본 고소설을 다루는 이유는 그것이 근대문학 전환기인 1910년대에 등장하여 가장 널리 읽혔다는 점이다.[2]

고소설은 중세에서 근대로의 이행기 문학의 주 갈래였다. 그런데 안으로는 反封建의 과제를 해결해야 하고, 밖으로는 일제의 침략에 대응해야 하는 1910년대에 고소설이 부흥하여 널리 읽혔다는 것은 의문이 아닐 수 없다.

이를 밝히기 위해 활자본 고소설의 역사적 성격을 분석해 보고자 한다. 특히 주목되는 것은 고소설의 변모다.

고소설이 활자를 바꾸고 표지를 울긋불긋하게 장식하여 활자본으로 출판되면서 내용이 많이 바뀌게 된다. 활자나 편집 형태만 바꾸고 내용은 그대로 하여 출판된 것이 있는가 하면, 내용의 일부를 개작하거나, 의고적인 고소설체로 당시에 새로 창작된 것도 있다. 이들이 각각 舊作, 改作, 新作 古小說이다.[3] 구작은 활자나 편집 형태만 바꾼 것이라 고소설의 변모라는 측면으로 이해되기 어려우나, 개작이나 신작은 시대의 변화와 무관하지 않기에 역사적 성격을 밝히는 데 좋은 자료가 된다.

이 연구는 결국 근대문학 전환기인 1910년대에 고소설이 어떻게 변모했으며 그 역사적 성격이 무엇이냐를 밝히는 것이 될 것이다.

---

2) 고소설이 가장 널리 읽혔다는 근거는 安自山, 『朝鮮文學史』(韓一書店, 1922), p.128
과 金基鎭, 「大衆小說論」(『東亞日報』1929. 4. 14~4. 20)에 잘 드러나 있다.
3) 조동일, 『한국문학통사 4』(지식산업사, 1986), pp.335~342 참조.

2. 기존 연구의 검토

고소설 전반에 관한 연구는 상당한 분량에 달하나 활자본 고소설에 국한시킨 논의는 그리 많지 않다. 대부분 활자본을 방각본이나 필사본과 동일하게 취급하고 있기 때문이다. 더욱이 개작이나 신작은 문체의 변화 때문에 신소설로 다루어 온 것이 일반적 경향이었다.[4] 기존 연구성과를 활자본 고소설의 목록작성과 서지 연구, 개작·신작 고소설에 대한 연구로 나누어 검토한다.

1) 목록작성, 서지 연구

활자본 고소설은 필사본이나 방각본에 비해 정확한 출판상황이 밝혀져 있어 서지를 파악하기에 이로운 점이 있다. 그 때문에 전반적인 목록의 작성과 서지사항이 어느 정도 밝혀져 있다.

활자본 고소설의 전반적인 서지를 최초로 밝힌 연구는 李能雨의 「古代小說 舊活版本 調査目錄」[5]이다. 여기서는 202종의 서지가 정리되었다.

국립중앙도서관의 '애기책' 전시목록[6]도 활자본 고소설의 목록을 작성하는 데 보탬을 주는 중요한 성과다. 특히 實本을 확인하고 정리했다는 데 의의가 있다.

서울대학교 동아문화연구소에서 펴낸『국어국문학사전』의 「고전소설목록」[7]에서는 196종이 정리되었다.

蘇在英은 246종의 활자본 고소설을 필사본, 방각본과 함께 정리하여 「古

---

4) 이 문제는 제 2 장에서 구체적으로 다루고자 한다.
5) 李能雨, 「古代小說 舊活版本 調査目錄」(『淑大論文集』, 숙명여자대학교, 1968).
6) '애기책' 도서전시회는 1975.4.1~6.30에 국립중앙도서관 전시실에서 있었다.
7) 서울대학교 東亞文化研究所 편,『國語國文學事典』(신구문화사, 1981).

小說一覽表」8)로 작성했다.

　활자본 고소설의 목록으로 가장 자세한 것은 禹快濟의 「舊活字本 古小說의 出版現況」9)이다. 여기서는 249종의 활자본 고소설을 자모순으로 정리했고, 書籍商, 出版年度 등을 밝혀 당시의 출판상황을 파악할 수 있게 하였다.

　활자본 고소설은 현재까지 249종의 존재가 밝혀졌으나 완전하다고 보기는 어렵다. 발견되지 않은 작품도 상당수 있으리라 여겨져, 이 작업은 계속 요구된다고 하겠다. 또 實本을 찾아 정확한 서지를 밝혀내는 것이 필요하다. 그럼으로써 목록작성에 필요한 출판 년도, 서적상을 확실히 알 수 있기 때문이다.10)

　한편 활자본 고소설의 수집과 영인 출판도 어느 정도 이루어져, 동국대학교 韓國學硏究所에서는 65책을11), 인천대학교 민족문화연구소에서는 195책을12) 각각 편집, 출판하였다. 모두 260책을 영인 출판한 셈이다.

---

8) 蘇在英, 『古小說通論』(이우출판사, 1983), pp.517~547.
9) 禹快濟, 「舊活字本 古小說의 출판 및 연구현황 검토」, (『古典小說硏究의 方向』, 새문사 1985)앞으로 이 자료는 「목록」으로 약칭한다.
10) 정확한 출판년도의 파악은 문학사적인 정리를 위해서 필요하기에 반드시 실본을 통해 이루어져야 한다. 책을 출판한 서적상의 경우, 고소설의 뒷장에는 印刷所, 發行所, 分賣所(發賣 所)등이 표시되어 있는데, 서적상은 발행소를 뜻한다. 그래서 실본을 통해 이 서적상의 파악 이 요구된다.
11) 동국대학교 韓國學硏究所 편, 『活字本古典小說 全集』 전 12권 (아세아문화사, 1976).
　　앞으로 이 자료는 『古典』으로 약칭한다.
12) 인천대학교 民族文化硏究所 편, 『舊活字本 古小說 全集』 전 33권 (동서문화원, 1983, 1984).앞으로 이 자료는 『全集』으로 약칭한다.

2) 개작 · 신작 고소설 연구

활자본 고소설 중에서 출판 당시에 개작되거나 새로 지어진 작품이 있다는 언급은 李能雨의 앞의 논문에 처음으로 보인다.

> 舊活版本 「古代小說」에는 한 줄기 李朝末期의 寫本 또는 木板 本이 臺本이었던 本格物이 있는 外에 「新小說」에 反合된 樣狀의 「古代小說」 製作군들이 或은 있어 이들이 任意로 지은, 말하자면 **倭政 때의 李朝小說**도 있는 것이 아닌가 하는 甚한 疑惑이 있는 것이다.13)(강조 인용자)

활자본 고소설에서 개작과 신작이 있음을 밝힌 것은 아니나, '倭政 때의 李朝小說'이라 하여 당시에 새로운 고소설이 나타났다는 것을 문제삼아 주목된다.

활자본 고소설의 개작과 신작을 정식으로 거론한 것은 조동일의 『한국문학통사 4』다. 「활자본 구소설의 새로운 작품」14)이라는 항목을 설정하여 활자본 고소설의 출판상황, 저작자의 존재, 개작, 신작 고소설의 전반적인 성격을 다루었다. 특히 신작으로 애정소설과 역사소설을 다루어 많은 참고가 된다. 신작 애정소설은 「芙蓉의 想思曲」 · 「彩鳳感別曲」 · 「靑年悔心曲」 · 「藥山東臺」 등을 대상으로, 이 작품들이 "구시대의 질서가 갖가지 모순을 노정하면서 무너져 내리는 과정"과 "평등한 사회를 지향하는 의지"를 나타낸다 하였다. 역사소설은 「高麗姜侍中傳」 · 「南怡將軍實記」 · 「金德齡傳」 등의 작품을 거론해 "야담과 역사소설의 중간물"에 머물렀다고 그 성격을 규정하였다.

---

13) 이능우, 앞의 글, p.59.
14) 조동일, 『한국문학통사 4』(지식산업사, 1986), pp.335~342.

활자본 고소설의 신작에 대한 본격적인 관심은 李銀淑의「活字本 新作舊
小說에서의 愛情小說 硏究」[15]이다. 이은숙은 조동일의 논의를 계승하여,
종래 신소설로 여겼던 작품들을 "시대배경, 문체, 주제 등이 의고적"[16]이라
하여 '신작 구소설'로 정의했고, 그 실상과 문학사적 성격을 다루었다. 조동
일이 신작 애정소설로 다룬 네 작품 외에「荊山白玉」·「鸞鳳奇合」·「雙美
奇鳳」을 추가하여 신소설과의 관계를 분석한 결과 이 작품들이 "통시적 소
설사의 전개가 짧은 기간 동안 공시적으로 혼재하면서 신소설과 각축을 통
해 근대소설이 발아할 통로를 열어주고 있는 것으로 문학사에서 그 몫을 하
고 있다"[17]고 결론지었다.

신소설 뿐만 아니라 고소설도 활발히 창작했던 李海朝에 대한 崔元植의
「李海朝 文學 硏究」[18]는 1910년대의 문학적 실상을 알게 해 주어 많은 보
탬이 된다. 이 연구는 특히 판소리 개작소설인「獄中花」를 비롯하여 연구가
거의 없는 신작 역사류 소설「洪將軍傳」과「韓氏報應錄」을 다루어 개작,
신작 고소설의 문학사적 의미 파악에 도움을 준다.

3. 연구의 방향

이상의 기존 연구성과를 토대로 연구의 방향을 마련해 보면 두 가지로 생
각할 수 있다. 하나는 활자본 고소설의 목록을 작성하고 서지사항을 파악하

---

15) 이은숙,「活字本 新作 舊小說에서의 愛情小說 硏究」(한국학대학원 석사논문,
   1986).
16) 같은 글, p.16.
17) 같은 글, p.96.
18) 崔元植,「李海朝 文學 硏究」(『韓國近代小說史論』, 창작과비평사, 1986).

는 일이며, 다른 하나는 작품의 역사적 성격을 밝혀내는 것이다.

제 2 장에서는 우선 활자본 고소설의 대부분이 출판됐던 1910년대의 사회적 성격을 짚어본다. 이 연구의 핵심적 작업은 작품의 역사적 성격을 밝히는 것인데 당대 사회의 실상을 올바로 파악해야만 그것이 가능하기 때문이다.

또 실증적 작업으로 활자본 고소설의 실체를 찾아 초판 년도를 확정하고 연도별 출판목록을 작성한다. 이제까지의 목록들은 작품별로 되어있고, 실본을 찾아 정리한 것이 아니기에 실증적 오류가 많다. 초판 년도를 확정하고 연도별 목록을 작성하는 이유는 활자본 고소설의 출판을 문학사와 연결시키기 위해서다.

또 활자본 고소설을 출판하고 판매까지 했던 '書籍商'과 개작이나 신작에 참여했던 '著作者'의 실상도 밝혀보고자 한다.[19] 이는 활자본 고소설이 어떻게 저작, 출판, 판매되어 독자들에게 읽히는가를 '문학사회학'[20]적 방법에 의해 조명하고자 하는 의도에서다. 개작이나 신작의 근거와 함께 그 양상도 검토하여 개별 작품의 분석에 앞서 실증적 토대를 마련하는 것이 주 과제다.

제 3 장부터 제 6 장까지는 신작 역사류 소설·신작 군담류 소설·신작 애정류 소설[21]·판소리 개작소설 등의 역사적 성격을 분석하고자 한다. 1910년대라는 역사적 구체성 속에서 작품의 주제, 사상이 어떤 성격을 갖느냐는 것을 중점적으로 다룬다.

---

19) '출판사'나 '작자'보다 '서적상'이나 '저작자'로 부르는 것은 활자본 고소설의 뒷면에 그렇게 표기되어 있기 때문에 이를 따른다.

20) 이런 연구 방법은Robert Escarpit에 의해 제기된 '문학사회학'(sociologie de la literature)에서 다루는 것으로, 책이 어떻게 생산(production), 배본(Distribution), 소비(Consumption) 되었는가를 주로 밝히는 것이다. 에스카르피,『문학사회학』(민희식, 민병덕 역, 을유문화사, 1983)참조.

21) '신작 역사류 소설'·'신작 군담류 소설'·'신작 애정류 소설'이라 규정한 이유는 방각본·필사본의 고소설이나 근대소설과 구별하기 위해서다.

네 가지 범주로 작업을 한정한 것은 이들이 전대 소설사에서 가장 주도적인 것이었으며, 연구사의 검토에서도 확인되었듯이 이 부류에 특히 주목되는 개작이나 신작이 많기 때문이다. 개별 작품의 선정은 개작이나 신작의 양상이 두드러지며 1910년대 출판된 것으로 한정한다. 그 작품이 대표성을 갖느냐는 문제는 작품 분석의 결과를 통해 증명될 것이다.

제 7 장에서는 활자본 고소설의 문학사적 성격을 밝힌다. 개별 작품의 연구는 결국 문학사적 의미를 획득함으로써 종결되는 것이다. 여기서는 1910년대에 나타난 활자본 고소설이 前代의 고소설과 근대소설 사이에서 어떤 역할을 했는가와 그것의 사회적 기능이 무엇이었는가를 밝히고자 한다.

제 2 장 活字本 古小說의 出版 樣相과 內容

1. 1910년대 사회

1910년대는 일제에 대한 예속이 무력에 의한 강제 '합방'을 통해 구체화되는 시기다. 하지만 1910년에 이르기까지의 민족운동 과정에서 일제에 대한 저항은 결코 간과할 수 없다. '애국계몽기'의 애국 계몽 운동과 의병전쟁이 그것이다.

애국 계몽 운동은 언론, 출판, 교육을 통한 문화 계몽 운동이다. 즉 지식인을 중심으로 한 계몽 단체의 조직과 신문의 발간, 사립학교의 설립 등이 그 구체적 예라 하겠다. 이는 일제의 침략에 정면으로 맞서 싸우기보다는 대중에게 민족의식이나 애국심을 고취하여 반제·반봉건의식을 통한 민족의 독립을 추구하고자 한 것이다. 말하자면 국권 회복 운동의 일환으로 국민 계몽에 주력하자는 것인데, 문학에서도 여러 분야에 걸쳐 이러한 운동이 활발하였던 바, 특히 민족의식을 강조한 역사·전기물의 등장이 주목된다.

의병전쟁은 초기 양반 중심의 '을미의병'이 와해된 이후 1907년 군대 해산을 기점으로 광범한 민중의 참여와 지지 속에서 전국적인 규모로 발전하게 되었다. 초기 의병전쟁은 양반 중심의 근왕운동적 성격이 강한데 비해 후기의 의병전쟁은 일제에 대항한 독립전쟁의 성격을 갖는다고 할 수 있다. 군대

해산 이후 활약한 255명의 의병장 가운데 양반·유생 출신은 63명으로 25%
에 불과했고, 나머지 192명은 농민·노동자·군인·포수 등 평민들이었다[1]
는 데서 그 사실을 확인할 수 있다.

이들 항일의병은 1908~1909년에 최고 절정을 이루었으며, 특히 호남의병
은 그 중에서도 가장 끈질긴 항전을 계속하였다.

이러한 민족사의 발전을 무력으로 차단한 일제는 통감부를 총독부로 바꾸
고 육해군 대장 출신을 조선총독으로 임명했으며 강력한 헌병경찰제도를 통
해 식민지 지배체제를 확립하였다. 그 결과 애국 계몽 운동의 중심이었던 합
법적인 정치, 문화단체를 강제 해산시킴은 물론 민족적인 경향을 보였던 모
든 신문, 잡지를 폐간하고 이중검열제를 통해 출판을 탄압했다. 또 '조선교육
령'을 통해 학교를 식민지 지배체제에 순응하는 인간을 만드는 곳으로 이용
했다. 더군다나 '남한 대토벌 작전'을 통해 항일의병의 근거지를 없애기 위한
대대적인 살육을 감행하여 식민지 통치의 기초를 다졌다.

일제의 이러한 탄압은 식민지 지배체제를 공고히 하기 위함은 물론 자국
의 경제적 욕구를 충족시키고자 하는 데에 기인한다. 1910년대의 본질은 식
민지 통치기구의 강화와 경제적 수탈로 요약될 수 있다. 이는 서로 긴밀한
상호보완 속에서 조선의 희생을 통해 일본의 부강을 이룩하고자 하는 것이
다. 즉 제국주의 단계에 들어선 일본 자본주의의 운동과정에서 필요한 원료
농산물과 식량 그리고 값싼 노동력을 구하는 일이다. 말하자면 식민지 조선
을 식량, 원료의 공급지 뿐만 아니라 노동시장의 창출을 통해 일제의 상품시
장으로 전락시키려는 것이었다.

이를 효과적으로 수행하기 위한 제도가 '회사령'의 제정(1910)과 '토지조
사사업'(1912~1918)이다. 일제는 토지조사사업의 목적이 지세 부담을 공정

---

1) 구로역사연구소, 『바로보는 우리 역사』(거름, 1990), p.64참조.

하게 하고 농민들의 재산인 토지의 소유권을 보호하는 데 있다고 했지만 실상은 그 반대였다. 복잡한 신고 절차를 모르는 농민들의 토지가 국유지로 편입되어 총독부 소유가 되었으며 종래의 왕실 소유지, 문중의 토지 등도 마찬가지였다. 총독부는 토지조사사업을 통해 총 경지면적의 40% 이상을 소유한 조선 최대의 지주가 되었으며, 이렇게 약탈한 토지를 동양척식회사와 같은 식민회사와 일본인 지주에게 헐값으로 팔아 넘겼다.2)

이 과정에서 일제는 지주들을 보호하여 명실상부한 토지의 소유권을 인정해 준 반면 자작농 및 자소작농은 철저하게 몰락시켰다. 우리 농민들은 토지의 소유권을 박탈당함으로써 대부분이 소작인으로 전락했으며 일부는 식민지 산업의 노동자로 편입되기도 했다.3)

일제의 토지조사사업은 효과적인 식량수탈을 위한 정책이었다. 그 결과 다수 농민들의 희생 위에 조선의 자생적인 부르주아의 발전은 저지당하고 소수 지주들의 일제에 대한 예속이 강화되어 갔다.

여기서 왜 농민들이 대부분 토지에서 분리되어 노동자화 되지 않았는가가 의문시된다. 당시 일제는 자본주의의 최고 단계인 제국주의였고, 이에 따라 식민지에 대한 노동시장의 창출과 상품시장을 요구하게 됨은 당연하다. 즉 직접적 생산자인 농민을 토지로부터 분리해 내는 일이 필요한 것이다. 식량수탈 외에 토지조사사업의 또 다른 목적이 여기에 있다. 그런데도 많은 농민들은 임금노동자화 되지 않고 소작인으로 전락하여 토지에 대한 예속이 강화되었다. 그 이유는 어디에 있는가?

그것은 조선의 자본주의적 발달이 미성숙했기 때문이다. 즉 당시 자본주의가 충분히 발전되지 못했기 때문에 일어나는 적체현상이다. 일부 농민들

---

2) 같은 책, p.70 참조.
3) 姜萬吉, 『韓國現代史』(창작과 비평사, 1984), p.92 참조.

은 완만하지만 직접 생산수단인 토지로부터 분리되어 노동자화 되어간 것이다. 다음의 도표는 이 사실을 보여준다.

▌1910년대 공장 노동자 수자의 증대▐

년도	공장수	종업원 수			
		일본인	외국인	조선인	계
1911	252	2,136	259	12,180	14,545
1912	328	2,291	119	14,972	19,376
1913	532	3,227	284	17,521	21,032
1914	654	3,325	293	17,325	20,763
1915	782	3,782	447	20,310	24,539
1916	1,075	4,323	536	23,787	28,646
1917	1,358	5,039	1,315	35,189	41,543
1918	1,700	5,005	1,708	40,036	46,749
1919	1.900	5,362	1,470	41,873	48,705

자료 : 『조선총독부 통계년보』 (1920)

대부분의 농민들이 소작인으로 전락했지만 일부 농민들이 노동자화 되어 그 수가 점차 증가했다는 것은 자본주의의 초기 단계에 나타나는 노동시장의 창출로 이해된다. 이 때문에 1910년대 사회의 본질적 성격은 자본주의의 '원시적 축적기'이며 그것이 일제에 의하여 이식되었기에 植民地 半封建性을 띠게 된다. 박현채는 1910년대 사회의 성격을 다음과 같이 설명한다.

식민지 통치권력을 지렛대로 하여 한국사회를 일본자본의 경제활동을 가능케 하도록 재편성하고 식민지 지배를 위한 총독부 권력의 경제적 기초로서의 축적을 이룩하는 시기이다. 이것은 직접적 생산자를 생산수단에서 분리시키고 사회적 부를 매개하는 토지를 약취(掠取)하며 농민적 권리를 짓밟으면서 반봉건적 토지소유를 확립하는 과정으로 되었을 뿐 아니라, 식민지

민중의 자급자족적 생활영역을 파괴하여 이들을 자본의 수탈대상으로 전화
(轉化)시키는 것이었다.[4]

말하자면 1910년대는 일본 경제의 발전을 위해 토지의 약탈과 일본 자본
의 상품시장 형성이 동시에 전개되던 시기이며 완만하지만 노동력이 창출되
기 시작하던 때라고 할 수 있다. 이처럼 1910년대는 총독부의 무단통치와
'토지조사사업'을 통한 식민지 수탈을 두 축으로 하여 식민지 지배체제가 확
립되던 시기이다. 일체의 민족운동은 거세되고 자생적 토착자본의 성장은
차단당하게 되었다.

1910년대는 애국계몽기와는 이러한 식민지 지배체제가 확립되었다는 점
에서 다르고, '산업자본기'인[5] 1920년대와는 3.1운동을 통한 민중의식의 성
장과 노동자의 진출 면에서 차이가 진다.

이는 1910년대가 진보적 문학이 생성되기 어려운 토양을 지니고 있다는
증거도 된다. 애국계몽기의 진보적 문학풍토와는 달리 복고적 활자본 고소
설이 상품화되어 널리 읽힐 수 있었던 것도 이런 시대적 성격과 무관하지
않다.

2. 출판의 현황과 성격

신소설은 애국계몽기인 1907년부터 등장했지만 활자본 고소설은 일제의
무단 통치와 토지조사사업이 전개된 1912년부터 나타났다.[6]

---

4) 박현채, 「해방 전후 민족 경제의 성격」, 『한국사회연구 1』(한길사, 1983), p.372.
5) 같은 글, 같은 곳.
6) 우쾌제는 활자본 고소설의 「목록」을 정리하면서 1908년 光東書局에서 발행한 역사

활자본 고소설의 길을 열었던 사람은 李海朝다. 판소리 개작소설인「獄中花」·「江上蓮」·「燕의 脚」·「兎의 肝」을 1912년 1월 1일 ~ 7월 11일에『每日申報』에 계속 연재하여 고소설에 대한 대중적 인기를 조장했기 때문이다.

단행본 고소설은 신문연재가 끝난 다음 달인 8월부터 등장했다. 단행본으로서의 첫 작품은 唯一書館에서 1912년 8월 19일 발행한「不老草」다.「獄中花」보다 7일 앞선다.「토끼전」의 개작인 이 작품은 李海朝의 작품은 아니다. 하지만「兎의 肝」의 연재가 끝나자 바로 출판되었다는 점에서 신문연재소설의 인기에 편승하여 나타났다고 볼 수 있다.

뒤이어「獄中花」와「江上蓮」이 출판됐다. 1913년에는「燕의 脚」과「兎의 肝」도 출판되어 신문연재소설이 모두 단행본으로 등장하게 되었다. 李海朝 판소리 개작소설의 신문연재와 단행본 출판상황을 정리하면 다음과 같다.

獄中花 : 1912. 1. 1 ~ 3. 16 연재   博文書館, 1912. 8. 17
                              普及書館, 1912. 8. 27

江上蓮 : 1912. 3. 17 ~ 4. 26 연재   新舊書林, 1912. 11. 15
                              光東書局, 1912. 11. 25

燕의 脚 : 1912. 4. 29 ~ 6. 7 연재   新舊書林, 1913. 12. 25.

兎의 肝 : 1912. 6. 9 ~ 7. 11 연재   新舊書林, 1913. 9. 25
                              博文書館, 1916. 2. 30

전기물「姜邯贊傳」을 고소설에 포함시켰다. 이은숙은 이를 참고로 신,구소설이 같은 시기에 나왔다고 하였다. 하지만 우기선이 편집하고 현공렴이 발행한 이 책은 명백히 애국계몽기의 역사전기물이다. 姜玲珠「朴殷植, 張志淵, 申采浩의 역사전기문학」,『韓國現代小說史硏究』(민음사, 1984), p.110 참조. 또 그 목록에 博文書館의「春香傳」이 1911년에 출판됐다고 하여 조동일은 이를 바탕으로『한국문학통사 4』에서 "박문서관의 <춘향전>이 1911년에, 신문관의 <옥루몽>이 1912년에 나온 것을 계기로 해서 활자본으로 출판되기에 이르렀다"(p.335)고 했다. 하지만 博文書館本「春香傳」은 1917년 2월 10일에 초판이 발행되었다.(목록 참조)

李海朝의 판소리 개작소설이 활자본 고소설 출판의 초기에 모두 나타났음을 알 수 있다. 이 작품들은 신문에 연재된 탓도 있겠지만, 단행본으로도 상당한 인기를 얻었다. 「獄中花」는 1912~13년에 무려 6종의 이본이 등장하여7) 초기 활자본 고소설의 판도에 큰 영향을 미쳤다.

1912년 8월부터 활자본 고소설이 출판되기 시작하면서 신문광고도 등장했다. 첫 광고로 등장한 작품은 新文館의 「玉樓夢」이다.8) 신문광고가 등장했다는 것은 고소설의 상품화에 따른 하나의 대응방식이다. 1913년에 이르러서는 빈번하게 신문광고가 등장하여9) 고소설이 상품화될 정도로 널리 읽히고 있음을 알게 해준다.

1) 活字本 古小說의 出版 現況10)

출판년도	책의 가지수
1912	9종
1913	32종
1914	14종
1915	38종
1916	31종
1917	30종
1918	37종
1919	4종

---

7) 「獄中花」를 비롯하여 「廣寒樓」·「獄中佳人」·「別春香歌」·「古本 春香傳」·「鮮漢文 春香傳」·「增修 春香傳」 등이다.

8) 『每日申報』 1912년 12월 6일자.

9) 책의 종류가 많아지면서 여러 권을 묶어서 신문에 광고하는 서적상이 늘어났다. 활자본 고소설의 實本이 갖추어져 있지 않은 상태에서 신문광고는 작품의 출판상황을 알 수 있는 단서가되기도 한다.

10) 이 목록은 활자본 고소설의 연도별 출판현황이다. 대부분 實本을 찾아 초판본의 출판 연월일을 중심으로 작성한 것이다. 자세한 서지는 책 뒤의 <부록>을 참조하기 바란다.

출판년도	책의 가짓수
1920	5종
1921	3종
1922	9종
1923	11종
1924	1종
1925	15종
1926	12종
1927	4종
1928	7종
1929	7종
1930년대	6종
해방이후	5종
출판년도 미정	25종
총계	305종

2) 活字本 古小說의 出版 性格

이상의 출판 현황을 검토한 결과 활자본 고소설은 대부분이 1912 ~1918 년에 출판되었다는 사실을 확인하게 되었다. 전체 305[11]종 중에서 1910년대 에 출판된 것이 195종, 1920년대에 출판된 것이 74종, 1930년대에 출판된 것 이 6종, 해방 후에 출판되었거나 연도를 알 수 없는 것이 30종이 된다. 191 2~1918년에는 매년 평균적으로 30종 가량의 새로운 작품이 출간되었으나, 1919년을 기점으로 활자본 고소설의 새 작품 출판이 급격히 감소되었다. 이 는 본격적인 근대문학의 등장에 따른 위축으로 볼 수 있다. 활자본 고소설이 근대문학 전환기인 1910년대의 주 갈래임을 알 수 있다.

이제 활자본 고소설 출판의 성격을 네 시기로 나누어 검토해 보도록 한다.

---

11) 이 숫자는 고정된 것은 아니다. 새로운 작품이 발견되면 늘어날 것이며, 제목은 다르 지만 동일한 작품일 경우 또는 소설로 규정하기 어려운 작품이 있을 경우는 그만큼 줄어들 것이다. 대략 300종 정도로 생각하면 되겠다.

(가) 1912 ~ 1913년

가장 먼저 등장했고, 주류를 형성했던 것은 李海朝의 판소리 개작소설이다. 1912 ~ 1913년에 「獄中花」·「江上蓮」·「燕의 脚」·「兎의 肝」 등 모든 작품이 출간됐으며, 각 작품의 이본도 많아 이 시기에 「獄中花」가 6종, 「江上蓮」이 3종이나 된다. 이본이 많다는 것은 독자들에게 널리 읽혔다는 근거가 된다.

각 서적상간에 판소리 개작소설을 놓고 출판경쟁도 치열했다. 가장 먼저 「獄中花」를 출판한 곳이 博文書館이고 열흘 뒤에 普及書館에서 또 출판했다. 가장 먼저 출판된 博文書館本 「獄中花」는 17판이나 거듭될 정도로 많이 읽혔다.[12]

이런 「獄中花」의 인기 때문에 각 서적상에서 유사한 이본들을 발간해 냈다. 1913년에 출판된 「獄中花」의 이본들을 정리하면 무려 6종이나 된다.

① 廣寒樓 (東洋書院, 1913.4.20)
② 增像演藝 獄中佳人 (新舊書林, 1913.4.30)
③ 別春香歌 (唯一書館, 1913.7.20)
④ 古本 春香傳 (新文館, 1913.12.20)
⑤ 鮮漢文 春香傳 (東美書市, 1913.12.25)
⑥ 增修 春香傳 (滙東書館, 1913.12.30)

1913년 이후에도 「獄中花」의 이본은 계속 발간되는데 「古本 春香傳」을 제외하고는 대부분이 「獄中花」와 유사한 내용이다.[13] '獄中花의 시대'라고

---

12) 1921년 12월 20일 발행한 博文書館本 「獄中花」를 보면 17판으로 표시되어 있다. 그 뒤에도 계속 출판된 것으로 보아 실제는 이보다 더 많이 발행되었다.
13) 구자홍, 「신문학기 이후의 춘향전연구」(연세대 교육대학원 석사논문, 1976). p.20 참조.

할 정도로 대단한 인기를 얻었음을 알 수 있다. 활자본 고소설의 길을 개척
했고, 여러 가지 면에서 활자본 고소설의 대표적 작품이 「獄中花」인 것은
틀림없다.[14]

「獄中花」의 출판에 뒤늦게 대처한 新舊書林은 李海朝의 다른 세 작품을
모두 출판하는 상업적 수완을 보이기도 했다. 이들 작품 역시 독자들의 호응
을 얻어 「江上蓮」이 1923년까지 12판, 「兎의 肝」이 1917년까지 4판, 「燕의
脚」이 1922년까지 5판을 각각 발행했다.[15]

이 시기에 출판된 활자본 고소설의 두 번째 특징으로 '몽자류 소설'의 등
장과 중국소설의 번역, 번안작의 성행을 들 수 있다. 「玉樓夢」·「玉蓮夢」·
「九雲夢」 등의 작품과 「三國志」·「水滸志」·「西遊記」·「張子房實記」·
「華容道實記」 등의 번역, 번안소설이 등장하게 되는데 이는 남성독자들의
비중이 커지면서 나타난 현상이라 볼 수 있다.[16] 즉 전대 고소설의 독자들
은 여성이 주류를 이루었던 데 비해 활자본 고소설은 남성독자의 비중이 커
지면서 이들이 흥미를 느낄만한 작품을 출판하게 되었다고 하겠다.

이 시기에 출판된 활자본 고소설의 세 번째 특징으로 개작이나 신작이 많
다는 점이다. 판소리 개작소설은 물론이고 「鳳凰臺」는 「李大鳳傳」의 개작
이며, 「張子房實記」·「華容道實記」는 중국소설의 개작이고, 「藥山東臺」
는 「春香傳」의 개작이다.[17]

신작으로는 朴健會[18]가 지은 「朴天男傳」·「高麗姜侍中傳」과 애정소설

---

14) 여러가지 면이란 독자들의 수용, 작가의 존재, 작품의 성격 등을 말한다.
15) 이것은 필자가 확인한 實本에 근거한다. 하지만 실제는 그 뒤에도 계속 출판해 더
    많이 발행한 것으로 보인다.
16) 조동일은 『한국문학통사 4』에서 "남성독자들이 큰 비중을 차지하게 되어서 「삼국지
    연 의」·「구운몽」·「옥루몽」이 잘 팔리지 않았던가 한다" (p.336)고 했다.
17) 이은숙은 앞의 글에서 「藥山東臺」를 신작 애정소설에 포함시켰지만 이 작품은 「春
    香傳」을 인물과 배경만 바꾼 개작이다.

로「秋風感別曲」・「芙蓉의 相思曲」・「鸞鳳奇合」 등이 있다.

이처럼 활자본 고소설 출판 초기에 개작이나 신작이 많은 것은 신소설이
나 일본 번안소설의 영향 때문으로 보인다. 즉 신소설이나 왜색 번안소설과
경쟁관계에 있었던 활자본 고소설은 이를 의식하지 않을 수 없었고, 그 결과
필사본이나 방각본을 그대로 출판하는 것보다 독자의 취향에 맞춰 개작되거
나 창작된 형태로 나타나게 되었다고 볼 수 있다.

하지만 오히려 필사본이나 방각본을 그대로 출판한 경우도 있었다. 新文
館에서 발행한 '륙전쇼셜'이 그것이다. 당시 활자본 고소설의 가격은 대부분
25 ~ 30전이었다. 신문광고에 실린 활자본 고소설의 가격을 보면

> 玉樓夢 : 각 45전 (전 4책)
> 九雲夢 : 각 30전 (상, 하 2책)
> 謝氏南征記 : 30전
> 劉忠烈傳 : 각 25전 (상, 하 2책)
> 姜太公實記 : 30전
> 趙雄傳 : 30전
> 待月西廂記 : 50전
> 古本 春香傳 : 50전[19]

으로 200면 이상이 되는 작품은 50전이고, 대부분이 25 ~ 30전임을 알 수
있다. 당시 노동자의 하루 임금이 40 ~ 90전인데[20] 비하면 상당히 비싼 가

---

18) 박건회는 호를 快齋라 했으며, 朝鮮書館의 주인으로 고소설의 개작과 창작에 활발
하게 관여했던 저작자다. 저작자를 다루는 데서 자세히 언급하도록 한다.
19) 이 가격은 『每日申報』 1912년 12월 26일 ~ 1914년 2월 15일의 서적광고에서 뽑아
정리한것이다.
20)「朝鮮總督府官報」 1912년 7월 17일.

격이다.

　여기에 비하면 6전은 상당히 싼 가격이다. 그러면 어떻게 해서 싼 가격에
고소설을 출판할 수 있었을까? 서문을 보면 그 이유를 알 수 있다.

　　근리 칙 박는 법이 편흠을 짜라 답지 못흔 칙이 만히 나는 중 녜전부터
　　널리 힝흐던 칙을 구태 일흠을 밧고고 흔이 쥬옥을 변흐야
　　와록을 만들어 턱업는 리를 탐흐는 재 만흐니 엇지 한심치 아니흐리오 우리
　　가 이를 개연히 녁이여 크게 이 폐단을 고칠 쐬를 홀시 먼져 녯 칙 가운디
　　가히 젼홀 만흔 것을 가리혀 스연과 글의 잘못된 것을 바로 잡으며 올치 못
　　흔 것을 맛당토록 고치여 이 륙젼쇼셜(六錢小說)이란 것을 니오니 스연은
　　녯 맛에 시로우며 글은 원법에 마지며 칙은 얌젼흐며 갑슨 싼지라 스히 군
　　즈씌셔는 다힝히 깃븜으로 마지시기를 쳔만 바라는이다[21]

　예전부터 널리 행하던 책을 개작하여 이익을 탐한다고 하는 것은 李海朝
의 판소리 개작소설을 두고 한 말인 것 같다. 당시 「獄中花」가 45전, 「江上
蓮」이 30전이니 결코 싼 가격은 아니다. 이런 가격이 내용을 개작한 결과라
보고 '육전소설'은 가격을 싸게 하기 위해 원작을 충실히 따르는 방식을 취
했다. 그것은 띄어쓰기를 하거나 한문을 넣는 방식을[22] 생략하고 필사본이

업 종 별		가구	조선	미장	석공	도색	철공	주물	세탁	식자	담배 제조	식목	토목
임금 (원)	조선인	0.80	0.77	0.73	0.90	0.68	0.79	0.74	0.47	0.56	0.40	0.48	0.49
	일본인	1.46	1.63	1.55	1.78	1.52	1.53	1.37	1.20	0.97	1.01	0.51	0.93

21) 「륙젼쇼셜 홍길동젼」, (新文館, 1913) 서문.
22) 당시 나온 많은 활자본 고소설들은 호흡단위로 띄어쓰기가 되어 있으며 한문을 병기
　　하고 있다.

나 방각본의 체제를 그대로 따르는 것이다. 말하자면 활자만 바꾸는 것이어서 책을 제작하는 과정도 손쉬울 뿐더러 저작자에게 지급되는 경비도 줄일 수가 있는 것이다. 그래서 "ᄉ연은 녯 맛이 시로우며 글은 원법에 마지며", "갑슨 싼지라"고 선전했다.

하지만 이 '육전소설'은 「홍길동전」·「심쳥전」·「홍부전」·「삼셜긔」·「져마무젼」·「샤시남졍긔」·「뎐우치젼」외에는 더 발행하지 않아 크게 호응을 얻은 것 같지는 않다.

(나) 1914 ~ 1916년

이 시기에는 군담소설이 본격적으로 출판되었다. 「劉忠烈傳」의 뒤를 이어 「蘇大成傳」·「趙雄傳」·「李大鳳傳」·「淑香傳」·「張伯傳」 등이 나타났는데 대부분이 방각본을 그대로 출판한 것이다.

개작 군담소설로는 「金太子傳」이 있다. 이 작품은 1863년 徐有英이 지었다는 「六美堂記」[23]를 개작한 것으로 1914년 6월 10일~11월 14일에 『每日申報』에 총 113회 분량으로 연재되었다. 작가는 '綠東'[24]으로 표기되어있으며, 왜구를 치고 일본 본토에 들어가 왜왕의 항복을 받는다는 부분이 빠지고 대신 羽化登仙한 것으로 바뀌어져 있다. 서세동점의 시기에 척양, 척왜의 의식을 드러냈던 원작이 일제의 무단통치하에서 그 주제가 약화된 것이다.

「金太子傳」은 신문연재를 마치고 1915년에 唯一書館에서 단행본으로 출판되었다. 신문연재 때문인지 이 시기에 '해외원정 군담소설'[25]이 많이 등장

23) 장효현, 「육미당기의 작자 재론」, 『고전소설연구의 방향』(새문사, 1985), p.247.
24) 본명은 崔演澤이며 당시 통속소설 작가인 듯하다.
25) 이영신, 「국외원정 군담소설 연구」 (한국학대학원 석사논문, 1982)에서는 '국외원정 군담 소설'이라 했지만 '해외원정 군담소설'이 일반적 명칭이다. 내용은 국내의 주인공이 중국에 가서 무공을 떨치는 것이다. 조동일, 『한국문학통사 3』 (지식산업사, 1984),

한 것이 특징이다.「金太子傳」을 비롯하여 「金剛聚遊」·「玉蕭奇緣」·「江陵秋月」·「三國李大將傳」·「李泰景傳」 등이 그것이다.

(다) 1917 ~ 1918년

이 시기에는 중국소설의 번역, 번안작이 많이 등장했다. 1917년에는 「項莊舞」·「張飛馬超實記」·「關雲長實記」·「郭分陽傳」·「楚漢戰爭實記」·「蘇妲己傳」·「郭分陽忠孝錄」 등이, 1918년에는 「孫龐演義」·「三國大戰」·「隋唐演義」·「打虎武松」·「隋煬帝行樂記」·「項羽傳」·「蘇秦張儀傳」·「楚覇王」·「五子胥」·「五關斬將記」·「齊桓公」·「漢水大戰」·「趙子龍實記」·「諺文 三國志」 등이 각각 출판되었다.

이 작품들은 역사적 인물이나 사건을 중심으로 중국소설을 번역 내지는 번안한 것이다. 중국의 연의물이 대작장편인 관계로 그 중에서 독자들이 흥미를 끌만한 부분을 발췌하여 한 편의 소설로 엮은 것으로 보인다. 그런 점에서 대부분 개작일 가능성이 크다.

(라) 1919년 이후

1919년을 기점으로 활자본 고소설의 새로운 작품들은 급격히 줄어든다. 이미 발행한 작품까지 포함하면 절대적인 숫자는 앞 시기보다 많지만 새로운 작품이 거의 나타나지 않는다는 데서 실질적으로 활자본 고소설은 문학사적 임무를 근대소설로 떠넘기게 된다.

이 시기에 출판된 것 중에서 두드러진 경향은 1920년대 후반기에 나타난 역사소설이다. 이를 정리해 보면 다음과 같다.

---

p.481 참조

1921년 : 「불가살이젼」·「東明王實記」

1925년 : 「忠武公李舜臣實記」·「乙支文德傳」·「蓋蘇文傳」

1926년 : 「姜邯贊傳」·「朝鮮太祖大王傳」·「南怡將軍實記」·「金德齡 傳」·「金庾信實記」·「도술이 유명한 서화담」

1927년 : 「李舜臣傳」

1928년 : 「太祖大王實記」

1929년 : 「端宗大王實記」·「死六臣傳」·「生六臣傳」·「英祖大王夜巡記」

해방 후에도 이런 역사소설은 계속 출판되었다. 이 작품들은 필사본이나 방각본으로 전해오는 것이 없고, 대부분 저작자가 밝혀져 있으니 신작이라 할 수 있다. 하지만 小說的 要素보다는 傳記的 要素가 더 많이 드러난다. 역사적 사실에 근거해서 위인전식으로 이야기를 엮어 나갔다고 하겠다.

3. 書籍商과 著作者

1) 書籍商

활자본 고소설의 출판과 밀접한 관련이 있는 것이 서적상과 저작자다. 서적상과 저작자는 고소설을 상품화하여 유통시키는 데 크게 기여했던 것으로 이들의 존재를 파악해 봄으로써 활자본 고소설이 왜 이렇게 널리 읽히게 됐는가를 알 수 있을 것이다.

서적상은 출판사와는 달리 출판사와 서점의 기능을 동시에 갖추고 있는 곳이다.26)

---

26) 당시 서적상의 존재를 밝힌 글은,
　　趙璣濬, 「開化期의 書籍商들」, 『月刊中央』 1970년 9월호.

제일 처음 등장한 서적상은 광교 부근에서 문을 연 匯東書館이다. 주인
인 高濟弘이 광교 옆에 있는 가업인 포목점을 개조해 高濟弘書肆로 문을
연 것이 1880년대 말이며, 匯東書館이란 간판을 건 것이 1904년 무렵이라
한다.27) 이 무렵 서울에는 많은 서적상들이 등장하여 1907년경에는 20여개
소에 달했다 한다.28) 애국계몽기의 여러 서적들이 여기서 출판됐음을 알 수
있다. 이들 20여개 소의 서적상을 정리해 보면 다음과 같다.(괄호 속의 이름
은 서적상의 주인이다.)

1. 匯東書館 (고재홍 → 高裕相) - 광교
2. 新舊書林 (지송욱) - 만리동
3. 中央書館 (주한영) - 파조교
4. 大東書市 (김기현) - 종로
5. 廣學書鋪 (金相萬) - 파고다 공원 앞
6. 博文書館 (盧益亨) - 종로
7. 唯一書館 (남궁준) - 대사동
8. 廣 德 館 (安泰瀅) - 파조교
9. 博學書館 (玄檍 → 具升會) - 布屛下
10. 大韓書林 (이성호) - 安峴
11. 古今書海館 (金寅珪) - 종로
12. 光東書局 (李鍾楨) - 전동
13. 安峴書館 (하익홍) - 安峴

李瑞求,「冊房歲時記」,『新東亞』1968년 5월호.
河東鎬,「開化期 小說의 發行所, 印刷所, 印刷人 攷」,『出版學』12집 (출판학회,
1972. 6).
河東鎬,「韓國 古書籍商의 變遷略考」,『出版學』창간호 (현암사, 1974 여름) 등이
있다.
27) 조기준, 앞의 글, p.372.
28) 같은 글, p.370.

14. 廣韓書林 (유진태) - 사동
15. 廣華書館 (최창한) - 西署松橋
16. 大昌書院 (玄公廉) - 견지동
17. 東洋書院 (민대호, 조남희) - 종로
18. 李興均書肆 (이홍균) - 대사동
19. 德興書林 (金東縉) - 종로
20. 翰南書林 (백두용) - 인사동
21. 新文館 (최창선) - 상려동29)

이들 서적상은 애국계몽기에는 새로운 지식을 담은 책을 번역, 출판하거나 교과서들을 발행하여 수입을 올렸다. 구체적으로는 ① 古書, ② 새로운 지식을 담은 전문·기술서적, ③ 학부발행의 교과서, ④역사 전기물, ⑤ 신소설 등이다. 大東書市와 中央書館은 고서와 전문 기술서적을, 廣學書鋪와 博文書館은 역사 전기물이나 신소설을, 匯東書館과 新舊書林은 교과서를 주로 출판, 판매하였다.30)

그런데 일제 당국이 1908년 출판법을 만들어 교과서를 학부에서만 편찬하여 사용하도록 하고, 1909년 모든 출판물의 원고검열을 강화하여 많은 출판물을 압수하게 되면서31) 출판계의 사정은 달라지기 시작했다. '합방'과 더불어 이런 경향은 더욱 강화되었다.

이렇게 되자 영업에 많은 타격을 받은 서적상들은 새로운 방향의 출판을

---

29) 위의 서적상은 앞의 글과 당시의 신문광고, 활자본 고소설 뒷장의 출판서지를 보고 정리한것이다. 대부분 1910년 이전에 개업한 서적상들이다.

30) 趙璣濬, 앞의 글, p.372.

31) 일제 당국은 1909년 2월 법률 제 6호로 '이중검열'이란 출판악법을 제정, 공포하고 그 법에저촉되는 다수의 서적을 압수하였다. 이중검열이란 원고의 사전검열과 출판된 뒤의 납본검열을 말한다. 이때 압수된 책은 83종에 이른다. 하동호, 「庚戌合倂과 함께 發禁된 圖書一覽」, 『近代書誌攷 拾集』(탑출판사, 1986) 참조.

모색하지 않을 수 없었다. 이익의 많은 부분을 차지했던 교과서류를 출판, 판매할 수 없었을 뿐만 아니라 진보적인 경향의 신소설이나 역사전기물도 출판하기 어려웠다. 그 자리를 메운 것이 바로 활자본 고소설이다. 1910년을 기점으로 서적상의 출판경향은 다음과 같이 바뀌게 된다.

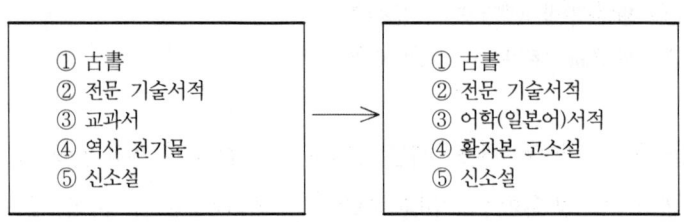

이 과정에서 몇 군데의 서적상이 문을 닫거나 주인이 바뀌게 되었다. 5대 서적상의 하나였던 大東書市와 中央書林이 문을 닫게 되었으며, 廣德書館과 博學書館은 주인이 바뀌게 되었다.[32] 애국계몽기에 많은 역사전기물을 펴냈던 廣學書鋪는 책을 거의 출판하지 못했다.

이와는 반대로 50개소 이상의 새로운 서적상이 생겨났다. 1910년대에 활자본 고소설을 출판했던 서적상은 60개소 정도가 된다.[33] 이들 대부분은 인사동과 종로 일대에 집결해 있었다. 주도적으로 고소설을 출판했던 서적상은 애국계몽기부터 터를 잡아 '합방'과 함께 경영적 변신을 이룩했던 匯東書

---

32) 大東書市의 金基鉉은 문을 닫고 논산에 은거했으며, 中央書林의 朱翰榮은 서점을 폐하고 中東學校의 서예교원으로 여생을 보냈다. 또 廣德書館의 安泰瑩은 서점을 閔濟鎬에게 팔았고, 博學書館도 주인이 玄檍에서 具升會로 바뀌게 되었다. 趙基濬, 앞의 글, p.372. 와 『每日申報』 1911년 1월 11일자 참조.

33) 우쾌제의 「목록」에는 60개소 정도의 서적상이 등장한다. 없어지거나 뒤에 새로 생겨난 서적상도 있어 정확히 몇 군데가 있었다고 따져 보기는 어렵지만 60개소를 넘지는 않는다.

館, 新舊書林, 博文書館, 德興書林과 1910년대에 새로 등장한 朝鮮書館이다. 이 외에도 唯一書館이나 普及書館, 漢城書館 등이 있으나, 여기서는 위의 다섯 군데 서적상을 집중적으로 살펴보도록 한다.

가) 匯東書館

가장 먼저 문을 연 匯東書館은 애국계몽기에는 洪良浩의 「海東名將傳」(1907)이나 「華盛頓傳」·「鐵世界」·「雪中梅」(1908)를 출판했으며 학부에서 펴내는 교과서를 판매하여 수익을 올리기도 했다. 고서와 번역물을 통해 문화적 요구에 부응했고 교과서의 판매를 통해 상업적 이윤을 추구한 셈이다.

그러나 '합방'과 더불어 많은 종류의 책들이 압수당하고 출판에 타격을 가져왔다. 주인인 高裕相은 당시의 상황을 이렇게 말했다.

바로 隆熙 4년 庚戌(1910) 일이다. 한국의 主權이 日人의 손으로 넘어가고 朝鮮總督府가 들어앉더니 경찰에서는 수레를 끌고 와서 大韓帝國 시대에 발간된 책을 모조리 실어갔다. 돈 한 푼 못 받고 빼앗기는 損失도 컸지만 이제는 망했구나 탄식이 나와서 눈물을 흘리며 책을 뺏겼다.34)

가장 큰 타격은 진보적인 애국계몽기의 서적을 출판한 데에 있다. 그런 경향의 책을 출판하지 못하게 되니 경영적 손실이 클 수밖에 없다. 이것을 메울 수 있는 것으로 모색된 출판의 형태가 바로 당시 통속적인 신소설과 활자본 고소설이다. 신소설은 崔瓚植의 「추월색」(1912)을 시작으로, 고소설은 「劉忠烈傳」을 시작으로 종류를 점차 확산시켰다. 말하자면 경영적 변신을 꾀한 셈이다. 출판된 고소설의 목록을 검토하여 어떤 종류가 많이 간행되었

---

34) 李瑞求, 앞의 글, p.259.

는가를 알아보도록 한다.

1913년 :「劉忠烈傳」(공동 발행),「增修 春香傳」・「美人圖」

1914년 :「謝氏南征記」(1914. 10. 24)

1915년 :「金山寺夢遊錄」・「金剛聚遊」・「說岳傳」・「三士記」

1916년 :「李大鳳傳」(1916. 2. 8)・「淑香傳」(1916. 12. 16)「鴻門宴」・
「雙美奇逢」・「弄璋歌」

1917년 :「玉樓夢」(전 3권, 1917. 3. 23)

1918년 :「隋唐演義」・「孫龐 演義」・「鳳凰琴」・「玉麟夢」・「玉鸞聘」

1919년 :「三快亭」

1922년 :「孫悟空」(공동발행)

1925년 :「李進士傳」・「趙子龍傳」・「陰陽三台星」・「赤壁大戰」

1926년 :「六孝子傳」(1926. 1. 15)

1927년 :「崔孤雲傳」・「康明花傳」・「李舜臣傳」

1928년 :「太祖大王實記」[35]

여러 경향의 고소설들을 가리지 않고 두루 출간했음을 알 수 있다. 이 중에
서 많이 출판된 것이「劉忠烈傳」・「美人圖」・「謝氏南征記」・「增修 春香
傳」이다. 1922년까지「劉忠烈傳」은 13판,「美人圖」는 7판,「謝氏南征記」는
5판,「增修 春香傳」은 4판이 거듭됐다.

소설이 잘 팔리자 匯東書館은 사업을 확장했다. 둘째인 高敬相이 匯東
書館의 지점으로 종로에 廣益書館을 개설했으며, 셋째인 高彦相이 도서출

---

35) 이 목록은 필자가 자료를 찾아 연도별로 정리한 것이다. <부록>의 '활자본 고소설의
연도별 목록'은발행일이 앞선 것만 나와 있어다른 서적상에서 뒤에 다시 발행한 것을
괄호 속에 발행일을 적었다. 實本이 확인된 것만을 정리했고 확실치 않은 것은 제외
했다. 이를테면「謝氏南征記」의 경우 1913년 6월 17일 永豊書館에서 발행했으나匯
東書館에서 1914년 10월24일 다시 발행하여 괄호 속에 발행일자를 표시했다.

판을 위한 인쇄소를 견지동에 설립하고 廣韓書林을 운영하기도 했다.36) 서
적출판을 본격적으로 하기 위한 인쇄소와 세 군데의 서점을 같은 집안에서
운영한 셈이다.

이 때문에 1922년 발행된 『朝鮮人 會社, 大商店解』를 보면 "匯東書館은
주인 高裕相씨가 일찍 가업을 계승하여 勤勤孜孜히 경영하고 있으며 同館
의 자본금은 현재 15萬圓에 달한다."37)고 되어있다.

활자본 고소설의 출판이 당시 기업화된 서적상을 통해 자본주의적 방식으
로 이루어지고 있음을 알 수 있다.

나) 博文書館

1907년 남대문로에서 시작한 博文書館은 당시에는 김병헌 역 「瑞士建國
誌」(1907), 주시경 역 「월남망국ㅅ」(1907) 등의 역사전기물을 펴냈다. 그런
데 '합방'과 더불어 이런 종류의 책을 출판하기 어렵게 되자 『每日申報』에
연재되었던 李海朝의 「獄中花」를 가장 먼저 출판하여 일찍부터 활자본 고
소설의 길을 개척하는 상업적 수완을 보였다. 고소설의 출판목록을 정리하
면 다음과 같다.

    1912년 : 「獄中花」
    1913년 : 「劉忠烈傳」(공동발행), 「別三設記」·「彩鳳感別曲」·「西廂記」
            (1914.1.17)·「西遊記」(1권, 3권)
    1914년 : 「趙雄傳」·「李大鳳傳」·「金振玉傳」·「陰陽玉指環」
    1915년 : 「沈淸傳」·「藥山東臺」(1915. 7. 30), 「張風雲傳」
    1916년 : 「兎의 肝」·「張景傳」·「玉丹春香」

---

36) 趙璣濬, 앞의 글 참조.
37) 같은 글, p.374.

1917년 :「언문 春香傳」·「謝氏南征記」(1917. 5 .28)·「梁山伯傳」
(1917.2.25)·「蘇學士傳」·「蘇大成傳」(1917.9.5)·「興夫傳」
·「蟾同知傳」(1917. 5. 28)·「狄成義傳」(1917. 6. 5)·「鄭乙
善傳」(1917. 3. 10)·「薔花紅蓮傳」(1917. 2 .10)·「項莊舞」

1918년 :「項羽傳」

1920년 :「玉樓夢」(1920. 9. 7)·「謗花隨柳亭」

1922년 :「孫悟空」(공동발행)

1923년 :「薛丁山實記」

1926년 :「權益重傳」

1928년 :「王將軍傳」

1929년 :「乙支文德傳」

판소리계 소설과 군담소설을 주종으로 삼았음을 알 수 있다.

이 중에서 가장 많이 출판된 책은 17판이나 거듭된 「獄中花」다. 이 작품
이 이렇게 인기가 좋자 1917년에 「언문 春香傳」을 따로 펴내기도 했다. 그
외에도 20년대 초까지 「劉忠烈傳」이 13판, 「沈淸傳이 10판, 「趙雄傳」이 10
판이나 거듭 출판되었다.38) 주인인 盧益亨이 30년대 말에 이 작품들을 두고
"예나 이제나 잘 팔리"고 "농촌의 교과서" 구실을 했다고 할 정도다.39)

1920년대에 들어와서는 외국 문학작품의 번역물이나 근대문학 작품도 출
간하게 되어 최대의 서적상으로 등장한다. 활자본 고소설만도 130종 가량이
된다.40) 대중적인 고소설이나 신소설, 근대소설을 주종으로 하여 경영을 이

---

38)「劉忠烈傳」은 1921년 10월 20일로 발행된 것이 13판, 「沈淸傳」은 1922년 9월 8일로
발행된 것이 10판, 「趙雄傳」은 1923년 12월 25일로 발행된 것이 10판으로 각각 표시
되어 있다.그 뒤에도 이 작품들은 계속 출판된 것으로 보아 실제는 판수가 더 많을 것
으로 보인다.

39)「出版業을 大成한 諸家의 抱負」(盧益亨), 『朝光』4권 12호 (조선일보사, 1938. 12),
p.312.

룩해 나갔다고 하겠다.

이 때문인지 博文書館은 다른 서적상에 비해 오랜 기간 동안 기업을 유지했다. 대부분의 서적상들이 30년대 말에 문을 닫은 것과는 대조적으로 1950년대까지 출판을 계속했다.[41]

다) 新舊書林

애국계몽기부터 5대 서적상의 하나로 꼽히다가 1910년대에 들어와서도 匯東書館과 함께 번영했던 서적상이 新舊書林이다. 新舊書林은 주로 소설류를 많이 출판했던 것으로 보인다. 신소설도 많이 출판했을 뿐 아니라 활자본 고소설에 있어서 다른 서적상보다 적극적으로 대처해 나갔다. 활자본 고소설의 출판 초기에 李海朝의「獄中花」를 博文書館과 普及書館에서 출판하자 다른 세 작품을 모두 출판하는 수완을 보이기도 했다. 출판목록을 정리하면 다음과 같다.

> 1912년 :「江上蓮」·「秋風感別曲」
> 1913년 :「兎의 肝」·「燕의 脚」·「待月西廂記」·「九雲夢」·「獄中佳人」·
> 　　　　　「華容道實記」·「洪桂月傳」·「芙蓉의 相思曲」·「薛仁貴傳」
> 1914년 :「靑年悔心曲」·「女子忠孝錄」·「夢決楚漢訟」·「金振玉傳」·
> 　　　　　「柳綠의 恨」·「陰陽玉指環」·「梨花夢」
> 1915년 :「淑英娘子傳」·「荊山白玉」·「張風雲傳」·「八將士傳」·「陳
> 　　　　　大房傳」·「玉簫奇緣」
> 1916년 :「裵裨將傳」·「錦香亭記」·「금방울傳」·「張學士傳」·「黃將
> 　　　　　軍傳」·「月峰山記」·「蘇若蘭織錦圖」

---

40) 이 숫자는 河東鎬, 博文書館의 出版書誌攷」,『韓國近代文學의 書誌』(깊은 샘, 1981), pp.77~79의 신,구소설 출판목록에서 고소설만 뽑아낸 것이다.
41) 같은 글 참조.

1917년 : 「玄壽文傳」(1917. 9. 21)·「郭海龍傳」·「郭分陽傳」·「蘇大成
　　　　傳」(1917. 1. 14)·「靑樓之烈女」·「趙生員傳」·「彰善感義錄」
　　　　(1917. 10. 30)·「趙氏 三代錄」
1918년 : 「權龍仙傳」·「隋煬帝行樂記」·「今古奇觀」·「梁朱鳳傳」
　　　　(1918. 1. 15)
1922년 : 「碧城偎」
1923년 : 「西征記」·「錦襄二山」·「金牛太子傳」
1926년 : 「申桂厚傳」
1929년 : 「生六臣傳」·「死六臣傳」
1931년 : 「梨花征西傳」

　필자가 찾아낸 것만도 51종이다. 출판의 주종은 판소리 개작소설과 애정
소설임을 알 수 있다. 활자본 고소설의 초기부터 출판의 판도를 장악했던 셈
이다.

　특히 판소리 개작소설은 인기가 높아 「獄中花」대신 펴낸 「獄中佳人」은
1922년까지 12판, 「江上蓮」은 1923년까지 12판, 「燕의 脚」은 1922년까지 5
판, 「兎의 肝」은 1917년까지 4판이나 거듭 출판되었다. 한편 「裵裨將傳」도
1922년까지 8판이나 거듭됐으며, 신작 애정소설인 「秋風感別曲」은 1920년
까지 8판을 출판했다.

　독자들의 취향에 맞춰 책을 출판했던 전형적인 서적상으로 판소리 개작소
설과 애정소설, 군담소설이 반응이 좋아 주로 그런 책들을 출판했다고 보여
진다.

라) 德興書林

　德興書林은 1913년 博文書館, 光東書局, 匯東書館, 大昌書院과 공동으

로「劉忠烈傳」을 발행하면서 활자본 고소설을 출판하기 시작했다. 출판목록을 정리하면 다음과 같다.

1913년 : 「劉忠烈傳」(공동발행)
1914년 : 「金振玉傳」·「蟾同知傳」·「淑香傳」·「張伯傳」·「趙雄傳」
1915년 : 「南江月」·「江陵秋月」(玉蕭傳)·「洪吉童傳」
1916년 : 「朴泰輔實記」
1920년 : 「玄氏兩雄雙麟記」
1922년 : 「孫悟空」(공동발행)
1925년 : 「明沙十里」(1925. 10. 30)
1926년 : 「南怡將軍實記」·「金德齡傳」·「朝鮮太祖大王傳」
1928년 : 「黃月仙傳」
1929년 : 「端宗大王實記」
1930년 : 「赤壁歌」(1930. 1. 20)
1936년 : 「西太后傳」

1910년대에는 군담소설을 주로 출판했다. 그 중「洪吉童傳」은 1924년까지 10판이나 출판했다.

그런데 20년대에 들어와서 새로운 작품을 내놓지 못하는 다른 서적상에 비해 역사소설을 주로 출판하여 주목된다. 언제 출판됐는지 확인하지 못한 작품도 다수 있다.[42]

德興書林은 匯東書館·博文書館·永昌書館과 함께 1940년대까지 존재했었다.[43]

---

42) <부록>의 연도별 출판목록을 보면 언제 출판됐는지 알 수 없으나 덕흥서림에서 상당수의 역사소설을 발행했음을 알 수 있다.
43) 『朝鮮文藝年鑑』(인문사, 1940)에 의하면 당시 서울에 출판사가 21개 소며 거기서 고

마) 朝鮮書館

朝鮮書館은 1910년대에 새로 생겨난 서적상이다. 앞의 서적상처럼 애국
계몽기에 시작하여 여러 서적의 출판을 통하여 기반을 다진 것이 아니라 바
로 활자본 고소설로 영업을 시작한 것이 특징이다.

첫 작품은 1912년 11월 25일에 발행한 「奇談小說 朴天男傳」이다. 복숭아
에서 태어난 장수를 다룬 일본의 설화를 무대만 국내로 바꿔 펴낸 작품으로
서적상의 주인인 朴健會가 직접 지었다 하여 "뎌자 박건회"로 표시되어 있다.

1913년에 들어와서는 주인인 朴健會가 직접 참여하여 여러 작품을 내놓
게 되었다. 「高麗姜侍中傳」은 "편집ᄌ 박건회"로, 「別三說記」에는 "快齋
박건회져"로, 「姜太公實記」에는 "快齋著"로, 「張子房實記」에는 "快齋 朴
健會 譯述"로 각각 표시되어 있다. 주인인 朴健會는 서적상의 운영과 동시
에 저작자로도 활약했음을 알 수 있다.

신문광고도 내어 「三國志」와 「張子房實記」를 선전하기도 했다.44) 출판
목록을 정리하면 다음과 같다.

> 1912년 : 「朴天男傳」
> 1913년 : 「高麗姜侍中傳」·「三國志」·「別三說記」·「張子房實記」·
>   「姜太公實記」·「西遊記」(제2권)
> 1914년 : 「昌善感義錄」·「華容道實記」(1914. 7. 15)
> 1915년 : 「玄壽文傳」·「無雙 春香傳」·「薛仁貴傳」(1915. 5. 20)
> 1916년 : 「月峰山記」·「六孝子傳」
> 1917년 : 「雙頭將軍」·「三國李大將傳」
> 1918년 : 「漢水大戰」

소설을 출판하는 서적상은 위의 네 곳이라 한다. 河東鎬,『韓國近代文學의 書誌研
究』 p.100 참조.
44) 신문광고는 1913년 4월 22일자 『每日申報』에 보인다.

출판경향은 중국소설의 번역이나 번안이 주종을 이루고 있다. 당시 판소리 개작소설이나 군담소설·애정소설이 활자본 고소설 출판의 주류이었던 데 비하면 중국소설의 번역·번안이라는 새로운 분야를 개척했다고 할 수 있을 것이다.

2) 著作者

이제까지 서적상들을 검토함으로써 활자본 고소설이 어떻게 출판, 유통됐는가를 알아보았다. 여기에 밀접하게 관계된 사람이 저작자다. 李海朝처럼 당대 유명했던 신소설 작가가 고소설을 개작하거나 창작하기도 했으며 朴健會처럼 서적상의 주인이 영업과 동시에 고소설을 펴내는데 관여하기도 했다.

당시 활약했던 저작자를 찾는 일은 쉽지가 않다. 신소설의 작가처럼 널리 알려져 있는 경우가 드물기 때문이다.

우선 작품의 서두에 저작자를 밝히거나 작품의 뒷면에 저작자와 발행인을 구별해서 표시한 경우는 비교적 찾기가 쉽다. 이들을 찾아보면 李海朝와 朴健會 외에 다음과 같은 사람들이 더 있다.

姜義永 : 「鼠同知傳」(永昌書館, 1918)에 "編輯 姜義永"이라 표시
李鍾楨 : 「藥山東臺」(光東書局,1913)의 표지에 "李鐘楨 著"라 표시
朴哲魂 : 「雲英傳」(永昌書館, 1925)에 "朴哲魂 著"라 표시
張道斌 : 「南怡將軍實記」(德興書林, 1926)의 뒷면에 "著作者 張道斌", "發行者 金東縉"을 구분하여 표시
玄丙周 : 「불가살이젼」(光東書局,1921)에 "錦江漁父 玄盧舟子 翎仙 著", 「朴文秀傳」(京城書籍組合, 1926)에 "錦水 胡然生 玄翎 仙 丙周輯"이라 표시
李圭瑢 : 「英祖大王夜巡記」(大成書林, 1929)에 "李圭瑢著"라 표시, 「淑

香傳」(匯東書館, 1916)에 "著作者 李圭瑢" 표시
鄭基誠 : 「申遺腹傳」(廣文書市, 1917)에 "著作者 鄭基誠" 표시
兪喆鎭 : 「李麟傳」(東昌書屋, 1919)에 "兪喆鎭 著"라 표시
玄秀峯 : 「生六臣傳」(新舊書林, 1929)에 "玄秀峯 著"라 표시

이들 중에 朴健會(朝鮮書館)·姜義永(永昌書館)·李鍾楨(光東書局)·張道斌(高麗館)·玄丙周(興南書市)는 모두 서적상의 주인이다.45) 서적상의 영업과 동시에 저작에도 참여한 셈이다.

이들처럼 저작자라고 명시한 경우는 그 존재를 분명히 알 수 있다. 하지만 작품의 윗면에 '著作兼發行人'으로 표기되어 있는 인물은 대부분 서적상의 주인이기 때문에 그 중에서 저작자를 가려내기는 쉽지가 않다.

여기서 서적상의 주인이 아니면서 저작 겸 발행인으로 등장하는 인물을 찾을 필요가 생긴다. 이들은 발행인, 곧 서적상의 주인이 아니기에 저작자일 가능성이 높기 때문이다.

河東鎬는 "같은 발행소의 간행물이라도 발행인이 저술에 따라 달리 표시되었다."46)는 점을 지적했는데 이를 단서로 해서 저작자를 찾아보도록 한다. 서적상 주인과 '저작 겸 발행인'이 달리 표시된 것을 들어보면 다음과 같다. (괄호 속의 인물은 서적상의 주인이다.)

博文書館(盧益亨) ‐ 崔瓚植·金用濟·金元吉
廣學書鋪(金相萬) ‐ 李郁雨沈禹澤·朴健會·金昌錫
匯東書館(高裕相·高敬相) ‐ 李容漢
唯一書館(南宮濬) ‐ 朴健會·南宮楔

---

45) 이 사실은 河東鎬, 「開化期 小說의 發行所, 印刷所, 印刷人 攷」, p.8~9.
46) 같은 글, p.8.

東洋書院(閔濬鎬) - 玄公廉
新舊書林(池松旭) - 金翼洙·金弘濟·李鐘楨·金在義
大昌書院(玄公廉) - 李鐘楨
東美書市(李容漢) - 玄公廉·崔瓚植·金商鶴·朴健會·具升會
德興書林(金東縉) - 具升會[47]

주인 외에 '저작 겸 발행인'으로 등장하는 이들 모두가 고소설의 저작자는 아니다. 이 중에는 일반서적의 저자나 신소설의 작가도 포함되어 있기 때문이다.

이들 인물 중에 활자본 고소설의 '저작 겸 발행인'으로 등장하는 사람을 찾을 필요가 생긴다. 그들이 바로 고소설의 저작자일 가능성이 높다. 朴健會와 李鐘楨은 이미 앞에서 저작자로 확인했다.

다음으로 빈번하게 등장하는 인물 중에 玄公廉이 주목된다. 玄公廉은 저술가로 활동했던 현채의 아들로 이미 애국계몽기에 「經國美談」(우문관, 1908)을 번역하기도 했고, 「姜邯贊傳」을 펴내기도 했다. 1910년대에는 大昌書院의 주인으로 서적상을 운영했다. 그런데 1915년 廣益書館에서 발행한 「諸葛亮傳」을 보면 뒷면에 '저작겸 발행인'으로 玄公廉이 표시되어 있다. 廣益書館은 高敬相이 운영하던 서적상이니 玄公廉의 저작이 분명하다. 하지만 玄公廉은 많은 작품을 내놓지는 못했다.

또 南宮楔은 1916년 朝鮮圖書株式會社에서 발행한 「졔마무젼」의 '저작 겸 발행인'으로 등장한다. 작품의 첫 장에 '텬연ᄌ 찬녕'이라 표시되어 있으며 저작자의 설명이 붙어있어 이 작품은 개작된 것임이 분명하다. 南宮楔은

---

47) 같은 글을 참조하여 목록을 뽑았다. 단 匯東書館에서 高裕相과 高敬相은 형제 간이니 주인이라 볼 수 있으며, 東美書市는 주인이 玄公廉이라 했으나 李容漢으로 바로 잡는다. (당시 신문광고 참조) 玄公廉은 大昌書院의 주인이다.

漢城書館의 주인이니 「졔마무젼」의 저작자로 여겨진다. '텬연즈'가 곧 南宮
楔을 말하는 것으로 보인다.

　이상 활자본 고소설의 저작자로 확인된 사람은 모두 13명이고 그 중 서적
상의 주인이 7명이나 된다.

　이들 저작자는 서적상을 운영하기도 하지만 고소설의 출판에 관여하여 형
태를 바꾸거나 새로운 작품을 제작하기도 하였다. 개작이나 신작 고소설이
바로 이들에 의하여 만들어졌다. 활자본 고소설이 상품화되면서 독자들의
요구에 맞추어 작품을 다듬고, 치장시킨 것이 바로 이 저작자들이라 하겠다.

　그 중 가장 두드러진 활동을 했던 사람은 李海朝와 朴健會다. 李海朝는
많은 연구가 있어 그 실상을 잘 알 수 있다. 여기서는 朴健會에 대해 가능한
한 그 면모를 밝혀본다.

　朴健會는 호를 快齋라 했으며, 1910년대에 주로 활동했던 저작자다. 朝
鮮書館을 차리고 이 곳을 중심으로 활자본 고소설을 펴냈다. 게다가 朝鮮書
館 뿐만 아니라 唯一書館, 新舊書林, 廣明書館, 東美書市, 大昌書院, 匯
東書館 등에서도 저작자로 활약했다. 대부분 고소설이 저작자를 밝히지 않
는데 비해 朴健會는 그 존재를 드러내어 특이하다.

　우선 그가 어떤 작품을 저작했는지 알아보도록 한다. 저작의 방식은 (ㄱ)저
작, (ㄴ)편집, (ㄷ)역술로 구분되는데 작품에 표기된 것을 중시하여 구분해 본다.

　　(ㄱ) 著作
　　　1. 朴天男傳 (朝鮮書館, 1912)
　　　2. 別三說記 (朝鮮書館, 1913)
　　　3. 姜太公實記 (朝鮮書館, 1913)
　　　4. 特別無雙 春香傳 (朝鮮書館, 1915)
　　　5. 唐太宗傳 (東美書市, 1917)

6. 靑樓之烈女 (新舊書林, 1917)

7. 雙頭將軍傳 (朝鮮書館, 1917)

8. 漢水大戰 (大昌書院, 1918)

9. 姜維實記 (大昌書院, 1922)

10. 陰陽三台星 (匯東書館, 1925)

(ㄴ) 編輯

1. 高麗姜侍中傳 (朝鮮書館, 1913)

2. 華容道實記 (朝鮮書館, 1913)

3. 玄壽文傳 (朝鮮書館, 1915)

4. 八壯士傳 (朝鮮書館, 1915)

5. 薛仁貴傳 (東美書市, 1915)

6. 荊山白玉 (新舊書林, 1915)

7. 六孝子傳 (朝鮮書館, 1916) * 편술

8. 孤獨閣氏 (廣明書館, 1916)

9. 增修 林慶業實記 (廣明書館, 1916) * 증수

10. 黃將軍傳 (東美書市, 1916)

11. 秦始皇傳 (唯一書館, 1916)

12. 금방울전 (京城書籍組合, 1926)

(ㄷ) 譯述

1. 待月西廂記 (唯一書館, 1913)

2. 張子房實記 (朝鮮書館, 1913)

3. 三國志 (朝鮮書館, 1913)

4. 西遊記 (朝鮮書館, 1913)

확인된 것만 보더라도 26편의 작품을 창작, 개작하거나 번역했다. 저작이라고 한 것은 일단 신작으로 생각할 수 있지만 필사본이나 방각본 혹은 중국소설의 원작이 있는 것은 개작이다.

「別三說記」・「特別無雙 春香傳」・「唐太宗傳」・「青樓之烈女」[48]・「漢水大戰」・「姜維實記」[49]가 여기에 해당한다. 그런데 편집한 것 중에서도 창작일 가능성이 있는 작품이 있다. 필사본이나 방각본이 없고 중국소설의 원작도 확인되지 않는 작품이 그것이다. 「高麗姜侍中傳」・「荊山白玉」・「六孝子傳」[50] 이 여기에 해당된다. 이렇게 보면 신작은 「朴天男傳」・「姜太公實記」・「雙頭將軍傳」・「陰陽三台星」・「高麗姜侍中傳」・「荊山白玉」・「六孝子傳」 등 7편이 된다. 나머지 작품들이 개작이고, 역술로 표시된 것은 중국소설의 번역이라고 보면 되겠다.

최초의 작품은 「朴天男傳」이다. '긔담쇼셜'이라 하여 복숭아에서 태어난 일본의 영웅을 우리 나라 인물로 바꿔 소설화한 것이다. 문장은 신소설투로 되어 있으며, 친일적 경향이 눈에 띈다. 하늘에서 주었다는 주인공 天男이가 섬의 요괴를 물리치고 "텬황폐ᄒ의 지인지덕"(p.42)을 널리 폈다고 하는 내용이다.

본격적인 고소설의 편집이나 저작은 1913년부터 시작된다. 그 해에 8편의 작품을 내놓았는데 중국소설의 번역이나 번안이 대부분이다. 이 과정에서 박건회는 고소설 저작의 특성으로 章回體를 활용하게 된다.[51] 朴健會는 그

---

48) 박일룡, 「조선후기 애정소설의 서술시각과 서사세계」 (서울대 박사논문, 1988), p.34 에서이 작품을 중국소설 「왕경룡전」의 번역이라고 했다.

49) 「漢水大戰」과 「姜維實記」는 「三國志」에서 사건과 인물을 뽑아 개작한 것이다.

50) 이 작품은 신작의 양상을 다루는 부분에서 다시 언급하겠지만 순수한 창작이라고 보기는 어렵고 개작과 신작이 혼합된 형태다.

51) 章回體는 中國 宋代의 話本에서 유래하여 元・明간에 크게 발전하였다. 일관된 긴 이야기를 토막으로 나누어 서술한 소설을 말한다. 형식은 매회마다 그 회의 이야기 내용을 간추려 제목을 붙이고 그 끝에는 보통 "且看下回分解"・"且聽下文分解"등의 말로 맺고 있다. 서울대 동아문화 연구소 편, 『國語國文學事典』(신구문화사, 1981)

뒤 출판되는 거의 모든 작품을 장회체로 바꾸어 펴냈다. 심지어는 「春香傳」 조차 14회의 장회체로 개작하였다. 한 回의 끝에는 반드시 "下回를 보아"나 "궁금하거든 下回를 보시오"를 붙여 독자의 흥미를 끌도록 했다.

가장 친일적이고 통속적인 모습을 보인 저작자가 朴健會며 활자본 고소설의 개작·신작도 이런 경향과 무관하지는 않다.

4. 改作·新作의 樣相

1912년부터 활자본 고소설이 등장하여 상업화되면서 그 체제가 방각본이나 필사본과는 다르게 변화되기 시작했다.

먼저 작품의 제목에 제재나 주제적인 수식어를 붙여서 출판한 것을 볼 수 있다. 예를 들면 다음과 같다.

「絶對佳人 春香傳」·「萬古孝女 沈靑傳」·「萬古忠臣 劉忠烈傳」
「一代名將 張伯傳」 (제재적 명칭)
「倫理小說 陳大方傳」·「悲劇小說 金仁香傳」·「奇談小說 朴天男傳」
「忠孝小說 劉忠烈傳」 (주제적 명칭)

더욱이 「獄中花」나 「鳳凰臺」처럼 제목을 신소설식으로 바꾼 것도 있다. 다음은 문장을 호흡 단위로 띄어쓰기 하여 인쇄하거나, 중간에 한자를 ( )속에 넣거나 병기한 것을 볼 수 있다. 예를 들면 다음과 같다.

화셜 고려 티조디왕시졀에 경긔도 시흥군 문성동에 흔스룸이 잇스되[52]

---

p.552 참조.

딕딕명문거족(代代名門巨族)으로소년등과(少年登科)ᄒ야벼살이
리조판셔에일으미53)
話說東漢末 南陽隆中 全無後無 一位隱士
화셜동한말에남양륭즁에젼무후무ᄒ일위은ᄉ잇스니54)

띄어쓰기를 한 것은 호흡단위로 되어 있어 낭독하기 편하게 한 것이고, 한
자를 넣은 것은 의미파악을 쉽게 하도록 한 것이다.

또 대화와 지문을 구별하여 적은 모습도 나타났다. 예를 들면 다음과 같다.

이런경쳐구경ᄒ며 광한루다다라셔
방ᄌ야
예
도원이어드미니 무릉이여긔로다55)

이런 변화들은 모두 출판의 형태가 바뀜에 따라 당시의 표기를 반영한 것
이며, 또한 독자들이 고소설을 읽기 편하게 하기 위함이기도 하다.

이러한 변화와 더불어 개작 고소설이 등장하게 된 것이다. 개작 고소설은
필사본이나 방각본에 있는 원작이 여러 양상으로 바뀐 것이라 할 수 있다.

개작의 양상을 보면 첫째, 편집에 있어서의 변화를 들 수 있다. 제목을 바
꾸거나, 저작자의 말을 넣거나, 작품의 서술형태를 바꾸는 것이다.

「李大鳳傳」을 개작한 「鳳凰臺」를 보면 작품의 서두에 "악흔나무에는 악
흔실과가 밋치고 션흔나무에는 션흔실과가 밋치ᄂ니"(p.1)라 하여 선악에 대

---

52) 「高麗姜侍中傳」(朝鮮書館, 1913), p.1.
53) 「洪吉童傳」(德興書林, 1915) p.1.
54) 「華容道實記」(朝鮮書館, 1913), p.1.
55) 「고본 춘향젼」(신문관, 1913), p.13

한 논평이 들어 있다. 또 朴健會가 '편집'했다는 작품은 서술의 형태를 모두 章回體로 바꾸었다.

둘째, 인물이나 배경이 바뀐 것을 들 수 있다. 李鍾楨이 지었다는 「藥山東臺」는 「春香傳」에 등장하는 인물을 전 이조판서 아들 송경필, 영변의 기생 빙옥, 영변부사로 바꾸었다. 사건은 거의 일치하고, 배경과 인물만 바꾸었다. 남원의 「春香傳」을 영변으로 옮겨온 셈이다.

이런 두 가지 경우는 작품의 주제에 큰 변화를 주지는 않는다. 하지만 사건이 바뀐 것은 주제의식과 밀접한 관련이 있다.

셋째, 사건이 바뀐 경우다. 이미 앞에서 살펴본 「金太子傳」은 왜구를 정벌하고 일본 왕의 항복을 받는 부분을 삭제함으로써 척왜라는 주제의식을 거세하였다. 李海朝의 판소리 개작소설인 「獄中花」도 마찬가지다. 마지막 대목에서 이몽룡이 변사또를 용서하고 선치를 부탁함으로써 신분해방이라는 「春香傳」의 주제를 왜곡시켰다.[56]

앞의 두 경우는 소극적 개작이라 할 수 있고 주제의식이 바뀐 것은 적극적 개작이라 하겠다.

개작은 그 母本이 되는 필사본이나 방각본에 의거하고 있지만 신작은 그렇지 않다. 당시 고소설의 활발한 출판에 힘입어 새롭게 창작된 작품이기 때문이다. 여기서 신작을 가릴 수 있는 근거가 필요하게 된다.

활자본으로 출판됐으나 필사본과 방각본이 없는 경우는 신작으로서의 가능성이 높다. 하지만 필사본은 워낙 종류가 많아 발견되지 않았을 뿐 존재할 가능성을 배제할 수는 없다. 이 때문에 신작으로서의 몇 가지 기준을 더 고려해 볼 필요가 생긴다.

첫째, 필사본이나 방각본이 없으면서 저작자가 밝혀진 경우는 거의 신작

---

56) 崔元植, 앞의 글, p.154.

이라 생각해도 틀림이 없다. 李海朝가 지었다고 하는「洪將軍傳」이나「韓氏報應錄」[57], 朴健會가 지었다고 하는 여러 작품들이 여기에 해당한다. 저작자가 밝혀진 신작 고소설을 정리해 보면 다음과 같다.

李海朝 :「洪將軍傳」·「韓氏報應錄」(五車書廠, 1918)
朴健會 :「朴天男傳」(朝鮮書館, 1912)·「高麗姜侍中傳」(朝鮮書館, 1913)
　　　　「姜太公實記」(朝鮮書館, 1913)·「荊山白玉」(新舊書林, 1915)
　　　　「六孝子傳」(朝鮮書館, 1916)「雙頭將軍傳」(朝鮮書館, 1917)
　　　　「陰陽三台星」(匯東書館, 1925)
金敎濟 :「鸞鳳奇合」(東洋書院, 1913)
鄭基誠 :「申遺腹傳」(廣文書市, 1917)
兪喆鎭 :「李麟傳」(東昌書屋, 1919)
玄丙周 :「朴文秀傳」(漢城書館·唯一書館, 1915)
　　　　「불가살이젼」(光東書局, 1921)

둘째, 작품의 서두나 말미에 저작배경을 밝히는 해설이 들어 있는 경우 신작이라 볼 수 있다. 정리하면 다음과 같다.[58]

저쟉즈 가로되 평양에 秋風感別曲이 류젼ㅎ미 오리되 그 실수는 업고 감별곡만 잇스니…… 혹 듯기도 ㅎ고 혹 칙즈에서 본거슬 창쟉ㅎ야 한 쑤리를 믄드럿스나 ……   -「秋風感別曲」(新舊書林, 1912), pp.126~127. -

부귀롤 누리며 용낭이 다즈다녀ㅎ니 엇지 긔이치 아니리오 이에 그 ᄉ젹을 대략 말슴ㅎ거니와 용낭의 문쟝은 짜로 부용집(芙蓉集)이 잇기로 이 칙

---

57) 같은 글, p.33에서 李海朝의 창작임을 밝혔다.
58) 번거로움을 피하기 위해 일일이 각주를 달지 않고 책의 서지와 면수를 뒤에 적는다. 띄어쓰기는 필자.

에 긔록지 아니ㅎ노라　　　　－「芙蓉의 相思曲」(新舊書林, 1913), p.89. －

　　오호라 고왕금래에 영웅렬사와 문장재자와 풍류야랑이색계에 유련한 자
ㅣ 하나 둘이 아 니나 능히 그 허물을 뉘웃친 이는 진실로 드문지라. 이에
김진성의 젼후 사실을 말할진댄참 긔이한 일인 고로 셩셔미로에 그 사젹을
대강 긔록하여 색계상에 침혹하야 그 본심을 직히지 못하는 자를 경계하노
라.　　　　　　　　　　　　　－「青年悔心曲」(新舊書林, 1914), p.1. －

　　근디ㅅ젹으로 의론할진딘 이 南江月에 검술로 디공를 일움과 화경옥에
지혜와 정렬이며 두 여화에 졀힝과 언스는진실로 긔이ㅎ고 희한ㅎ 고로 셩
셔벽등(城西碧燈)에 그 힝젹를 디강긔록ㅎ야 차셰에 젼파ㅎ노니 보시는 니
는 심상ㅎ 소셜로 역이지 아니 ㅎ심를 두터이 ㅂ라노라
　　　　　　　　　　　　　－「一代勇女 南江月」(德興書林, 1915) '셔언' －

　　이 칙이 효힝과 렬졀이 고금에 듬은 고로 디강 긔록ㅎ야 후셰 사롬으로
ㅎ야곰 젼ㅎ야 본밧게 ㅎ노라　－「槐山 鄭進士傳」(同文書林, 1918), p.63. －

　　긔즈(記者)ㅣ 평판ㅎ야 가라디 아름답다 슘쾌졍의 사실이여 가히 연구가
에 리상적 지료가 될 것이오 가히 뎡탐가에 심리젹 라침이 될 쑨 아니라
　　　　　　　　　　　　　－「三快亭」(新舊書林, 1919), p.71. －

　　이런 해설은 저작자가 왜 작품을 짓게 됐는가를 밝히는 것이어서 거의 확
실한 신작의 단서가 될 수 있다.
　　셋째, 서두가 '화설'이 아니라 바로 상황을 제시하는 것이나, 다른 얘기로
화두를 꺼내는 것은 신작일 가능성이 있다. 앞에서 살펴본 「秋風感別曲」의
경우 "만산락엽은 쓸쓸한 가을 바람을 따라 홋터지고 공산에 명월은 젹만한
데 － "(p.1)로 서두가 시작되며, 「芙蓉의 相思曲」은 "차홉다 죠션의 승디강

산 의론흐면 평양이 데일이라"(p.1)고 평양의 경치를 묘사하는 것으로 소설
이 시작되고 있다. 물론 이 경우는 앞의 두 경우처럼 확실한 신작의 단서는
될 수 없지만, 필사본이나 방각본이 없을 때 가능성이 높다고 하겠다.

또 작품의 서두에 다른 이야기를 하다가 본 작품의 내용으로 돌아오는 것
도 그 수법의 새로움으로 인하여 신작일 가능성이 높다. 「三仙記」(以文堂,
1918)를 보면 서두에 중국 전국시대 청빈한 선비의 이야기를 하다가 "사롬
의 성정은 고금이 다르지 아니흐야 예전 흔 사롬이 잇스되"(p.3)라고 본 이
야기로 돌아온다. 필사본이나 방각본에 유사한 작품이 있으면 개작이겠지만
없으면 신작의 가능성이 높다.

넷째, 당시의 용어가 작품 속에 들어있는 경우다. 이것은 고소설을 개작하
거나 창작할 때 삽입된 것이어서, 신작일 가능성이 있다.

朴健會가 지은 「朴天男傳」을 보면 "텬람장군이 군복을 정졔흐고 군장을
걸머메인 후에"(p.18)라는 구절이 있다. 그 중에 '군복'과 '군장'은 당시에 쓰
던 용어다. 또 「一代勇女 南江月」에도 "화셜 지나(支那) 청나라"(p.1)라는
표현이 나온다. '支那'는 곧 중국을 나타내는 말로 18, 19세기에는 쓰던 말은
아니었다. 근대화되면서 쓰던 용어이니 신작임을 알아보는 데 보탬이 될 수
있다.

이상 신작의 근거로 네 가지 경우를 살펴보았다. 그 중에서 저작자가 밝혀
진 것이나, 저작의 배경을 알 수 있는 말이 있는 경우는 확실히 신작이라 하
겠다. 하지만 서두에서 이야기 전개방식의 변화나 당시 용어의 삽입은 상대
적으로 신작의 근거가 미약한 편이다. 다만 필사본이나 방각본에 원작이 없
을 때만이 신작의 가능성이 있다.

이러한 검토를 토대로 앞으로 다룰 1910년대의 활자본 고소설 중에서 신
작을 뽑아 종류별로 나누어 보면 다음과 같다.

(가) 歷史類小說 (5종)

1. 高麗姜侍中傳 (朝鮮書館, 1913)

2. 姜太公實記 (朝鮮書館, 1913)

3. 朴文秀傳 (漢城書館·唯一書館, 1915)

4. 洪將軍傳 (五車書廠, 1918)

5. 韓氏報應錄 (五車書廠, 1918)

(나) 軍談類小說 (4종)

1. 一代勇女 南江月 (德興書林, 1915)

2. 申遺腹傳 (廣文書市, 1917)

3. 雙頭將軍傳 (朝鮮書館, 1917)

4. 李麟傳 (동창서옥, 1919)

(다) 愛情類小說 (5종)

1. 秋風感別曲 (新舊書林, 1912)

2. 芙蓉의 想思曲 (新舊書林, 1913)

3. 靑年悔心曲 (新舊書林, 1914)

4. 鸞鳳奇合(東洋書院, 1913)

5. 荊山白玉 (新舊書林, 1915)[59]

(라) 世態小說[60] (4종)

1. 六孝子傳 (朝鮮書館, 1916)

2. 三仙記 (以文堂, 1918)

3. 槐山 鄭進士傳 (同文書林, 1918)

---

59) 이은숙은 앞의 글에서 신작 애정소설로 「藥山東臺」와 「雙美奇鳳」을 포함시켰지만 「藥山東臺」는 「春香傳」의 개작이고, 「雙美奇鳳」은 신작의 근거를 찾지 못해 제외시켰다.

60) '세태소설'이란 용어는 조동일, 『한국문학통사 3』, p.508 참조.

4. 三快亭 (新舊書林, 1919)

(마) 其他
1. 朴天男傳 (朝鮮書館, 1912)

1910년대에 한하여 신작으로 확인된 것이 모두 19종이다.[61] 이 연구에서는 이 중에서 주도적인 경향을 보였던 역사류 소설·군담류 소설·애정류 소설을 다룬다.

구체적인 대상 작품으로는 역사소설에서 국내 역사적 인물을 주인공으로 한 「高麗姜侍中전」과 「洪將軍傳」·「韓氏報應錄」을 다룬다. 「朴文秀傳」은 개작과 신작이 혼합된 형태이기 때문에 제외했다.[62]

군담소설에서는 「一代勇女 南江月」과 「申遺腹傳」을 다룬다. 「李麟傳」은 1919년에 출판된 것이어서 1912 ~ 1918년을 주 대상으로 삼는 본 연구의 입장에서 제외했고, 「雙頭將軍傳」은 새로운 군담의 면모를 보이지 않아 제외했다.

애정소설에서는 기생이 여주인공으로 등장하는 「秋風感別曲」·「芙蓉의 相思曲」·「靑年悔心曲」을 다룬다. 그 이유는 다른 소설에 비해 비교적 근대적인 애정의 방식을 보여 주기 때문이다.

이렇게 해서 이 연구에서는 가장 적극적인 개작양상을 보였던 「獄中花」를 포함해서 이상 8편의 신작 고소설을 분석의 대상으로 삼겠다. 대상작품의 서지를 살펴보면 다음과 같다.

---

61) 이 숫자는 필자가 확인한 것이고 더 있을 가능성도 있다.
62) 「朴文秀傳」은 세 개의 이야기가 엮어진 것인데 첫번째 이야기만 창작이고 나머지 두편의이야기는 중국 話本小說의 번역이다. 중국 話本小說 중에서 『今古奇觀』의 제 2화 「兩縣令競義婚孤女」와 제 4화 「裵晋公義還原配」를 각각 번역한 것이다. 이명구, 『옛소설』(세종대왕기념사업회, 1976), p.109 참조.

○ 「高麗姜侍中傳」：朝鮮書館, 1913. 1. 10
○ 「洪將軍傳」：五車書廠, 1918. 5. 27
○ 「韓氏報應錄」：五車書廠, 1918. 5. 27
○ 「申遺腹傳」：廣文書市, 1917. 3. 25
　　朝鮮圖書株式會社, 1925. 11. 30
　　(「天情緣分」)京城書籍組合, 1927. 1. 15
　　匯東書館, 1927. 12. 23
　　永昌書館, 1928. 1. 10
　　盛文堂書店, 1935. 1. 25
○ 「南江月」：德興書林, 1915. 12. 25
○ 「芙蓉의 相思曲」：新舊書林, 1913. 9. 30 ~ 1923. 12. 10 (5판)
○ 「靑年悔心曲」：新舊書林, 1914. 8. 5 ~ 1921. 12. 10 (5판)
　　京城書籍組合, 1926. 12. 20
○ 「秋風感別曲」：新舊書林, 1912. 10. 10. ~ 1920. 4. 15 (8판)
　　(彩鳳感別曲) 博文書館, 1913. 5. 25 ~ 1917. 2. 15 (5판)
　　東洋書院, 1925. 1. 30
　　以文堂, 1925. 10. 30
　　京城書籍組合, 1925. 11. 10
　　世昌書館, 1952. 12. 20
○ 「獄中花」：博文書館, 1912. 8. 17 ~ 1921. 12. 20 (17판)
　　普及書館, 1912. 8. 27
　　大昌書院, 1920. 12. 30

제 3 장 신작 역사류 소설과 그 성격

역사류 소설이란 역사적 인물이나 사건을 다룬 고소설들을 말한다. 허구가 아닌 실제 역사상의 인물이나 사건을 다룬다는 점에서 '군담소설' 혹은 '영웅소설'과는 분명히 구분된다. 그런데 역사의 기록이 官에서만 주도됐기에 고소설에서 역사적 사실을 다룬다는 것은 이단시 되고 금기시 되어 왔다. 필사본이나 방각본에서 역사류 소설이 드문 것은 이 때문이다.

역사를 다루는 것이 왜 이단시 되고, 금기시 되는가를 「三國志演義」를 배격한 사대부들의 논조 속에서 찾을 수 있다.

演義小說은 간악하고 음란한 말을 기록한 것이니 보아서는 안 된다. 자제들에게 보지 못하게 금해야 한다. 혹간 남을 대해서 소설 내용을 끈덕지게 얘기하거나, 남에게 그것을 읽기를 권하는 사람이 있으니, 애석하다 사람의 무식이 어찌 이 지경일까? 「三國演義」는 陣壽의 正史와 혼동되기 쉬운 것이니 엄격하게 구분해야 한다.1)

演義는 곧 역사소설2)이다. 배격의 이유는 正史와 혼동된다는 것이다. 곧

---

1) 李德懋, 「士小節」 敎習演義小說 作好誨淫 不可接目 切禁子弟 勿使看之 或有對人 娓娓誦說 勸人讀之者 惜乎人之無識 胡至於此 三國演義 混於陣壽 正史 須當嚴辨

역사의 자유로운 해석으로 인해 역사적 정통을 거부했기에 배격의 대상이
된다. 문제가 되는 것은 역사를 어떻게 파악하느냐는 역사인식의 방향이다.
그것이 당시의 정통론과 일치하면 별 문제가 없지만 어긋날 경우에는 이단
시되어 철저하게 배격된다.

　필사본이나 방각본 역사류 소설인 「壬辰錄」·「林慶業傳」·「朴氏傳」은
이런 역사인식의 테두리 안에서 소설화가 가능했다.

　「壬辰錄」은 다양한 설화가 수용되고 민족영웅의 활약이 두드러지게 나타
나 왜적에 대한 민중들의 요구가 반영되어 있지만 그것이 중세 질서에 대한
반발의 형태로 나타나지는 않는다.

　「林慶業傳」은 병자호란이라는 역사적 사실을 토대로 하고 있다. 작품의
전개는 역사적 사실에 의해 제약을 받지만 사실과 다른 허구도 삽입되어 있
다. 사실과 다른 허구는 호국을 도와 가달을 물리치고, 내부의 배신으로 호
국에 패배했으며, 고국에 돌아왔으나 김자점의 음모로 살해되었다는 부분이
다. 이 문학적 허구는 역사적 사실을 바꾸지는 않지만 역사적 사건들이 어떤
의도에서 선택되고 배열되었는가를 알 수 있게 해준다. 그 의도는 '崇明排
淸'에 근거하고 있다. 곧 華夷論的 역사인식을 바탕으로 하고 있다고 할 수
있다. 「林慶業傳」이 역사적 사실을 정면으로 다루고 있으면서도 문제되지
않았던 것은 바로 이 점이다.3)

　「朴氏傳」은 허구적 인물과 사건을 통해서 역사의 정면해석을 피했다. 그

---

2) 여기서는 역사적 사실이나 인물을 다룬 고소설의 역사류 소설을 넓은 의미의 '역사소
　설'로 도 부르고자 한다.
3) 「林慶業傳」은 正祖의 명에 의해 편찬된 「林忠愍公實記」와 역사인식을 같이 한다.
　특히명에 대한 의리를 강조한 宋時烈의 傳과 '崇明排淸'이란 점에서 일치한다. 이런
　점으로 볼 때다른 작품과는 달리 역사적 사실을 정면에서 다룬 「林慶業傳」이 허용될
　수 있었던 것은 당시 집권세력인 老論 측의 북벌론과 역사인식의 맥락이 같기 때문이
　다. 즉 당시의 역사적 정통론과 「林慶業傳」은 일치하기에 별 문제가 없었다.

리하여 임금이 항복한 청나라 군사들을 물리쳤다는 허구를 통해 지배층의
명분론을 비판하고 민중의 잠재력을 드러내고 있다. 하지만 민중들의 잠재
력이 역사적 사건을 바꾸지는 못한다. 역사를 지배하는 원리가 있기 때문이
다. 그것은 작품에서 '텬의'(天意)로 드러난다. 곧 숙명론적인 역사인식을 보
여준다고 할 수 있다.

　이런 역사소설의 전통 속에서 1910년대 등장한 신작 역사류 소설은 어떤
성격을 드러내고 있는가를 살펴보도록 한다.

1. 「高麗姜侍中傳」과 姜邯贊像의 왜곡

　朴健會가 '편즙'한 「高麗姜侍中傳」[4]은 거란을 물리친 민족영웅 姜邯贊
(948~1031)을 주인공으로 한 10회의 章回體 소설이다. 각 회의 제목은 다
음과 같다.

　　제일회　종남산을 꿈에 감동하고 귀남즈를 늦게 엇다
　　제이회　강감찬이 등과 초츌ㅎ야한양에 호랑을쏫차민폐를 덜다
　　제삼회　긔고리 소릭를 금지ㅎ믹 경쥬 일경이 감복ㅎ니라
　　제亽회　딕장 강죠가 목종을 짐살ㅎ고걸안이홍화진에드러와 도젹질ㅎ다
　　제오회　소손영 군亽를 드러변방을 침노ㅎ고강원슈가군亽를 일이켜 젹국
　　　　　을 막다
　　제육회　경셩에 동북병이 니호ㅎ고 구쥬에 손영군이 부진ㅎ다
　　제칠회　판관이 솔병ㅎ여 딕치로 도라오고원슈가 설계ㅎ야 만진을 파하다

---

4) 텍스트는 「高麗姜侍中傳」(朝鮮書館, 1913)이다.앞으로 인용은 괄호 속에 면수만 표
　시 한다.

제팔회 반영에셔 걸안에 군수를 의로 놋코문곡이낭셩에 혼을 눈물노 보
      니다
제구회 영파역에셔 긔가를 알외고 어힝궁에셔 금화를 샹사ᄒ시다
제십회 송스가 문곡셩을 공경ᄒ야 례ᄒ고덕종이 긔국후를 더봉ᄒ다

1회~3회는 강감찬에 관한 설화를 차용한 것이고, 4회~10회는 거란을 물
리친 역사적 사실을 다루고 있다. 異民族을 물리친 역사적 영웅을 다루고
있다는 점에서 애국계몽기의 역사전기물[5]과 문제의식을 같이 하고 있다고
여겨지나, 실제 역사적 사건을 어떻게 다루고 있는가에 따라 그 양상은 다를
수 있다.

1) 역사의 통속화

강감찬의 탄생은 귀족적 영웅소설의 상투적인 방식인 '적강 모티프'[6]를
차용하고 있다. "혼 큰 별이 하날노 좃차 하강"(p.2)하였다 한다. 강감찬은
당연히 천상계의 인물로 드러난다. 이런 인물이기에 서울에서 호랑이를 몰
아내고, 경주에서 개구리 소리를 멈추게 하는 이적을 보이게 된다.

2회, 3회의 이적을 행하는 것은 설화를 적극 차용한 것이다. 호랑이를 몰
아낸 설회는 成俔의 『慵齊叢話』에 그대로 전하며[7] 구전설화로도 널리 전
한다.[8] 개구리를 못 울게 했다는 것도 구비설화로 전한다.[9] 모두 강감찬의

---

5) 강감찬을 다룬 애국계몽기의 역사전기물은 禹基善의 「姜邯贊傳」(玄公廉발행,
   1908)이 있다.
6) '謫降'이란 용어는 고소설에 자주 등장하는 것으로 "본시 天上界에서 살던 인간이
   어떤 실수나 죄를 저지름으로써 地上界로 쫓겨옴"을 뜻하며, 서구 문학의 'paradise
   lost motif'에 해당되는 개념이다. 成賢慶, 「謫降小說硏究」, 『韓國小說의 構造와 實
   相』(영남대 출판부, 1981), p.3 참조.
7) 成俔, 「慵齋叢話」, 『大東野乘』(민족문화추진회, 1971), pp.62~63.

신이한 능력을 보여주는 역할을 한다.

천상계의 설정이나 설화의 수용은 고소설의 일반적인 방식을 변용 없이 그대로 계승했다는 근거가 된다. 문제는 작품의 중심이 되는 역사적 사실을 어떻게 다루고 있느냐는 점이다.

10~11세기 동아시아의 판도를 놓고 볼 때 거란과 국경을 접한 고려로서 발해를 멸망시키고 대제국을 이루려는 거란의 침입을 받게 되는 것은 피할 도리가 없다. 모두 3차에 걸친 거란과의 싸움에서 고려는 거란을 물리치고 대등한 자격으로 화친을 맺게 된다. 그것은 특히 '귀주대첩'이라 불리는 3차 싸움에서 고려가 승리한 결과 때문이다. 『高麗史』에서는 그 싸움의 승리를 다음과 같이 전한다.

石川(皇華川)을 건너 盤嶺(八營嶺)에 이르기까지 적의 시체가 들을 덮었고, 포로된 자와 말·낙타·갑옷·병기를 노획한 것이 헤아릴 수 없이 많았다. 적군으로 살아 돌아간 자가 겨우 수천에 불과하였다. 거란군의 패퇴치고 일찍이 이와 같은 것이 없었다.[10]

이는 역사적 사실의 구체적 서술이다. 이 싸움의 승리는 거란에 대한 우리 민족의 승리다. 고려가 宋과 거란과의 관계에서 자주성을 확보할 수 있었던 것은 이런 싸움의 결과에 기인한다.

하지만 작품에서는 싸움의 승리를 현실적 대응이 아닌 천상계 질서에 의한 것으로 다루고 있다.

---

8) 張德順, 『韓國說話文學硏究』(서울대 출판부, 1979)의 설화분류에서 '강감찬의 서울 호랑이 퇴치'·'강감찬의 중호랑이' 참조
9) 같은 책, '강감찬의 禁蛙' 참조
10) 『高麗史』卷94, 「列傳」姜邯贊.

당시에 텬옥 지수ᄒ엿든 탐낭성이 망명ᄒ야 북방 걸안지에 하락ᄒ여 소
손영이 화성흠이 쟝찻 세계에 디경징이 싱겨서 인싱의 곤란이 극도에 일을
지라 ……상졔ᄭ옵셔 발셔 통촉ᄒ시고 문곡으로 동방 고려국에 격하ᄒᄉ 노
심초ᄉᄒ여 탐낭에 유독을 방어케 ᄒ시며 (p.44)

탐낭성이 망명하여 거란의 대장 소손영[11]이 되고 문곡성이 적강하여 강
감찬이 됐다고 한다. 고려와 거란의 현실적인 싸움은 문곡성과 탐낭성의 천
상계 질서로 바뀌어 버렸다. 더욱이 싸움의 승패가 이미 예견되어 있기에 이
싸움의 역사적이고 현실적인 의미는 없어지게 된다.

작품에서 드러나는 것은 그 싸움이 갖는 민족항쟁으로서의 의미보다는 싸
움 자체의 흥미다. 싸움의 결과는 이미 예정된 것이니 거란과 싸워 민족의
힘을 떨쳤다는 것은 중요한 문제가 아니다. 어떤 식으로 싸웠느냐가 더 관심
의 대상이 된다. 작품에서는 군사를 배치하고 계책을 세우는 과정이 자세하
게 서술되어 있다.

이에 삼군을 호령ᄒ야 적진을 에월시 동서남 삼문에ᄂ 각가 쳘긔 슈만을
비취ᄒ며 북방 ᄒ 문을 열고 강민쳠을 명ᄒ여 셕천 좌우에 미복ᄒ엿다가 쳔
변으로 좃ᄎ 인마소릭가 잇거든 일졔히 ᄉᆨ살ᄒ라 하며일군은 반영에 미복ᄒ
엿다가손영에 픽ᄒ야 도라가믈 믹아 디군을 졉응ᄒ리 ᄒ고 (p.33)

『高麗史』의 기록은 다음과 같다.

---

11) 거란의 3차 침입시 인솔자는 소손영(蕭遜寧)이 아니라 그의 형인 소배압(蕭排押)이
다. 소손영은 이미 15년 전에 蕭太后의 노여움을 사 죽임을 당했다.『高麗史』의 기록
도 잘못이다. 朴賢緖,「北方民族과의 抗爭」,『한국사』4 (국사편찬위원회, 1981),
p.280 참조.

거란군이 귀주를 통과할 때 강감찬 등은 동쪽 외곽에서 마주 나아 싸웠
다. 양군이 교전하되 아직 승패가 가려지지 않았다. 이 때 에 김종현(군사
만 명을 거느리고 개경을 수비하고 있던 자 - 인용자 주)이 군사를 이끌고
달려오고, 풍우가 남쪽으로부터 휘몰아쳐 깃발은 북쪽을 가리키며 나부꼈
다. 아군은 승세를 타고 분전하니 용기가 더 하였고 북으로 패주하는 적을
맹렬히 추격하였다.12)

이 두 서술을 비교해 보면 작품에서 역사적 사실을 어떻게 다루고 있는가
를 알 수 있다.『高麗史』의 기술은 싸움의 자세한 과정보다는 싸움의 결과
를 중시하고 있다. 즉 거란의 침입을 물리쳤다고 하는 사실이 부각되어 있
다. 반면「高麗姜侍中傳」에서는 싸움의 과정이 중시되고 있다. 자세한 계책
과 병법이 등장하고 여기에 맞서는 거란군도 만만치 않다. "우리가 흔 진을
이기면 제가 흔 진을 이긔"(p.31)였다고 한다. 힘의 우위가 쉽게 드러나지 않
고 그만큼 싸움이 팽팽하게 전개된다.13)

소설에서 허구적 사건들이 등장하는 건 당연하다. 하지만 그 허구가 역사
적 사실을 바탕으로 한 것이기에 역사적 의미와 연결돼야 한다.「高麗姜侍
中傳」은 싸움의 자세한 과정만 제시되어 있을 뿐이지 거란을 물리쳤다는 민
족항쟁의 역사적 의미로는 연결되지 않는다.

애국계몽기의 역사전기물은 역사적 사실의 소설화에는 도달하지 못했지
만, 민족적 영웅상을 부각시켜 민족주체적 역사인식을 보여주었다. 이는 국
권회복이라는 당대의 과제와 밀접한 연관을 가진다. 즉 민족영웅을 부각시
켜 투쟁의 명분을 부여하고자 했던 것이다.

---

12)『高麗史』, 같은 곳.
13) 이런 방식은 저작자인 朴健會가 중국 연의소설을 번역·번안하면서 체득된 것으로
    보인다.우리의 군담소설에는 병법과 계책이 많이 등장하지 않는 데 비해「三國志演
    義」같은 작품에서는 병법과 계책이 싸움의 중요한 수단이 된다.

「高麗姜侍中傳」은 그런 민족적 역사인식과는 거리가 멀다. 싸움의 과정을 중시함으로써 독자들의 홍미를 유발하는 통속적 경향을 보여준다. 즉 과거의 역사가 당대의 구체적 前史로 의미를 갖지 못하고 단순한 홍미거리로 전락하게 되는 것이라 하겠다.

2) 친일의 논리

역사의 통속화 경향은 민족적 긍지를 드러내는 대신 엉뚱한 방향으로 저작자의 의도를 드러낸다.

강감찬이 여러 이적을 행한 것 중에 경주에서 개구리를 못 울게 한 대목이 나온다. 천상계 인물인 강감찬의 신이한 능력을 보여주는 삽화로 보이나 작품을 자세히 보면 당시 현실적인 문맥과 연결되어 있음을 알 수 있다.

강감찬이 한양판관으로 있으면서 그 치적이 인정돼 경주부윤으로 제수된다. 왕의 조서에는 "경주논 원리 신라쩍 도성으로 빅셩이 옛 일을 싱각ᄒ야 심복이 되지 아니 ᄒ니"(p.10) 이를 제압해 달라는 말이 들어있다.

고려는 건국 초기부터 왕권에 대항한 지방호족의 세력이 만만치 않았다. 광종 때에 이르러서야 지방호족에 대한 대숙청이 실시돼 왕권이 강화되었다. 그 뒤를 이은 성종 때에 비로소 문벌귀족 정권이 확립된 것이다. 중앙에서 지방관을 파견한 것도 바로 이 무렵인 성종 2년이었다.

강감찬도 이 때에 과거에 급제해 지방관으로 나가게 된다. 작품에서 "셩종디왕 즉위ᄒ신지 이년"(p.4)에 과거에 급제했다고 한다. 강감찬이 경주부윤으로 내려갈 때에도 지방호족의 반발이 완전히 제거되지는 않았다. 강감찬의 임무는 이 반발을 제압해 왕권에 순응하게 하는 것이었다. 작품에서는 경주지방의 저항을 다음과 같이 그리고 있다.

　　원리 경쥬는 조셔와 갓치 옛 임군을 싱각호고 시나라에 복종치 아니호야
부윤에 졍스가 조금 불편흔 일이 잇스면 민란을 일의켜 명니를 쏘츠보느는
폐단이 만흐며 디형이 낫고 비습호야 방쥭과 연못이 스면에 둘러스민 기고
리 소리가 심호야쥬야롤 불계호고 요란이 들네는지라 (p.11)

　　지방민의 저항이라는 역사적 사실이 개구리 소리와 연결되어 있다. 지방
민의 저항은 역사적 문맥이고 개구리 소리는 설화적 상상에 근거한다. 그래
서 강감찬은 "셰계에 어듸던지 기명 못한 빅셩을 복종케 흐는 방법은 신긔
묘칙이 아니면 불가타 흐고"(p.11) 개구리 소리를 잠재우는 것이 경주 지방
민의 저항을 제압하는 것이라는 결론에 도달한다. 역사적인 사건을 주술적
인 방법에 의해 해결하고자 하는 것이다. 사건을 인식하는 것과 해결의 방법
이 어긋나 있다. 하지만 그것이 효력을 발휘한다. 경주 지방민이 "기명 못한"
무지한 백성들이기 때문에 그 방법이 가능하다는 것이다. 그런데 저작자의
다음과 같은 설명이 붙어있어 주목된다.

　　이후로는 빅셩이 감복호야 갈으되 부윤은 진긔쳔신이로다 무지흔 미물도
감히 영을 거역지 못흐거든 하믈며 빅셩이야 복종치 아니흐리오 흐고 영흐
면 힝흐고 금지흐는 이을 범치 아니 흐더라 이갓치 흔지 슈년에 일경에 더
치흐여 부윤이 갈닐가 두려워홈이 맛치 지금 죠션시되로 말하면 사닉총독에
어진 덕화을 구가홈과 흡스흐더라 (p.12)

　　여기서 강감찬은 왕권을 강화하는 인물로 등장한다. 그런데 강감찬의 행
위가 이 작품이 지어진 1913년 당시 "사닉총독에 어진 덕화"에 비유된다.
"사닉(寺內)총독"은 일본의 악질적인 육군대신으로 '합방'의 주역이었으며,
'합방'후 악명 높은 무단통치를 실시했던 테라우찌다. 이런 인물이 민족영웅

강감찬과 비유된다. 다른 것도 아니고 경주지방의 저항을 제압했다는 대목에 등장한다. 그렇다면 경주 지방민의 저항은 '합방'전의 의병운동과 맥을 같이 할 것이고 이런 의병운동은 "기명 못한 빅셩"의 불순한 행위가 된다. 또 '합방'전 '남한대토벌'을 통해 대대적인 살륙을 감행했던 테라우찌의 행위는 "어진 덕화을 구가"한 것이 된다.

극단적인 친일의 논리를 보인다. 올바른 역사인식을 지니지 못하고 역사를 흥미거리로 여기는 작품의 한계가 결국 극단적인 친일의 논리와 연결되어 있는 셈이다. 「高麗姜侍中傳」은 이민족을 물리친 민족영웅 姜邯賛像을 왜곡함으로써 민족의 긍지를 불러일으키거나 투쟁의 명분을 제시하는 것과는 정반대로 일제에 대한 복종을 강요하고 있다.

2. 「洪將軍傳」·「韓氏報應錄」과 '힘의 논리'

1) 「洪將軍傳」과 義賊전승의 개인주의적 변용

「洪將軍傳」은 계유정란의 주역인 洪允成(1425 ~ 1475)을 다룬 작품이다.[14] 모두 18회의 章回體로 되어있는데 각 회의 제목은 다음과 같다.

데일회 회인현에 쟝ᄉ가 셰상에 나다
데이회 홍쟝ᄉ가 디젹을 사니로 잡다
데삼회 티쟝샤ㅣ 계교로 셜냥ᄌ를 취ᄒ다
데ᄉ회 음녀ㅣ 약으로 장부를 살히ᄒ다
데오회 광근이 간프의 말을 감아니 듯다

14) 텍스트는 「洪將軍傳」(五車書廠, 1918)이다. 작품의 인용은 괄호 속에 면수만 표시한다.

뎨륙회 홍쟝시 크게 형의 원수를 갑다
뎨칠회 티만홍이 츄풍령에서 픠쥬ᄒ다
뎨팔회 양순군에셔 요승이 황텬에 가다
뎨구회 쟝희근이 밀양읍에셔 은혜를 갑다
뎨십회 룡당리에셔 광근이 부쟝을 구하다
뎨십일 회슌창군에 미인이 기온에 들다
뎨십이회 젼쥬셩에셔 모란이 형벌을 밧다
뎨십삼회 고금도에 모론이 병을 알타
뎨십ᄉ회 쟝시 한 줌억으로 대튱을 잡다
뎨십오회 호환과 슉녜 초례를 행하다
뎨십뉵회 로량진에 영웅이 진쥬를 만나다
뎨십칠회 모론이 검은고로 칠보시를 아뢰다
뎨십팔회 관찰이 로ᄒ야 셩황당을 불지르다

작품의 내용은 네 부분으로 나눌 수 있다. 1회~7회는 형의 복수담이며, 8회~10회는 의로운 일을 행하고 목숨을 보전하기 위해 亡命圖生 하는 얘기고, 11회~15회는 모란과의 결혼담이며, 16회~18회는 세조를 만나 뜻을 이루는 내용으로 되어있다.

이는 「水滸傳」이나 「洪吉童傳」, 조선후기 한문단편[15]에 나타나는 '의적전승'을 수용한 것으로, 의적전승의 골격[16]과 「洪將軍傳」을 비교하면 다음과 같다.

---

15) 한문단편의 예로는 『雪橋漫錄』의 '宣川 金進士', 『靑邱野談』의 '綠林客誘致沈上舍', '論義理郡盜化良民', 『東野彙輯』의 '再掠財感化群情', '三施計取重寶' 등이 있다.
16) 拙稿, 「洪吉童傳의 受容樣相과 時代的 意味」(성균관대 대학원 석사논문, 1984) 참조.

① 의로운 일을 하다 죄인으로 몰린다 : 1회~8회
② 목숨을 보전하기 위해 亡命圖生 한다 : 9회~10회
③ 도적이 되어 백성의 편에서 활동한다 : 11회~15회
④ 왕에게 능력을 인정받아 벼슬을 한다 : 16회~18회

차이가 나는 곳은 ③ 도적이 되어 백성의 편에서 활동하는 부분이다. 중세의 의적전승에서는 이 부분이 중요하게 다루어지고 있는 데 비해 「洪將軍傳」에서는 모란이라는 기생과의 결혼담으로 바뀌어져 있다.

중세의 의적활동은 농민저항으로서 의미를 갖는다. 우리의 경우 조선후기 농민 분해과정에서 발생한 流民들이 군도로 편입됐다. 곧 조선후기로 오면서 국가권력에 의한 가혹한 수탈과 생산력의 증가로 인해 無田農民들이 발생했으며,[17] 이들은 유민으로 전락하여 삶의 근거를 잃고 떠돌아다녔다. 도시로 나가 상인이 되거나 임금노동자가 되었지만 그것도 여의치 못하면 산속에 들어가 군도가 된 것이다. "聚則盜 散則民"[18]이라고 하는 말은 바로 그런 실상을 증명한다.

이들 군도가 수탈자인 지방관리에 대해 저항하는 것은 당연한 일이다. 하지만 의적전승은 명백히 중세적 테두리에서 존재한다. 농민수탈의 구조가 그렇고 왕권에 대한 도전 즉 혁명으로 발전하지 못하는 것이 그것이다. 「水滸傳」의 송강이나 「洪吉童傳」의 홍길동이 각각 왕으로부터 능력을 인정받아 벼슬을 하는 것이 그 예가 된다.

「洪將軍傳」은 의적전승을 계승하여 첫 부분에서 「水滸傳」의 무송이야기

---

17) 농민층의 분해과정에 대한 논의는 '권력층의 가혹한 수탈'이라는 정치사적인 견해와 '상품 화폐 경제의 전개와 생산력의 발전'이라는 사회경제사적인 견해로 구분된다. 특히 유민들을군도와 연결시킨 논의는 鄭奭鐘, 「洪景來亂의 性格」, 『韓國史硏究』7 (한국사연구회, 1972), pp.152~153 참조.
18) 『朝鮮王朝實錄』20 (국사편찬위원회), p.604.

를 그대로 번안하였고, 의로운 일을 행하는 이야기는 부녀를 희롱한 중을 처치한 「靑邱野談」의 '鬪劍術李裨將斬僧'[19]을 차용한 것이다. 원이야기는 죽은 중의 제자가 찾아와 결투하는 데까지 발전되나 여기서는 의로운 일을 행했다는 것만 활용했다.

의로운 일을 행한 결과 살인을 한 죄인으로 몰리고 몸을 피해 도적굴에 들어오는 것이 의적전승의 일반적 전개방식이다. 그럼으로써 봉건정부로부터는 범법자로 지목받지만 대다수의 민중들에게는 정의를 실현한 영웅으로 추앙받게 된다. 뒤에 백성의 편에 서서 의적활동을 하는 것은 이런 정의의 실현이라는 연장선상에 위치한다.

「洪將軍傳」에서는 혼자 몸을 피해 숯 굽는 일을 하다 위험에 처한 기생 모란을 구해주고 그와 결혼하게 된다. 홍윤성은 몸을 피해 산 속에 들어와 숨어 지내면서 다음과 같이 자신의 신세를 한탄한다.

　　나의 신셰가 웃지흐다 이 디경이 되얏는고 엇던 스룸은 죠년에 뜻을 엇어 웅지대략(雄材大略)을 세상에 빗느거늘 나는 심산졀협 토굴 속에서 숯을 졔죠흐노라 화긔와 연긔를 무릅쓰고 이 고초를 격그며 텬일을 보지 못흐는고 (하권, pp.40~41)

의적으로서의 명분을 얻고 결의하는 의적전승과는 뚜렷이 구별된다. 여기서는 자신의 출세하지 못함을 한탄하고 있다. 의적전승의 주인공들도 자신의 신세를 처음에는 한탄한다. 하지만 그것은 집단의 논리 속에 흡수되게 된다. 즉 개인이 조직의 일원으로 활동하게 됨으로써 개인적인 욕망이 조직적인 논리로 발전하게 되는 것이다. 홍윤성은 혼자 산 속에 들어왔고 자신을

---

19) 李佑成·林熒澤 역편, 『李朝漢文短篇集』 下 (일조각, 1978), p.102에 '李裨將'으로 수록되어 있다.

지지해 주는 민중도, 같이 활동하는 집단도 없다. 그러기에 개인적인 출세욕에 집착하고 이것이 이루어지지 않음을 한탄한다. 여기에 모란과의 결연담이 연결된다.

셋째 부분의 이야기는 주로 모란이 안평대군의 수청을 거절해 고난받는다는 내용이다. 義妓전승을 차용했다고 보여진다.[20] 하지만 수청을 거절하는 모란의 입장은 의기전승과는 다르다. 의기전승에서는 사랑하는 사람이 있기 때문에 수청을 거절하지만 여기서는 아니다. 처음에는 막강한 권세와 재물을 지닌 안평대군에게 "ᄉ랑ᄒ심을 입어 소원을 셩취ᄒᆞᆯᄶᅡ ᄒᆞ얏"(하권, p.21)지만, "량미간에 살기 가득ᄒ고 수한이 심히 부족ᄒᆞ야 보이ᄂᆞ 지라"(하권, p.21) 수청을 거부하고 고금도에 유배되는 고난을 당한다. 모란의 목적은 신분상승을 이룩하는 것이고, 그 대상으로 안평대군이 적합치 않기에 수청을 거부한 것이다. 그런데 홍윤성에게 구출되고 나서는 홍윤성을 자신의 짝으로 택한다.

> 홍부장은 아즉 이갓치 곤궁ᄒᄂ 얼굴에 둘흔 긔운이 가득ᄒᆫ 즉
> 필연 죠만간 귀인이 되야 무궁ᄒᆫ 복록을 누리리로다 (하권, p.46)

자신의 목적을 싱취시겨줄 ᅀᅮ 있ᄂ 상대기 때문이다. 李海朝ᄂ ᄆ란이라ᄂ 기생을 통해 안평대군과 홍윤성의 미래가 어떻게 될 것인가를 미리 예시하고 있는 것이다.

「洪將軍傳」은 의적전승을 차용했지만 의적으로서의 활동 부분을 결혼담으로 바꾸었다고 했다. 그리고 홍윤성이나 모란이나 모두 강한 개인적 출세

---

20) 崔元植, 「李海朝 文學硏究」, 『韓國近代文學史論』(창작사, 1986), p.162에서 「춘향전」에서 빌어온 것이라 했다.

지향을 보이고 있다. 거기에는 의로운 일을 행한 것에 대한 자부심도, 신분해방을 이루려는 의지도 없다. 개인의 출세에 대한 강한 욕구만이 드러나 있다. 이는 의적전승의 개인주의적 변용이다.

근대 자본주의 사회가 되면서 중세 농민저항으로서의 의적전승은 이를 떠받쳐줄 현실적 토대를 잃게 되고, 그 결과 의적전승은 개인의 출세라던가 결혼담으로 변모하게 된다.

2) 「韓氏報應錄」과 역사에의 대응 방식

계유정란을 주도한 韓明澮(1415~1487)를 주인공으로 한 「韓氏報應錄」 역시 「洪將軍傳」과 비슷한 경향을 보인다. 동일한 역사적 사건을 다루고 있으며, 인물의 영웅적 형상을 부각시키고 있는 점이 그렇다. 차이가 있다면 주인공인 한명회와 관련된 설화와 문헌을 섭렵하여 자료를 풍부하게 구사한 것이 「洪將軍傳」보다 나아진 점이라 하겠다.[21] 먼저 20회로 된 각 회의 제목을 정리해 본다.[22]

> 데일회 오공창에서 효녀 음덕을 밧다
> 데이회 한총각이 한 말 물로 신룡을 구ᄒ다
> 데삼회 로부인이 ᄭᅮᆷ에 바륙후를 보다
> 데사회 령통ᄉ 도승이 오ᄂᆞᆫ 복을 말ᄒ다
> 데오회 한공지 토기를 쏘다가 길을 일타
> 데뉵회 로구손 도젹이 한수지를 의로 놋타

---

21) 崔元植, 앞의 글, p.164.
22) 텍스트는 「韓氏報應錄」(五車書廠, 1918)이며, 『活字本 古典小說全集』12권(아세아 문화사, 1976)에 上・下권이 수록되어 있다. 앞으로 작품의 인용은 괄호 속에 『活字本 古典小說 全集』의 면수만 표시한다.

데칠회 의적이 한 칼로 인연을 끈타

데팔회 한수지 힘써 동창싱을 쳔거ㅎ다

데구회 민즁츄가 부인의 말을 물니치고 현셔를 얻다

데십회 어진 부체 손을 잇글고 고향리로 도라가다

데십일 회경포더에셔 호한이 호한을 알다

데십이회 희도 즁에 드러가 두 영웅이 스싱을 결단하다

데십삼회 락산사에셔 한싱이 이인을 만나다

데십스회 궁죠대가 지물을 소홀히 넉여 밧문셔를 물니치다

데십오회 쳔금을 허비ㅎ야 영웅이 본식을 로츌ㅎ다

데십뉵회 창가에셔 자다가 밍열히 고인의 억기를 쩌리다

데십칠회 어가를 맛겨 한공의 집에 잔치를 베풀다

데십팔회 오운림이 형벌을 림ㅎ야 징셔를 밧치다

데십구회 젹별궁에셔 도젹을 쩌려 옥톄를 구호ㅎ다

데이십회 희골을 빌고져 ㅎ아 시로 압구졍을 짓다

작품의 내용은 크게 세 부분으로 나누어진다. 1회~4회는 始祖의 유래와 한명회의 출생담이고, 5회~13회는 한명회의 활동상이며, 14~20회는 출세에 얽힌 이야기다. 「洪將軍傳」은 의적전승을 변용시켜 이야기를 구성한 데 비해 이 작품은 개별적인 설화가 풍부하게 차용되어 있다. 각 회의 차용된 설화를 정리해 보면 다음과 같다.

　제1회 : 구비설화 '오근장의 유래', '지네 장터'[23], 문헌설화『松泉筆談』[24]

　제2회 : 구비설화 '용개들의 전설'[25]

---

23)『韓國口碑文學大系』3-2(정신문화연구원, 1981), pp.219~21에 '오근장의 유래'로 채록되어 있으며, 崔常壽,『韓國民間傳說集(통문관, 1984), pp.82~86에 '지네 장터'로 소개됐다.

24) 박용구,『韓國의 怪奇譚』(서문당, 1975), pp.320~325.

第5 회~7회 : 문헌설화『靑邱野談』의「賊魁中宵擲長劍」26)
第12회 :『水滸傳』
第16회 :『大東野乘』의「五山說林草藁」27)
第18회 : 제 5 회 ~ 6회 설화와 동일
第19회 : 五臺山 上院寺에 얽힌 전설28)

이들 설화들이 작품의 전개에 어떤 역할을 하는가를 살펴보자.

우선 앞부분에서는 한명회의 선조들의 얘기를 중요하게 다루고 있다. 청주 한씨의 시조 韓蘭과 그 부인 송씨의 결연설화를 빌어와 작품을 구성했다. 이 설화는 '지네와 두꺼비' 혹은 '두꺼비의 보은' 등의 제목으로 널리 퍼져있는 이야기인데 작품에서는 이 설화를 약간 변형시켜 이진사집 머슴인 한총각과 두꺼비의 도움으로 목숨을 건진 송씨 처녀를 결합시켰다. 또 그 한생이 신룡이 변한 물고기를 살려주고 그 도움으로 주인 없는 모래땅을 개간해 가산을 일으켰으며, 고려 태조를 도와 위양공에 봉하게 되어 한씨 문중이 크게 일어났다는 내용도 중요하게 다루었다.

한명회를 다루는 데 있어서 조상들의 얘기를 이렇게 비중을 두어 다루는 것은 「韓氏報應錄」이라는 제목이 뜻하는 것처럼 한명회의 출세가 "모다 그 시조 위양공과 그 부인 송씨의 격덕루음 흔 보응"(p.20)의 결과임을 알리기 위해서다. 결국 이야기의 중심이 되는 것은 한명회의 출세다. 그 출세를 위해 다양한 설화들이 차용되고 재구성되는 것이다. 가장 중요한 역할을 하는 설화는 조상들이 도와준다는 것이다. 심지어는 한명회가 역사의 전면에 등장하려 할 때도 두꺼비의 후신이 나타나 한명회를 위험에서 구출해 주고

---

25)『韓國口碑文學大系』3-2, pp.657~58.
26) 李佑成・林熒澤 편역,『李朝漢文短篇集』下, pp.92~95.
27)『大東野乘』5 (민족문화추진회, 1971), p.519.
28)『한국일보』1985년 11월 15일자.

"그디는 위양공 부부의 음덕으로 이 세상에 종출ᄒ야 국가의 큰 그릇이 될 자격"(p.123)이라 하여 출세가 예정되어 있음을 알려 준다.

한명회의 활동 부분의 설화들은 영웅상을 부각시키기 위한 것으로 보인다. 『靑邱野談』에서 차용한 설화는 원래 李浣 대장에 얽힌 이야기다. 야담에서는 도둑의 괴수가 李浣의 대장부다움에 반하여 풀어주는데 비해 작품에서는 명분에 설득당한다. "일후 너의 국법으로 포교의 손에 죽을 일을 싱각거던 속히 회기ᄒ야 셩디 량민으로 강구연월을 노릭ᄒ며 나의 죽기 림하야 이갓치 부탁ᄒᄂ 말을 감스히 넉이라"(p.48)하자 도둑이 괴수가 어쩔 줄 몰라 하며 한명회를 풀어주었다 한다. 한명회의 영웅상을 부각시키기 위해 도둑 괴수의 모습을 형편없이 왜소화시켰다.

이미 앞에서 조상의 음덕에 의해 한명회의 출세가 예견되어 있고 그와 상응하기 위해 활동부분에서는 호쾌한 영웅상이 부각됐다고 볼 수 있다.

한명회의 영웅상이 부각되는 절정은 경포대에서 팔장사를 얻는 부분이다. "팔도에 두루 놀아 호걸을 사괴고자"(p.82) 의도하여 경포대에서 팔장사를 만나고 수영에 능한 최치운을 부하로 얻는데 이 부분은 『水滸傳』에서 이규와 장순이 싸우는 내용을 그대로 번안했다. 한명회를 『水滸傳』의 송강처럼 묘사했다고 하겠다.

한명회를 『水滸傳』의 영웅으로 묘사하다보니 당시 정세에 대해 반대편의 입장에 서게 된다. 이미 앞에서 "수양디군의 풍치를 뵈오미 진짓 비샹ᄒ"(p.82)다고 한 쪽으로 경도된 입장을 보였으며, 팔장사를 만나고서는 "죠만간 국가에 일이 잇고 보면 닉 결심코 쳔거ᄒ야 쓸 그릇을 만들니라"(p.88)고 결심한다. 구체적으로 당시의 정세가 무엇이 잘못되었는가는 제시되지 않았지만 혼란된 정세를 바로 잡으리라는 의지는 드러나 있다. 거기에 한명회가 주역으로 참가할 것은 이미 예견되고 있다. 그러면 한명회가 내세우는 명분이 무엇인가가 문제된다.

한명회는 팔장사들에게 다음과 같이 자신의 뜻을 말한다.

　　우리가 마음에 일생 효칙홀 쟈는 셕일 쳥쳔강에서 수나라 군수를 한 칼에
뭇질너 편갑도 안이 남기던 을지문덕(乙支文德)과 안시셩에서 당틱종에 눈
을 활로 쏘아 멀니던 량만츈(楊萬春)을 스승으로 녁임이 가ᄒᆞ니 형 등은 모
름즉이 뜻을 산수간에만 두지 말고 장악즁(掌握中)에 텬하ᄉᆞ를 운젼ᄒᆞ야
셩쥬를 뫼셔 갈츙보국ᄒᆞ고 명수쥭빅(名垂竹帛)ᄒᆞ야 나라의 광치를 ᄉᆞ회에
널니 들날니면그 안이 대장부의 ᄉᆞ업이리오 (p.90)

자신이 도모하려는 정변이 을지문덕이나 양만춘의 행위와 같이 나라의 기
틀을 바로 잡으려는 것임을 주장한다. 을지문덕이나 양만춘은 이민족의 침
략을 물리친 민족적 영웅이니 세조정변과는 그 성격이 판이하다. 세조정변
을 옹호하는 李海朝의 입장이 개입되었음을 알 수 있다.

한명회의 주장에 따라 팔장사들도 각기 자신의 입장을 시로써 나타낸다.
두 편만 예를 들어본다.

　　停盃落日一回頭　　술잔을 멈으르고 한 번 머리를 돌니니
　　知己相逢海上秋　　지긔를 셔로 바다 위 갈에 만나도다
　　早晩攀龍附鳳願　　죠만간 룡을 밧들고 봉을 부쏘츨 원은
　　北望魏闕五雲浮　　북으로 위궐을 바라보니 오식구름이 썻도다 (p.91)

　　十年潦倒客　　십년을 요도ᄒᆞ는 손이
　　腹裡有春秋　　빅 속에 츈취 잇도다
　　風吹雲散盡　　바룸이 불어 구름이 헤여졋다 ᄒᆞ니
　　明月海東浮　　붉은 달이 바다 동편에 썻도다 (p.92)

이 시는 세조정변에 처한 각자의 입장을 보여준다. 모두 그 일이 정당하다는 것과 이길 것이라는 전망을 가지고 있다. "오식 구름이 썻"다는 것이나 "붉은 달이 바다 동편에 썻"다고 하는 것이 그 예가 된다. 불우한 세월을 당해 강호에 묻혀 술이나 마시던 '호한'들이 이제 때를 만났다고 하는 것이다. 한명회 개인의 출세를 향해 이야기가 전개되어 있기는 하지만 역사적 사건에 대한 여러 인물들의 대응방식이 드러나 있는 것이 주목된다. 가장 주목되는 인물은 한명회와 반대 입장을 취하는 문종렬이다.

문종렬은 성삼문의 친구로 낙산사에서 불목하니로 숨어있다가 한명회를 만나 다음과 같이 말한다.

그디 교목셰신의 후예로 잠영귀족의 ᄉ위 되얏스니 아모죠록 근신츙실ᄒ야 우흐로 인군을 지셩으로 셤기고 아리로 가셩을 짜에 쩌러치지 안이 홈이 가ᄒ거늘 무단히 불가ᄒ 뜻을 품고 강호상으로 주류ᄒ며 감긔ᄌ탄 ᄒ니 깁히 그디를 위ᄒ야 긔탄ᄒ노라……승평셰월에 이심을 가슴에 품고 팔대군의 경졍ᄒᄂᆞᆫ 긔셰를 됴흔 긔회로알고 대ᄉᆞ를 도모코져 ᄒᄂᆞ다 그 일이 견패ᄒ면 만고역명을 면치 못홀지오 셩공ᄒ더도 람살인명을 면치 못ᄒ리니……그디의 경륜도 국가를 위홈이니 가히 업슬 수 업고 나의 탄식도 국가를 위홈이니 가히 업슬 수 업거니와……그디 비록 나와 뜻은 달으나 의리는 일반이라 그디에게 인명을 람살치 말나 부탁코져 ᄒ야 짐짓 아른 체 ᄒ얏ᄂ라……나ᄂᆞᆫ 셔학ᄉᆞ를 위ᄒ야 예양(豫讓)이 되고져 홀 쑨이오 (p.109~111)

문종렬은 한명회를 만나 나라를 바로 잡는다는 세조정변의 논리를 여지없이 비판한다. 그리고 한명회와 자신은 입장은 다르나 의리는 같아 사람을 많이 죽이지 말라는 부탁을 한다. 세조정변을 앞둔 당시 사대부들의 고뇌에 찬 대응방식을 생생하게 그려내고 있다.[29]

저작자인 李海朝는 세조정변에 대해 경도된 입장을 보이면서도 문종렬을 등장시켜 반대의 입장을 제시한다. 그러면서도 문종렬의 논리를 폄하시키지 않았다. 어떻게 이것이 가능할까?

첫째로는 저작자가 세조정변을 단순히 유교적 명분론의 입장에서 도덕적으로 재단하는 것이 아니라는 점이다.[30] 세상사에서 흔히 일어날 수 있는 일이라는 것이다. 그러기에 각자 서로 다른 입장이 존중되는 것이다. 문종렬이 한명회에게 "나와 뜻은 달으나 의리는 일반"이라고 하는 것은 그 예이다.

둘째는 이 작품이 결코 세조정변을 핵심적인 문제로 삼고 있지 않다는 점이다. 중심이 되는 것은 세조정변이라는 역사적 사건이 아니라 한명회의 출세다. 자연 팔장사나 문종렬은 한명회의 보조적인 인물, 대척적인 인물로 의미를 갖게 된다.[31]

이상에서 「洪將軍傳」과 「韓氏報應錄」이 각각 의적전승을 변용시키고, 역사에 처한 각 인물의 대응방식을 보여줌을 확인했다. 그러면 이런 작품적 성격이 어떠한 역사인식을 드러내고, 작자의 의도가 무엇인가를 살펴보도록 한다.

3) 주관주의적 역사인식과 '힘의 논리'

「洪將軍傳」에서는 작품의 넷째 부분인 16회에 와서 비로소 역사적 사실이 등장한다. 의로운 일을 행하고도 범법자로 몰려 숨어지내던 홍윤성이 세조를 만나 능력을 인정받고 뜻을 이루었다는 것이다. 홍윤성이 濟川亭에서

---

29) 崔元植, 앞의글, p.169 참조.
30) 같은 글, p.169 참조.
31) 같은 글에서 "한명회의 종횡무진한 활약에도 불구하고 단역인 문종렬이 오히려 섬광처럼빛난다"(p.169)했다. 필자도 이에 동의하나 작품에서 중심인물은 한명회고 문종렬은 한명회 가 있음으로서 존재의미가 있게 된다.

세조를 만나 그의 심복이 되는 얘기는 『國朝人物志』[32]와 「五山說林」[33]에 있는 설화를 차용해 변개했다.

그런데 이 과정에서 놀이에 빠진 수양과 그의 노복들의 행위를 제거시키고 홍윤성의 용맹성만 강조했다.

　　대군이……한명회 권람 수삼 심복을 디리시고……한강 계주뎡[제천정]에 셔 고기를 낙그시며 가합훈 인지 구흥실 의론을 란만히 흐시더니……엇더훈 소년 남지 남다히로 죠츠와 강변에 셔며 크게 외여 왈 뎌긔 가는 스공아 빈를 도로 이리 디라……그 소년이 소리를 벽력갓치 질너 왈 뎡녕 빈를 도로 디지 못흐겟는다 나는 그 빈를 긔어히 타고 건너리라 흐고 몸을 소소쳐 한 번 뛰더니 그 빈 가온디에 이르러 션듯 셔거눌 수양대군이 바라 보시다가 크게 놀나사왈 오날이야 나의 간셩지지(干城之材)을 어엇도다 (하권, p.63)

그럼으로써 수양대군과 그 측근들을 미화시켰다.

의적전승의 주인공이 자신의 능력을 인정받아 뜻을 편다는 것은 당연한 귀결이다. 그런데 설화의 주인공으로 활약하던 홍윤성이 여기서 역사의 전면에 부각되었지만 구체적인 역사적 사실과는 거리를 두고 있다. 가장 중심이 되어야 할 세조정변은 "그 후에 수양대군이 단종의 선위를 밧으사 보위에 오르시니 세조대왕이시러라"(하권, p.64)고 단 한 줄로 처리되어 있다. 세조정변의 주역인 홍윤성의 행적도 작품에 드러나지 않는다. 작품은 오히려 역사적 사실의 핵심을 벗어나 주변 얘기들을 중시하여 다루고 있다.

17회는 안평대군의 수청을 거절해 고난을 다했던 모란이 세조에게 청하여 안평대군의 장례를 후하게 치러주었다는 얘기다. 세조정변의 과정에서 안평

---

32) 『國朝人物志』上, p.141. '世祖朝 洪允成條'.
33) 「五山說林草藁」, 『大東野乘』卷5(민족문화추진회, 1971), pp.62~63.

대군이 어떻게 패배하고 죽음에 이르게 되었는가는 형상화되지 않았다. 안 평대군이 강화에서 죽었다는 사실도 모란의 입을 통해 간접적으로 전해질 뿐이다. "이계 대군의 시톄 강화 바다 모리 밧에셔 오작의 밥이 된다"(하권, p.68)고 하여 그 사정을 짐작할 수 있게 할 뿐이다. 여기서 강조되는 것은 안 평대군의 행적이 아니라 모란의 의리다.

18회에는「五山說林」에 있는 두 편의 설화가 차용되었다.[34] 나주 성황당 을 파괴하는 이야기와 전주 토호의 딸을 취하는 설화가 그것인데 이 역시 홍윤성의 용맹과 수단을 강조하는 의도가 깔려있다.

이상에서 역사적 중심 사건인 세조정변이 단순히 홍윤성 개인의 출세를 위한 계기로 작용함을 알 수 있다. 세조정변을 등장시키지 않았어도 작품의 실상은 크게 달라지지 않는다. 홍윤성 개인을 위해 역사적 사실들이 제공되 고 있는 것이다.

「韓氏報應錄」도 그 실상이「洪將軍傳」과 다르지 않다. 강릉의 팔장사나 수양대군을 비난하는 문종렬이 등장해 역사적 격변에 처한 각기 다른 대응 방식을 보여줌으로써 작품의 긴장감을 높였으나, 역사적 사건이 작품에 드 러나면서 사태는 달라진다. 강릉 팔장사는 한명회가 수양대군에게 천거했다 는 사실만 있고 역사적 공간에서 활동을 전개하지는 않는다.

　　한싱이 이에 강능 홍달손 등 구인을 천거ᄒ얏더니 최치운은 상업에 종ᄉ ᄒ야 멀니 가 업슴으로 오좍 여달 사롬이 승명상리(承命上來)ᄒ니 이른바 강능 팔쟝ᄉ러라 (p.143)

더구나 문종렬은 설화 속의 자객으로 둔갑해 역사적 사실과는 일정한 거

리를 둔다.

팔도를 돌아다니며 호걸을 모으고 기회를 살폈던 한명회도 역사적 공간에
서 활동을 전개하지는 않는다. 작품에서

그후 수양대군게셔 위엄을 크게 떨치사 마춤너 보위에 등ᄒ시니 이 곳 셰
조대왕이시라 왕이 셩신문무ᄒ사 사직은 반셕갓치 편오ᄒ고 만민은 격양가
를 불너 즐기더라 (p.144)

고 하여 현실적인 사건의 전개과정은 서술되지 않고 결과만 간단히 드러
나 있다. 이 작품 역시 세조정변이 작품의 핵심에 위치하지 않고 한명회의
출세를 위한 계기로 작용한다.

역사적 핵심사건인 세조정변을 구체적으로 다루지 않고 주인공의 출세를
위한 계기로만 활용하고 있다는 데서 '주관주의적 역사인식'[35]을 드러내고
있음을 엿볼 수 있다. 여기서 역사적 사건은 객관적 모습으로 제공되는 것이
아니라 주인공의 활동 무대만을 제공하는 것이다.

결국 「洪將軍傳」·「韓氏報應錄」에서 과거의 역사는 객관적인 합법칙성
을 지님으로써 당대 현실을 비추는 거울이 되지 못하고, 주관화되고 사유화
됨으로써 현실을 망각케 하는 도피처 구실을 하고 있다.

더욱이 세조정변을 다루는 작자의 의도는 그 이상의 문제를 내포하고 있
다. 李海朝는 세조정변을 다루면서 핵심적인 사건을 회피하고 그 결과만을
제시했다. 엄정하고 객관적인 역사를 다루는 것이 힘겨운 일이었고 이로부

---

35) 이 용어는 루카치가 『역사소설론』에서 사용한 개념이다. 그는 프로베르의 역사소설
「살람 보(Salammbô)」를 예로 들면서 "여기서 역사는 순전히 개인적이고 친근한 주관
적 사건의 활동공간의 구실을 하는 거대한 무대장치로 나타날 뿐"이라고 했다.
G.Lukacs, 이영옥 역, 『역사소설론』(거름, 1987), p.261 참조.

터 도피하고자 했으리라 여겨지지만 세조정변의 결과와 공신들의 출세를 내
세운 것은 단순한 회피로 보이지 않는다.

역사는 객관적으로는 파악하기 힘든 혼란스러운 것이라고 하여 주관적인
역사인식을 보이면서 그 저변에는 부정할 수 없는 '힘의 논리'를 내세우고
있는 것이다. 세조정변의 성공을 내세워 홍윤성과 한명회의 출세를 미화한
것이 그 예다. 어쨌든 역사를 움직이는 것은 명분이 아니라 강력한 힘이라는
것이 李海朝의 논리다. 명분을 강조한 방외인 문학의 전통에 이의를 제기하
고 세조정변을 옹호한 것36)은 이 때문이다.

이 '힘의 논리'는 곧 1910년대 일제의 지배논리와 연결된다. 역사는 어차
피 명분이 아니라 강력한 힘을 가진 자에 의해서만 주도된다고 주장하기 때
문이다.

결국 「洪將軍傳」·「韓氏報應錄」은 3.1운동을 예비하고 있었던 1918년의
움직임과는 정반대로 '합방'후 일제와 타협의 길로 들어선37) 李海朝의 친일
에 대한 합리화인 것이다.

---

36) 崔元植, 앞의 글, p.161 참조.
37) 같은 글, p.28 참조.

제 4 장   신작 군담류 소설과 그 성격

군담소설은 전쟁을 통하여 영웅이 활약하는 모습을 그린 소설로 창작군담·역사군담·번역 및 번안군담으로 나누어 질 수 있다.[1] 역사군담은 역사류 소설로 규정했고 번역 및 번안군담은 번역 및 번안소설로 구분했기에 여기서 문제가 되는 것은 중국을 배경으로 한 창작군담이다.

군담소설은 '영웅의 일생'[2]을 소설화한 것으로, 가장 전형적인 작품인 「劉忠烈傳」을 그 유형에 따라 나누면 다음과 같다.

가. 고귀한 출생
 ① 공신의 후예이며 고관인 유심의 아들이다.
 ② 늦도록 자식이 없어 남악형산에 기도를 하고 잉태된다.
 ③ 신기한 태몽을 통해 천상인의 하강임을 암시하고 출생시부터 비범한
  인물임을 나타낸다.

나. 주인공의 시련
 ① 정한담의 모해로 유주부가 귀양간다.

---

1) 徐大錫, 「劉忠烈傳의 종합적 고찰」, 『韓國古典小說硏究』(새문사, 1983), p.336 참조.
2) 趙東一, 「英雄小說 作品構造의 時代的 性格」, 『韓國小說의 理論』(지식산업사, 1977), p.288 참조.

② 정한담의 핍박으로 죽을 고비를 겪는다.

다. 주인공의 入功
① 외적의 침입과 정한담의 모반으로 국가가 위기에 처한다.
② 충렬이 도승에게 술법을 배우고 등장하여 외적을 물리치고 역적을
처치하여 국난을 평정한다.
③ 잃었던 부모와 연분을 찾고 부귀영화한다.

요약하면 「劉忠烈傳」은 천상계 인물인 유충렬이 명문가의 자식으로 태어
나 여러 가지 고난을 겪다가 나중에는 위기에 처한 천자를 구하고 부귀영화
한다는 것이다. 「趙雄傳」은 주인공의 고난이 간신의 박해 때문임을 강조했
고, 「蘇大成傳」은 주인공의 어려운 처지와 협조자의 존재를 부각시켰다. 아
뭏든 군담소설은 천상계의 설정을 통해 고귀한 출생 → 시련 → 입공의 과
정을 공통적으로 보여준다 하겠다.
여기서 중시되는 것은 중국 정통왕조에 대한 옹호다. 천상계의 설정은 이
를 실현하기 위해 필요한 것이다. 천상계의 질서를 지상계에 실현하는 것이
작품의 이상인데 그 질서는 중국의 천자를 정점으로 한 것이기 때문이다.[3]
군담소설의 주인공은 이를 실현시키는 임무를 맡게 된다. 고귀한 출생이
나 고난의 양상은 임무 수행을 위한 전제가 된다. 중원을 침략한 외적을 물
리침으로써 가문이 회복되고 고난의 원인인 간신이 제거되기 때문이다.
결국 군담소설의 주제는 봉건적 명분인 華夷論的 세계관에 근거하고 있다
고 할 수 있다. 이렇게 본다면 활자본 고소설의 많은 부분을 차지했던 군담류
소설은 1910년대에 봉건적 명분을 강조하는 역기능을 수행했다고 볼 수밖에
없다. 이와 비교해 신작 군담류 소설은 어떤 변모가 있는지 살펴보도록 한다.

---

3) 趙東一, 같은 글, p.316 참조

1. 「申遺腹傳」의 '民族意識'과 그 한계

「申遺腹傳」[4]의 내용을 군담소설의 전개방식에 따라 단락으로 나누면 다음과 같다. 같은 작품인 「天情緣分」과 차이나는 곳은 [　]로 표시한다.

[가] 고귀한 출생

① 명종[인조] 시절 전라도 무주에 사는 진사 신영은 자식이 없어 한라산[후원]에 제단을 쌓고 기도하여 부인이 자식을 잉태한다.

② 태몽에 천상규성[선동]이 적강함을 알린다.

[나] 주인공의 시련

③ 신유복은 태어나자 부친이, 5세 때에 모친이, 9세 때에 시비 춘매가 죽어 유랑걸식하며 살아간다.

④ 경상도 상주의 길가에서 잠을 자던 중상주 목사의 눈에 띄어 그의 도움으로 호장 이첨의 셋째 딸 경패와 결혼한다.

⑤ 이를 못마땅하게 생각하는 호장 부부에 의해 유복과 경패는 집을 쫓겨나 산기슭에 움막을 짓고 생활한다.

⑥ 경패의 권유로 유복은 7년 동안 원강대사에게 글을 배우고 과거에 응시해 장원급제 한 다.

⑦ 수원부사[남원부사]로 제수되어 장인, 상보, 동서들을 놀라게 하고 고향에 가서 부모의 무덤을 찾아본 다음 부임지로 간다.

⑧ 선정을 베풀어 벼슬이 전라, 경상감사를 거쳐 병조판서에 이른다.

---

4) 텍스트는 「申遺腹傳」(廣文書市, 1917)이며 『活字本 古典小說全集』4(아세아문화사, 1976)에 수록되어 있다. 작품의 인용은 괄호 속에 전집의 인용 면수 만을 적는다. 「天情緣分」(京城書籍組合, 1927)은 『舊活字本 古小說全集』14 (인천대학 민족문화연구소)에 있어 이를 참고한다.

　[다] 주인공의 入功
　⑨ 서번·가달이 몽고와 협력하여 명나라를 침략하니 명나라가 조선에
　　　도움을 청한다.
　⑩ 유복이 대원수가 되어 구원병을 이끌고 중국에 들어간다.
　⑪ 유복이 오랑캐를 물리치자 명나라 황제가 위국공 겸 병부상서의 벼
　　　슬을 내린다.
　⑫ 많은 자손을 두고 복록을 누리며 살다가 하늘에서 내려온 선관을 따
　　　라 부부가 승천한다.
　(⑫부분은 「天情緣分」에는 없음)

　[가] 고귀한 출생 부분에서는 군담소설의 일반적인 전개방식을 그대로 따
르고 있다. 하지만 [나]와 [다]는 다르다.

　[나]에서는 주인공의 시련으로 가난의 문제가 제기된다. 전대의 군담소설
의 경우 주인공의 시련은 간신의 모해 때문에 집안이 멸망하는 것으로 나타
나거나 외적의 침입으로 인해 가족이 헤어지는 것으로 드러난다. 「趙雄傳」
은 이두병이, 「劉忠烈傳」은 정한담이, 「李大鳳傳」은 왕희가, 「黃雲傳」은
진권이 각각 간신으로 등장하고 「玄壽文傳」에서는 모반의 누명을 써서 시
련을 당한다. 이 때문에 중원을 침략한 오랑캐를 물리치는 것은 적대자인 간
신을 제거함과 동시에 가문의 영광을 되찾는 결과가 된다.

　외적의 침입으로 가족이 헤어지는 것이 시련으로 제시된 작품은 「張風雲
傳」·「張景傳」·「淑香傳」 등이 있다. 이 작품에서는 헤어짐이 시련의 구체
적 문제로 등장한다. 그러기에 재차 침입한 외적을 물리치고 가족들은 만나
는 것이 작품의 결말이 된다.

　한편 계모의 박해 때문에 시련을 당하는 것으로는 「楊風傳」이 있으며·
박해의 과정에 자객 퇴치 삽화가 들어있는 것으로는 「蘇大成傳」이 있다.

「蘇大成傳」은 부모가 죽어 유리걸식한다는 점에서 「申遺腹傳」과 상통하는 점이 있다. 이 점은 뒤에서 자세히 다루기로 한다.

[다]에서 중원을 침략한 오랑캐를 물리치고 주인공이 공을 세웠다는 것은 전대의 군담소설과 확연히 구분된다. 전대의 군담소설의 주인공은 중국 한족인 데 비해 신유복은 조선인이다. 한족에게 있어서는 자신의 국토를 회복하고 정통왕조를 튼튼하게 세우는 것이 당연한 일이지만 조선의 입장에서는 다를 수 있다. 중국에 가서 위험에 빠진 천자를 구하고 조선의 국위를 빛냈다고도 할 수 있다. 이 때문에 "근대적 민족주의로 의식이 전환되는 추세에 맞춘 결과"[5]라고도 하고 "민족주체의식이 나타난다"[6]고도 한다. 이렇게 본다면 근대적 민족주의가 반영된 결과라고 생각할 수 있지만 중국의 정통왕조인 명나라를 옹호한다는 데 문제가 있다. 작품의 실상을 통하여 해명하는 작업이 필요하다.

1) 가난의 극복과 여주인공의 적극성

주인공 신유복에게 닥친 시련은 가난 즉 경제적 몰락이다. 5세 때에 모친이, 9세 때에 시비 춘매가 죽음으로써 신유복은 험난한 현실 속에 던져진 것이다. 그형상은 "정처업시 길을 힝흘시 춘민 주든 호적과 세계를 옷깃 속에 간수ᄒ고 마을 마을 차저 밥을 비러 먹고 날이 겨물면 방아간에 드러가 밤을 지너고 민일 도문걸식ᄒ"(p.170)며 다닐 정도로 처참하다. 배고픔을 견디다 못해 남의 집에서 종노릇을 하며 소를 먹여주기도 한다.

전대 군담소설 「蘇大成傳」에서도 蘇大成의 비참한 처지가 등장한다. 낙향하여 어렵게 살아가는 처지인데다 부모까지 죽자 어린 蘇大成은 품팔이

---

5) 조동일, 『한국문학통사 3』(지식산업사, 1984), p.481.
6) 李永伸, 「國外遠征 軍談小說 硏究」(한국학 대학원 석사논문, 1982), p.110.

와 걸식으로 생계를 이어가게 된다.

여기에 구원자가 등장한다. 「蘇大成傳」에서는 이승상이 등장하고, 「申遺腹傳」에서는 상주목사가 등장하여 주인공을 구출한다.

이승상은 청룡이 누워있는 꿈을 꾸고 소대성을 찾아낸다. "의상이 남누ᄒ고 머리털이 훗터져 귀 밋츨 덥퍼시며 거믄 ᄯᅢ 줄줄이 흘너 양협의 가득ᄒ이 그 취비ᄒᄆᆯ 칙양치 못"[7]할 정도인데도 "양미간의 쳔미 됴화"[8]와 "슝즁의 만고흥망"[9]을 품고 있기에 그의 비범함을 알아 낸다. 상주목사도 "의복이 람루ᄒ야 몸을 감초지 못ᄒ고 머리터럭이 흐터저 낫츨 가렷ᄂᆫ지라 검은 ᄯᅢ 줄주리 미쳣스니 그 추비ᄒ 거슬 바로 보지 못홀"(pp.172~173) 지경이지만 "은은ᄒ 골격과 늠늠ᄒ 풍치"(p.173)를 보아 뛰어난 인물임을 알아낸다.

「蘇大成傳」에서는 이승상이 데려다 기르며 후에 사위를 삼으려 한다. 하지만 가족들의 반대에 부딪히고 뒤에 이승상이 죽자 자객을 보내 죽이려고까지 한다. 결국 소대성은 자객을 죽이고 이승상 집을 나와 龍王이 보낸 童子의 인도로 청룡사로 가서 무예를 닦는다. 시련의 양상이 처음에는 가난이었지만 뒤에는 생명을 위협하는 자객으로 바뀐다. 시련의 극복도 소대성의 탁월한 능력에 의해 이루어진다. 소대성은 이승상 집에 갔을 때 이미 "달은 칙은 부당ᄒ오니 손오 병서를 보[10]았다" 한다. 이런 능력을 소유했기에 자객을 쉽게 퇴치한다. 이것은 천상계의 질서가 작품에 영향력을 계속 미치기 때문이다. 또 이승상이 집을 나와 갈 곳 없는 소대성에게 용왕의 童子가 나타나 길을 인도하는 것도 그렇다. 용왕의 童子는 제 2의 협조자인 셈이다.

「申遺腹傳」은 상주목사가 아닌 호장에게 떠넘겨진다. 이승상과는 상당한

---

7) 金東旭 편, 『景印 古小說板刻本全集』 1(연세대학교 인문과학연구소, 1973), p.575.
8) 같은 책, 같은 곳.
9) 같은 책, 같은 곳.
10) 같은 책, p.576.

차이를 보인다. 신유복은 명문대가가 아닌 일개 호장의 집으로 들어간 것이다. 신유복의 비범함을 알지 못하는 호장 부부에게 배척받음은 당연한 일이다. 신유복의 비범함을 알아보고 그를 구원해준 사람은 셋째 딸인 경패다. 제 2의 협조자로 경패가 등장한 셈이다.

> 져 아희의 용모를 보니 비범ㅎ기 비홀 데 업스며 상이비록 찌 속에 뭇쳐
> 스나 반다시 후일에 귀이 될 사룸이라 (p.176)

경패는 신유복의 비범함을 한 눈에 알아봤다. 하지만 집안의 반대는 만만치 않다. 셋째 딸인 경패가 신유복을 지아비로 맞는다고 하자 "너의 삼형졔 즁 너를 그즁 스랑ㅎ얏더니 능지ㅎ고 처참홀 년아 음난흔 마음으로 저 거렁방이를 싱각ㅎ야 부모를 염녀ㅎ는 체ㅎ고 사룸을 빙주ㅎ나 요망ㅎ고 방졍마진 년아 져 거지를 다리고 너갈 쩌로 가거라"(p.177)고 이들을 쫓아낸다. 천상계 인물로서 탁월한 능력은 어디에도 나타나지 않는다. 속수무책으로 집을 쫓겨난다.

집을 쫓겨난 이들의 처지는 비참하기 이를 데 없다. 한 대목을 예로 들어본다.

> 류복이 머리에 이가 마는고로 이가 주루루 긔여 나는지라 쇼졔 이가 긔여
> 남을 보고 동리 스룸의 집에 드러가 두리 빗슬 어더다가 느끼에 안치고 머
> 리를 감어 빗기며 슈다흔 이를 잡아주기고 머리를 빗기며 다졍히 말ㅎ더니
> 희가 서산에 달녀것놀 쇼졔 젼역 연긔를 좃차 밥을 빌나갈시 류복이 소져룰
> 짜라 마을노 드러가 밥을 비러 먹고 방으싼을 츠즈가거뎔을 어더다 쌀고두
> 리 마조 누어 팔을 비고 동침ㅎ니 신셰 가긍흔지라(p.177)

　가난이라는 시련이 의외로 완강하게 주인공을 괴롭히고 있다. 「蘇大成傳」
에서는 가난이 이승상을 만나면서 쉽게 극복되고 자객이 새로운 고난으로 등
장했다. 하지만 여기선 가난이 계속 문제되고 있음을 알 수 있다. 천상계의
질서도 경제적 궁핍에는 영향을 미치지 못한다. 게다가 천상계의 구원자도 나
타나지 않는다. 이들 스스로가 가난이라는 시련을 극복해야 하는 것이다.

　작품의 앞에서 군담소설의 일반적인 전개방식을 따라 주인공을 천상계의
인물로 설정했지만 그 천상계의 질서가 현실에 비해 약화됐음을 알 수 있다.
뒤집어 말하자면 주인공의 시련이 현실적 방향으로 제시되었다고 하겠다.
신유복의 생계는 품팔이로 이어진다. "놈의 집 물도 기러주고 방으질도 히
주"(p.178)면서 기갈을 면한다고 한다.

　이 시련을 벗어나는 길은 현실적으로 과거밖에 없다. 천상계의 구원자가
나타나 도술을 가르쳐 주고 전쟁터에 나가 공을 세우는 군담소설의 일반적
인 전개방식과는 거리가 있다. 「蘇大成傳」에서 蘇大成은 천상계 인물의 도
움을 얻어 청룡사 노승에게 도술을 배우고 칠성검을 얻어 전쟁터에 나가 공
을 세운다. 하지만 「申遺腹傳」은 현실적으로 문제를 해결하고자 하기에 많
은 어려움이 따른다.

　신유복이 과거를 보라는 경패의 말에 "글을 비으려 흔들 어듸가 비오며
쏘흔 칙 권도 업스니 일노 염예요"(p.178)라 한 것은 그런 현실적 어려움을
알려 준다. 이 시련을 극복하는 데 중요한 역할을 하는 사람은 천상계의 구원
자가 아닌 여주인공 경패다. 신유복이 궁핍한 가정생활을 걱정하자 "나은 혼
즈라도 이 움을 써나지 아니 홀 거시요 양식을 당홀 거시미 아모 염
녀"(p.178) 말라고 하며 "바로 나아가 칙 흔 권을 어더다가 주"(p.179)고 다
음과 같이 말한다.

공ᄌ의 나히 십삼셰라 팔년을 공부ᄒ야 이십이 되거든 나려와 반기려니
와 만일 그 전에 나려오면 결단코 세상에 잇지 아니 ᄒ오리다 (p.179)

과거가 절박한 상황에서 택할 수 있는 유일한 길이기에 여기에 대한 대응
이 이처럼 철저하다. 8년이라는 기간도 천상계의 능력이 미치지 않는 현실적
인 시간이다. 작품에서 드러나는 것은 고난 극복의 현실적 과정이다. 즉 과
거의 급제라는 고난 극복은 쉽게 주어지는 것이 아니라 힘겨운 현실과의 싸
움을 통해 얻어지는 것이다. 신유복이 8년 동안 원강대사에게 공부를 할 때
경패의 처지는 "남의 고용도 ᄒ야주어 찬밥이며 쌀 되는 어더다가 졔가 먹
고 주소로 품팔기를 일삼으믹 곤궁ᄒ믄 비ᄒ야 측량ᄒ지 못ᄒ"(p.179) 정도
라 한다.

여주인공의 적극성은 어려운 생계를 품팔이로 꾸려 가면서 지아비를 공부
시키는 데서 그치지 않는다. 신유복이 공부를 마치고 집으로 돌아왔을 때 글
한 장을 써 달라고 하여 그 글을 가지고 동네 선비를 찾아가 어느 정도인지
시험해 보기도 한다. 또 과거를 보러 갈 노자를 마련하는 데도 적극성을 드
러낸다.

처음에는 신유복이 과거를 같이 보러 갈 두 동서를 찾아갔으나 무안만 당
한다. 그러자 경패는 자기 집에 몰래 들어가 쌀을 훔쳐내 노자를 마련하고자
하지만 붙잡혀 매만 맞고 쫓겨난다.

이 도적년을 죽여 후환이 업게 ᄒ리라 ᄒ고 무수히 란타ᄒ니 낭ᄌ 평싱
힘을 다ᄒ야 계우 몸을 ᄲᅦ쳐 움에 도라와서 살펴보니 몸에 류혈이 낭ᄌᄒ고
의복이 렬파되엿거늘 낭지 그 부모와 그 형들의 악ᄒᆷ을 생각ᄒ니 셜고 분ᄒᆷ
을 이기지 못ᄒ야 젼신을 ᄲᅥᆯ ᄲᅥᆯ ᄲᅥᆯ며 울기만 ᄒ는지라 (p.183)

가난이라는 현실적 고난이 얼마나 완강하고 끈질기게 이들을 괴롭히는가를 보여준다. 가난이라는 이 고난은 천상계 인물인 주인공조차 무색하게 만든다. 어떻게 헤쳐 나갈 방도가 없다. 천상계의 구원자도, 도움도 이들에게는 제공되지 않는다. 이 고난의 절정에서 여주인공은 적극성을 발휘한다. 과거 비용을 마련하기 위해 "한 길 되는 제 머리를 버혀 횡장에 넛코……지필묵 갑시나 봇티"(p.183)라고 한다.

주인공이 겪어야 할 고난의 모습으로 가난이라는 현실적 문제가 제기되었으며 그 극복 과정이 천상계의 도움 없이 현실 속에서 이루어지고 있음을 살폈다. 이는 군담소설의 현실주의적 변모라 할 수 있다. 더욱이 주인공에게 닥친 시련이 간신의 모해나 가족들과의 헤어짐이 아니라 현실적 가난이라는 점도 1910년대의 실상과 무관하지 않다.

곧 주인공의 탄생에서 천상계의 흔적이 남아있지만 그것이 현실적 고난을 이기는 아무런 힘도 발휘하지 못하는 데서 현실주의적 관점이 우세함을 알 수 있어 군담소설의 근대적 변모라 하겠으며, 가난이라는 문제가 일관되게 제기되고 있음을 통해 당대 사회의 문제가 반영되었다고 할 수 있다. 구체적으로 일제의 수탈에 의해 황폐화된 당시의 사회적 현실을 일정부분 반영하고 있는 것으로 보인다. 또 여주인공의 적극적인 행위도 전대의 군담소설과는 다른 면모를 보인다. 경패는 현실의 어려움을 헤쳐나가는 진취적인 여성상을 보여주고 있다.

2) '民族主體意識'과 그 한계

민족 주체의식은 이민족과의 항쟁에서 드러난다. 그러기에 중국을 무대로 한 전대 군담소설에서는 드러나지 않는다. 오히려 중원을 침략한 오랑캐를 물리침으로써 중국 정통왕조를 옹호하고 있다. 그 이념적 근거는 華夷論에 있다.

그런데 「申遺腹傳」에서는 국내의 인물이 중국을 도와주는 것이어서 중국 정통왕조의 인물이 오랑캐를 물리치는 것과는 다르다 어떤 의도로 중국을 도와주는가가 문제된다. 우선 신유복의 태도를 보자.

 지금 중국이 위틱ᄒ야 구원홈을 쳥ᄒ얏스오니 구원을 보ᄂ지 아니 ᄒ면 린국디졉이 아니 옵고 가달이 만일 중국을 멸ᄒ오면 죠션도 순망치한으로 어려오니 밧비 구원병을 보니여 중국을 구원ᄒ야 쥬고 조선의 위엄을 뵈외미 조홀가 ᄒ나이다(p.212)

위험에 처한 중국에 구원병을 보내야 하는 이유로 첫째는 '린국디졉'을, 둘째는 '순망치한'을 들고 있다. 중국이 조선의 종주국이니 마땅히 도와야 된다는 것이 아니라 옆의 나라로서 도와주지 않으면 의리를 저버리는 것이고 더 중요하게는 중국이 망하면 우리도 피해를 입게 된다는 것이다. 事大交隣의 입장에서 본다면 조선에 대하여 중국은 事大가 되어야 할텐데 交隣의차원으로 생각하고 있다.

이런 인식의 결과 중국 명나라를 도와주는 것이 '조선의 위엄'을 빛내는 일로 여겨지게 된다. 신유복은 명나라 구원병을 이끌고 출전하면서 "조선국 위엄을 세계에 쩔"(p.213)치겠다고 한다. 중국과의 대등한 입장에서 문제가 제기되고 있음을 알 수 있다.

작품의 결말에서도 신유복은 천자로부터 받은 벼슬을 사양한다. 군담소설에서 변방을 침입한 오랑캐를 물리치고 천자로부터 변방왕이나 높은 직위를 받는 것은 일반적인 전개방식이다. 신유복도 천자로부터 위국공 겸 병부상서의 벼슬을 받는다. 하지만 이를 사양한다.

소신이 번시 조션국왕을 셤겨스오니 신의 샤졍을 깁히 흥촉ㅎ사 소디지
임을 가라주시면 도라가 국왕이 주소로 신을 기다리고 바라는 마암을 위로
ㅎ야 사군ㅎ는 신자의 도리를 밝혀쥬소셔 (p.233)

조선국왕을 섬기는 처지니 벼슬을 거두어, 자신을 돌아가게 해 달라는 말
이다. 결국 천자도 작위는 그대로 두지만 병부상서의 벼슬을 거둔다. 구원군
원수로서의 당당함이 드러나 있다. 승리의 결과가 개인의 출세나 가문의 영
광을 되찾는 것이 아니라 국위를 떨치는 데에 있기에 이처럼 당당할 수 있다.
앞에서 고난의 극복은 과거에 합격하여 벼슬을 하면서 이루어 졌다. 그러
기에 전대 군담소설처럼 오랑캐를 물리치는 것이 개인적인 문제 해결로 작
용하는 것은 아니다. 여기서 신유복의 활약은 국위를 떨치는 데에 그 목적이
있다. 신유복은 조선을 대표하고 있는 셈이다.
신유복의 당당함에 비해 중세 지배체제의 정점인 천자는 상당히 약화되어
있다.

[가] 황상쩨옵셔 빅관을 거나리시고 이십 리 밧게 동가(動駕)ㅎ사 원수를
     긔더리시는지라 (p.232)

[나] 경의 츙심 곳 아니드면종사에 위티홈을 엇지 면ㅎ얏스리요 경의 공
     을 의논ㅎ즈면 하ㅎ (河海)가 얏틀지라 (p.232)

[다] 경은 양국 츙신이니 조선에 나아가되 일년에 일츠 조회(朝會)에 참
     례ㅎ야셔로 만나 보와 짐이 사랑ㅎ는 마암을 져바리지 말게ㅎ라
     (p.233)

[가]는 오랑캐를 물리치고 개선하는 신유복을 맞이하는 천자의 행차를 묘

사한 것이고, [나]는 신유복을 치하하는 천자의 말이며, [다]는 벼슬을 거두면서 부탁하는 천자의 말이다. 모두 세계의 중심이었던 중국의 천자로서는 격에 맞지 않는 행위나 말이다. 여기서 中華主義 혹은 華夷論的 세계관이 약화됐음을 알 수 있다.

하지만 그것이 곧 민족주의나 민족주체의식으로 대체되는 것일까? 민족주의 혹은 민족 주체의식의 등장은 중세 보편주의에 맞서는 근대적 의식임은 분명하다. 하지만 작품의 내용 속에 반봉건 의식이 있는지가 의문이다.

작품의 배경을 살펴보면 전대의 군담소설처럼 명나라가 가상적 공간으로 드러나지 않는다.11) 서두에서 "화설 회동 조션국 명종대왕 시절"(p.163)이라고 했고, 신유복이 과거를 볼 때는 "잇째 인조대왕 끠옵셔"(p.181)라고 역사적 시기를 구체적으로 밝혔다. 같은 작품인 「天情緣分」에서는 서두부텨 "각셜 조선 인조대왕 시절"(p.1)이라고 했다.

조선 인조 때 중국과의 관계는 어떤가?

조선은 明과 後金 사이에서 중립적인 외교정책을 취했던 광해군이 반정으로 물러나고 인조가 등장하자 친명 정책을 취했다. 인조반정의 주역이었던 西人들이 광해군의 중립 외교정책을 의리 없는 행위로 몰기 위해 실리보다는 명분을 선택했기 때문이다. 그 결과 後金과의 국교를 끊고 무너져 내리는 명을 옹호하게 되었다. 조선은 의리와 명분을 내세웠지만 엄청난 손해

---

11) 군담소설의 서두에 등장하는 '송나라'·'명나라'는 현실적 공간이 아니라 가상적 공간이다. 그러기에 작품의 내용과는 현실적인 관련을 갖지 않는다. 하지만 '명나라'라는 배경에 '청나 라'가 등장할 때는 역사적·현실적 공간이 된다. 이 현실적 공간이 작품의 민족의식을 논하는 데 관건이 된다. 조동일은 앞의 책에서 "조선에서 태어난 주인공이 중국대륙에서 남만·북적을 무찌른다는 상상은 흥미를 보탤 수 있지만, 이렇게 고쳐 놓자 원래는 가상의 공간으로 설정되던 중국이 실제의 지역으로 이해되고 초월적 요소로 연결되는 작품구조가 경험적 확인의 대상이 되어 도리어 어색하다 하지 않을 수 없다"(p.481)고 언급했다.

를 감수해야만 했다. 그것이 병자호란이다.

이렇게 실리보다는 의리와 명분을 따라 崇明排淸한 이념적 근거는 朱子의 「資治通鑑綱目」의 기조인 '尊華黜夷'다.[12] 즉 중화세계를 높이고 오랑캐를 내친다는 정신에 바탕을 두고 있다. 明은 중국의 정통 왕조고 淸은 변방의 오랑캐이기에 배척한 것이다.

「申遺腹傳」에 드러나는 군담의 실상도 이와 무관하지 않다. 인조 때라는 구체적 시대가 밝혀져 있고 명나라를 도와 오랑캐를 물리친다. 역사적 실상과는 반대로 무너져 내리는 명나라를 적극 지지하고 있다.

무너져 내리는 역사적 실상을 감추기 위해 명나라의 시대를 달리 표현하였다. "명나라 무종황제 직위 삼년"(p.208)이라고 하지만 武宗(正德, 1505~1521) 3년이면 1507년이어서 조선 인조(1623~1649)와는 아무 관련이 없는 때이다. 이때는 또 오랑캐의 침입도 없었다.

작품에서 "셔번과 가달이 강성ᄒ야 몽고로 더부러 화친ᄒ야 셰나라이 동심합력ᄒ야 군사를 이르켜 중원을"(p.209) 침략한다는 것은 明에 대한 淸의 공격이다. 처음에는 일개 부족장에 지나지 않았던 누루하치는 여러 부족을 통합해 1616년 제위에 오르고 국호를 後金이라 했으며, 1618년 七大恨을 내걸고 대명전쟁을 일으켰다. 그 후 요서로 진출하여 심양을 도읍으로 정하고 내몽고를 평정하여 만주·몽고를 합해 1636년 국호를 淸으로 고쳤다. 작품에 드러난 역사적 배경은 바로 이 무렵이다. 이 때부터 본격적으로 중원을 도모하게 되는데 작품에서도 "셔쥬칠십여 성을 치고 셔평관에 이르럿스니 그 형세 틔산갓ᄒ야 국가 위틱홈이 조석에 잇"(p.212)다고 했다.

1644년 淸은 明을 함락시키고 중국을 통일하지만 작품은 그 반대다. 역사

---

12) 李佑成, 「韓國儒敎의 政治社會的 機能」, 『韓國의 歷史像』(창작과 비평사, 1982) 참조.

적 공간을 설정해 놓고도 사건이 허구적 승리로 귀결되는 것은 소설에서 불가능한 일은 아니다. 하지만 그 허구적 승리가 異民族을 물리친 우리의 민족항쟁이 아니라, 중원을 침범한 오랑캐를 물리치고 중화세계를 높인다는 데 문제가 있다.13)

이 작품은 민족주의나 민족 주체의식을 올바르게 드러내기보다는 中華主義나 華夷論的 세계관을 강조하고 있다. 작품의 중심이 조선의 위엄을 떨쳤다는 것보다 중국 정통황조인 명나라를 옹호하는 데 놓여있기 때문이다. 철저하게 中華主義에 빠져있고, '尊華黜夷'를 이념적 근거로 삼고 있다.

작품이 지어졌던 1910년대의 현실과 연결해 볼 때, 일제의 침략과 지배가 오랑캐의 행위와 비교되어 저항의 명분을 제공할 수도 있다. 저작자는 작품의 뒤에 다음과 같은 평을 달았다.

동셔양을 막논ᄒ고 영웅호걸이 자고급금ᄒ야 만치 아는 거시 아니로되 종말ᄭ지 력사를 살펴 보면 실퓌흔 스롬이 만컨만은 신원수의 력사 렬람ᄒ야 본즉 지조는 천 사롬에 지내가고 지혜는 만 스롬에 지니며 용밍은 고금에 렬더ᄒ고 겸ᄒ야 츙의가 공전졀후ᄒ깃스니 동셔양의 영웅호걸들을 슬하에 꿀닐 만흔 인물일너라(p.231)

신유복은 역사상 실존 인물은 아니다. 그런데도 "력사 렬람"했다고 하여 실존 인물처럼 꾸몄다. 그것은 독자들에게 우리 나라에도 이런 영웅이 있었다는 것을 내세우고자 함이다. 애국계몽기의 역사전기물처럼 민족 영웅을

---

13) 이 점은 李佑成, 앞의 글, p.272의 "중국 사람이 '中華'를 높이는 것은 당연하지만 우리나라 사람이 중화를 높이고 그것을 추수하여 스스로를 '소중화(小中華)'라고 칭하게 되었으니 이러 한 사고를 벗어나지 못하는 한 우리나라는 결국 중국의 아류 내지 종속자에 지나지 못할 것 이다. 여기에 민족 주체성이 나올 수 있을 것인가?"는 논지가 참고가 된다.

내세워 민족적 긍지를 불러일으키고자 했음을 알 수 있다.

하지만 그 이념적 근거가 봉건적 명분인 尊華黜夷에 있기에 당시의 민중들에게 올바른 민족주의나 민족 주체의식을 제시하는 데는 한계가 있다. 이런 점에서 근대적 과제인 반제·반봉건에 있어서 尊華黜夷가 얼마나 허구적 구호인가를 지적한 다음의 글은 참고가 된다.

> 구한말의 유생들의 의병운동도 그렇다. 외세 침략에 대한 애국적 궐기와 항전은 높이 평가해야 할 것이지만 그 지도자들의 의식구조가 의연히 '존화출이'의 사상의 기반 위에 있었던 만큼 반제(反帝)·반봉건 운동으로 민중을 결속하여 민족적 자각과 애국심을 고양시키지는 못했다. 따라서 '존화출이'라는 전근대적 구호는 민중의 동원과 항쟁을 그 가능한 데까지 확대시키지 못한 채 좌절되고 말았던 것이다.[14]

「申遺腹傳」이 민족주의나 민족 주체의식의 문제를 제기했음에도 그것이 진정한 의미의 근대적 민족주의로 발전되지 못한 것은 위의 지적처럼 봉건적 미몽에 사로 잡혔기 때문이다. 봉건적 미몽의 세계를 깨뜨리지 않는 한 어떤 형태의 민족의식도 허구임이 분명하다.

2. 「南江月」의 '反中華主義'와 식민지 지배논리

「一代勇女 南江月」[15]의 내용을 작품 자체의 질서인 '화셜', '차셜', '각셜'

---

14) 같은 글, 같은 곳.
15) 텍스트는 「一代勇女 南江月」(德興書林, 1915)이며, 앞으로 「南江月」이라 약칭하고 작품 의 인용은 괄호 속에 면수만 밝힌다.

에 따라 단락으로 나누면 다음과 같다.

① 화설 ~ 청의 이부상서 황원상은 간신 화신을 탄핵하고 퇴사하여 고향
　　　　武昌에 내려와 기녀 남강월을 첩으로 얻다.
② 차설 ~ 황원상의 아들 황국경이 예부시랑이 되다.
③ 각설 ~ 황국경이 화신의 죄를 탄핵하나 황제가 듣지 않다.
④ 각설 ~ 황국경이 雲南王 이극을 교유하다.
⑤ 각설 ~ 임상문이 명나라의 회복운동을 일으켜 南京을 점령하고 태자
　　　　를 죽이다.
⑥ 차설 ~ 남강월이 임상문의 머리를 베고황원상이 반란군을 진압하다.
⑦ 츳설 ~ 황제가 황원상에게 초왕을 봉하나 사양하고 무창후를 받다.
⑧ 츳설 ~ 화신이 태자를 책봉하는 문제에 간여하다 정배 당하다.
⑨ 각설 ~ 화신이 황국경의 부인을 취하려 하나 기지로 몸을 피하다.
⑩ 차설 ~ 화신의 모함으로 황국경이 귀양가다.
⑪ **차설 ~ 황국경이 귀양지에서 두 여화와 인연을 맺다.**
⑫ **차설 ~ 남강월이 황국경을 죽이려는 자객을 퇴치하다.**
⑬ **각설 ~ 인종이 등극하여 황국경이 귀양에서 풀려나다.**
⑭ **각설 ~ 화신은 죄상이 폭로되어 사약을 받고 황씨 일가는 번창하다.**

　작품의 전반적인 내용은 군남소설적인 요소와 가문소설[16]직인 요소가 결
합되어 있다. 하지만 작품의 삼분의 이가 군담에 할애되고 있어 군담소설적
요소가 강함을 알 수 있다.
　이 작품은 전대의 군담소설에 비해 천상계가 사라지고 주인공의 고귀한
출생 부분이 없는 것이 특징이다. 작품의 대부분이 주인공의 시련과 입공에

---

16) 家門小說의 개념은 한 가문을 중심으로 수 많은 자녀가 다른 가문과 얽혀 흥망성쇠
　　를 거듭 하는 소설이라 정의할 수 있다. 李樹鳳,『家門小說硏究』(형성출판사, 1978)
　　참조.

해당된다. 주인공의 시련은 작품의 처음부터 끝까지 계속되며, 입공은 ④~
⑦ 부분이 이에 해당된다. 주인공은 어느 한 사람이기보다는 황원상·황국
경·남강월 등 황씨 가문의 사람들이라 할 수 있다.

주인공의 시련과정에서 간신 화신의 존재가 의외로 완강하다. 황원상이
탄핵할 당시 예부상서의 지위에 있었으며 귀양을 가도 다시 풀려나와 권력
을 잡곤 한다. 더욱이 주인공이 중원을 평정하고 공을 세움으로써 적대자인
간신의 존재가 사라지는 것이 아니라 오히려 강대해져서 주인공을 귀양까지
보낸다. "졔신이 화신의 위셰를 두려워"(p.60)할 정도로 조정에서 권세가 막
강하며, 황국경을 귀양 보낼 때도 "화신의 동당이 일시에 상소ᄒᆞ야 여러 번
구지 다토니 고종이 마지 못ᄒᆞ야"(p.76) 허락할 정도다.

이것은 충신이나 간신의 싸움이 봉건적 규범에 의해 단순하게 재단되는
것이 아니라 정치적 여건에 의해 달라질 수 있다는 것을 보여준다. 화신이
비도덕적 탐학을 일삼았음에도 천자는 그를 두둔한다. 황국경이 화신의 잘
못을 지적하여 상소하자 천자는 다음과 같이 말한다.

> 화신이 략간 권셰 잇다 ᄒᆞ려니와 어이 이러ᄒᆞᆫ 힝스를 ᄒᆞ엿스리오 네 아비
> 붓터 화신을 훼쳑ᄒᆞ더니 네 이졔 또 괴이ᄒᆞᆫ 무리의 와젼ᄒᆞᄂᆞᆫ 말을 듯고 이
> 럿툿 홈이니 너는 다만 츙셩을 다ᄒᆞ야 국가를 돕고 이러ᄒᆞᆫ 붕당에 드지 말
> 지어다 (p.14~15)

천자가 간신인 화신을 두둔하고 오히려 황국경을 나무란다. 이는 화신이
고종의 총애를 받았던 실제 인물이기 때문이다. "화신은 고조의 총애를 20년
동안이나 받으면서 재물을 모은 것이 수 억 량이나 되었으며, 그를 본받아
내외의 관리는 탐오한 풍조에 빠졌다"고 역사는 전한다.[17]

화신이 제거된 것도 통치 체제가 바뀐 "인종 가경 원년"(p.84)이다. "황학

시 이에 빅관으로 더브러 화신의 젼후 죄상 열세 가지를 로열호야 샹소 론
힉호야 쥬륙흠을 쳥호야 다섯 번 합계"(p.84)하여 비로소 화신을 제거할 수
있었다. 간신의 존재를 역사상 실존 인물로 설정해 정치 세력으로 부각시켰
기에 이처럼 완강하게 힘을 미친다.

주인공의 입공 과정에서 벌어지는 군담의 양상도 청나라라는 실제적 공간
을 배경으로 하고 있어 주목된다. 여기서는 오랑캐를 물리치고 중국의 정통
왕조를 옹호하고 있는 것이 아니라 오히려 明의 회복을 내세우는 반란군을
제지한다. 淸과 明의 위치가 뒤바뀌었다. 이 때문에 淸을 옹호하는 현실적
논리와 明의 회복을 주장하는 반란군의 명분이 팽팽하게 맞선다. 두 번에 걸
쳐 일어난 반란군의 논리를 살펴본다.

> [가] 우리 중원이 오랑키의 짜히 되인지 오램이 춤의 강긔지신 뉘 아니
> 분호이 넉이리오 너 이졔 텬명을 밧즈와 오랑키를 소멸호고 즁국을 회
> 복코져 호거늘 너의는 본더 한토(漢土) 사름이라 무슴 ᄆ음으로 뎌 오
> 랑키를 셤기며 쏘 감히 나를 교유호라 왓스며 호들며 너 황국경은 명
> 나라 건문황뎨 시졀에 ᄉ졀호 황ᄌ증의 후예로 이덕(夷狄)에게 실졀
> 호엿스니 엇지 붓그럽지 아니 호며 (p.26)

> [나] 명나라 태조 고황뎨 삼쳑검을 집고 니러나ᄉ 호원의 비린 빌끌을 쓰
> 러바리시고 중원의 례악문물을 회복호시고 셩ᄌ신숀이 계계승승호야
> 삼빅년 홍업을 누리더니 국운이 불힝호야 쟝빅산 하의 조고마흔 오랑
> 키 이러나 졈졈 창궐호야 우리 중원을 경복호여스니 엇지 통혼치 아니
> 호리오……이졔 상문이 우흐로 하늘믜 명을 밧고 아리로 인심을 응호
> 야 거병흠이 밍쟝은 여운호고 모ᄉ는 여우호야 수월지간에 칠십여 셩
> 을 항복밧고 지금 디병이 졀강에 이르럿스니 므릇 우리 한토 인민은

---

17) 傳樂成 져, 辛勝夏 역, 『中國通史』(우종사, 1981), p.775.

묘혼 ᄶᅵ를 일치 말고 디의를 ᄒᆞ 가지로 ᄒᆞ야 북경을 소쳥ᄒᆞ고 뎌 오랑
키를 업시ᄒᆞ야 녯날 우리 즁화의 문물을 극복ᄒᆞ기를 바라노라
(pp.33~38)

[가]는 雲南王 이극이 청국 사신으로 간 황국경에게 한 말이며, [나]는 명
회복운동을 일으킨 임상문의 격문이다. 모두 淸을 중원을 침탈한 오랑캐로
규정하고 이에 맞서 明을 회복할 것을 주장하고 있다. 전대의 군담소설에서
는 明이 중원을 차지하고 있어 이 논리는 명분과 실세 면에서 별 문제가 없
었다. 하지만 이제는 중원을 차지한 淸에 대한 반란군의 명분으로 제시되고
있다.

그러면 여기에 맞서는 淸의 논리는 무엇인가?

공ᄌᆡ 닐ᄋᆞ샤디 오랑키라도 도ㅣ 잇거든 나아가고 즁국이라도 도ㅣ 업거
든 믈너가라ᄒᆞ야 게시니 우리 쳥나라이 비록 오랑키라 ᄒᆞ나 션셰로붓터 공
밍지도를 슝샹ᄒᆞ고 륜긔를 밝히신 고로 텬명이 도라왓스며 셩조황뎨와 셰종
황뎨에 니르러는 요슌지치를 본밧으심이 텬하ᄉᆞ롬이 귀심치 아니 ᄒᆞ리 업스
니 이 엇지 오랑키라 ᄒᆞ며 금텬ᄌᆞㅣ 셩신문무ᄒᆞ샤 덕퇵이 ᄉᆞ히에 덥히신지
라 (p.27)

淸이 처음엔 오랑캐였지만 지금은 중국을 다스릴 정도로 문물이 발전하
였다는 것이다. 작품의 배경이 되는 시대는 乾隆 연간(1736~195)이다. 淸은
世祖에 이어 중국 통일을 완성한 聖祖(康熙, 1622~1722), 世宗(雍正, 172
3~1735), 高宗(乾隆, 1736~1795)의 3대 130여 년이 가장 문물이 번성한 시
기였다. 특히 고종 때에 와서는 문무 어느 면에서도 모자람이 없이 통치를
하여 천하를 평정했고 3,457부 79,070권에 달하는 『四庫全書』를 완성하여

文運이 크게 일어났다. 황국경이 주장하는 것은 이런 현실적 여건을 고려한 논리다.

그러면 두 차례에 걸친 明 회복군의 실체는 무엇인가? 작품의 서두에 "청나라 고종 건륭년간"(p.1)이라 했고 작품의 뒷부분에서 "인종 가경원년"(p.84)이라는 것으로 보아 高宗 말년인 1795년이 작품의 배경이 된다. 이때는 귀주·운남 등지에서 苗族의 반란이 일어났다.18) 淸은 군대를 보내 평정하려 했으나 성과를 거두지 못하였고, 인종 때인 1798년에 비로소 福康安에 의해 진압되었다.19) 이들이 明의 회복을 주장했는 지는 알 수 없으나 작품에서는 反淸復明으로 연결시키고 있다.

첫 번째 반란은 "귀쥬 짜히 도격이 디치ᄒ야……ᄌ칭 운남왕"(p.16)이라는 이극에 의해 일어난다. 苗族이 반란을 일으킨 지역과 상통한다. 하지만 이렇다 하게 싸워보지도 못하고 황국경에게 회유당하여 "청국 고종에게 표(表)를 올려 사죄"(p.31)한다.

두 번째 반란은 "명나라히 무단히 망홈을 통흔ᄒ야 쟝ᄎ 중원을 회복고져"(p.32)한 임상문이 일으킨다. 明을 회복하자는 격서를 보내니 "명뎨의 ᄌ손과 명신의 후예들이 구름 뫼듯"(p.38) 하였다 한다. 그 군세도 대단하여 양자강까지 진격했으며 토벌군의 원수인 태자를 죽이기까지 한다. 임상문은 역사상 실제 인물이 아니며 明의 회복운동이 이렇게 강력하게 淸을 위협한 적은 없다. 허구임이 틀림없다. 다만 福康安이라는 실제 인물이 등장하나 苗族의 반란을 제압한 淸의 원수로서가 아니라 황원상의 참모로 등장할 뿐이다.

明의 회복을 주장하는 반란군의 세력이 이렇게 淸과 팽팽하게 맞서는 것

---

18) 동양사학회 편, 『槪觀 東洋史』(지식산업사, 1983), p.250 참조.
19) 傳樂成, 앞의 책, p.775 참조.

은 明의 회복이라는 명분과 淸의 실세가 어느 쪽으로도 쉽게 기울지 않음을
보여준다. "상문이 다시 군마를 정돈ㅎ야 진세를 일우고 청병으로 더부러 여
러 번 싸와 혹승혹픽(或勝或敗)"(p.50) 했다고 한다.

하지만 작품은 남강월의 활약에 의해 임상문이 죽고 淸의 승리로 귀결된
다. 황원상 · 황국경 · 남강월 등의 주인공이 淸에 소속돼 있기에 작품 전개
상 당연한 결과다. 이를 현실적 맥락에서 살펴보면 明의 회복이라는 명분보
다 淸의 실세가 더 중요하다는 의미가 된다.

전대의 군담소설에서는 그 창작시기의 현실적 여건과는 반대로 明에 대
한 의리와 명분을 강조했다. 이것은 병자호란을 계기로 우리 민족에게 뿌리
내렸던 親明排淸 의식의 소산이다.[20] 하지만 더 근본적인 것은 봉건적 명
분인 중화주의에 매몰되었기 때문이다.

이미 燕岩은 許生의 입을 통해 親明排淸에 근거한 北伐論의 허위를 통렬
하게 비판했으며, 다산은 「拓跋魏論」에서 中華主義의 권위를 부정하였다.

聖人의 법은 중국이면서도 오랑캐의 짓을 하면 오랑캐로 대우하고, 오랑
캐이면서도 중국의 짓을 하면 중국으로 대우하니, 중국과 오랑캐는 그 道와
政治에 있는 것이지 疆域에 있는 것이 아니다.[21]

그 부정의 근거는 문화의 수준에서 찾았다고 하겠는데, 작품에서 황국경
이 明의 반란군에게 말한 논리와 일치한다.

이렇게 본다면 「南江月」은 '反中華主義'를 내세워 전대 군담소설의 이념

---

20) 徐大錫, 앞의 글, p.355
21) 『與猶堂全書』 1집 12권 「拓跋魏論」(景仁文化社, 1969), p.243.
　　 "聖人之法 以中國而夷狄 則夷狄 以夷狄而中國 則中國之 中國與夷狄 在其道與
　　 政 不在乎疆域也"

적 근거를 비판한 것이 되지만, 그것이 조선 후기의 '北學論'에 기인한 것이 아니라 1910년대의 식민지 현실과 밀접히 관계되기에 문제가 된다.

주지하다시피 조선 후기 '北學論'에서는 헛된 명분보다는 실리를 따라 淸의 발달한 문물을 받아들일 것을 주장했다. 이는 시대의 발전에 따른 현실주의적 입장이었다. 그러자니 '尊華黜夷'라는 헛된 명분을 버려야 했고 淸을 실세 면에서 인정해야 했다.

하지만 1910년대의 실상은 어떤가? 일제의 무단통치가 자행되던 시기였다. 오랑캐이지만 그 문물이 발전하면 中華가 된다는 논리는 곧 일제의 식민지 지배논리와 맥락을 같이한다. 식민사관에서 주장하는 '事大性'에 근거하여 보면 淸을 섬기던 조선이 淸을 제거하고 새롭게 부상한 일본을 섬기는 것은 당연한 논리라는 것이다.

결국 「南江月」에서 明의 회복을 주장하는 반군에 대한 淸의 논리는 1910년대의 맥락에서 본다면 강력한 힘이 있으면 어느 나라나 宗主國이 될 수 있다는 제국주의의 논리로 귀결될 수 있다.

실제로 '합방'직전 일제의 각본에 의해 이용구, 송병준 등이 제출한 '통감에게 올리는 합방청원서'에는 그 점이 잘 드러나 있다.

현재의 조선조로 들어와서 5백 년, 겉으로는 국가의 근본을 세우는 바 있는 것 같으나, 사실은 큰 나라를 섬기고 복종함으로써 근근히 王位를 보존해 왔던 것입니다. 元나라가 기울면 明나라에 의지했고, 明나라가 망하면 淸나라에 기대었습니다.……귀국 대일본 천황폐하께서 일단 淸朝를 책하시매 천지를 진동할 神武를 떨치시고, 또 다시 러시아를 대하시매 回天의 神機를 나타내시와, 동방 神國 일본의 승리를 거둠으로써 세계 최강의 명예를 얻으셨습니다.……이에 있어 열국이 環視하는 속에서 우리 나라를 보호하시고, 宗主의 높은 義를 들며, 뭇 백성을 지도하여 정치의 大本을 지휘하시

니, 이는 진실로 하늘의 시키심이라 할 것입니다.[22]

앞에서 다룬 「申遺腹傳」은 명분을 내세워 中華主義를 고집했고, 「南江月」은 그와 반대로 실세를 인정해 '反中華主義'를 드러냈다. 하지만 어느 것이나 反封建의 과제를 해결하는 데는 미치지 못했다. 더욱이 그것이 봉건적 미몽에 사로잡히든, 실세를 인정하든 일제의 식민지 지배논리로 귀결되기에 문제가 된다. 진정한 反封建 의식은 근대적인 민족주의가 확립되지 않는 한 불가능하기 때문이다.

결국 중세 봉건적 사회를 배경으로 하는 군담소설이 바람직하게 근대적 모습으로 탈바꿈하기는 불가능하고 그러기에 당대 널리 읽혔던 그 작품들의 역기능 또한 심각하다 하겠다.

---

22) 이 청원서는 1909년 12월 4일 일진회 이용구등 1백만인의 이름으로 조선통감에게 제출된것이다. 林鍾國 편, 『親日論說選集』(실천문학사, 1987), p.37.

제5장 신작 애정류 소설과 그 성격

애정소설에서는 남녀의 애정문제가 중심적으로 다루어진다. 남녀의 애정은 인간의 본능적 욕구를 반영하는 것이기에 많은 사람들에게 공감을 받아왔다. 동서고금을 막론하고 많은 소설의 보편적 주제로 애정문제가 다루어진 것은 이 때문이다.

하지만 애정문제를 다루는 구체적 양상은 시대와 계층에 따라 다르게 나타난다. 즉 역사적 구체성에 따라 애정의 양상이 달라진다고 할 수 있다.

애정의 양상은 ① 결연과정, ② 수난과정, ③ 극복과정으로 크게 나누어 볼 수 있다. 여기에 따라 애정의 구체적 양상을 살펴보면 작품에 따라 상당한 차이를 발견한다.

조선초기 작품인 金時習의『李生窺牆傳』에서는 자유로운 애정의 방식으로 두 남녀가 결합하지만 홍건적의 침입으로 둘의 사랑이 깨진다. 이는 개인의 힘으로는 도저히 극복할 수 없는 세계의 횡포고 수난이다. 남주인공은 가능성을 찾지 못한 채 단절된 세계의 저편에서 이미 이 세상 사람이 아닌, 혼령이 된 여주인공을 맞이하는 수밖에 도리가 없었다.

하지만 조선후기의 작품인『春香傳』은 신분이 다른 두 남녀가 사랑을 맺고 거기에 따르는 여러 가지 수난을 극복해 부부로 행복하게 살아가게 된다.

중세의 신분적 질곡을 벗어나 신분해방을 이룬 것이다.

　이런 차이는 애정의 조건을 규정하고 있는 현실적 토대에서 비롯된다. 즉 중세봉건체제가 확고한 틀을 유지했던 15세기의 역사적 조건과 그것이 붕괴되었던 18·9세기의 역사적 조건은 분명 차이가 있고 애정의 방식도 달라지게 된다고 할 수 있다.

　여기서는 1910년대 등장했던 신작 애정류 소설 「芙蓉의 相思曲」·「靑年悔心曲」·「秋風感別曲」의 애정양상을 검토한다. 세 작품에 드러난 애정의 양상이 당대 현실 속에서 어떤 역사적 성격을 갖는지를 밝히고자 하는 것이다.

1. 「芙蓉의 相思曲」과 자유결혼 문제

　「芙蓉의 相思曲」[1]은 그 내용을 다음과 같이 단락으로 나눌 수 있다.

　① 전 이조판서 아들 金有聲은 평양에 놀러갔다가 명기 芙蓉과 백년가약을 맺는다.
　② 후일을 기약하고 상경하다 부용을 탐낸 감영의 통인 최만홍에게 쫓겨 생명이 위태롭게 되 나 白虎의 출현으로 목숨을 건진다.
　③ 최만홍은 대동강에서 벌이는 감사의 뱃놀이에 부용을 참석케 하고 감사로 하여금 부용을 취하게 한다.
　④ 부용은 감사의 겁탈을 피해 강물에 투신하나 최기남이라는 어부에 의해 구출돼 그의 집에 묵는다.
　⑤ 평양감사는 수절 기녀를 죽게 했다는 것 때문에 김유성의 친구인 암행어사 이몽매에 의해 파직되고, 최만홍은 죽음을 당한다.

---

　1) 텍스트는 「芙蓉의 相思曲」(新舊書林, 1913)이다. 앞으로의 작품은 「芙蓉」이라 약칭하고, 작품의 인용은 괄호 속에 면수만 밝힌다.

⑥ 부용은 相思曲을 지어 김유성에게 보낸다.

⑦ 김유성은 成川府使가 되어 부임하는 길에 부용을 데리고 간다.

이 작품은 명문대가의 귀공자와 下鄕賤妓가 사랑을 맺는 이야기로 애정의 양상에 따라 분류하면 결연과정(①), 수난과정(②③④), 극복과정(⑤⑥⑦)으로 나누어진다. 각 과정에 어떤 역사성이 드러나는가를 살펴보도록 한다.

1) 자유결혼관의 제시

남주인공은 양반신분이고 여주인공은 기생이기에 결연과정에 있어서 가장 장애가 되는 것은 신분상의 제약이다. 남주인공이 여주인공을 즐기는 대상으로 여기거나 첩으로 맞아들이면 문제는 쉽게 해결된다. 조선후기 한문단편의 義妓와 사대부의 애정방식[2]이 그 예가 된다. 하지만 진실된 애정을 추구하더라도 정실로 맞아들이기 위해서는 심각한 신분갈등을 겪게 된다.

조선시대 첩의 계급에 대하여 李能和는 이렇게 규정했다.

妾有二種階級ᄒ니 一曰 良妾이오 一曰 賤妾이라. 良妾者는⋯⋯聘良家女子ᄒ야 以爲妾者他ㅣ니⋯⋯賤妾者는⋯⋯私婢官婢國婢卽 公私賤及唱妓之爲人妾者ㅣ 是也ㅣ니라[3]

여기에 따르면 기생을 첩으로 맞아들이더라도 良妾이 아닌 賤妾이 됨을 알 수 있다. 이것이 당시 봉건시대의 신분상 제약이다. 그러기에 기생이 正

---

2) 대표적인 것이 「溪西野談」의 金宇杭과 盧稙의 이야기다. 내용은 남주인공이 딸의 婚費를 얻으러 벼슬하는 친척을 찾아갔다가 냉대를 받고 어려움에 처했는데, 기생의 도움으로 과거에 급제하게 되자 그 기생을 첩으로 삼았다는 것이다.

3) 李能和, 『朝鮮女俗考』(學文閣, 1968), p.173.

室로 된다는 것은 현실적으로 불가능한 일이다.

「春香傳」에서 춘향이가 정실이 된 것은 현실을 뛰어넘는 민중적 소망의 반영이고 그것이 이루어지기 위해서 신분갈등과 많은 고난이 뒤따르게 됨은 당연하다.

그런데 「芙容」에서는 심각한 신분갈등이 드러나지 않는다. 김유성이 부용의 용모와 교양에 반해서 백년해로할 것을 요구하자 부용은 별 갈등을 느끼지 않고 이를 수락한다.

> 이졔 공지 금옥ズ흔 말숨으로 쳔흔 몸을 거두고져 흐시니 비록 륙례(六禮)를 갖초와 빅량우귀(百兩于歸)는 ᄇ라지 못흐나 군즈 일언이 쳔년불기(千年不改) 흐신 즉 쳡이 ᄯ흔 십지쳥루(十載靑樓)의 고심을 변치 아니 흐와 평싱 소원을 일올ﾅ 흐ᄂ이다 (p.34)

「春香傳」에 보이는 것처럼 자신의 신분을 깨우쳐 주거나 불망기를 받아 약속을 확인하는 과정이 등장하는 것은 아니다. 또 작품의 전개상에 천첩으로 결합되는 것도 아니다.4) 당시의 현실로 보아 그것이 불가능한 것임에는 틀림이 없다. 그러면 어떻게 해서 이것이 가능할까?

작품에서 그 가능한 조건으로 남주인공의 결혼관이 제시되고 있다.

> 부부는 인륜의 웃듬이오 만복의 근원이라 만일 서로 가우(佳友)를 맛나지 못흐면 이는 평싱 업원이 되는 바이어늘 죠션 풍속이 괴이흐와 피츠 션악을 아지 못흐옵고 다만 부모의 명을 좃고 미쟉(媒)의 말만 드러 빅연가긔

---

4) 작품의 결말에서는 "용낭이 승지를 권흐야 정실을 취흐라 흐니 이에 리판셔의 ᄉ회"(p.87) 되었다 하나, 결합당시는 신분상의 별문제가 없던 것으로 나타나 있다. 성천 부사로 갔던 김유 성이 내직으로 올라와 승지가 된 뒤에 다시 정실을 취한 것이니 상당한 시간이 경과된 뒤다.

(百年佳期)를 밎스옴애 그 능히 량정(良情)이 샹합ᄒ야 실가지락(室家之
樂)을 일우ᄂ샤ㅣ 드믄지라 쇼ᄌ의 싱각에ᄂ 귀쳔을 물론 ᄒ옵고 쇼ᄌ의 눈
으로 규슈의 션악을 본 연후에야 가약을 뎡ᄒ려 ᄒ오니 (p.7)

신분상의 귀천을 따지지 않고 마음에 드는 사람과 결혼하겠다는 매우 진
보적인 결혼관을 보여준다. 신분질서를 거부한다는 것은 곧 봉건이념을 정
면에서 부정한 것이다. 중세 봉건이념을 구축하는 가장 기본적인 토대는 신
분질서다. 그러기에 자유로운 남녀의 애정방식을 긍정했던 金時習도 '名分
說'에서 "天子, 諸侯, 公卿, 大夫, 士, 庶人이 名이고 上下, 尊卑, 貴賤이
分이니 이는 넘어설 수 없다"[5]고 했다. 자유로운 남녀의 애정도 이런 신분
질서의 토대를 부정하지 않는 범위 내에서 이루어짐은 당연한 일이다. 이런
점에서 본다면 작품에 드러난 자유결혼관은 조선후기 사대부인 김유성의 생
각이 아니라 작자의 것이다.[6] 곧 1910년대 저작자의 결혼관인 것이다. 분명
근대의식의 소산으로 보인다.

2) 방해자의 등장과 봉건적 명분에의 회귀

근대적인 자유결혼관이 제시되어 결연과정에서는 신분적 갈등이 존재하
지 않았음을 살펴보았다. 대신 수난과정에서는 방해자의 등장이 두드러진다.
감영의 통인 최만홍과 더불어 평양감사가 애정의 방해자로 등장한다. 방해
자가 두 명으로 늘어났을 뿐만 아니라 수난의 양상도 복잡하게 전개된다. 서
울로 올라가던 김유성이 최만홍의 무리에게 쫓겨 위험에 처하게 됐다는 것

---

5) 김시습, 『매월당전집』(성대 대동문화 연구원, 1973), p.325.
   何謂名 天子諸侯公卿大夫庶人也 何謂分 上下尊卑貴賤是也
6) 崔元植, 「歌詞의 小說化 경향과 봉건주의의 해체」, 『民族文學의 論理』(창작과 비
   평사, 1982), p.17 참조.

이나, 최만흥의 부추김을 받은 평양감사가 뱃놀이에 부용을 참석케 하고 겁탈하여 했다는 것이 그 수난의 구체적 양상이다.

그런데 그 수난의 극복이 현실에 근거해 이루어지는 것이 아니라 우연적 계기에 의해 달성된다. 위험에 처한 김유성이 백호의 출현으로 살아나게 됐으며, 감사를 피해 물에 빠진 부용이 최기남이라는 어부에 의해 구출되게 된다. 현실주의적 관점이란 「春香傳」에 보이듯이 탐관오리인 변학도의 전횡에 맞서서 자신의 정당함을 주장하고 수난을 감수하는 것이다. 「芙蓉」은 수난에 대응하여 싸우지 않고 이를 회피한 것이다. 그러기에 우연적 계기에 의해 수난이 해결될 수밖에 없다. 백호의 출현이나 어부에 의한 구출은 주인공을 살리고자 하는 의도에 불과하지 왜 그렇게 될 수밖에 없는가는 작품의 필연성과는 하등 관계가 없다. 이는 영웅소설에 빈번히 등장하는 방식으로 흥미를 강조한 통속성의 한 양상이다.[7]

또한 애정의 방해자로 등장하는 인물들이 탐관오리가 아닌 애정의 방해자로만 존재한다는 것도 통속성과 무관하지 않다. 애정의 방해자가 탐관오리의 전형을 지님으로써 애정의 성취는 곧 현실적 토대 위에서 싸움의 결과라는 사회적 의미를 띠게 된다. 하지만 그가 애정의 방해자로만 제한될 때는 현실주의적 관점이 사라지게 된다. 몰개성적인 어떤 인물이 등장하여, 어떻게 애정을 방해했는가에만 관심이 집중되기 때문이다. 즉 애정의 고난과 극복과정에서 보여주는 현실적 의미보다 그 방식이나 양상에 더 주목하게 된다는 것이다. 방해자를 2명으로 늘이고 방해의 양상을 다양하게 한 것이 그 예가 된다.

애정의 수난과 극복과정이 현실적 입장을 갖지 못함으로써 작품에서 강조

---

7) 박일룡, 「조선후기 애정소설의 서술시각과 서사세계」(서울대 박사논문, 1988), p. 51 참조.

되는 것은 봉건명분인 烈이다. 저작자는 근대적인 결혼관을 제시하고도 그
것을 해결할 투철한 인식을 포기함으로서 작품의 현실성을 떨어뜨렸다.[8] 부
용은 평양감사의 겁탈을 피하기 위해 물에 빠지면서 절개를 지킨다고 다음
과 같이 말한다.

청강어복(淸江魚腹)에 굴삼려(屈三閭)의 자최를 차지며 쇼샹강샹에 이
비(二妃)의 혼을 ᄯ로리라 (p.73)

부용이 몸을 지키기 위해선 춘향처럼 자신의 정당함을 주장할 수도 있고,
지혜롭게 감사를 물리치는 방법도 있을 수 있다. 그런데 부용은 죽음의 방법
으로써 절개를 지키고자 한다. 굴원이나 二妃가 그 전범을 제시했다.

여기서 烈이라고 하는 것을 단순하게 봉건명분으로 보아야 되느냐의 문
제가 발생한다. 「春香傳」에서 춘향이가 烈을 강조한 것은 그것이 봉건도덕
의 외피를 쓰고 있긴 하지만 실제의 내용에 있어서는 오히려 봉건이념을 부
정하는 것이다. 즉 춘향이 보여주는 烈은 당시의 봉건적 현실을 부정하는 자
유의지나 인간의 존엄성을 바탕으로 하고 있는 것이다.[9]

하지만 부용이 내세우는 烈은 오히려 인간의 존엄성과 상치된다. 사랑하
는 남자를 위해서 목숨을 버린다고 하는 것이 그것이다. 꼭 죽을 수밖에 없
는 상황이 아니었음에도 불구하고 죽음을 택한 것은 충분한 현실적 근거가
없다. 봉건적 명분이 烈을 위하여 인간의 존엄성을 희생시킨 꼴이 된다. 굴
원과 二妃를 따르겠다고 하는 것이 그 증거다.

결국 이 작품은 결연과정에서는 근대적인 자유결혼관을 제시했지만 수난

---

8) 崔元植, 앞의 글, p.17.
9) 박희병, 「春香傳의 歷史的 性格 分析」, 『전환기의 동아시아 문학』(창작과 비평사,
   1985), pp.105~106 참조.

과 극복과정에서는 그것을 올바로 해결해 나가지 못하고 봉건적 명분인 烈로 회귀함으로써 통속화된 애정의 양상을 보여준다.

2. 「靑年悔心曲」과 물질주의적 세태

「靑年悔心曲」[10]의 내용을 단락으로 나누면 다음과 같다.

① 전 나주목사 아들 김진성이 송도에 돈을 받으러 갔다가 기생 농월을 만나 사랑하게 된다.
② 다른 기생 경패에게 빠져 돈 십만 냥만 없애고 농월의 도움을 받아 서울에 올라와 과거에 급제한다.
③ 송도유수 이춘화가 농월을 취하려 하자 농월은 감악산에 몸을 피신한다.
④ 주서가 된 김진성이 이춘화를 탄핵하는 상소를 올리나 이춘화도 진성의 과거 행적을 구실로 맞상소하여 오히려 김진성이 추자도로 유배된다.
⑤ 이춘화가 김자점의 난에 연류되어 처형되자 김진성도 유배에서 풀려나 홍문관 교리가 된다.
⑥ 농월이 이 소식을 듣고 김진성을 찾아온다.

이 작품은 앞의 「芙蓉」과 애정의 전개양상에 있어서 다음과 같은 공통점을 지니고 있다.

ⅰ) 귀공자와 기생이 만나 서로 사랑하여 결혼할 것을 약속한다. (결연과정)

---

10) 텍스트는 「靑年悔心曲」(新舊書林, 1914)이다. 이하 「靑年」으로 약칭하고 작품의 인용은 괄호 속에 면수만 표시한다.

ii) 방해자가 등장하여 어려움에 처한다. (수난과정)

iii) 남주인공이 높이 되어 여주인공과 다시 만나 같이 살게된다. (극복과정)

이런 방식으로 「靑年」의 내용을 분류하면, 결연과정(①), 수난과정(②③④), 극복과정(⑤⑥)이 된다. 「靑年」과 「芙蓉」은 이같은 구조적 공통점 뿐만 아니라 인물설정에 있어서도 이름 (김유성과 김진성)이나 신분(귀공자와 천기)이 유사하고, 세부묘사에 있어서도 결연과정에서 거문고를 타면서 곡조에 대해 평을 가하는 것이 동일하게 등장한다.[11) 게다가 新舊書林에서 1년의 시차를 두고 두 작품이 출판되었다는 것을 고려할 때 장편가사를 매개로 하여 귀공자와 천기의 애정을 그린 동일한 저작자의 작품, 혹은 모방작으로 추측된다.

하지만 애정양상에 있어서는 제목에서 드러나듯이 「芙蓉」은 여주인공의 행위가 중심이 되고(芙蓉相思曲), 「靑年」은 남주인공의 행위가 중심이 되고 있다(靑年悔心曲). 구체적인 애정양상은 어떤가 살펴보도록 한다.

1) 물질주의적 인간 관계

「靑年」도 결연과정에서 신분갈등이 드러나지 않는다. 농월에 반한 김진성이 백년가약을 맺자는 말에 다음과 같이 대답한다.

이제 상공이 첩을 더럽다 아니시고 정중한 말삼이 첩을 거두고저 하시니 첩이 맞당히 고심을 번역지 아니 하와 일신을 의탁하압고 천한 일홈을 신설코저 하나이다 (p.13)

_____

11) 「靑年」에 등장하는 7곡에 대한 음악평이 「芙蓉」에 똑같이 등장한다.

「芙蓉」과 동일한 말이다. 차이가 있다면 농월은 부용과 달리 육체적 관계를 거부한다는 것이다. 육체적 관계를 거부하는 것은 부부의 관계를 원했기 때문이다. 농월이 김진성의 요구에 대하여 "청루천기의 음란한 풍정"(p.13)이 아니라 "부부지연"(p.14)을 바란다고 하는 것이 그것이다.

앞에서 검토했듯이 중세의 신분적 제약 속에서 그것이 가능할 리 없음은 당연하다. 그런데 작품의 결말에서는 부부로 결합하고 "삼자이녀를 생하야 영화부귀로 세월을"(p.64) 보냈다 한다. 분명 신분이 다른 두 남녀가 애정을 성취한 것이다. 어떤 현실적 근거에 의해서 그것이 가능할까?

「靑年」에서는 신분에 차별을 두지 않는, 자유결혼관이 등장하지는 않는다. 대신 농월의 경제적 여건이 드러나 있다.

성은 윤씨이니 본대 량가녀자로 일즉이 부모를 여희압고 표박종적이 청루에 의탁하엿사오나 (p.13)

첩이 어려서붓터 서화의 알음이 잇삽더니 넌 전의 중국사신이 이 곳으로 지내며 서화를 구하압기로 첩이 망녕되이 이십여 장 그림을 보내엿더니……금은채백 두어 수래를 주압기로 첩이닐로조차 생계 부요하엿사오니 (pp.14~15)

농월은 양가의 여자로 부모를 잃고 떠돌아다니다 경제적 궁핍 때문에 기생이 된 것이다. 그 때문에 致富하려는 욕구가 강하고, 그 방법으로 書畵를 팔아 富를 축적했다. "생계 부요"하다는 것은 본업인 기생일보다 서화를 팔아서 致富한 결과다.

작품의 배경이 되는 조선후기는 시정의 도시민적인 향락, 소비 생활로 인해 미술의 상품적인 수요가 창출됐다고 한다.12) 그 결과 신분에는 관계없이 그림만 잘 그리면 돈을 모을 수 있었다. 그림이 상품화하면서 수요가 많아졌고 비전문적인 화가들도 대거 등장했음은 당연하다. 농월이 바로 그러한, 그림을 그려 생계를 잇는 비전문적인 화가인 셈이다.

이런 경제적 여건을 바탕으로 농월은 자신의 신분적 제약과는 관계없이 '부부지연'을 요구한 것이다. 처음 매파가 김진성을 소개하자 "청루천종으로 대접할 진대 첩이 그윽히 원치 아니"(p.7)한다고 하는 당당함도 바로 자신의 경제적 여건에서 비롯된다. 경제적 여건을 바탕으로 신분에 구애받지 않고 대등한 부부관계를 요구하는 것은 분명 물질주의적 발상이다.

「靑年」은 신분보다 물질에 의한 인간 관계를 중시해서 다루고 있다. 김진성이 이희철에게 빌린 돈을 받으러 왔다거나, 돈 때문에 경패라는 기생에게 유혹을 받는 것도 이와 무관하지 않다.

물질주의적 인간 관계를 중시하는 것은 봉건해체기인 조선후기도 가능한 일이다. 박지원의 한문단편에는 그런 윤리적 자각이 보인다.13) 하지만 그것이 대등한 신분의 朋友에 국한되어 있다. 시민적 자유와 평등을 내세운 것은 아니다. 사회적 현실이 여전히 봉건적 범주를 벗어나고 있지 않기 때문이다.

이런 점에 비추어 본다면 귀공자와 하향천기가 대등한 자격으로 결연하는 것은 조선후기의 모습이기보다 근대적 전환기인 1910년대의 문제의식으로 보인다.

---

12) 林熒澤, 「18세기 藝術史의 視角」, 『雨田 辛鎬烈先生 古稀紀念論叢』(창작과 비평사, 1983), pp.386~387 참조.
13) 林熒澤, 「朴燕巖의 倫理意識과 友情論의 성격」, 『한국문학사의 시각』(창작과 비평사, 1984) 참조.

2) 물질주의적 세태 반영

「靑年」도「芙蓉」과 마찬가지로 방해자의 등장이 두드러진다. 하지만 애
정의 수난을 남주인공인 김진성이 주로 당한다는 데 차이가 있다. 여주인공
인 농월은 송도유수 이춘화의 부름에 감악산 운수암으로 몸을 피신하는 데
그친다.

김진성이 당하는 애정의 수난은 돈을 매개로 했다는 점이 특이하다. 경패
라는 기생은 "심지 아름답지 못"(p.15)한 평양 출신으로 그 어미와 더불어
"남의 재물을 앗기로 일삼"(p.15)던 인물이다. 이런 인물이기에 김진성이 많
은 돈을 지녔다는 소문을 듣고 빼앗기로 작정해 농간을 부린다. 그 방식은
갖은 교태로 김진성의 마음과 몸을 사로잡은 다음, 집안의 일을 핑계로 돈을
빼앗고 종적을 감추는 것이다. 경패는 김진성에 대하여 애정을 가지지 않았
다는 점에서 냉혹하게 현금계산만을 취하는 교활한 인물이다.

남주인공인 김진성은 "청고한 지조를 흠복하나 그 풍정의 담연함을 혐의
하다가……아릿다온 교태와 형용치 못할 감언이설에 침혹"(p.19)한 인물이
다. 관념지향적인 인물이 아니라 현실지향적인 인물[14]이라 하나 납득할 수
없는 견해다. 귀공자인 진성의 입장에서 보면 어떨지 몰라도 남녀 관계를 고
려할 때 진성의 행위는 분명 잘못이다. 농월이 육체 관계를 거부한 것은 기
생으로서가 아니라 부부로서의 관계를 원했기 때문이다. 오히려 김진성은
조선후기 양반들의 향락적 생활 세태를 반영하는 인물에 가깝다고 한다.[15]

하지만 엄밀하게 보면 김진성은 "퇴폐적이고 향락적인 조선후기 양반"의
모습과는 다르다. 우선 김진성의 태도가 적극적으로 향락을 추구하려 했던

---

14) 이은숙, 「활자본 신작 구소설에서의 애정소설 연구」(한국학대학원 석사논문, 1986),
   p.51.
15) 박일룡, 앞의 글, p.38.

것이 아니기 때문이다. 김진성이 경패에게 탐닉하게 된 데에는 경패의 유혹
과 농간이 이유가 된다. 김진성은 지조를 중시하는 것도 아니고 질탕한 풍정
을 즐기는 것도 아니다. 어느 쪽의 입장도 분명히 따르지 않았다. 이런 상태
에서 순간적 유혹에 넘어간 것이다.

이 때문에 작품의 성격이 「李春風傳」처럼 풍자로 귀결되지 않는다. 무너
저 내리는 가장적 권위에 대해 야유와 조소를 보내는 것이 아니라 경계의
의도가 강하다. 서두에 있는 저작자의 말을 인용하면 다음과 같다.

　오호라 고왕금래에 영웅 열사와 문장 재자와 풍류 야랑이 새게에 유련한
자ㅣ하나 둘이 아니나 능히 그 허물을 뉘웃친 이는 진실로 드문지라 이에
김진성의 전후 사실을 말할진댄 참 긔이한 일인고로 성서미로에그 사적을
대강 기록하여 색계상에 침혹하야 그 본심을 직히지 못하는 자를 경계하노
라 (p.1)

저작자는 분명히 향락적 세태에 대한 풍자로서가 아니라 기생의 유혹에
빠져 본심을 지키지 못하는 세태를 경계하려는 의도에서 이 작품을 지었다.
이는 또 농월이 전후 사실을 알고 나서 "이 쏘한 소년 풍정의 례사이니 후회
하실 바이 업"(p.23)다고 문제 삼지 않는 데서도 드러난다. 이춘풍은 갖은 망
신을 당하고 부인으로부터 조소를 받는 데 비해 「青年」은 예사로운 일로 넘
어간다.

더욱이 김진성이 많은 돈을 지녔기에 경패에게 유혹을 받고 거기에 빠지
게 된다. 김진성이 "색계상에 침혹"한 것은 돈 때문이다. 김진성과 경패와의
관계는 남녀의 진실한 애정이 아니라 돈을 매개로 한 욕구의 충족일 뿐이다.
여기서 김진성의 윤리적인 의식이나 결단은 문제되지 않는다. 이는 결국
1910년대의 물질주의적 사회 세태와 무관하지 않게 보인다.

[妓生家禍] 前 承旨 趙明熙氏의 令男 重冕氏는 妓生 佳紅에게 蠱惑
ᄒ야 依服 佩物 等屢金千餘圓 價值를 貿給ᄒ엿는디 該事件이 家庭에 發
現되야 紛亂이 大起ᄒ엿다 더라16)

[色界에 無庭訓] 完順君 李載完氏가 其令胤 李達鎔氏에게 某某敗家
子弟와 相從치 勿ᄒ라고 訓戒ᄒ얏다더니 其令胤이 庭訓을 不遵ᄒ고 詩
洞居 娼妓 桂心을 三百에 買入ᄒ야 洽洽흔 新情이 晝夜를 妄却흔다니
色界上에는 無英雄烈士라 ᄒ지만 以若 完順君의 令胤으로 美唱에게 況
惑ᄒ야 金錢을 浪費홈은 誠是意外의 事라고 衆論이 有ᄒ더라17)

이 기사들은 기생에 침혹하여 가정을 망치는 귀족 자제들의 방탕한 사생활
을 보여주고 있다. 당시 기생들은 상당한 수에 이르러 조합을 결성할 정도였
고,18) 신문에서도 사회상의 중요한 면목으로 화류계의 세태를 다루고 있다.19)
이 작품이 출판됐던 1914년에는 『每日申報』의 3면에 '藝壇의 一百人'이라는
제목으로 기생에 관한 자세한 소개가 사진과 함께 등장하기도 했다.20)
　이런 당대의 세태를 고려하면 「靑年」에서 애정의 수난과정에 나타나는
"색계상에 침혹"한 사실은 조선후기가 아닌 1910년대의 반영이 분명하다.
　하지만 수난을 극복하는 과정에 있어서는 유배지에서 자신의 잘못을 뉘우
치는 것으로 간단히 처리되어 있고 바람직한 남녀관계가 무엇이냐는 것에는

---

16) 『大韓民報』 1910년 7월 7일.
17) 『皇城新聞』 1910년 8월 25일.
18) 『皇城新聞』 1908년 10월 27일 자에 '기생조합성립'이라는 제목으로 朴漢英등 30명
　이 조합결성을 위해 경시청에 청원했다는 기사를 싣고 있으며, 1909년 9월 23일 자에
　이를 인가했다는 내용이 등장한다.
19) '社會의 面目'이라는 제목으로 여러 가지 세태를 이야기 식으로 엮어가고 있는데,
　'花柳巷'이 라고 하여 기생의 세태는 『每日申報』 1913년 2월 30~3월 13일에 총 13회
　의 분량으로 연재 되었다.
20) 1914년 2월 1일~6월 11일에 총 100명의 예능인을 소개했는데 대부분이 기생들이다.

이르지 못하고 있다. 결국 「靑年」은 속화된 물질주의적 세태를 반영하고 있
는 셈이다.

3. 「秋風感別曲」과 反封建的 애정관

「秋風感別曲」은 여러 종의 이본이 존재하나 크게 두 계열로 나눌 수 있
다. 하나는 新舊書林本 계열이고 다른 하나는 博文書館本 계열이다.[21] 博
文書館本은 제목을 「彩鳳感別曲」으로 바꾸고 서술체제도 章回體로 고쳤
으나 내용상의 큰 변동은 없다. 남주인공의 이름을 강필성에서 장필성으로
고쳤고 앞부분 배경묘사에서 약간의 차이가 보일 뿐 사건전개에는 변화가
없다. 12회의 章回 제목을 보면 다음과 같다.[22]

第一回　치봉이 김진ᄉ 집에 탄생하다
第二回　월하에 쟝싱[강싱]을 맛ᄂ다
第三回　쟝싱과 혼약을 밋다
第四回　부인 김진ᄉ 셔울서 구사ᄒ다
第五回　김진ᄉ 혼인을 졍ᄒ고 ᄂ려온다
第六回　김진ᄉ 내외 치봉을 다리고 샹경ᄒ다
第七回　치봉이 종로에셔 도쥬히 도라오다
第八回　리부인 치봉을 ᄎᄌ 평양으로 오다

---

21) 丁奎福, 「秋風感別曲의 新硏究」, 『大東文化硏究』 20집(성대 대동문화연구원,
　　1986) 참조.
22) 텍스트는 新舊書林本 계열의 世昌書館本 「秋風感別曲」으로하고 필요에 따라博文
　　書館 本 「彩鳳感別曲」도 활용한다. 이 작품은 「秋風」·「彩鳳」으로 각각 약칭하고
　　작품의 인용은 괄호 속에 면수만 밝힌다. 작품의 단락구분은 「彩鳳」의 章回 제목으로
　　하고 「秋風」과 차이 나는 것은 [] 속에 표시한다.

第九回 치봉이 몸을 팔 기싱이 되야 다시 쟝싱[강싱]을 맛느다
第十回 치봉이 리감수 집에 입시흐다
第十一回 치봉이 별당츈야에 감별곡을 짓는다
第十二回 치봉이 부녀 상봉흐고 쟝싱[강싱]과 혼례를 이루다

이상 12회 단락을 애정양상에 따라 구분하면 결연과정(1회~3회), 수난과
정(4회~9회), 극복과정(10회~12회)으로 된다. 각 과정에 드러나는 애정양
상이 어떤 역사적 성격을 갖는가를 살펴보도록 한다.

1) 자유연애와 빈부갈등

여주인공인 채봉은 김진사의 외동딸이고, 남주인공인 강필성은 전 선천군
수의 아들이다. 두 남녀가 양반신분이기에 결연과정에 있어서 신분상의 갈
등은 존재하지 않는다. 주목되는 것은 이들이 결연하는 과정에서 '자유연애'
의 방식이 등장한다는 것이다. 채봉이가 시비 추향이를 데리고 동산에 올라
갔다가 담안을 엿보는 강필성과 눈이 마주치고 거기서 좋아하는 감정이 생
기게 된다. "한번 보매 마음에 반가온 생각이 잇으나 아녀자의 마음이라 만
면통홍(滿面通紅)이 되였"(p.3)다 한다. 이런 방식은 고소설의 전통에서 새
로운 것은 아니다.

하지만 당대 사회에서 자유연애라고 하는 것이 수용층의 공감을 얻을 수
있는 일반적인 경향이었으며, 그것이 적극적으로 애정을 성취시켜나갈 수
있는 계기가 된다는 점에서 현실성을 얻을 수 있는 것이다. 강필성은 처음
만난 채봉이 마음에 들자 추향에게 부탁해서 다시 만날 계책을 마련하게 되
고, 이에 따라 채봉에게 "백년을 해로하미 평생 소원"(p.10)이라고 당당하게
말한다. 여기에 채봉도 "웃지 다른 말삼 하오릿가"(p.11)하여 승낙의 뜻을 비

친다. 애정을 성취해 나가는 데 주체적인 노력이 뒤따르고 있다.

기생과 양반의 결연이 아니라 사대부가의 혼인이기 때문에 그것이 어떤 방향으로 해결되느냐는 상당히 중요한 의미를 갖는다. 대개는 문벌이 문제되지만 여기서는 경제력 즉 빈부의 차이가 장애요소로 등장하고 있어 주목된다.

김진사의 집은 원래 의주였는데 평양이 살기 좋다고 하여 이주했다고 한다. 의주는 일찍부터 중국과의 교역을 통해 무역이 성했던 지역이고, 의주상인은 민간무역의 중요한 역할을 담당했었다.[23] 김진사의 집은 이런 상업자본의 발달과 무관하지 않게 보인다. 뒤에 돈으로 벼슬을 사고자 할 때 거간꾼인 김양주가 "금혈 하나를 맛낫도다"(p.17)고 할 정도로 재산이 풍족한 집이다.

여기에 비해 강필성의 집은 "대동문 밧 사난"(p.5) 몰락한 鄕班이다. 선천부사를 지냈지만 당시는 집안의 경제력이 형편없이 악화된 때다. 대개 벌열층이나 세도정권의 등장과 함께 양반계급은 분화되어 몰락한 양반 즉 窮士를 다수 창출하게 되는데 강필성의 집이 그 경우에 해당된다. 양반의 지위는 땅에 떨어지고 과거를 보아 출세할 수 있는 여건도 아니었으며 그렇다고 적극적으로 상업에 종사해서 돈을 모을 수 있는 처지도 아니었다. 이른바 '딸각발이'라고 부르는 봉건말기의 꾀죄죄한 선비가 바로 그들이다.

이런 경제적 처지로 인해 혼인에 대한 얘기가 나왔을 때 필성모가 "김진사 집과 우리 문벌은 상당하지마는 빈부가 판이하니 질기여 우리와 결친코자 하겠난냐"(p.5)고 난색을 표하게 된다. 또 서울서 돌아온 김진사가 채봉의 혼사 얘기를 듣자 "강선천 아달과 정했셔 -- 거지 다 된 것하고 홍"(p.27)하고 무시한 것을 보면 빈부의 격차가 상당히 중요한 문제로 부각되어 있음을 알 수 있다.

남녀의 애정추구 과정에서 신분갈등이 사라지고 빈부갈등이 등장한 것은

---

23) 강만길, 『조선후기 상업자본의 발달』(고대출판부, 1973), pp.120~121.

자본주의적 요소가 개입되었다는 근거가 된다. 하지만 그것이 완전한 것은 아니다. 빈부갈등이 애정장애의 중요한 요소로 계속 남아있는 것이 아니라 채봉의 모친이 강필성을 사위로 맞아들이기로 언약하면서 그 갈등은 해소되기 때문이다. 이 때문에 작품이 오히려 그 배경이 되는, 자본주의로의 이행기인 19세기의 현실을 충실히 그려내고 있음을 알게 된다. 이 작품은 19세기의 문제를 현실주의적으로 제기함으로써 빈부의 갈등이라는 1910년대의 문제와 연결시키고 있는 것이다.

2) 反封建的 애정관

채봉과 강필성의 사랑이 수난을 당하는 계기는 김진사에 의해서 마련된다. 김진사가 "서랑도 듯볼겸 환로에 유의하야 다수의 재산을 가지고 서울로 올나와"(p.17) 당시 세도가인 허판서에게 벼슬을 사고 딸을 첩으로 줄 것을 약속했기 때문이다. 애정의 방해자가 아버지로 등장한 것이다. 더욱이 그것이 단순히 가부장적 권위에서 비롯되는 것이라면 문제의 해결이 쉽지만 그와 동시에 극도로 부패·타락한 봉건말기 세도정권과 맞물려 있어 해결이 힘들어진다. 말하자면 가부장적 권위와 봉건지배층의 횡포가 애정의 방해요인으로 등장한 것이다. 채봉은 이 두 가지의 장애와 맞서 싸우는 셈이다.

가부장적 권위에 대한 반발은 허판서의 첩이 되기를 거부하는 채봉의 말에서 분명히 드러난다.

리부인을 쳐다보고 여보 마누라 참―그 얘기야말로 인제는 여공을 배여도 쓸때가 업구료 침모가 잇서서 다 해서 밧칠 터이니 하는데 채봉은 얼굴 양협에 도화긔운을 씌엿더라 김진사 다시 채봉을 쳐다보며 아가 너어 재상에 별실이 조흐냐 려렴집 부인이 조흐냐 ……조금도 셔슴지 아니하고 차라리 닭에 입이 될지언정 소에 뒤 되기는 원하지 아니 하옵나이다 (p.28)

부모의 말에 노골적으로 불쾌감을 표시하고 '닭에 입(여염집 부인)'이 되겠다고 강경하게 자신의 의견을 말한다.

가부장적 권위에 대한 반발은 그것이 봉건말기의 부패·타락한 정치현상과 맞물려 있기에 단순히 개인적 차원에 머무르지 않고 사회적이고 정치적인 의미로까지 확대된다. 여기에 대항하는 채봉의 논리는 개인의 자유의지를 존중하는 것이다. 채봉의 저항은 개인의 자유의지를 무시하는 보수적인 가부장적 권위에 대한 도전이며 무너져 내리는 봉건체제에 대한 거부의 의미가 있다. 여기서 反封建的 애정관을 확인할 수 있다.

중요한 것은 이런 채봉의 反封建的 애정관이 어떻게 실현되는가하는 점이다. 부모의 요구가 개인의 자유의지에 비추어볼 때 부당한 건 사실이다. 하지만 그것을 요구하는 당사자가 바로 부모라는 데 문제의 어려움이 있다. "녀자에 마음이라 하는 거슨 한 번 정한 일이 잇스면 비록 텬자에 위력으로도 아슬 수 업는데 부모는 엇지 하신단 말이냐"(p.29)는 채봉의 고민에서도 그것을 알 수 있다.

여기서 가능한 방법은 정면충돌이 아니라 독자적으로 행동하는 것이다. 부모의 강요에 의해 서울로 올라가던 채봉이 몸을 피해 도망쳐 나온 것은 그 때문이다. 가부장적 권위에 젖어있는 부모에게 자신의 정당함을 설득시킨다는 것은 불가능한 일이다. 김진사는 말할 것도 없고 이부인조차 채봉이 여염집 부녀가 되겠다는 자신의 주장을 말하자 "게집이 즈식이란 것은 의레 밧부모 ᄒ시는 디로 좃츳가는 법"(「彩鳳」, p.29)이라고 말을 끊을 정도였다.

채봉이 몸을 피하여 부모라는 장애자로부터는 벗어나자 그 뒤에 감추어져 있던 부패한 봉건권력층이 방해자로 등장한다. 즉 채봉을 잃고 서울로 올라간 김진사에게 허판서는 5천냥을 마저 내놓든지 딸을 찾아내든지 하라고 윽박지르며 김진사를 옥에 가둔다.

채봉에게는 두 가지 과제가 제기되었다. 하나는 자신의 자유의지를 따라 애정을 실현해 나가는 것이고 다른 하나는 곤경에 처한 부모를 구출하는 일이다. 이 과제들은 서로 모순관계에 있어 하나를 해결하려면 다른 하나가 불가능해진다. 두 과제를 해결하기 위해선 정상적인 방법으로는 불가능하다. 채봉이 기생이 된 것은 이 두 과제를 같이 해결하기 위한 편법이다.[24]

채봉이 추구하는 근본적인 목표는 애정을 실현시키는 것이다. 아버지를 구한다는 것은 그 과정에서 파생된 과제에 불과하다. 김진사가 옥에 갇혔다며 서울로 같이 올라가자는 이부인의 제의에 채봉은 돈 5천냥만 마련해주고 "나는 기생이 될지언정 재상에 별실 소원이 아니요"(p.39)라고 자신의 입장을 분명히 밝힌다. 허판서의 첩이 되는 것은 자신의 자유의지를 말살하고 그릇된 명분을 따르는 것이기 때문이다.

기생이 되어 닥친 고난은 신분상의 대우다. 남주인공인 강필성조차 "전일에는 규수라 함부로 말못하였지만 오늘은 송이로 대접할 수 밧게 업네 신분을 짜라서 대우하랴잇가"(p.43)고 말할 정도로 현실은 냉혹하다. 이를 해결하기 위한 방법은 강필성에게 자신의 처지를 이해시켜 서로 간에 애정과 신의를 회복시키는 것밖에 없다. 강필성도 처음에는 김진사가 아무 말 없이 식구를 데리고 서울로 올라갔다는 말을 듣고 "세상에 인심은 난측이로다 하고 마음을 단단히 먹고 단렴하"(p.41)지만 채봉의 사연을 듣고는 오해를 풀고 "자네에 몸이 일시 액운으로 락명이 되얏스나 나는 정처(正妻)로 마질 것이라"(p.44)고 약속하게 된다. 부모의 동의 없이 이러한 결단을 내린 것은 채봉의 행위에 정당성을 부여한다. 여기서 기생이라는 신분은 큰 문제가 되지 않

---

24) 「芙蓉」과 「靑年」은 처음부터 여주인공을 기생으로 설정한 데 비하여「秋風」은 잠시 기생이 되게 하였다. 이 때문에 기생모티프를 "작품구성의 핵"(박일룡, 앞의 글, p.54)으로 볼 수는 없다. 기생이 된 것은 애정을 이루어 나가고 아버지를 구하기 위한 방법상의 문제이 지 그 자체로서 중요한 것은 아니다.

는다. 애정과 신의가 중요한 가치규범으로 등장하기 때문이다. 강필성이 자신의 가난한 형편을 들어 면천시키기가 어렵다 하자 채봉은 "그는 념려마시오 첩이 형편보와서 추신"(p.46)한다고 하는 데서 기생으로서의 신분갈등이 해결됐음을 알 수 있다.

채봉과 강필성이 애정을 추구해 나가는 데 가장 큰 장애가 되는 것은 부패한 **봉건권력**과 맞물려 있는 가부장적 권위이고 그것이 모든 수난의 계기로 작용하고 있음을 확인했다. 기생이 된다는 것은 그 변용에 불과하다. 즉 애정의 고난과정은 봉건말기의 구조적 모순과 긴밀히 연결되어 있으며, 이 때문에 애정의 고난을 극복해 나가는 과정은 反封建的 면모를 드러내게 된다.

그 구체적 내용은 가부장적 권위라던가 부패한 봉건권력같은 봉건제의 모순을 극복해 나가는 것이다. 그런데 봉건체제가 지니는 모순에는 여러 가지가 있다. 지배계급과 피지배계급 간의 모순이 있고 지배계급의 내부의 모순도 있다. 또 봉건지배계급과 발흥하는 시민계급간의 모순도 있다.

「秋風」에 등장하는 인물은 크게 두 부류로 나눌 수 있다. 하나는 허판서, 김양주, 김진사와 같은 부패하고 보수적인 봉건지배층이고 다른 하나는 채봉과 강필성으로 대표되는 비판적이고 진취적인 젊은 세대다. 작품이 보여주고 있는 것은 이들 간의 모순관계다. 강필성과 채봉은 봉건지배계급의 일원이고 작품에 드러나는 모순 관계는 지배계급 자체 내의 모순이라고 할 수 있다.25)

3) 현실주의적 관점

작품의 결말이 이들 비판적이고 진취적인 젊은 세대의 승리로 끝나는 것

---

25) 『紅樓夢』 논쟁을 체계적으로 정리하고 비판한 郭豫適의 논문 「論 '紅樓夢' 思想傾向性問 題」 (성민엽 정리, 「紅樓夢의 反封建性」, 『전환기의 동아시아 문학』)에서도 반봉건성의성격을 지배계급 자체 내의 모순에서 발견했다.

은 작품이 일관되게 反封建的 면모를 드러내고 있다는 근거가 된다. 이 작품의 핵심사상은 反封建 意識이다. 곧 반봉건적 애정관이다.

그런데 애정의 수난이 극복되는 과정에서 평양감사 이보국이 등장한다. 이보국은 채봉의 기생 신분을 면하게 해주고 강필성과의 만남을 주선함으로써 문제해결의 보조적인 인물로 등장한다. 이보국은 어진 관리의 전형이고 사건을 마무리 짓기에 반봉건이라는 문제의식이 일정한 한계를 갖는 것만은 분명하다. 극심한 세도정권 아래서 이런 어진 관리는 실제의 현실과는 다른 중세적 이상을 실현하는 인물로 나타나기 때문이다.

하지만 어진 관리라는 중세적 한계에도 불구하고 젊은 세대인 채봉, 강필성을 도와줌으로써 그들의 승리를 가능케 한다. 말하자면 이보국은 봉건지배층의 양심을 대변하는 인물이다. 당시의 실상에 비추어 본다면 현실적인 인물은 아니다.

이 때문에 이보국이 고난극복의 중요한 인물로 등장하고 있음에도 불구하고 채봉과 강필성의 현실적 노력이 중시되게 된다. 채봉은 기생이 되어 스스로 돈을 벌어 그 신분에서 벗어나고자 했다.

평양감사가 자신을 부른다는 말을 듣고 "속으로 올타 오날이야 이 군혈을 버스리로다"(p.47)고 좋아했다. 예상 못한 의외의 행운이 주어진 것이 아니라 기회를 기다리고 있었다. 평양감사가 자신을 도와달라는 말에도 "몸갑시 잇사오니 봉행못할가 하니이다"(p.47)고 구체적으로 몸값을 얘기한다. 자신을 고용해 부리려거든 몸값을 내어 기생의 신세를 면하게 해달라는 것이다. 일종의 계약인 셈이다.

강필성은 채봉이 평양감사의 서기로 들어갔다는 말을 듣고 "리방천역을 자원"(p.61)해 사랑하는 여자를 만나려는 적극성을 보인다. "송이 보라면 리방을 다니면 쉬우리로다 하고 엇더케 운동을 하엿든 리방을 피입"(p.47)했다고 한다.

이런 채봉과 강필성의 현실적 노력의 연장선상에서 이보국의 도움이 의미를 갖게 된다. 허구적 인물인 이보국은 이들과 관계를 맺음으로써 그 존재적 의미가 정립되는 것이다. 그 결과 봉건적 정치의 이상을 보여주는 이보국은 오히려 反封建的 면모를 드러내는 데 협조하게 된다. 말하자면 봉건제의 모순을 극복하기 위해서는 어진 관리가 아니라 비판적이고 진취적인 젊은 세대에 의해서 그것이 가능하다는 것을 작품은 보여준다. 김진사 내외가 강필성에게 자신들의 잘못을 고백하는 작품의 결말은 바로 이러한 사실을 확인시켜 준다.

> 김진사 내외 강필성을 보고 일변 깃부나 일변 붓그러운 마음이 압서서 김진사 말을 서슴으며 이 애 필성아 내가 너 보기 실로 면란하다마는 전사는 다 가운이요 로부의 망녕이니 조금도 마음에 미안이 역이지 마러라……(리부인) 자네가 이러케 말하면 우리 내외에 허물을 말하미라 더욱 면란하도다 (p.64)

이렇게 비판적이고 진취적인 젊은 세대가 부패한 봉건지배층에 승리하는 것은 개인의 자유의지를 무시하는 가부장적 권위나 집권세력층의 탐학이 역사의 발전에 의해 소멸될 수밖에 없다는 사실을 보여준다. 이런 점에서 이 작품은 19세기를 배경으로 하고 있지만 작품에 드러난 반봉건적 애정관은 봉건제의 범주 안에 있었던 19세기로서는 도달하기 어려운 것이다.

주목되는 것은 앞에서 다룬 「芙蓉」・「靑年」과 근대의식을 드러내는 방식이 다르다는 점이다. 「芙蓉」과 「靑年」은 자유결혼관이나 물질주의적 세태가 인물과 사건전개에서 반영되는 데 그치고 현실주의적 관점에서 애정문제를 일관되게 해결하고 있지는 않다. 하지만 「秋風」은 19세기의 현실을 충실히 그려내고 있으면서 당시의 인물들을 통해 反封建이라는 과제를 실현하고 있다. 봉건제의 모순을 정면으로 문제삼은 것이다. 즉 「秋風」은 19세기라는 현실적 토대 위에서 애정의 방식을 통해 봉건제가 지니는 모순이 어떤 것이며 그것이 어떻게 해결돼야 하는가를 보여준다고 할 수 있다.

「秋風」은 反封建이라는 과제를 주제로 드러내는 것이지만 이 과제가 작품에서 완결된 형태로 나타나지는 않는다. 중세적 정치의 이상을 실현하려는 평양감사 이보국이 애정실현에 도움을 주는 것이나 부패한 집권층인 허판서가 "범남한 마음을 먹다가 발각이 되여 북주를 당"(p.62)함으로써 모든 고난이 해결된다는 작품의 결말이 그 근거가 된다. 이런 한계는 자본주의가 시작된 1910년대로서도 감당하기 힘든 것이다. 反封建의 문제가 온전히 해결되지 않았기 때문이다.

오히려 이 작품은 가장 중요한 근대적 과제인 反封建을 외세의 논리가 아니라 자생적으로 제기하고 해결하려 했다는 데 그 의의가 있다.26) 이 작품은 반봉건의 문제를 다양하게 제기한 것은 아니다. 이를테면 봉건지배계급과 피지배계급, 시민계급의 모순관계는 드러나지 않는다. 하지만 자신의 자유의지를 따라 고난을 감수하며 애정을 성취시켜 나가는 채봉이나 사랑하는 여자를 만나기 위해 '이방천역'을 자처하고 출세의 길인 과거를 거부한 강필성은, 파행적인 자본주의의 전개로 인해 긍정적인 모습의 시민계급 형성이 미약한 1910년대로서는 시민계급의 바람직한 前史로서 위치하게 된다. 채봉과 강필성은 발흥하는 시민계급은 아니지만 그 가까이에 있는 것이다.

---

26) 이를테면 1910년대의 신소설이나 왜색 번안소설, 이광수의 『無情』에 등장하는 反封建性은 외세의 논리에 따른 '開化'라는 관념적 구호에 불과하지만 「秋風」의 反封建性은 우리의 현 실적 토대에서 제기된 자생적 논리라는 데 그 가치가 있다.

제 6 장 판소리 개작소설 「獄中花」의 性格

李海朝의 「獄中花」는 1912년 1월 1일 ～ 3월 16일 『每日申報』에 연재되었고, 그해 8월 단행본으로 출판되어 활자본 고소설의 길을 열었던 작품이다. 그 뒤에 활자본으로 출판된 「春香傳」류가 대부분 이 「獄中花」를 저본으로 하고 있다는 데서[1] 그 인기를 짐작할 수 있다. 「獄中花」 외에도 李海朝는 「江上蓮」·「燕의 脚」·「兎의 肝」을 각각 신문에 연재하고 단행본으로도 출판했지만 개작의 정도나 인기면에서 단연 「獄中花」가 앞선다.[2]

「獄中花」는 무엇을 바탕으로 개작한 것일까? 작품의 서두에 "名唱 朴起弘調 解觀子 刪正"이라고 표시되어 있는 것을 보아, 박기홍의 「春香歌」를 채록하였다고 여겨지나 명창 朴基洪이 당시에 생존했을 지가 의문이어서 신빙성이 적다. 또 「朴起弘調 春香傳」이 있으나 이 작품은 오히려 「獄中花」를 저본으로 필사된 것이며[3] 이 때문에 「獄中花」는 申在孝의 「春香歌」를

---

1) 1913년 新文館에서 출판된 「古本 春香傳」을 제외하고는 대부분 「獄中花」를 바탕으로하여 약간씩 수정한 정도다. 구자홍, 「新文學期 이후의 春香傳 研究」(연세대 교육대학원 석사논문, 1976), p.20 과 설성경, 『춘향전의 형성과 계통』(정음사, 1986), p.143 참조.

2) 개작의 정도에 대한 일반적 고찰은 崔元植, 「李海朝 文學研究」, 『韓國近代小說史論』(창작과 비평사, 1986)에서 참조했고, 인기의 정도에 대해서는 2장에서 자세히 다루었다.

3) 尹用植, 「申在孝 판소리 辭說과 李海朝 판소리계 作品과의 比較研究」(서울대 석

바탕으로 개작된 것이라 한다.4) 「獄中花」의 광고문을 보면 다음과 같은 귀절이 있다.

만고열녀 춘향의 사적은 세상에서 책과 노래로 전하였으나 책은 너무 간략하고 노래난 너무 음탕할새 지금 소설에 유명한 대가가 그 사적을 조사하여서 유명한 노래와 참조하야 써 獄中花 되였으니5)

여기서 유명한 노래란 것이 申在孝의 童唱, 男唱 「春香歌」이다.

일반적으로 판소리의 발전과정을 보면 1900년대 판소리는 唱劇化 함으로써 일본 신파를 누르고 당대 극장가를 석권했다. 하지만 1910년대로 오면서 판소리는 신파로 대체되게 된다.6) 이런 신파의 시대에 李海朝는 판소리를 다시 정리하여 판소리 개작소설을 내놓게 된다.

자신이 「自由鐘」에서 그토록 부정했던 고소설의 세계로 다시 복귀한 까닭은 무엇인가? 아마도 李海朝는 대중적 기반을 가진 판소리를 통해 소설 개량을 시도했을 것으로 보인다. 그 실상이 어떤지를 살펴보도록 한다.

우선 申在孝의 「春香歌」7)와 비교해 본다. 차이가 나는 곳을 중심으로 전체적인 구성과 함께 세부묘사도 살펴보겠다.

사논문,1982), p.45~48,崔元植, 앞의 글, p.149 참조.
4) 崔元植, 같은 글, p.149 참조.
5) 『杜鵑聲』(普及書館, 1912), 뒷 표지.
6) 崔元植, 「銀世界 硏究」, 『民族文學의 論理』(창작과 비평사, 1982), p.53 참조.
7) 텍스트는 姜漢永 교주, 『申在孝 판소리 사설집』(보성문화사, 1978).
「男唱」은 「男」, 「童唱」은 「童」이라고 약칭하고 괄호 속에 면수만 표시한다. 「獄中花」는 博文書館本을 텍스트로 하고 「獄」으로 약칭한다.

1. 申在孝 「春香歌」와의 비교

1) 춘향의 내력 (신분)

「男」: 녀공의 침션이며 심지의 풍류 속을 모를 것이 업셔시니 디비 너어
　　속신ᄒ고 집의 잇셔 공부ᄒ여외인상통 아니ᄒ니 양지심규 인미식
　　에 얼골 알 이 흔츤쑤나 (p.2)

「獄」: 기성의 ᄌ식이나 근본(根本)이 잇는 고로 칠셰브터 글 가라쳐 일취
　　월장ᄒ는 지조 측량홀수 업고 녀공에 침션이며 심지어 풍류 속을
　　모를 것이 업셧스니 외인상통 아니 하고 금옥갓치 ᄌ라놀졔
　　(pp.1~2)

춘향의 내력을 말하는 데 있어서 「獄中花」의 세부묘사가 「男唱」을 따르
고 있음을 알 수 있다. 하지만 춘향의 신분에 대해서는 다른 입장을 취한다.
「男唱」은 代婢 넣어 贖身했다고 하고, 「童唱」은 춘향의 신분에 대해선 아
무런 말이 없이 기생의 자식으로 설정하고 있다. 말하자면 「男唱」은 非妓生
系를, 「童唱」은 妓生系를 따르고 있다고 하겠다.
　하지만 「獄中花」는 기생의 자식이나 근본이 있다고 한다. 그것은 곧 서녀
를 말하는 것이다.[8] 방자가 춘향이를 부르면서 "너도 량반이로디 너는 절놈
발이 량반이니라"(p.9)고 한 데서 그 사실을 확인할 수 있다.

---

8) 崔元植은 같은 글, p.151에서 기생계인 「童唱」을 따르고 있다는 점을 지적했지만 필
　자의 입장은 다르다. 기생의 자식이나 근본이 있다는 것을 강조한 것은 단순히 기생의
　신분을 드러낸 것과는 차이가 난다. 이는 뒤에서 자세히 언급하겠지만 양반의 신분인
　이몽룡과 걸맞는 상대라는 것을 드러낸 자의 배려다.

2) 이몽룡의 인물묘사

「男」: 사쏘 자졔 도령임이 연광은 이팔인더얼굴은 관옥이요 풍는 두목지
라 이쳥련의 문장 이요 왕우군의 필법이라 (pp.2~4)

「童」: 스쏘 자졔 도령님이 년광이 심륙셴더 얼골은 반악이요 풍치는 두목
지요 이티빅의 문장 이요 왕우군의 명필이며 외도 알고 숀슈 잇셔
풍류긔남자라 (p.102)

「獄」: 사쏘 ᄌ졔 도령님이 계시되 일홈은 몽룡이요 년광은 십륙셰라 풍채
논 두목지오 얼골은 관옥이라 위인이 조달(조달)ᄒᆞ야 시률풍류와
이쥬탐화ᄒᆞ야 밤이면 동영명월을 완샹ᄒᆞ고 낫이면 화류풍국에 놀
기를 됴화ᄒᆞ니 가위 호협ᄒᆞ 긔남ᄌ라 (p.2)

이몽룡의 인물묘사에 있어서는 「童唱」을 따르고 있음을 알 수 있다. 외도
를 안다는 표현을 직접 쓰지는 않았지만 愛酒耽花하는 것으로 은근히 암시
하고 있다.

3) 광한루에서 춘향의 처신

「男唱」은 이몽룡이 부른다는 말을 듣고 자기 대신 향단이를 보내어 이몽
룡의 儀表를 보고 오게 하고, '綠珠가 遇石崇, 紅拂이 隨李靖'이라는 이몽
룡의 편지에 '文王이 求呂尙, 皇叔이 訪孔明'이라는 답장을 보내 찾아오길
바라는 뜻을 전한다.

「童唱」은 춘향이 이몽룡의 부름에 응해서 광한루에 올라가 서로 수작한
다. 또 이몽룡에게 집을 일러주고 퇴령 후 오겠다는 청을 승낙한다.

「獄中花」는 「男唱」을 따르고 있다. 향단이를 보내 이몽룡의 태도를 살피
게 하는 부분은 없지만 방자에게 다음과 같이 말함으로써 찾아오라는 뜻을
비친다.

글셰 방즈야 드러보아라 곳곳마다 안져 노는 나뷔를 곳이 어이 짜라가리
존즁ᄒ신 도령님이 네루흔 샹한(常漢) 몸을 오라시니 감격ᄒᄂ 녀즈렴치 못
가겟다도령님 젼에 안슈희(雁隨海)졉슈화(蝶隨花) 히슈혈(蟹隨穴)이라 엿
주어라 (p.11)

여자가 먼저 갈 수는 없고 찾아오면 따르겠다는 뜻이니 「男唱」에서 춘향
의 처신과 일치한다.

4) 이몽룡의 독서 장면

「童」: 시젼(詩傳)보틈 일거보자 관관져구지하지쥬요 요죠숙녀군즈호구
우리 츈향 니짝이계 셔젼(書傳)을 일거보즈 왈약계고졔요흔디 우
리 츈향보신잇가 쥬역(周易)을 일거보즈 건은원코 형코 리코 졍코
츈향이코 두 코을 마죠틴이 좃코……원앙금침 펼쳐노코 훨훨 벗고
잘 슉(宿) 양각 번듯 츄여든이 스양 말고 버릴 열(列) 등쏭덩 입마
츈이 왼갓 졍담 베풀쟝(張) 달 가운디 잇난 집 남원의 와 닷시 본
이 광한루란 찰 흔(寒) 츄쳔ᄒ든 우리 츈향방즈싸러올 니(來) 옥
얼골의 구실쌈은 좀 이셧나 더울 셔(暑) 황혼으로 긔약ᄒ고 츈향
몬져 갈 왕(往) 어셔 다시 보고시퍼 일각숨츄 가을츄(秋)……
(pp.116~118)

「獄」: 쥬역을 드려노코 코를 부르ᄂ디 ᄂ듸 업ᄂ 코가 다 나오것다 건은
원코 형코 리코 졍코 춘향코 내 코한 디 되고 그리고 져리고 ᄒ면
시 코 나면 됴코 어불스 긱코가 드러왓고……쳔즈(千字) 드려노
코……가련금야숙창가원앙금침(可憐今夜宿娼家鴛鴦衾枕) 잘 슉
(宿), 졀디가인 됴혼 풍류 만반진슈(滿盤珍羞) 벌 렬(列), 사챵월
식삼경야(紗窓月色三更夜) 경경졍회(耿耿情懷) 베풀 쟝(張), 부
귀공명 꿈 밧기라 포의한스(布衣寒士) 찰 한(寒), 인싱이 류수갓ᄒ
여 셰월이 쟝츳 올 리(來), 남방쳔리 불모지디(不毛之地) 춘거하니

(春去夏來) 더울 셔(暑), 공부즈(孔夫子)의 착흔 도덕 수천만년 갈
왕(往), 금풍(金風)이 소슬ᄒ니 락엽오동 가을 추(秋)……
(pp.14~16)

「男唱」은 이 대목이 없고 "책방으로 도라와셔 석반을 먹근 후의 페문ᄒ고
퇴령나셔 상방퇴측흔 연후의 방자를 압셰우고"(p.14) 바로 춘향 집으로 찾아
간다. 「獄中花」의 이 부분은 「童唱」적 요소가 강하나, 「童唱」의 육담을 그
럴듯하게 한문투로 바꾸었음을 알 수 있다. 이는 작자의 개입을 통해서도 그
의도를 짐작케 한다. 이몽룡의 책 읽는 소리에 사또가 놀라는 대목에 대하여
"놀나시면 내 탓이냐 백성의 호원(呼冤)소리ᄂ 몰나도 그런 소리ᄂ 일수(一
手) 드르신다댜 이ᄂ 다 광더의 망발이라 그럴 리가 잇ᄂ냐"(p.13)고 한다.
작가가 개입하여 적당한 선에서 춘향이를 그리워하는 이몽룡의 심정을 표현
한 것이라 하겠다. 「男唱」처럼 양반의 품위를 유지하는 것도 아니고 「童唱」
처럼 민중적 발랄함을 보이는 것도 아니다. 춘향이를 빨리 만나고 싶어하는
조급한 심정이 양반적 교양의 구도 속에서 전개되고 있다.

5) 이몽룡과 춘향의 결연

「男」: 춘향어무 디답하되 져와 갓탄 비필 어더 이 몸의 싱견ᄉ후 의탁ᄒ
ᄌ ᄒ옵ᄂ디 도령님은 귀동ᄌ라 일시풍정 못이기여 흔번 보고 바
리시면 청춘빅발 두 목숨이 그 아니 불상ᄒ오 도령님 짐작 놀ᄂ 자
니 그게 웬 소린가 장부호신다이심(丈夫好新多異心)이 옛 글의ᄂ
잇거니와 경박자(輕薄子)로 흔 말이졔 장부힝ᄉ 그러홀가 자니 만
일 의심ᄒ야 니 말 고디 안 드르면 혼져지ᄂ 못홀 터나 불망긔(不
忘記)를 ᄒ여줌시 (p.18)
「童」: 이아 춘향아 유정무어ᄉ무졍(有情無情似無情)이 날노 두고 흔 말

이다 날과 사라 엇찌ᄒᆞ야 춘향이 북그려워 고기를 슈긔고셔 종용
이 엿ᄌᆞ오되 쇼즁ᄒᆞ신 도령임이 잠시의 풍졍으로 작난을 ᄒᆞ셧짜가
장부호신듯이심(丈夫好新多異心) 그만 너여 바리시면 그 안이 원
통ᄒᆞ오 네 ᄂᆡ말을 드러보라 게집사람 속이 엿터 각금 각금 변ᄒᆞ엿
졔 장부의 ᄒᆡᆼ사로셔 변할 이가 잇것난야……창가(娼家)에 싱겨나
셔 ᄂᆡ외를 안이ᄒᆞᆫ이 ᄂᆡ 눈의 드난대로 ᄂᆡ가 보와 가릴 격의 상스람
의 안의 노릇 암만히도 ᄒᆞ기스러 스부딕(士夫宅)의 첩이 되되……
마음대로 할 양ᄇᆞᆫ을 기여이 가릴텐이 어면이난 걱졍마쇼
(pp.126~132)

「獄」: 도령님 하는 말이 춘향도 미혼젼이오 나도 미장가젼이라 밋친듯 경
심(傾心)되여 ᄌᆞ네 집을 나왓는딕 진퇴유곡이라 장황이 조롱 말고
ᄒᆞᆫ 말을 결단ᄒᆞ면 륙례(六禮)는 못 이루나 량반의 ᄌᆞ식으로 일구이
언 엇지 하며 량반의 평싱수를 밍셰 아니 홀 슈 잇나 불효불츙ᄒᆞ기
젼에 져를 엇지 이즈리오 내 이즈면 쇠아들이지 허락ᄒᆞ야 주시요
춘향모 몽사(夢事)를 생각하니 도령님 일홈이 꿈 몽(夢)ᄌᆞ 룡 룡
(龍)ᄌᆞ라 마음에 가득ᄒᆞ야 과히 조롱 아니 하고 희색으로 허락하며
(모) 륙례는 못 이루나 혼셔례장스쥬단ᄌᆞ(婚書禮狀四柱單子) 겸
ᄒᆞ야 증서 ᄒᆞᆫ 장 ᄒᆞ야주오 (도) 그것은 그리하소 (pp.24~25)

「獄中花」는 「男唱」을 따르고 있다. 「童唱」에서는 월매의 개입 없이 춘향
스스로가 이몽룡을 맞이하고 사대부의 첩이 될 것을 허용한다. 월매는 오히
려 춘향이가 이몽룡을 끌어 들이는 것을 "젼일 싱각ᄒᆞ면 직금 것들 우습더
구 우리 쳐녀 시졀의난 이십 먹은 게집아도 셔방 싱각 안 허던이 요시연들
우습더구"(p.128)라고 빈정댄다. 월매는 제 삼자적인 입장에서 춘향이와 이
몽룡의 행위를 지켜볼 뿐이고 적극적으로 개입하지 않는다.

이에 비해서 「男唱」은 아주 다부지게 월매가 개입한다. 이몽룡으로부터
不忘記를 받고서야 딸과의 관계를 허용한다. 이는 이몽룡과 춘향을 부부로

서 만들기 위한 절차인 것이다.

「獄中花」가 「男唱」을 따르는 것은 이몽룡과 춘향의 관계를 부부로 설정하고 있다는 증거가 된다.

6) 이별 장면

「男唱」에서는 월매가 소식을 듣고 "집안의 안져다가 우리 사회 가는 길의 하직ᄒ기 고사ᄒ고 얼골 다시 못 보것다 오리졍(五里亭) 젼송가자"(p.26)고 하여 춘향과 향단이를 데리고 五里亭에서 기다리다 이몽룡을 만난다. 거기서 이별주를 권하고, 춘향은 玉指環을, 이몽룡은 明鏡을 각각 信物로 교환한다.

여기에 비해 「童唱」은 퍽 야단스럽다. 하직하기 위해서 춘향집을 찾아온 이몽룡이 서럽다고 울음보를 터트리는가 하면, "장기들고 급졔ᄒ여 부귀ᄒ후 ᄃ시 보ᄌ"(p.142)는 이몽룡의 대답에 춘향은 한바탕 소동을 벌인다.

> 츈향의 거동 보쇼 눈시울이 셀눅셀눅 코궁기 벌늠벌늠 시 ᄎ라난 져루갓치 고기 엿난 쇠시갓치 톡 쇽구와 이러셔며 별각간죽(別刻竿竹) 은연통(銀煙筒) ᄒ 가운디 질끈 썩고 경디 우의 노인 쳬경(體鏡) 방박닥의 탁 부듯고 (p.144)

이렇게 소동을 벌이며 죽겠다고 위협한 뒤에 이몽룡으로부터 "쥬홍셩이 갓튼 밍셰 닝슈 먹듯"(p.148) 받아낸다. 그리고 이몽룡이 떠난 뒤 다시 오리졍에 가서 面鏡과 玉指環을 信物로 교환하고 이별주를 권한다. 비통해 몸부림치며 발악하는 춘향의 모습을 여기서 발견할 수 있다.

「獄中花」는 「童唱」을 따르고 있다. 「童唱」처럼 울음보를 터트리지는 않

았지만 "미간(眉間)에 수식(愁色)이오 면상에 눈물흔적"(p.34) 있는 이몽룡
이 "량반의 주식이 미장가 전에 외방(外方)에 천첩(賤妾) 호엿단 말이 느면
족보에 쎄고 사당제(祠堂祭) 참례(參禮)를 못혼다 호니 그 아니 란쳐 ㅎ
냐"(p.36)고 하자 다음과 같이 소동을 부린다.

> 춘향이가 그 말 듯고 어엽분 얼골이 붉으락 프르락 ㅎ고 눈섭이 꼿꼿 ㅎ더
> 니 안젓다 이러셔는더 발길에 밝힌 초마자락이 짜악 찌져지며 면경체경(面
> 鏡體鏡) 물너치며 문방사우를 외즉끈 와르륵 탕탕 씨트리며 (p.36)

여기에 월매까지 가세하여 "검은 얼골이 붉으락 푸르락 하며 두 주먹을
불근 쥐고 벌벌 썰고 츈향보고 하는 말이 이 년 죽어라 이 년 죽어라 언 놈
이 살인을 할 터이니 썩 죽어라"(p.40)고 춘향을 윽박지른다. 여기에 혼이 난
이몽룡이 神主輿에 춘향을 태우고 가겠다고 하자 겨우 진정을 한다.

「童唱」과 차이나는 것은 이몽룡이 五里亭에서 아전들의 인사를 받고 다
시 춘향을 찾아와 달래며 信物을 교환한다는 내용이다. 이별을 당하여서 어
쩔 줄 몰라 허둥대는 이몽룡의 모습이 잘 부각되었다.

7) 춘향에 대한 李府使의 태도

「男唱」·「童唱」 모두 이부사의 춘향에 대한 태도는 부정적이다.

> 「男」: 관장질 외읍(外邑) 오면 주식을 버린단 말 이악이로 드럿더니 너를
> 두고 혼 말이라 아비 고을 샏룸와셔 글공부는 아니 ㅎ고 밤낫스로
> 못슬 작난 이 쇼문이 셔울 가면 급졔하기 고사하고 혼로(婚路)붓틈
> 막킬터니 가라 ㅎ면 갈 거시졔 너 홀 말이 윈 말이고 에라 이놈 보
> 기 슬다 (p.26)

「童」: 양반의 ᄌᆞ식으로 ᄋᆡ비 고을 ᄯᅡ라와셔 글공부나 할 ᄶᅥ시졔 밤낫스로 못쓸 작난 이쇼문이 셔울 가면 ᄂᆡ 우셰난 고ᄉᆞᄒᆞ고 네 젼졍이 엇지 되리 가라 ᄒᆞ면 갈 ᄶᅥ시졔엿쥴 말은 무신 말 에라 이것 보기 실타 (p.140)

양반의 자식으로 下鄕賤妓와 인연을 맺은 것을 못 마땅하게 생각하고 있다. 그것은 소문으로 인해 과거나 벼슬길에 지장이 있다는 것이고, 또 하나는 결혼하는 데 지장이 있다는 이유에서다. 「男唱」에서는 婚路가 막힐 것을 걱정하고, 「童唱」에서는 앞길에 지장이 많다고 꾸짖는다. 여기서 분명한 것은 李府使가 춘향에 대하여 조금도 배려하지 않는다는 것이다. 그저 자기 자식의 못된 행동을 나무라는 데 그친다.

이에 비해 「獄中花」는 특이하다. 李府使 부부가 춘향에 대하여 세심한 배려를 한다.

그 후 사ᄯᅩᄭᅴ옵셔 부인과 수작(酬酌)ᄒᆞ시고 츈향 불너 보시랴다가 다시 ᄉᆡᆼ각ᄒᆞ니 도령님의 장습(長習)도 될 터이오 하인소시(下人所視)에 아니 되여 은근히 방ᄌᆞ 불너 돈 슴쳔량 ᄂᆡ여주며 이것 갓다 츈향모를 주고 이것이 약소ᄒᆞᄂᆞ 가용(家用)에 보티쓰고 도령님이 급뎨ᄒᆞ면 장ᄎᆞ 다려갈 터이니 모녀간 셜워 말고 부ᄃᆡ 잘 잇스라

방ᄌᆞ가 예-이

대부인이 리방 불너 ᄇᆡᆨ미ᄇᆡᆨ셕의ᄎᆞ(白米百石衣次) 언져 슌금삼작(純金三作) 너어 주며

이것 ᄀᆞᆺ다 츈향 주고 나 차던 노리ᄀᆡ니 ᄂᆞ 본다시 져 가지고 슈히 다려갈 터이니 셜워 말고 안보(安保)ᄒᆞ라 이르라 (pp.48~49)

李府使 내외가 돈과 곡식을 보내주며 곧 데려갈 거라고 한 데서 춘향이

가 집안 어른들에게 인정받고 있음을 알 수 있다. 여기서는 춘향의 신분이
문제되지 않는다. 한 식구로 용납된 사실이 중요하다.

이 부분은 다른 이본 어디에도 없고 「獄中花」에만 있는 이야기여서 여러
모로 주목된다.

8) 변학도 부임

> 「男」: 슈십일 지니더니 신관ㅅ쪼 도임홀 제……ㅅ쪼는 셔울 양반 본댁은
> 북촌이요춘츄는 마흔다엿 전직은 삼읍(三邑)이요 인물은 일식이라
> 풍류를 죠와ᄒ고 여식을 사룽ᄒ야 (p.34)
> 「獄」: 차시에 신관이 도임ᄒ야 일 년을 지니더니 라쥬목ㅅ 리비(移拜)ᄒ
> 고 다시 신관이 낫스되 자하골 막바지 사는 변학도라는 량반이 낫
> 시되 얼골이 잘 나고 남녀창우계명(男女唱羽鷄鳴)을 것침업시 잘
> 부르고 풍류 속이 달통(達通)ᄒ야 돈 잘 쓰고 슐 잘 먹고 일더호걸
> (一代豪傑)이로디 한 가지 허믈이 잇던가 보더라 고집잇고 미련ᄒ
> 야 됴흔 말을 글이 알고 그른 말을 올케 알고 쥬식(酒色)이라 ᄒ면
> 화약(火藥)을 질머지고 불조심 아니 ᄒ니(p.50)

신관사또인 변학도가 부임하기까지 1년의 시차를 두고 있어 「男唱」에 비
해 합리적인 개작을 가했음을 알 수 있다.

변학도의 인물을 묘사하는 데에는 「男唱」의 골격과 유사하지만 '일더호
걸'이란 말을 사용함으로써 보다 긍정적인 모습을 드러내고 있다. 이것은 이
미 탐관오리로서의 전형을 상실한 것이다. 풍류남아로서 주색을 좋아한다고
하여 변학도가 당시 민중들과 적대적인 관계에 있는 것이 아니라 춘향에게
애정의 방해자로만 등장하고 있다.

9) 춘향의 수청 거부

「男」: 졀힝의는 상하 업셔 필부의 가진 정절 천ㅈ도 못 쎗거든 사쏘 탈졀
ㅎ실 테요 예양의 본을 바다 지쵸슈졀 ㅎ라시니 사쏘도 그 본 바다
두 님금을 셤기실야우 ㅅ또 두 님금 말의 홰가 엇디 낫던지 (p.40)

「獄」: ㅅ쏘는 량반이라 례졀을 아시려든 수졀부녀억탈(守節婦女抑奪)ㅎ
면 위민부모(僞民父母) 도리졀차(道理節次) 졀당(切當)ㅎ다 ㅎ오
릿가 훼졀ㅎ는 부뎡남녀(不正男女) 졀치부심(切齒腐心)ㅎ옵니다
(p.74)

「男唱」에서는 봉건적 규범인 烈을 내세워 춘향이 자신의 행위를 합법적
인 것으로 정당화시키고 있다. 節行에는 상하가 없다고 하는 것이 그 때문
이다. 말하자면 합법투쟁인 셈이다. 그래서 '두 님금'을 섬길 것이냐고 같은
맥락에서 忠을 내세워 반박한다.

「獄中花」는 烈이나 忠을 바로 내세우지 않고 목민관의 도리를 부각시킨
점이 특이하다. 그래서 변학도의 행위를 不正男女의 그것으로 간주한다.

10) 남원 군민들의 반응

「男」: 슝악흔 일 쏘 잇디요 우리 고을 춘향이가 미우 엡븐 일식이계 구관
ㅈ졔 칙방ㅎ고 빅년가약 미잣기로 슈졀ㅎ고 잇는 거슬 신관ㅅ또 이
원님이 슈청 아니 든다 ㅎ고 월삼동취 쑤다리며 착칼슈옥 복가너니
불쌍흔 춘향이가 그 시이 죽엇는지 경녕 앙급홀 거시요 (p.58)

「獄」: 렬녀춘향을 명일 잔채 후 째려 죽인다든가 이 녀석 춘향 죽이기만
죽여라 집둥우리 하나면 호강하리라 이 사람 명삼이 「어-」 자네 사
발통문(砂鉢通文) 보앗나 「보앗네」 사십팔면 머슴만 하야도 여러
천명일세 쉬 막셜(莫說)하소 (p.111)

「男唱」에서는 남원 농민들이 춘향에 대하여 동정심만 보인 반면 「獄中花」
에서는 직접 행동으로 나설 것을 암시하고 있다. 집둥우리와 사발통문은 민
란을 일으킬 때 사용한 것으로, 춘향이를 죽이기만 하면 바로 민중봉기가 일
어날 판이다. 게다가 춘향에 대해 잘못 말했던 이몽룡이 농부들에게 뺨까지
얻어 맞는 사태도 발생한다.

　여보 춘향이가 다른 서방하노라고 본관 말을 아니 듯는다지
　져 농부 기급(氣急)ᄒ야 두 눈을 부릅쓰고 두 주먹을 불끈 쥐고 밍호ᄌ치
달녀드러 어스또 싸귀를 흔 번 싹 (pp.111~112)

「男」에서는 농민들의 반응이 미약하지만 「獄」에서는 민란의 분위기를 암
시하고 있는데, "머슴만 하야도 여러 천 명"이라는 말에서 樵軍(머슴층)이
봉기한 진주민란(1862년)부터[9] 갑오농민전쟁을 거치면서 성장한 민중의식
을 엿볼 수 있다.[10]
　이런 성장된 민중의식은 뒷부분의 과부 등장(等狀) 대목에서도 드러난다.
이어사가 죄인들을 방송하고 춘향이를 관가로 불러들이자 남원의 과부들은
집단적으로 이어사를 찾아가 춘향이의 정당함을 호소하는 대목이 그것이다.
특히 이어사가 짐짓 춘향이의 죄를 官庭發惡이라고 하자 늙은 과부가 나서
서 다음과 같이 말한다.

　여보 어스도 이 처분이 웬 말이오 졔 셔방 수절혼다고 잡아다가 수절 말

---

9) 진주민란의 기록인 『壬戌錄』을 보면 樵軍이라는 말이 등장한다.
　晉州按使査啓跋辭條 "本里李啓烈 卽校理之六寸 而樵軍之座上也 日不記月初
　來言曰 作樵軍 回文輪示本洞……" 여기서 樵軍은 진주민란의 원동력인 머슴층인
　것이다.
10) 崔元植, 앞의 글, pp.153~154 참조.

고 나와 살즈 훼절을 아니 흐고 제 말 듯지 안논다고 잡아늬려 형벌흐는 사
룸은 죄가 업고 수졀춘향관뎡발악(官庭發惡) 대단 큰 죄인가 어허 공亽도
우숩고 어亽도논 봉명亽신(奉命使臣)이시니 이 곳에 안지시고 역졸 보닉여
셔울 놈은 못 잡아오시오 리몽룡인가 어린 아희 도젹녀셕부텀 잡아다가 릉
쟝쥬뢰(凌杖周牢)를 트러쥬시오 (p.148)

11) 이어사에 대한 춘향의 태도

「男」: 어亽쏘 안 마음의 아무리 귀흐긔로 닉즈 너의 낭군이다 졍당으로
불너 올녀 두리셔셔 디면흐면 쇼즁하신 봉명힝츳 그 우셰즈 엇쪄
컨나 다시 분부흐시기를 네 말노만 가지고셔 쥰신을 못홀테니 다
시 렴문작쳐흐게 아직은 방숑흐라 (p.96)
「獄」: 춘향이 얼골을 드러 대상(臺上) 삷혀보니 엇져녁 옥문 밧게 왓든
랑군이 분명하고나 춘향이가 대상에 쮜여 올나 어사도를 안쯔 울
며 춤추고 논다 하되 춘향이가 무삼 그럴리가 잇나냐……우름울며
모지도다 모지도다 셔울 량반 모지도다 엇져녁 옥에 오셔 닉 형상
을 보셧스니 나더러만 말슴흐고 마음 놋코 잇亽라면 지논 밤 그 간
쟝을 안 녹이고 안심 힛슬 걸 져 년 엇지 아니 죽나 죽는 꼴을 보
래논 걸 어리셕은 춘향이논 이를 갈고 아니 죽고 항여나 살아나셔
랑군을 다시 맛는 지닌 고싱 다 바리고 빅년종亽(百年從事) 흐오
리라 단단 밍셔 지닌 년을 불샹히논 아니 알고 죽이기로 드신 마음
늬 몰낫지 늬 몰낫셔 그 마음 알엇드면 너가 발셔 업슬 걸 아이 아
이 (pp.150~151)

대부분의 「春香傳」이 암행어사가 이몽룡인 줄 알고 춘향이가 좋아서 어쩔
줄 모르는 것으로 되어 있다. 그런데 「男唱」은 이것을 합리적으로 개작하여
암행어사의 직분만 냉정히 수행하는 이몽룡이 등장한다. 이몽룡은 춘향을 집

으로 보내고 "춘향의 집 밤의 단여 정담 동포(同抱)ᄒ"(p.98)였다 한다.

「獄中花」는 이 부분이 특이하다. 민중적 발랄함을 보여 체면 불구하고 좋아 날뛰는 것도 아니고, 양반적 합리주의에 입각하여 점잖게 외면하고 밤에 만나는 것도 아니다. 좋아해야 할 춘향이가 이어사에 대하여 오히려 원망하는 사설을 늘어놓는다. 그 원망은 춘향을 보다 인간적인 모습으로 부각시킨다. 즉 자신에 대해 몰인정한 이몽룡을 원망함으로써 춘향의 성격을 여성화한 것이다.

12) 변학도의 처리

「男」: 이 쎄의 어스쏘는 본관을 봉고ᄒ고

「獄」: 차시에 본관이 무색하야 인병부(印兵符) 쓸너 어사쏘끠 밧치니 어사쏘 본관을 청하야 됴흔 말노 수작하되 …… 남아의 탐화(貪花)함은 영웅열사 일반이라 그러나 거현천릉(擧賢薦能) 아니 하면 현릉(賢能)을 뉘가 알며 본관이 아니면 춘향 절행 엇지 아오릿다 본관의 수고함이 얼마쯤 감사하오……연이나 남원이 대읍이라 겸세민정오오(歉歲民情嗷嗷) 하야 만민도탄(萬民塗炭) 되얏스니 아무조록 선치하와 만인산(萬人傘)을 밧으시고 환향 상봉 하옵시다 (p.155)

대부분의 「春香傳」과 「男唱」에서는 변학도를 봉고파직한다. 그럼으로써 춘향의 항거가 애정의 성취를 위한 것뿐만 아니라 부패한 봉건 지배층 - 탐관오리에 대한 것까지 포함한다.

그런데 「獄中花」에서는 봉고파직은 커녕 오히려 고맙다는 말까지 하고 변학도에게 善治를 부탁한다. 「春香傳」의 주제를 바꾸었다고 할 수 있을 정도다.

13) 춘향에 대한 대우

「男」: 어스쓰¬ 부모님 젼 춘향 니력 고ᄒ신 후 호긔잇게 다려다¬ 아들
　　　나코 쏠을 나코 오복 겸비 빅년히로 뉘¬ 아니 부러ᄒ리 (p.98)

「獄」: 네가 우연이 나를 만나 나 위하야 고생함도 전혀 모다 내 죄로
　　　다……만단으로 위로 하며 미음도 권하시고 약도 짜 권하시며 이
　　　졔는 우리 둘이 희로빅년 유ᄌ싱녀(有子生女) 소원 평생 즐길테니
　　　속속히 소복ᄒ야 가산을 방민ᄒ고 너는 먼져 올나가셔 ᄂ 오기를
　　　기디려라…… 간곳 마다 통신ᄒ야 소식 ᄌ조 알 터이며 부리던 리
　　　방에게 치행(治行) 졀ᄎ 다 일으고 본틱셔간(本宅書簡)ᄒ엿스니
　　　하인 수히 올 터이라…… 춘향의 쟝흔 졀힝 자샹(自上)으로 동쵹
　　　(洞燭)ᄒ사충렬부인(忠烈夫人) 봉ᄒ시니 (pp.156~157)

「男唱」에서는 춘향이를 정식 부인으로 맞이하지 않는다. 이미 앞에서 "이
쩌의 도령님은 본 틱에 올나가셔 지상딕의 셩혼"(p.54)하였기 때문이다. 그
래서 '빅년히로' 했다는 말만 나온다. 당시 명문대가 양반집의 실정에 비추어
합리적인 귀결이다. 자연 춘향이에 대한 배려가 적은 것은 당연하다. 춘향이
를 데려갈 때도 혹시 거절당할까봐 마음을 단단히 먹고 '호긔잇게' 데리고
갔다고 한다.

반면 「獄中花」는 춘향에 대한 이몽룡의 배려가 지극하다. 춘향을 두고 간
자기의 죄를 뉘우치는가 하면 미음과 약도 직접 권한다. 또 자신의 소식을
자주 알리겠다고 하고 이방에게 治行도 부탁하며 본 집에 편지도 보낸다.
춘향의 처지도 첩이 아니라 '충렬부인'에 봉해진다. 춘향의 지위가 상당히 격
상된 것을 알 수 있다.

이상 申在孝의 「春香歌」와 「獄中花」의 차이나는 곳을 살펴보았다. 이

외에도 부분적이기는 하지만 다음과 같은 대목도 「春香歌」와 차이가 진다.

○ 춘향이가 이몽룡의 편지를 받는다.
○ 변학도가 춘향이를 부를 때 기생이 아니라 하니 기안(妓案)에 이름을 넣고 부른다.
○ 춘향이가 자신을 데리려 온 사령에게 꾀를 부린다.
○ 어사가 된 이몽룡이 방자를 만나 서로 수작하고, 자신의 신분을 눈치 챈 것같아 운봉옥에 가 둔다.
○ 이몽룡이 만복사에서 춘향을 위해 불공드리는 것을 구경하다.
○ 농부들이 '장부사업가'를 부른다.

2. 「獄中花」에 나타난 '近代性'과 그 문제점

1) 근대적 합리주의

조윤제는 「獄中花」의 개작을 중요시하여 "古代小說에서 現代小說로 넘어오는 過度期的 作品"으로 규정하였다.[11] 즉 「春香傳」의 이본을 크게 세 시기로 구분해 京板에서 完板까지를 제1기, 完板에서 「獄中花」까지를 제2기, 「獄中花」 이후를 제3기로 구분하여[12] 그 작품에 나타나는 근내 소설적인 면모를 주목했다. 여기서 趙潤濟는 형식적인 면 뿐 아니라 "가급적 現代生活의 感情"[13]을 넣으려고 했다는 점을 지적했다.

이제까지 앞에서 살펴본 바에 의하면 그런 근대적인 요소가 상당히 눈에 뜨인다. 하지만 그것이 부분적으로 존재하는 것은 아니다. 통일된 원리로 존

---

11) 趙潤濟, 『校註 春香傳』(을유문화사, 1957), p.13.
12) 같은 책, p.211.
13) 같은 책, p.212.

재해 있다.

尹用植은 그것을 合理性으로 파악했다.[14] 그래서 변학도가 바로 부임해 오는 것이 아니라 1년의 시차를 두었다는 것이나, 이몽룡이 방자를 만나 자기의 신분이 드러나자 그를 운봉옥에 갇히게 했다는 것을 그 예로 제시했다.

하지만 申在孝의 「春香歌」도 合理性에 바탕을 두고 있다.[15] 申在孝의 합리성과 李海朝의 합리성에는 분명한 차이가 존재한다.

金興圭는 申在孝의 「男唱」에 나타나는 합리성을 다음과 같이 규정하였다.

> 따라서 그것은 중세적 질서의 울타리를 부정하려는 思惟方式으로서의 합리주의와는 오히려 상치되는 성격을 띤다. 男唱을 지배하는 합리주의는 보수적 성향을 강하게 지닌 儒家的 合理主義이다.[16]

유가적 합리주의, 즉 철저하게 양반적 입장에 맞추어서 개작한 것이라 볼 수 있다.

그렇다면 申在孝의 「春香歌」를 다시 개작한 「獄中花」의 합리성은 어디에 근거하고 있는가가 의문시된다.

작품을 보면 전반부는 「男唱」의 골격 안에서 판이 짜여지면서 「童唱」적 요소가 여러 군데 끼어들게 된다.[17] 「童唱」적 요소를 들어보면 ① 이몽룡의 인물묘사, ② 이몽룡의 독서 장면, ③ 이별시 이몽룡의 행동, ④ 이별시 춘향

---

14) 尹用植, 「申在孝 판소리 辭說과 李海朝 판소리系 作品과의 比較 硏究」(서울대 석사논문, 1982) p.51.

15) 이 점은 崔珍源, 「春香傳의 合理性과 不合理性」, 『國文學과 自然』(성균관대학교 출판부, 1977)에서 잘 설명하고 있다.

16) 金興圭, 「申在孝 改作 春香歌의 판소리史的 位置」, 『韓國學報』 10집(일지사, 1978) p.32.

17) 이 점은 崔元植, 앞의 글, p.152에도 지적됐다.

이의 행동 등이다.

「童唱」은 욕망을 추구하는 '세속적 인간형'을 그려낸 것이다.18) 그렇다면 명문대가의 양반 자제인 이몽룡에 대하여 집중적으로 세속화시킨 이유가 어디에 있을까?

주지하다시피 「男唱」에서 가장 양반적 면모를 보여주는 것은 이몽룡이다. 멋과 풍류를 알지만 춘향과의 사랑에서 도에 어긋나지 않고 품위를 잃지 않는다. 마지막 순간까지 奉命使臣의 체모를 중요시 하여 만신창이가 된 춘향이를 냉정하게 외면하고 집으로 돌려보낸다.

「獄中花」에서는 바로 이런 권위주의적인 양반의 모습을 집중적으로 폄하시켰다. 그래서 이몽룡을 놀기를 좋아하는 "호협흔 긔남ᄌ"(p. 2)로 설정했는가 하면, 그네 타는 춘향이를 보고 "몸이 웃슬웃슬 소름이 쪽 끼치니 정신 암암 일신을 벌벌"(p.5) 떨며, 춘향이를 만나고 싶어서 안절부절 하는 인물로 그려내고 있다. 또 이별시에도 어쩔 줄 몰라 하여 두번씩이나 춘향집을 찾아가는 이몽룡을 작품에서 드러내고 있다.

그렇다고 이몽룡을 「童唱」처럼 완전히 세속적 인간으로 그린 것은 아니다. 춘향이를 만나서 점잖게 한시로 뜻을 전하는 것이나, 춘향과의 結緣시 월매를 사이에 끼고 수작하는 것이나, 이별시에도 「童唱」처럼 호들갑을 떨지 않고 "미간에는 수식이오 면상에 눈물 흔적"(p.34)을 보이는 것은 양반적 체모를 어느 정도 유지하고 있다는 증거가 된다.

즉 이몽룡은 자신에게 있어서는 철저히 세속적이지만 남과의 관계에 있어서는 어느 정도 체면을 유지하고 있다. 철저하게 세속적 욕망을 추구하는 것도 아니고 권위주의적인 양반의식에 매여있는 인간도 아니다.19)

---

18) 金興圭, 앞의글, p.36.
19) 尹用植, 앞의 글, p.28에서 이몽룡을 "어느 정도 人情과 規範을 절충 할 줄 아는 中

춘향도 예외는 아니다. 「男唱」의 골격을 따라 사대부가의 규수처럼 덕과 품위를 갖춘 인물로 등장하지만 이별의 장면에 가서는 세속적 인물로 바뀌어 발악을 한다. 그런가 하면 어사가 된 이몽룡과의 상봉에서 오히려 원망을 퍼붓는다. 자신에 대한 신의를 저버렸기 때문이다. 춘향의 모습이 상당히 여성화되어 있음을 알 수 있다.

李府使 내외가 서울로 올라가면서 춘향에 대한 배려를 한다는 것도 이와 무관하지 않다. 前代의 어떤 「春香傳」에서도 없는 부분이다. 세속적 모습을 보였던 「童唱」에서조차 이부사는 자신의 자식이 下鄕賤妓와 놀아난 것을 꾸짖을 정도다. 중세적 한계 속에서는 당연한 행동이다. 하지만 「獄中花」에서는 꾸짖기는커녕 돈과 곡식을 보내 춘향을 곧 데려갈 거라고 위로한다. 말로만 안심시키는 것이 아니라 돈과 곡식을 보냈다는 것도 특이하다. 이부사는 "돈 슘쳔량"(p.49)을 보내고 대부인은 "빅미 빅셕의초 언겨 슌금 삼작"(p.49)을 보냈다. 이런 춘향에 대한 배려와 물질적 보상은 곧 신분이 크게 문제되지 않는 근대적 면모와 밀접하게 관계된다.

이런 개작의 양상을 살펴볼 때 「獄中花」의 합리성은 바로 근대적 합리성, 근대적 합리주의라 할 수 있을 것이다. 申在孝는 「男唱」을 유가적 합리주의에 입각해 개작했고, 李海朝는 「獄中花」를 근대적 합리주의에 입각해 개작한 것이다.

이제 그 구체적 양상을 윤리의식과 정치의식의 측면에서 검토하기로 한다.

2) 신분갈등의 약화와 여성존중의 애정관

일반적으로 「春香傳」에서는 이몽룡과 춘향이 애정을 추구하는 데 있어서

庸의 인물이라고 했다.

신분갈등이 심각하게 드러난다. 그렇기에 신분이 다른 두 남녀가 중세의 신분적 속박 속에서 현실의 어려움을 헤치고 부부가 됐다고 하는 것은 신분해방의 의미로 이해된다. 이것은 「春香傳」을 생성시켰던 그 사회가 명백히 신분적 질곡 속에 있었던 중세 봉건사회였기 때문에 가능했고, 그것의 역사적 의미는 긍정적으로 수용될 수 있는 것이었다.

하지만 「獄中花」는 신분갈등이 문제되지 않는 1910년대 사회의 소산이다. 그렇기에 신분갈등은 약화될 수밖에 없다. 처음 춘향이의 신분을 말할 때 "기싱의 ᄌ식이나 근본"(p.1)이 있다는 점을 강조했다. 그 근본은 會洞 成參判의 庶女라는 것이다. 춘향의 그네 뛰는 모습을 본 이몽룡이 방자를 시켜 춘향을 데려오라 하자 춘향은 "이 녀석 도령님만 량반이오 나는 량반이 아니냐"(p.9)고 반문하는 데서 그 사실을 확인할 수 있다. 춘향의 의식 속에는 자신도 양반이라는 것이 내재해 있다. 방자는 춘향을 가리켜 "너는 졀 놈발이 량반"(p.9)이라고 했지만 그것은 문제되지 않는다. 이미 춘향의 신분을 양반으로 격상시켜 이몽룡과의 관계에서 어떠한 신분적 갈등도 느끼지 않게 해 두었다.

또 이몽룡이 춘향집을 찾아갔을 때 월매가 "근본이 잇는 고로……내 지벌 부족(地閥不足)ᄒ니 지상가(宰相家) 부당ᄒ고 상천비(常賤輩)ᄂ 부족ᄒ야"(p.24) 결혼시키기 어렵다고 한 데서도 춘향과 이몽룡의 결합이 어렵지 않으리라는 것을 짐작케 한다.

서로 증서를 교환하고 부부가 될 것을 약속하는 데도 춘향이나 월매의 굴욕적인 태도는 보이지 않는다. 잊지 말라는 몰주체적인 不忘記가 아니라 "혼셔례장사주단자(婚書禮狀四柱單子) 겸ᄒ야 증셔(證書)"(p.25)를 써준다. 동등한 자격으로 혼인을 하는 것이다. 그 증서에는

  텬쟝디구(天長地久)에 히고석란(海枯石爛)이라 천디신명(天地神明)이
공증츠밍(公證此盟)이라 (p.25)

  하여 '공증'이라는 말이 드러나 있다. 서로의 결합에 천지신명이 증인이
된다는 것이다. 정식부부가 되는 절차로 이해된다.

  특히 서울로 이몽룡이 올라간 뒤 그 집에서 춘향이를 며느리로 인정하는
것은 애정추구에 있어서 신분갈등이 조금도 문제되지 않는다는 것을 최종적
으로 확인시켜 준다.

  그렇다면 애정의 추구에 있어서 신분갈등이 약화된 자리에 무엇이 대체되
는가가 문제가 된다. 「獄中花」는 춘향과 이몽룡 간의 사랑의 이야기다. 사
랑의 이야기가 중심을 이루기 때문에 애정추구가 어떤 방식으로 전개되는가
는 상당히 중요한 의미를 갖는다. 말하자면 애정추구의 원리가 무엇이냐는
것이다. 前代의 「春香傳」이 신분갈등을 극복하는 방향으로 나갔기에 신분
해방의 의미를 갖는다고 했다.

  이미 앞에서 양반적 권위주의가 상당히 제거된 이몽룡의 모습을 확인했
다. 그것이 애정추구에 있어서 보다 적극적인 방향으로 나가는 것은 당연하
다. 스스로 자신들이 좋아서 사랑에 빠지게 되고 부부가 될 것을 서로 약속
한다. 첫날 밤 공증 과정에서 이들 두 사람의 결합은 대등하고 주체적으로
이루어진다. 여기까지는 애정의 추구에 있어서 하등의 문제가 발생하지 않
는다.

  춘향의 첫 시련은 이몽룡이 혼자만 서울로 올라감으로써 나타난다. 당시
에 이몽룡은 "량반의 ㅈ식이 미장가 전에 외방(外方)에 천첩(賤妾)ㅎ엿단
말이 ㄴ면 족보에 쩨고 사당제(祠堂祭) 참례를 못ㅎ다"(p.36)고 둘러대자 춘
향은 성을 발끈 낸다. 그 이유는 서울로 데려갈 줄 알았는데 그렇지 못한 데

있다. 즉 자신을 기껏해야 노리개감으로 알았다는 데 대한 반발이다. 그래서 춘향이는 "무엇이 엇지 ᄒ여요 무엇시릿소 말 좀 ᄒ오 엇지ᄒᄒ야 천첩 무엇 천첩 이 따위 말이 몇 가지나 되시오"(p.36)라고 대든다. 여기서 비로소 애정의 원리로 신뢰의 문제가 제기되고 있음을 알 수 있다.

대부분의 異本에서는 춘향이가 이몽룡을 전송하기 위해 五里亭에 나간다. 그런데 「獄中花」에서는 거꾸로 이몽룡이 두번 씩이나 춘향의 집에 찾아와 춘향을 달랜다. 이것은 사랑의 신뢰를 저버린 것에 대한 뉘우침인 것이다. 이몽룡의 행동은 신뢰회복과 동시에 '천첩'이라고 실언했던 춘향에 대한 인격체로서의 존중의 뜻을 내포하고 있다. 상대방을 한 인격체로서 존중해야만 거기서 진정한 신뢰와 애정이 생겨날 수 있음은 당연하다. 이 점에서 이몽룡의 행동은 확실히 근대적이다.

서울로 올라간 李府使 부부가 춘향에 대해 자상한 배려를 보인 것은 신뢰의 범위가 이몽룡 한 개인에서 그 집안으로 늘어났음을 보여준다. 춘향이는 그 집의 며느리로 인정받은 셈이다.

두번째 시련은 변학도로 인해서 발생한다. 춘향이는 이몽룡의 집안으로부터 인정을 받았지만 합법적인 절차를 밟은 건 아니다. 六禮를 갖추어 혼인을 한 것은 아니고 데려갈 거라는 언약만 받았다. 변학도는 바로 이 합법적인 절차를 거치지 않은 춘향을 편법을 써서 부른다. 그것은 기생이 아닌 춘향이를 기생으로 만드는 것이다.

　내 드르니 춘향은 원기(原妓)의 ᄌ식이오 ᄯ흔 인물이 일식이라 ᄒ니 기
　안(妓案)에 착명(着名)ᄒ고 밧비 현신(見身)식이라 (pp.61~62)

인물 좋은 춘향이를 기안에 넣어서 기생으로 만든 다음 부르는 것이다. 여

기에 대한 춘향의 저항은 烈이나 忠같은 봉건윤리규범을 내세우는 것이 아니라 개인의 권리를 주장하는 것으로 드러난다. 「男唱」에서처럼 '절힝'을 들먹거리거나 두 임금을 섬길거냐는 忠을 강조하지는 않는다. '수절부녀억탈'이라고 하는 인간의 존엄성을 주장하게 된다. 그래서 변학도가 자신을 범하는 것은 백성을 잘 보살펴야 하는 지방관의 도리에 어긋나고 '부명남녀'의 행위라 주장한다. 부정남녀를 강조한 것은 남녀의 관계에 있어서 상호 애정과 신뢰가 바탕이 되어 있어야 한다는 말과 다름 아니다. 변학도의 행위는 지방관의 권리를 사용해 그것을 깨뜨리는 것이고 춘향은 한 자유인으로서 여기에 저항한 것이다.

일반적으로 「春香傳」에서의 수청거부는 당시의 봉건적 규범인 烈을 최대한 이용해 자신의 목적을 달성케 하는 것이다. 그 烈은 봉건적 규범의 외피를 쓰고 있긴 하지만 오히려 그것을 부정하는 자유로운 인간성으로부터 비롯된다.

하지만 「獄中花」에서는 오히려 목민관의 도리를 강조한다. 한 여성의 인간성을 짓밟는 사또의 행위라던가 사랑과 신뢰가 있어야 할 남녀관계를 부정하는 요구를 거부하는 것이 그것이다. 결국 춘향의 수청거부는 신분해방을 이루려는 싸움이 아니라 한 여성으로서 개인의 권리 혹은 인간의 존엄성을 지키기 위한 싸움이다.

이러한 경향의 새로운 윤리관·애정관은 어사인 이몽룡을 원망하는 춘향의 태도에서 집약적으로 드러난다.

이미 앞에서 검토했듯이, 어사인 이몽룡이 마지막 순간까지 춘향이를 속여 "어사슈청이 엇더홀고"(p.149)라고 마음을 떠본 다음 옥지환을 건네줌으로써 자신이 낭군임을 알리자, 춘향은 기뻐 날뛰는 대신 그 무정함을 오히려 원망한다. 대부분 「春香傳」에서는 대상에 뛰어 올라 서로 얼싸안고 춤추며

기쁨을 이기지 못하고, 「男唱」에서는 매정하게 만신창이가 된 춘향을 모른 척하고 집으로 돌려보낸다. 전자는 민중적 요구에 의한 것이고 후자는 유가적 합리주의에 기인한 것이다. 「獄中花」는 근대적 합리주의에 의거해 있다고 했다.

춘향이 이몽룡을 원망한 것은 하루 전에도 자신을 속인 매정함 때문이다. 그것이 공사를 처리하는 암행어사의 입장에서 어쩔 수 없는 것이라 하더라도 자신의 고통을 모른 척 한 데 대한 원망은 있을 수 있는 것이다. 춘향은 나약한 한 여성으로서 참기 어려운 고통을 겪었고, 그 원망이 "모지도다 모지도다"(p.151)로 나타난 것이다.

춘향이가 옥중에서도 이몽룡을 기다린 것은 상호 인간존중에 근거한 애정과 신뢰 때문이다. 앞에서도 살폈거니와 신분갈등이 없기에 신분상승에 대한 욕구는 없었다. 거지가 된 이몽룡이 찾아왔을 때도 비록 그가 자신을 구원해 줄 수 없음을 알았지만 실망하지 않는다. 애정과 신뢰를 확인했기 때문이다. 그래서 암행어사에게 불려 갈 때도 거지가 된 이몽룡을 찾는다.

(춘) 옥문 밧게 누가 잇느 보아라
(향) 아무도 업셔오
(춘) 또 보아라
(향) 아모도 업셔오
(춘) 턴디간 모진 량반 엇져녁 오셧슬 졔 신신당부 ᄒ엿것만 오일(午日)
    이 넘엇스되 오시지 아니 ᄒ고 쇼식도 돈졀(頓絶)ᄒ니 나 죽는 것
    안 보랴고 엇의 잇고 아니 오나……(p.145)

춘향이가 이몽룡을 찾는 것은 그 애정과 신뢰가 변함없음을 확인하고자 하는 것이다.

그런데 그 낭군이 어사란 사실을 확인하자 자신이 지녔던 원망이 폭발해 버린다. 자신이 겪었던 고통에도 불구하고 이몽룡은 마지막 순간까지 자신을 시험하는 야속함을 보였기 때문이다. 진실한 애정에는 신뢰가 있어야 하는데 이몽룡의 태도는 그렇지 못했다. 즉 춘향은 이몽룡을 믿었지만, 이몽룡은 춘향을 믿지 않았던 것이다. 춘향이가 원망한 것 바로 이 점이다. "그 마음 알엇드면 너가 발셔 업슬 걸"(p.151)이라는 춘향의 말은 상호존중의 신뢰가 무너져 내린 절망감에서 비롯된다.

「獄中花」의 절정은 이 부분이다.

일반적으로 「春香傳」이 춘향의 수청거부를 통해 단순한 풍속담에 머무르지 않고, 그 앞과 뒤가 일관성 있게 연결되어 하나의 이념적 체계를 이루면서 세계관적 높이를 얻었다고 한다면[20] 「獄中花」는 이몽룡에 대한 춘향의 원망을 통해 춘향을 보다 여성화 시키고, 새로운 애정윤리를 제시하고 있다. 그것은 상호존중의 애정관이다.

「春香傳」에서 춘향이의 수청거부가 있기에 이몽룡과 춘향의 결합이 이몽룡의 시혜 때문은 아니다. 하지만 춘향은 살아나게 된다. 춘향이가 기뻐 날뛰는 것은 자신을 살릴 수 있는 암행어사가 이몽룡이기 때문이다. 여기서 신분이 다른 춘향과 이몽룡이 결합할 수 있었던 것은 명백히 중세적 한계 속에서 가능한 연대감 즉 양반과 민중의 연대감의 소산이다.[21]

「獄中花」는 연대감이라고 하는 중세적 한계를 뛰어 넘어 근대적 남녀관계의 규범을 제시한 것이다. 그것은 서로가 동등한 인격체로 상대방을 존중하는 것이다.

---

20) 박희병,「春香傳의 歷史的 性格 分析」,『전환기의 동아시아 문학』(창작과 비평사, 1985), p.110 참조.
21) 같은 글, p.111 참조.

당시 상호존중이라고 하는 것은 필연적으로 여성존중의 의미를 갖는다. 「獄中花」에서 이별시 이몽룡이 두번씩이나 춘향을 찾아간 것이나, 춘향의 원망을 듣고 손수 춘향을 간호하고 서울에 올라가기까지 배려했다는 것은 그 현저한 예가 될 것이다.

이런 점은 「獄中花」가 나왔던 시대가 근대 전환기인 1910년대이기 때문에 가능했고, 또 「自由鐘」에서 보이는 것처럼 선구적인 여권론자였던 李海朝[22]의 의식이 반영된 결과이다.

3) 민중의 성장과 정치의식의 굴절

다음은 정치의식을 살펴보자.

앞에서 「春香歌」와 「獄中花」를 비교하면서 민중들의 성장된 모습이 반영된 것을 확인했다. 이몽룡이 암행어사가 되어 남원에 내려왔을 때 남원의 농민들은 변학도의 학정을 날카롭게 지적하고 집등우리나 사발통문을 통해서 집단적 행동으로 나갈 것을 결의하고 있으며 게다가 말을 잘못 한 이몽룡이 뺨까지 얻어맞는 사태가 그 예가 된다.

더구나 남원의 과부들이 집단적으로 等狀함으로써 자신들의 의사를 이몽룡에게 전달하는 데 이르기도 하며 암행어사인 이몽룡이 짐짓 춘향의 죄를 말하자 늙은 과부가 나서서 당당히 따지기까지 한다. 이들은 자신의 주장이 정당하다고 여기기에 官에 대한 두려움을 갖지 않는다.

역졸이 썩 나셔며
(역) 쉬 -
(늙은) 쉬라니 엇의 비암이 지나가ᄂᆞ냐 쉬가 도무지 무엇이냐 네가 역졸

---

22) 崔元植, 앞의 글, p.47 참조.

　　　　이냐 역졸보니 장히 무섭다 죄 업고 늙은 나를 어ㅅ도면 엇지 흘
　　　　ㅅ고 (p.148)

　　민중의 성장과 더불어 여지없이 실추된 봉건지배층의 권위를 확인할 수
있다. 이는 분명 갑오농민전쟁의 역사적 경험이 반영된 결과다.[23] 자신의 주
장을 굽히지 않고 또 그것이 부당하게 묵살당할 때는 집단행동도 서슴지 않
는 민중의식의 성장이 반영되었다 하겠다.
　　하지만 그와 대치되는 봉건지배층에 대해서는 관대하다. 변학도를 묘사하
는 데 있어서 '일더호걸'인데, "쥬식(酒色)이라 ㅎ면 화약을 짊어지고 불조심
아니"(p.50)한다는 것을 단점으로 들었다. 여기서 이미 변학도라는 인물을
정치적인 면에서가 아니라 윤리적인 면에서 문제 삼고 있음을 알 수 있다.
탐관오리의 전형으로서 적합하지 않다고 하겠다.
　　변학도의 학정에 대해서도 "공사(公事) 엇지 하야 밥 잘 먹고 술 잘 먹고
홈의질 잘 하고 갈키질 잘 하고 심지어 소시랑질까지 잘 하니 그 우에 명관
없고"(p.111)와 같이 암시적으로 표현되어 있다.
　　더욱이 마지막 부분에서 이몽룡은 변학도를 용서해 주고 선치를 부탁함으
로써 춘향의 수청거부가 갖는 정치적 의미를 왜곡시켰다.[24] 즉 前代의「春
香傳」에서는 춘향의 수청거부가 민중들의 정치적 요구를 반영하기에, 탐관
오리의 전형인 변학도가 제거됐다는 것은 민중들의 정치적 이상의 실현을
의미한다. 춘향의 수청거부는 자기 자신에게는 신분해방의 의미를 띠지만,
민중계층을 대표하여 부패타락한 지방관의 전횡에 대한 싸움이기도 하다.
「春香傳」이 정치적 차원으로 확대되는 것은 이 때문이다.

---

23) 같은 글, p.154 참조.
24) 같은 글, p.154 참조.

「獄中花」는 이 점에서 민중들의 성장을 반영했지만 그것을 올바른 정치의식으로 결합시키지 못했다고 할 수 있다.

그 근거는 1910년대라고 하는 역사적 구체성 속에서 찾아진다. 곧 파행적이기는 하지만 식민지 지배를 통하여 일정하게 자본주의가 이식되어 가는 과정에서 탐관오리의 수탈이라는 봉건시대의 문제는 당시의 현실적 여건에서 나타나기 어렵기 때문이다.

다음은 「春香傳」을 파악하는 李海朝의 관점이다. 李海朝는 「春香傳」을 신분해방이나 부패타락한 봉건지배층에 대한 민중적 저항이라는 정치적 관점에서 파악하지 않았다. 그가 「自由鐘」에서 「春香傳」을 비판한 것은 이 점을 분명히 하고 있다.

> 「春香傳」을 보면 **정치**를 알겠소 심청전을 보고 **법률**을 알겠소 홍길동전을 보아 **도덕**을 알겠소. 말할진대 「春香傳」은 음탕교과서오 심청전은 처량교과서오 홍길동전은 허황교과서라 할 것이니 국민을 음탕교과서로 가라치면어찌 풍속이 아람다오며 처량교과서로 가라치면 어찌 정대한 기상이 있으리까[25](강조 필자)

李海朝는 대중 속에 광범한 전파력과 깊은 감화력을 가진 소설을 개량함으로써 새로운 역사적 과제를 해결하고자 했고, 그러기 위해서는 낡은 시대의 문학은 과감히 부정해야 했다.[26] 하지만 '합방' 이후 그의 사상은 이로부터 퇴행한다. 그래서 결국 그가 그토록 부정했던 「春香傳」을 통해 소설 개량을 시도하게 된다. 정치적이고 사회적인 관점에서가 아니라 윤리적 관점으로 개작한 작품이 「獄中花」인 것이다.

---

25) 李海朝, 「自由鐘」(博文書館, 1910), p.10.
26) 崔元植, 앞의 글, p.59 참조.

그러기에 앞에서 살펴본 것처럼 「獄中花」는 사랑의 문제가 중심이 되어 새로운 애정관을 보여주고 있다. 정치적 의미를 강화하는 방향으로 개작된 것이 아니기에 변학도가 민중의 적대세력인 탐관오리의 전형으로 나타나지도 않았고, 봉고파직 되지도 않는다. 「獄中花」의 중심은 풍속을 개량하는 데, 곧 새로운 애정윤리를 확립하는 데 놓여있다. 작품 내에서도 풍속개량은 농부들이 부르는 '장부사업가'를 통하여 직접 강조되기도 한다.

> ᄉ회에 영수(領袖)되야 법률범위위월(法律範圍違越) 말고 일동일졍(一動一靜) 지피지기(知彼知己)인기셰이도지(因其勢而導之)ᄒ야 ᄀ량풍속ᄒ는 것도 디쟝부의 일이로다 (p.109)

민중들의 성장을 반영하고 있으면서 그것을 올바른 정치적 지향으로 인도하지 못하고, 식민지 지배의 테두리 속에서 풍속개량에 머물고 있는 李海朝의 모습이 확인된다.[27)

「獄中花」는 새로운 애정윤리를 제시하는 데 그치고 이를 올바른 정치의식으로 끌어올리지 못함으로써 풍속개량에 머무는 '근대성'의 실체와 그 한계를 분명히 보여주고 있다.

---

27) 崔元植, 앞의 글, p. 150에서 위의 예문을 들어 "일제와 타협한 자신의 입장을 은근히 합리화하였다"고 했다.

제7장 活字本 古小說의 文學史的 性格

기존의 문학사에서는 活字本 古小說을 따로 구분하지 않는다. 筆寫本이나 坊刻本을 체제만 바꾸어 출판했다고 여기기 때문이다. 그 결과 고소설은 중세 봉건시대의 종말과 더불어 그 문학사적 임무를 마친 것으로 알려져 있다. 하지만 고소설은 근대문학 전환기인 1910년대에 활자본의 형태로 다시 부흥하여 널리 읽혔다.

전체 300여 종 중에서 200종에 이르는 작품이 1910년대에 출판되어 근대소설이 해야 할 몫을 활자본 고소설이 대행했다. 그 受容의 정도도 대단하여 安自山은 당시의 상황을 다음과 같이 언급했다.

古代小說의 流行은 其勢가 漢學보다 오히려 大하야 八十餘種이 發行되니 此舊小說은 舊形대로 刊行함도 잇고 名稱을 變更한 것도 잇스니 春香傳은 獄中花라 하고 沈淸傳은 江上蓮이라 하다. 何如턴지 文學的 觀念은 七八年 전보다 進步되야 漸次 小說을 愛讀하는 風이 盛하얏나니 此로 因하야 新小說의 流行도 大開하다.[1]

활자본 고소설의 유행 때문에 신소설도 많이 읽히게 됐다는 사실은 고소

---

1) 安自山, 『朝鮮文學史』(韓一書店, 1922), p.128.

설이 당시 독서물의 주류였음을 알 수 있게 한다. 문학사를 독자를 중심으로 한 受容史로 파악한다면,[2] 활자본 고소설은 1910년대 문학사의 중심에 위치하게 된다. 하지만 당대가 일제의 무단통치기와 조선의 경제적 수탈의 목적으로 일제에 의해 이식된 근대 자본주의의 첫 단계라는 것을 고려하면 고소설의 대폭적인 부흥은 당시의 역사적 실상과 무관하지 않게 보인다.

이와 관련시켜 특히 당시에 새롭게 나타난 고소설이 주목된다. 安自山이 「獄中花」와 「江上蓮」을 예로 들었거니와 개작이나 신작 고소설이 그것이다. 이는 자본주의적 상업화[3]에 따른 고소설의 변모인 셈이다.

이 개작이나 신작은 前代의 고소설과는 달리 근대적인 면을 어느 정도 반영하고 있다.

신작 역사류 소설에서는 역사를 봉건적 명분이 아닌 흥미의 대상으로 삼거나 역사를 자유롭게 해석하는 주관주의적인 역사인식을 보여주었다.

신작 군담류 소설에서는 민족적 주체의식이 제기되고 中華主義가 비판되기도 하였다.

신작 애정류 소설은 주인공이 각각 양반자제와 기생이면서도 신분갈등을 문제 삼지 않고 자유결혼관이나 물질주의적 인간 관계를 드러냈으며, 활자본 고소설의 판도를 좌우했던 판소리 개작소설 「獄中花」는 여성 존중의 애정윤리를 내세웠다.

하지만 이런 변모의 노력에도 불구하고 여기서 제기된 문제의식이 완결된

---

2) 이런 독자를 중심으로 한 문학사의 서술은 H.R.Jauß, 장영태 역, 『挑戰으로서의 文學史』(문학과 지성사, 1983)의 「文學史 서술의 일곱 가지 명제」에 잘 드러나 있다. 특히 ⑤⑥명제가 이에 해당한다. 위의 책, pp.199~209 참조.

3) 18.9세기의 坊刻本도 상업 출판이라 할 수 있지만, 수공업적인 영세성과 제한된 유통으로 인해 자본주의적 상업 출판과는 구별된다. 활자본 고소설은 근대적 인쇄시설과 60여 개소에 달하는 서적상을 통한 유통 구조를 갖추고 있어 자본주의적 상업 출판이라 할 수 있다.

형태가 아닌 식민지 현실에 의해 왜곡되고 봉건적 테두리 속에서 해결되는
한계를 보인다.

신작 역사류 소설은 역사에 대한 객관적 인식이 부족하여 극단적인 친일
의 논리로 귀결되거나 역사적 사실을 주관주의적으로 해석함으로써 친일적
'힘의 논리'에 복무하게 되었다.

신작 군담류 소설에서는 군담의 실상이 근대적 민족의식으로 발전하지 못
하고 중세적 한계에 머무르고 있으며 중화주의를 비판한 것이 도리어 일제
의 식민지 지배를 합리화 시켜주는 모습으로 왜곡되었다.

신작 애정류 소설에서는 애정 문제의 해결과정에 봉건적 윤리의식이 개입
하여 왜색 번안소설과 다름없는 통속적 모습을 보여주고 있으며, 「獄中花」
는 성장된 민중의식을 반영하고 있음에도 이를 올바른 정치의식으로 끌어올
리지 못하고 '풍속개량'의 수준에 머물렀다.

이것은 고소설이라는 양식이 중세 봉건시대를 현실적 토대로 삼고 있기
때문에 나타나는 한계이기도 하지만, 1910년대 당대 사회의 파행성을 반영
하는 것이기도 하다. 즉 당시 사회가 자본주의의 초기 단계이지만 그 발전상
의 파행성으로 인해 植民地性과 半封建性이 존재했었고 이것이 작품에 반
영된 것이다. 활자본 고소설의 개작이나 신작이 근대적인 변모의 노력에도
불구하고 통속·친일화 되거나 봉건적 한계에 머물렀던 것은 이 때문이다.

이 점은 신소설과도 크게 다르지 않다. 신소설은 표면적 주제로 개화사상
을 역설하나, 이면적 주제에서는 전래적인 가치관을 보여준다고 한다.[4] 표
면적 주제와 이면적 주제는 문제제기와 문제해결로 바꾸어 말할 수 있다. 개
작이나 신작 고소설에서는 근대적인 문제를 제기하나 봉건적 해결로 귀결된
다. 다만 고소설은 의고성을, 신소설은 당대성을 드러내는 것이 다를 뿐이다.

---

4) 趙東一, 『新小說의 文學史的 性格』(서울대 출판부, 1973), p.154.

이처럼 신소설과 개작·신작 고소설이 동일한 모습을 보여 준다는 것은 당시 사회의 실상과 문학사가 무관하지 않음을 입증해 준다.

이런 문학사적 실상은 현실의 본질적 모습을 외면한 '통속성'으로 규정될 수 있다. 反帝·反封建의 근대적 과제를 해결해야 될 문학사의 긍정적 흐름과 어긋나 있기 때문이다.

그러면 어떻게 해서 활자본 고소설의 복고적 모습이 통속성을 띠게 되는가? 활자본 고소설이 출현할 무렵에는 이렇다할 대중적 서사물이 없었다. 진보적 경향을 보였던 애국계몽기의 신소설이나 역사·전기소설은 일제의 탄압에 의해 출판이 금지된 상태였다. 여기에 이미 두터운 독자층을 확보하고 있었던 고소설이 부흥할 수 있는 여건이 마련된 것이다.

즉 대폭적인 고소설의 수용에는 才子佳人과 富貴功名의 이야기를 원하는 독자들의 요구가 내재해 있기 때문이다. 말하자면 참담한 현실을 잊고 과거의 榮華로운 세계에 탐닉하기 위해 고소설을 원했던 것이다. 金基鎭은 「大衆小說論」에서 이를 다음과 같이 언급하고 있다.

> 그들이 이 책을 사가는 心理는……所謂 才子佳人의 薄命哀話가 그들의 눈물을 자아내고 富貴功名의 成功談이 그들로 하여금 慘憺한 그들의 현실로부터 그들을 羽化登仙하게 하고 好色男女를 중심으로 한 淫談悖說이 그들에게 性的 快感을 喚起케 하야 冊을 버릴래야 버리지 못하게 함으로……5)

참담한 현실을 극복하고자 하는 것이 아니라 오히려 영화로운 과거의 세계를 통해 현실을 망각하게 했던 것이 활자본 고소설의 기능이었다. 활자본

---

5) 八峰, 「大衆小說論」, 『東亞日報』 1929. 4. 17.

고소설의 복고적 모습은 '才子佳人의 薄命哀話'나 '富貴功名의 成功談'이나 '好色男女의 淫談悖說'로 통속화된 것이다.

주지하다시피 활자본 고소설이 부흥됐던 1910년대는 긍정적 경향을 보였던 신소설이 사라지고 「長恨夢」으로 대표되는 왜색 번안소설이 대거 문학사에 등장했던 시기다. 왜색 번안소설의 성격을 단적으로 말한다면 "돈이냐 사랑이냐"식의 통속성이라 할 수 있는데,[6] 이 왜색 번안소설과 짝을 이루는 것이 바로 활자본 고소설이다. 고소설이 복고적 세계로서 통속성을 보인다면, 왜색 번안소설은 당대적 모습을 통해 통속성을 드러낸 것이 다를 뿐이다.

이 통속성이 활자본 고소설의 성격을 규정한다고 할 수 있거니와 그 사회적 역기능 또한 심각하다고 하겠다. 과거의 세계에 도피함으로써 암담한 현실을 망각케 함은 물론 작품에 드러난 봉건적 이념들이 일제에 대한 복종의 의미로 해석될 수도 있는 것이다. 이런 역기능 또한 간과할 수 없다.

그들은 '이야기 冊'의 表裝의 惶惚, 定價의 低廉, 인쇄의 大, 문장의 韻致에만 興味를 가질 뿐만 아니오 실로 그 '이야기 冊'의 內容思想—卑劣한 享樂趣味, 忠孝의 觀念, 奴隷的 奉仕精神, 宿命論的 思想 等—에 까지 興味와 同感을 갖는 것이 쪼한 움즉일 수 업는 事實인 點에 問題의 困難은 橫在하여 잇다.[7]

1910년대는 통속의 시대고, 활자본 고소설의 문학사적 성격은 이에 밀접하게 관련되어 있다. 곧 그 봉건적 사상으로 인해 일제의 지배를 정당화시켜주는 역기능을 수행했다 하겠다.

---

6) 崔元植, 「長恨夢과 위안으로서의 文學」, 『民族文學의 論理』(창작과 비평사, 1982) 참조.
7) 八峰, 앞의 글, 1929. 4. 18.

이미 앞에서 역사류 소설과 군담류 소설에 드러난 그 역기능을 살펴 보았거니와 이것이 신소설처럼 소수의 지식인층에 국한되는 문제가 아니라 다수의 식민지 민중들을 대상으로 하기에 문제는 심각하다 하지 않을 수 없다.

당대 식민지 민중의 실상은 어떤가? "열녀정 앞에는 독새풀 나고 갈보집 문전에 함박꽃 핀다"[8]는 민요에서 극명하게 드러나듯이 봉건적 권위는 무너졌지만 이와 함께 당연히 와야 할 것이 오지 않고 현실은 기막히게 전개되면서 민중의 생활을 위협하고 있다. 가혹한 무단통치와 경제수탈을 자행하는 식민지 현실이 그렇다.

여기에 문학은 오히려 봉건이념을 강조하거나 통속적 위안으로 현실을 망각케 하고 있었다. 한문학의 부활이 봉건이념을 강조한다면 왜색 번안소설이 통속적 위안을 주고 있다고 할 수 있다. 그 두 세계를 아우르는 것이 활자본 고소설인 셈이며 이는 雜歌의 활발한 출판과도 맥락을 같이 한다.

결국 활자본 고소설의 문학사적 성격은 개작 · 신작을 통해 살펴본 바 통속성으로 규정할 수 있고 그 역기능은 봉건이념을 강화해 일제의 지배를 정당화하는 것으로 단정할 수 있는 바, 이런 통속성의 흐름은 근대소설의 생성으로도 연결될 수 있다.

개작 · 신작의 주류를 차지했던 애정류 소설과 역사류 소설에서 그 점을 발견할 수 있다. 먼저 「獄中花」와 애정류 소설을 보면 남녀의 자유로운 결합이나 상호 존중의 새로운 애정윤리가 제시되어 있다. 이는 현실적 토대가 근대로 바뀜에도 불구하고 고소설의 양식이 새로운 애정윤리를 받아들일 수 있었기 때문이다. 시대의 변화에도 불구하고 남녀의 관계는 지속되기에 근대적 변모가 가능한 것이다. 말하자면 애정류 소설은 다른 유의 작품에 비해 '문제적 연속성'[9]을 많이 지니고 있다고 할 수 있다. 이 애정의 문제는 李光

---

8) 임동권, 『韓國民謠集Ⅲ』(집문당, 1975), p.424.

洙의 「無情」과 같은 통속애정소설로 연결될 수 있는 것이다.10)

신작 역사류 소설 중 「洪將軍傳」과 「韓氏報應錄」은 전대의 소설처럼 역사적 사건을 봉건적 규범에 의해 재단하는 것이 아니라 주관주의적 역사인식을 통하여 세조정변을 자유롭게 해석하고 있다. 이는 계몽적 의도를 강조한 애국계몽기의 역사소설에서 양식상 한 걸음 나아간 것이며 또 李光洙와 金東仁의 논쟁을 미리 준비했다고도 할 수 있다. 그런 점에서 이 작품들은 前代 역사소설의 전통을 계승하여 근대 역사소설로 이어 주는 교량적 역할을 수행했다고 할 수 있지만, 그것이 우리의 역사소설을 통속시대물로 떨어뜨리는 단초가 됐다는 점을 기억해야 한다.11)

하지만 남녀의 애정을 통해 근대적 과제인 反封建의 문제를 진지하게 해결하려 했던 「秋風感別曲」은 활자본 고소설이 도달한 가장 두드러진 성과임에 틀림없다.

---

9) 문제적 연속성은 "표면상의 일치나 유사성 여부에 관계없이,혹은 외관상의 뚜렷한 대립과 이질성에도 불구하고, 사태의 심층 속에서 역사적 삶의 문제들이 형성하는 연속성"이다.
　金興圭, 『韓國文學의 理解』(민음사, 1986), pp.201~202.
10) 成賢慶, 「無情과 그 以前小說」, 『韓國小說의 構造와 實相』(영남대 출판부, 1981) ; 金鐘 澈, 「無情의 系譜」, 『先淸語文』 16·17집 (서울사대 국어교육과, 1988),p. 807 참조.
　윗 글에서「無情」을 「春香傳」이나 군담소설의 구조가계승된 것으로 파악했다. 하지만 계승의 문제를 구조가 아닌 문제의식으로 파악할 때「無情」에 드러난 애정문제는 신작애정류소설과 밀접한 관련이 있음을 알게 된다.
11) 崔元植, 「李海朝 文學 硏究」, 『韓國近代小說史論』 (창작과 비평사, 1986), p. 169~170참조.

제 8 장 結 論

　이상에서 활자본 고소설이 근대문학 전환기인 1910년대에 어떤 형태로 존재했으며, 그 작품의 역사적 성격이 무엇인지를 개작과 신작을 통해 검토했다. 이 연구는 당대의 역사적 성격과 활자본 고소설의 작품성격을 상관 관계 속에 다룬 것으로 1910년대의 시대적 성격과 고소설의 부흥을 가져왔던 활발한 출판, 활자본 고소설의 작품성격은 서로 긴밀하게 연결되어 있음을 확인했다. 지금까지 논의된 결론을 요약하면 다음과 같다.

　1910년대는 식민지 지배체제가 확립된 무단통치기이며 자국의 이익을 위한 조선의 경제적 수탈이 자행되던 시기였다. 사회구성체에 있어서는 자본주의 사회고 그 특성으로는 植民地半封建性으로 규명된다. 자본주의 사회라는 일반성 속에 植民地半封建이라는 특수성이 내포되어 있는 것이다.

　일제에 의해 이식된 파행적 자본주의의 전개로 활자본 고소설도 상업 출판되어 활발하게 유통됐는데, 1912년부터 1930년대 말까지 300종이 넘는 대부분의 작품이 출판되었다. 해방 후에 출판된 것까지 포함하여 모두 305종이 출판됐다. 특히 1912~1918년에 200종 가량이 출판되어 활자본 고소설은 1910년대에 주도적으로 등장했음을 확인했다.

　활자본 고소설의 출판과 보급을 담당했던 書籍商은 자본주의적 상업 출판의 형태를 보여준다. 60개소 정도가 당시에 존재했는데, 이들 書籍商에서 고소설을 출판한 것은 애국계몽기 교과서류나 역사전기물의 압수로 인한 경영적 타격을 만회하기 위한 것이었다. 書籍商에서 출판되는 책 중에서 상업적으로 가장 비중이 큰 것이 활자본 고소설이었다.

활자본 고소설의 상업화에 따라 書籍商의 주인이 영업뿐 아니라 著作者로도 참여하게 됐다. 필자가 확인한 著作者는 모두 13명으로 그 중에서 7명이 書籍商의 주인이다. 가장 두드러진 활동을 한 사람은 신소설과 고소설을 두루 창작했던 李海朝와 26편의 고소설을 역술, 편집, 저작한 朴健會다.

활자본 고소설의 상업화 추세에 따라 당시 독자들의 감각을 고려한 개적과 신작도 등장했는데 필자가 확인한 신작은 모두 19종이다.

신작 역사류 소설에서 「高麗姜侍中傳」은 역사를 통속화 시켰으며 테라우찌(寺內正毅)를 찬양하는 친일성을 드러내고 있다. 「洪將軍傳」은 「水滸傳」·「洪吉童傳」 등에 공통적으로 나타나는 의적전승을 계승하여 이를 개인주의적 방향으로 변용했으며 역사적 사실이 洪允成 개인의 출세를 위한 계기로 작용하고 있음을 확인했다. 「韓氏報應錄」은 「洪將軍傳」보다 다양한 설화를 차용하고 역사에 대한 여러 인물들의 대응방식을 보여주었지만 역사인식에 있어서는 주관주의적 경향을 보였다. 이 두 작품은 결국 일제의 지배를 정당화 시켜주는 '힘의 논리'를 드러냈다.

군담류 소설은 전대 필사본이나 방각본에서는 주류를 차지했던 양식이었지만 이 시기에 들어와서는 군담을 형성했던 사회적 토대가 사라짐으로 해서 다른 소설에 비해 근대적 변모가 두드러지지 않는다. 군담소설의 일반적 전개방식인 ① 고귀한 출생, ② 주인공의 시련, ③ 주인공의 立功을 통해 신작 군담소설을 보면 이원적 세계관을 보여주는 고귀한 출생 부분이 약화되거나 사라진 것이 공통적으로 드러난다. 대신 「申遺腹傳」에서는 주인공의 시련으로 경제적 궁핍이 문제되며, 입공과정에서 조선의 위엄을 떨친다는 '민족 주체의식'의 문제가 제기되나 중국 정통왕조인 명을 옹호하는 尊華黜夷의 사고에 머물러있다. 「南江月」은 이런 중국 정통왕조를 옹호하는 中華主義를 배격하고 있지만 명분보다 실세가 중요하다는 것을 인정함으로써 식민지 지배논리와 연결되고 있다.

애정류 소설의 일반적 전개방식은 ① 결연과정, ② 수난과정, ③ 극복과정으로 되어 있다. 「芙蓉의 相思曲」은 결연과정에서 자유 결혼관이 제시되고 있으나 수난, 극복과정에서는 방해자의 등장이 두드러지고 봉건적 명분으로 회귀했다. 「靑年悔心曲」은 결연과정에서 신분갈등보다는 경제적 여건에 따른 물질주의적 인간 관계가 드러나며, 수난과 극복과정에서도 타락한 물질주의적 세태가 반영되어 있다. 「秋風感別曲」은 봉건질서가 붕괴되는 19세기를 배경으로 하여 결연과정에서는 빈부 갈등이 문제되고 수난, 극복과정에서는 反封建的 애정관이 드러나 있다. 특히 이런 문제를 부분적으로 반영하는 것이 아니라 구체적 현실 속에서 총체적으로 문제 삼아 현실적 관점으로 해결하고 있어 주목된다.

가장 많이 읽혔던 작품은 판소리 개작소설 「獄中花」다. 「獄中花」는 申在孝의 「春香歌」를 계승해 이를 근대적 합리주의에 입각해 개작한 것이다. 윤리의식의 측면에서는 여성존중의 애정관이, 정치의식의 측면에서는 민중의 성장이 반영되었지만 이를 올바르게 이끌지 못하고 풍속 개량의 수준에 머물렀다. 李海朝는 정치의식보다 윤리의식을 더 중시하여 「獄中花」를 통해 새로운 애정윤리를 제시하고자 했다.

활자본 고소설의 개작이나 신작에 나타나는 이런 모습은 고소설의 근대적 변모로 이해되나, 그 문학사적 성격은 부정적이다. 개작과 신작을 통해 본 문학사적 성격은 '통속성'으로 규정되는 바, 反帝·反封建의 시대적 과제와 너무 떨어져 있기 때문이다. 말하자면 1910년대는 왜색 번안소설로 대표되듯 통속의 시대인데, 복고적인 방법으로 그와 짝을 이룬 것이 활자본 고소설인 셈이다. 더욱이 그 봉건적 모습으로 인해 일제의 지배를 정당화 시켜주는 역기능을 수행할 수 있는 여지가 있다. 또 이 통속적 유산은 근대 역사소설과 애정소설로 이어지게 된다.

이 연구에서는 개작·신작을 통해 활자본 고소설의 역사적 성격을 일제에 예속된 파행적 자본주의의 전개에 따른 근대적 변모, 곧 통속성으로 규정하고 그것이 식민지 지배를 합리화 시켜주는 역기능을 수행한다고 밝혔다.

하지만 보다 많은 작품을 다루지 못했고, 작품분석의 논지도 가설적인 것이 많다. 이 점은 고소설의 변모에 주목한 활자본 고소설의 연구가 거의 없는 데 기인하기도 하지만 필자의 연구가 첫 시도이기에 검토될 기회를 얻지 못했기 때문이기도 하다. 이 작업은 계속 보완돼야 한다.

문학의 내용과 형식은 변증법적 관계에 있기에 내용의 변모는 곧 형식의 변모를 수반한다. 개작, 신작에서 형식적인 변화도 상당히 주목되나 이 논문에서는 다루지 못했다.

필자가 확인한 것은 19편이고, 이 논문에서 분석한 것은 9편이다. 더 많은 개작과 신작을 찾아 그 전모를 밝히는 것도 과제로 남는다.

한편 이 연구는 고소설의 근대적 변모와 그 역사적 성격 규명에 중점을 두었다. 동시대의 신소설과는 문제제기와 해결의 방식에서 유사함을 보인다 했지만, 하나의 가설을 뛰어 넘어 비교 연구를 통해 그 실상을 면밀히 밝혀야 한다. 고소설의 변모 뿐 아니라 동시대 소설사의 구도 속에서 고소설과 신소설을 함께 다루는 과제가 남는다. 말하자면 이는 근대문학 전환기의 소설사를 정리하는 일이고, 이 과제를 통해 근대소설의 생성과 발전도 구체적으로 해명될 수 있을 것이다.

참·고·문·헌

1. 자료

(1) 작품

朝鮮古代小說叢書(全118冊), 국립중앙도서관 소장.

景印 古小說板刻本全集 1 ～ 5, 金東旭 편, 연세대학교 인문과학연구소, 1973·1975.

筆寫本 古典小說全集 (1 ～ 10), 金起東 편, 아세아 문화사, 1980.

活字本 古典小說全集 1 ～ 12, 동국대학교 한국학 연구소 편, 아세아 문화사, 1976.

舊活字本 古小說全集 1 ～ 33, 인천대학교 민족문화연구소 편, 동서문화원, 1983.

大東野乘, 민족문화추진회, 1971.

韓國口碑文學大系 (3-2, 7-3), 정신문화연구원, 1980.

申在孝 판소리 사설집, 姜漢永 교주, 보성문화사, 1978.

李朝漢文短篇集, 李佑成·林熒澤 역편, 일조각, 1978.

韓國民間傳說集, 崔常壽 편, 통문관, 1984.

新小說·飜案(譯)小說(全10卷), 아세아 문화사, 1978.

기타 개인 소장 活字本 古小說 다수.

(2) 史書·文集·新聞

高麗史, 아세아 문화사, 1972

梅月堂全集, 성균관대학교 대동문화연구원, 1973.

與猶堂全書(全6冊), 景仁文化社, 1969.

朝鮮總督府官報

皇城新聞

每日申報
東亞日報

2. 論著

(1) 著書

강만길, 조선후기 상업자본의 발달, 고려대학교 출판부, 1973.

金起東, 韓國古典小說硏究, 교학연구사, 1983.

金章東, 朝鮮期 歷史小說硏究, 이우출판사, 1986.

金興圭, 韓國文學의 理解, 민음사, 1986.

설성경, 춘향전의 형성과 계통, 정음사, 1986.

成賢慶, 韓國小說의 構造와 實相, 영남대 출판부, 1981.

蘇在英, 古小說通論, 이우출판사, 1983.

安廓, 朝鮮文學史, 韓一書店, 1922.

李能和, 朝鮮女俗考, 學文閣, 1968.

李明九, 옛소설, 세종대왕기념사업회, 1975.

李佑成, 韓國의 歷史像, 창작과 비평사, 1982.

李樹鳳, 家門小說의 硏究, 형설출판사, 1978.

林熒澤, 韓國文學史의 視角, 창작과 비평사, 1984.

張德順, 國文學通論, 신구문화사, 1963.

鄭東, 古代小說論, 형설출판사, 1966.

趙東一, 新小說의 文學史的 性格, 서울대 출판부, 1973.

──, 韓國小說의 理論, 지식산업사, 1977.

──, 한국문학통사 3, 지식산업사, 1984.

──, 한국문학통사 4, 지식산업사, 1986.

崔元植, 民族文學의 論理, 창작과 비평사, 1982.

──, 韓國 近代小說史論, 창작과 비평사, 1986.

崔珍源, 國文學과 自然, 성대 출판부, 1977.

河東鎬, 韓國近代文學의 書誌 研究, 깊은 샘, 1981.

───, 近代 書誌攷拾集, 탑출판사, 1986.

R.Escarpit, 민희식·민병덕 역, 문학사회학, 을유문화사, 1983.

Jauß.H.R, 장영태 역, 挑戰으로서의 文學史, 문학과 지성사, 1985.

Lukács.Georg, 이영욱 역, 역사소설론, 거름, 1987.

Watt.Ian, The Rise of the Novel, London Penguin Books, 1963.

(2) 論文

姜玲珠, 「愛國啓蒙期의 傳記文學」(전환기의 동아시아 문학, 창작과 비평사, 1985.)

具滋興, 「新文學期 以後의 春香傳 研究」(연세대 교육대학원 석사논문, 1976.)

權純肯, 「딱지본 古小說의 수용과 1920년대 小說大衆化論」(陶南學報 10집, 도남학회, 1987.)

───, 「1910년대 古小說의 부흥과 그 통속적 경향」, (民族史의 展開와 그 文化, 창작과 비평사, 1990)

金時鄴, 「근대민요 아리랑의 성격 형성」(전환기의 동아시아 문학, 창작과 비평사, 1985)

金基鎭, 「大衆小說論」(東亞日報 1929.4. 14. ~ 4. 20.)

金容德, 「韓國傳記小說研究」(한양대 박사논문, 1986.)

金鐘澈, 「無情의 系譜」(先淸語文 16·17집, 서울대 사대 국어교육과, 1988.)

金興圭, 「申在孝 改作 春香歌의 판소리史的 位置」(韓國學報 10집, 일지사, 1978.)

박일용, 「조선후기 애정소설의 서술시각과 서사세계」(서울대 박사논문, 1988.)

박현채, 「해방 전후 민족경제의 성격」(한국사회연구 1, 한길사, 1983.)

朴熙秉, 「春香傳의 歷史的 性格 分析」(전환기의 동아시아 문학, 창작과 비평사, 1985.)

白樂晴, 「歷史小說과 歷史意識」(韓國近代文學史論, 한길사, 1982.)

徐大錫, 「劉忠烈傳의 종합적 고찰」(한국고전소설연구, 새문사, 1983.)

禹快濟, 「舊活字本 古小說의 출판 및 연구 현황 검토」(古典小說研究의 方

向, 새문사, 1985.)

尹用植, 「申在孝 판소리辭說과 李海朝 판소리系 作品과의 比較 硏究」(서울
　　　대 석사논문, 1982.)

李能雨, 「古代小說 舊活字本 調査目錄」(淑明女大論文集 8집, 1968.)

李瑞求, 「冊房歲時記」(新東亞 1968. 5월호)

李完宰·金容德, 「韓國傳記關係文獻資料調査」(韓國學論文集 6집, 한양대
　　　한국학연구소,1984.)

李永伸, 「國外遠征 軍談小說 硏究」(한국학대학원 석사논문, 1982.)

李銀淑, 「活字本 新作舊小說에서의 愛情小說 硏究」(한국학대학원 석사 논
　　　문, 1986.)

張孝鉉, 「六美堂記의 작자 再論」(古典小說硏究의 方向, 새문사, 1985.)

丁奎福, 「秋風感別曲의 新硏究」(大東文化硏究 20집, 성대대동문화연구원, 1986.)

趙璣濬, 「開化期의 書籍商들」(月刊 中央 1970. 9월호)

趙潤濟, 「春香傳 異本考」(校註 春香傳, 을유문화사, 1957.)

崔雲植, 古小說의 異本 硏究(국제대학논문집 13집, 1985.)

河東鎬, 「開化期 小說의 發行所·印刷所·印刷人考」(出版學 12집, 출판학
　　　회, 1972.)

제Ⅱ부 活字本 古小說의 변모와 지향

『秋風感別曲』의 근대적 지향

1. 머리말

고소설은 신소설의 출현에도 불구하고 문학사에서 사라지지 않았다. 오히려 신식활자의 출현으로 활발하게 출판되었고 널리 읽혔다. 그것이 이른바 '활자본 고소설'이다. 당대가 안고 있는 문제를 제대로 해결했는가는 회의적이지만 신소설이나 근대소설보다 많이 읽혔던 것은 사실이다.[1]

신문학기의 고소설이 당시 어떻게 문학적 대응을 이루었는가를 검토해야 할 필요가 여기에 있다. 봉건해체기 시정인의 등장과 함께 문학사의 전면에 부각된 소설장르는 역동적인 그 시대의 모습을 담기에는 충분했으며 '소설 시대'라고 불릴[2]만큼 주도적인 위치를 담당하고 있었다. 그러나 자발적인 역사발전에 의해 추진돼 오던 근대화 내지는 자본주의의 맹아가 서구열강

---

[1] 당시의 자료를 보면 가장 많이 읽히는 책이 활자본 고소설임을 알 수 있다. 특히 八峰 金基鎭에 의해서 많이 읽힌다는 점을 고려해 대중소설의 대안으로 등장했다는 점은 주목할 필요가 있다. 그의 「大衆小說論」(『東亞日報』, 1929. 4. 14 ~ 4. 20)을 참고하기 바란다.

[2] 조동일, 『한국문학통사』3 (지식산업사, 1984)에서 '소설시대'라는 명칭을 사용하고 있다. 그것은 고소설이 봉건해체기의 가장 주가 되는 갈래라는 문학사적 관점 때문일 것이다.

및 일본 제국주의의 침입으로 좌절당하고 오히려 봉건지배체제가 온존한 가운데 그릇된 방향으로 전개되었다. 봉건해체기의 중요한 장르인 고소설 역시 서구와 일본의 충격으로 근대로의 마땅한 대안을 마련하지 못한 채 대부분이 독자의 흥미에 영합하는 상업물로 전락하게 되었다. 물론 당시의 신소설도 겉으로는 개화와 신문명을 내세워 근대적 모습을 보인 것처럼 위장했지만 사실은 봉건이념을 옹호하고 외세를 허용하는 부정적 모습을 보여준 것이 사실이다.

이런 전반적인 문학사의 판도를 살펴볼 때 바람직한 근대지향의 대안이 무엇이냐는 것은 실로 중요한 문제가 아닐 수 없다. 그 대안을 신문학의 모습 속에서 검토하는 것도 중요하지만 봉건해체기부터 지속되어 오던 고소설의 연장선상에서 살펴보는 것은 근대로의 연결고리를 해결할 수 있기에 더욱 값지게 보인다.

활자본 형태로 출간된 '신작구소설'『秋風感別曲』[3]은 이런 면에서 중요한 작품이다. 이 소설은 봉건말기인 19세기를 배경으로 하여 봉건적 질서가 갖는 모순과 그것에 대항하여 싸우는 젊은 남녀의 모습을 보여주고 있는 작품이다. 이 작품의 중요성은 애정문제를 통하여 봉건말기의 혼란된 세계 속에서 근대의 지향을 보여주었다는 점이다. 그것을 쉽게 '反封建性'이라 부를 수 있지만 그 실체 혹은 구체적 해명을 통하여 당대 모순의 핵심과 근대적 대안이 무엇이었냐를 찾아볼까 한다.

---

3) 대부분의 논자들이 19세기에 지어진 고소설로 파악하고 있으나, 정규복은 「秋風感別曲 의 新研究」(『大東文化研究』20집, 성대 대동문화연구소, 1986에서 이 작품이 1910년대 에 창작되었다는 것과 표제가 '신소설'로 되어 있는 사실을 들어 '신소설'로 정의하고 있 어 주목된다. 한편 조동일, 『한국문학통사』4 (지식산업사, 1986), p.341.와 이은숙, 「활 자본 신작구소설에서의 애정소설연구」(정신문화연구원 석사논문, 1986)에서 '신작구소설' 로 정의하고 있어 필자도 그 용어를 택한다. 용어에 대한 정의 보다 그 작품의 근대성이 무엇이냐는 구체적 해명을 이 글의 목표로 한다.

이 작품은 1910년대에 활자화된 소설이다. 당시 신문학의 모습을 띄고 범
람하던 통속애정소설의 물결[4]속에서 문학사적 의미를 올바르게 파악하는
것도 중요하리라 본다. 더욱이『春香傳』과 비교해 '南北相對'한 작품이라고
하는데[5]그 구체적 실상을 밝히는 것도 이 글을 통해 이루어질 것이다. 그럼
으로써 당대에 "『춘향전』은 음탕교과서오『심청전』은 처량교과서오『홍길
동전』은 허황교과서"[6]라고 부정됐던 고소설의 전통단절을 어느 정도 극복
할 수 있는 대안을 찾아볼까 한다.

2.『秋風感別曲』의 형성과정

『秋風感別曲』은 1912년에 처음으로 新舊書林에서 간행되었다.[7]고 소설
의 형태로 씌어졌지만 19세기에 창작된 것이 아니라 1910년대에 작품으로
형성되었다. 그러면 이 작품이 어떤 과정을 거쳐 활자본 고소설로 형성되었
으며 각 이본과의 관계는 어떤가? 또 필사본이 남아 있는데 그것의 형성시
기는 언제인가? 이런 여러 가지 문제의 해결을 위해 서지적인 작업부터 하
기로 한다.

우선『秋風感別曲』의 형성과정을 생각해 보자. 다음과 같은 작사의 후기
가 있어 주목된다.

---

4) 남녀이합을 주로 다룬 신소설 중에 특히 두드러지는 것은 번안소설『長恨夢』이다. 이
　점에 대해서는 최원식, 「長恨夢과 위안으로서의 文學」(『民族文學의 論理』, 창작과
　비평사, 1982)이 참고가 된다.
5)『彩鳳感別曲』(博文書館, 1913), 앞 장.
6) 이해조의 「자유종」에 나오는 말이다.
7) 정규복, 앞의 글에서 여러 이본의 자세한 발간연대를 고증하였다.

저쟉ᄌ 가로되 평양에 추풍감별곡이 류젼ᄒ미 오리되 그 **실ᄉ는 업고 감별곡만 잇스니** 비유컨더 실ᄉ는 ᄲ리요 감별곡은 열미라 ᄲ리업는 열미가 되믈 이석ᄒ온지 오리다가 이제 문쳐에 천담홈과 필법에 로둔ᄒ믈 도라보지 **안니ᄒ고 혹 듯기도 ᄒ고 혹 ᄎᆡᆨᄌ에서 본 거슬 챵쟉ᄒ야** 한 ᄲ리를 믿드럿스나 가위 우수마발이라 웃지 붓그럽지 안이ᄒ리요 열람ᄒ시는 동포ᄌ미는 힝물후 초ᄒ시믈 바라나이다.8) (강조 인용자)

「추풍감별곡」9)은 대표적 잡가로서 평양지방에서 널리 불려지던 노래다. 그런데 이 노래의 실사(實事, 즉 사연)는 없고 노래만 있어서 이에 사연을 적는다고 한다. 말하자면 노래에 얽힌 이야기를 만들어 낸다는 말이다.

'혹 듯기도 ᄒ고', '혹 ᄎᆡᆨᄌ에서 본 거슬'창작했다고 하는데 그 구체적 내용은 무엇인가? 들었다는 것은『추풍감별곡』에 얽힌 사연이 이야기로 전해 내려온다는 것임이 분명하다. 1925년에 나온 崔永年의『海東竹枝』에서는 평양기생 姸姸紅이 언약을 지키지 않은 관찰사를 그리워하며 「추풍감별곡」을 지어 불렀다고 했는데, 그런 설화를 적극적으로 개작했을 가능성이 크다.10)

그러면 책자에서 본 것은 무엇인가?『秋風感別曲』과 많이 논의되던 중국 明代의 소설집인 今古奇觀의『王嬌鸞百年長恨』이라 하나11) 국내적인 연

---

8)『秋風感別曲』(서울, 新舊書林, 1912), pp.126~127.

9) 노래는 소설과 구별하기 위해 한글로 표기한다.

10) 조동일,『한국문학통사』4, p.340.

11) 金台俊의『朝鮮小說史』이래 많은 연구자들이 중국소설과의 비교에 연구의 초점을 맞추고 있다. 金台俊은『王橋鸞百年長恨』의 번안이라고 했으나 金起東은「彩鳳感別曲의 比較文學的 考察」(『東大論文集』(1), 1960)에서는 이를 부정했으며, 李相翊은「彩鳳感 別曲과 王橋鸞百年長恨」(『蓮蒲異河潤先生華甲論文集』, 1966)다시 번안설을 주장했다. 정규복, 앞의 글, p.51.에서도『王橋鸞百年長恨』이라고 하나 어느 한 작품으로 고정시킨 다는 것은 무리한 결론이다. 여러 애정소설의 방식을 다양하게 받아들였다고 봐야 한다. 그것이 문제가 되는 것이 아니고 어떤 문제의식을 다루었느냐가 중요하다. 필자는 이 점을 집중적으로 거론할까한다.

원도 고려해 볼 수 있다. 金時習의『李生窺牆傳』과는 부모 몰래 젊은 남녀
가 애정을 나눈다는 점에서 상당히 유사하다. 이런 애정방식 뿐이 아니라 한
시를 주고 받는 것도 점에서도 일치한다. 하지만 단정할 수는 없다 애정소설
의 여러 형태를 두루 받아 들였을 것으로 생각된다.

봉건체제의 모순을 드러내어 근대지향을 보였다는 점에서 본다면『春香
傳』과 짝을 이루는 작품이다. 즉 봉건제의 모순 속에서 자유로운 애정추구
를 통해 근대지향을 획득했다는 점에서 가장 관계가 깊다. 博文書舘본의 앞
장에 보면 다음과 같은 글이 있다.

感別曲은 平壤情波의 結晶이라 久히 同地에 傳ᄒ야 或 彩鳳傳이라 ᄒ
며 或 秋風感別曲이라 ᄒ야 **南原의 春香歌와 南北相對**ᄒ야 實로 昔年
未來戀情史의 代表的小說이더니 今의 其舊本을 得ᄒ야 修正을 略加하
고 更題ᄒ야 曰彩鳳感別曲이라 ᄒ야 玆에 世에 聞ᄒ노니 噫라 彩鳳의 幾
多奇遇險境과 感淚貞懷가 其將此書에셔 流露ᄒ린뎌 (강조 인용자)

大正三年 桃天之月 編者書12)

이 글을 보면『春香傳』을 상당히 의식했음을 알 수 있다. '南北相對'한
작품이라고 한다. 애정소설이라는 것이 그렇고 봉건제의 모순을 배경으로
삼았다는 점에서도 일치한다. 판소리계 소설인『春香傳』이 전라도의 향토
색을 나타냈다는 점이나『秋風感別曲』이 서북지방 특히 평양을 무대로 했
다는 점에서 모두 봉건지배층으로부터 소외된 지역이라는 공통점이 있다.
근대적 애정추구라는 점에서 이 두 작품은 공통점이 있다.

결국『秋風感別曲』은 가사「추풍감별곡」을 매개로 하여 기생과의 연정
을 다룬 설화를 바탕으로 애정소설의 다양한 방식을 취하여 형성되었지만,

---

12)『彩鳳感別曲』(博文書館, 1913), 앞장

봉건제 사회의 모순 속에서 애정을 추구한다는 문제의식은 『春香傳』과 일
맥상통한다고 할 수 있다. 이런 문제의식은 뒤에서 다시 다루기로 한다.

창작시기는 1910년대, 新舊書林本을 기준으로 하면 1912년에 형성되었다
고 하겠다. 이본을 모두 6종이 있다. 각 이본과의 관계는 다음과 같이 도
식13)할 수 있다.

　　① 新舊書林本(1912) → ④ 博文書舘本(1913)
　　　　　↓　　　　　　　　　↓
　　② 以文堂本(1927)　　⑤ 필사본(?)
　　　　　↓
　　③ 世昌書舘本(1952)

즉 新舊書林本을 母本으로 하여 以文堂本이나 世昌書舘本은 내용이 거
의 일치하며, 博文書舘本은 章回體로 서술을 바꾸었다. 각 이본의 검토 결
과 수용양상의 차이를 고려할 만한 이본과의 변별적 자질을 존재하지 않는다.
다만 章回體로 바꾼 博文書舘은 출판법이나 판권의 문제14)가 있기도 하지
만 더 중요한 것은 많은 독자를 끌어들이고자 하는 상업적 의도 때문이다.

"신소설의 도래와 함께 구소설은 그 형태를 '回章體'로 바꾸었으며, 신문
의 한 귀퉁이에 「詞藻」란과 「章回小說」란 같은 것이 있어서 이로써 독자의
문학적 취미를 만족시켰다"15)는 점을 생각한다면 독자를 확보하기 위한 출
판상의 기술로 봐야겠다.

---

13) 정규복, 앞의 글, p.59.에서 이와 같이 결론지었고 필자도 각 이본을 검토한 결과 동
　　일한 결과를 얻을 수 있었다. 작품의 인용은 世昌書舘本으로하며 괄호 속에 면수만
　　표시한다. 띄어쓰기는 필자가 하도록 한다.
14) 같은 글, p.55.
15) 金台俊, 『朝鮮小說史』(서울, 學藝社, 1939), p.240.

필사본의 경우 章回로 나누어지진 않았으나, 내용을 보면 博文書舘本의 필사임을 쉽게 알 수 있다. 내용이 거의 일치하며, 博文書舘本에 있는 내용이 필사본에 빠져서 문맥이 자연스럽게 연결되지 않고 있는 점을 보면 필사자의 실수로 빠진 것임을 알 수 있다.

이로써 형성과정이나 이본과의 관계는 어느 정도 해명됐으나 그것이 과연 고소설인가 하는 점은 또 다른 문제로 남는다. 新舊書林本이나 博文書舘本에는 표제가 각각 '新小說 秋風感別曲', '新小說 正本 彩鳳感別曲'으로 표기되어 있다. 오히려 후대본인 以文堂本이나 世昌書舘本이 '古代小說 秋風感別曲'으로 표기되어 있다.

이 경우 구소설과 신소설을 가리는 근거가 필요한데 시대배경, 문체, 주제 등을 포괄하는 의고성을 그 근거로 제시하지만[16] 신작구소설의 작품들은 잘 맞지 않는다. 『秋風感別曲』의 경우도 시대배경만 19세기지 문체나 주제는 근대적이다. 신작구소설의 경우 신소설과 장르구분이 모호하고 서로 간에 장르혼합의 양상을 보이고 있는 것이 문학사의 실상이다.

문제는 고소설이나 신소설이라고 하는 장르구분보다 개별 작품의 의미를 온전히 파악하는 일이다. 그럼으로써 문학사의 위상을 정립하는 것이 무엇보다도 중요하다. 필자는 『秋風感別曲』을 일단 고소설의 연장선상에 놓고 그 작품적 성격을 근대지향의 문제와 결부시켜 파악하고자 한다.

3. 인물대립 양상과 애정추구의 의미

우선 작품의 전반적인 줄거리를 보면 다음과 같다.

---

16) 이은숙, 앞의 논문, p.15.

평양에 사는 김진사의 딸 채봉이는 후원에서 秋色을 구경하다 강필성을 만나고 서로 좋아하게 되어 부부가 될 것을 약속한다. 채봉의 어머니인 이 부인도 기꺼이 승낙하고 혼약을 맺기로 약속한다. 한편 사위도 볼 겸 벼슬도 알아볼 겸 서울에 올라갔던 김진사는 당시 세도가 허판서에게 돈 만냥을 바치고 과천 현감을 벼슬자리를 사고 딸을 허판서의 첩으로 줄 약속을 하고 내려온다. 그래서 식구들을 데리고 상경하나 채봉은 도중에서 도망쳐 나오고 김진사 내외는 화적을 만나 재산을 몽땅 털린다. 나머지 5천냥도 바치지 못하고 딸까지 잃어버린 김진사는 허판서의 옥에 갇히게 되고 이부인은 채봉을 찾으러 평양으로 내려온다. 채봉은 재상가의 첩으로 들어가는 것을 한사코 반대하고 몸을 팔아 기생이 되어 몸값 5천냥을 이부인에게 준다. 松伊로 이름을 바꾼 채봉은 강필성과 화답한 한시 구절을 문제로 내어 강필성을 다시 만나게 된다. 채봉의 재능을 인정한 평양감사 이보국은 채봉을 면천시켜 서기로 일하게 하고, 이것을 알게 된 강필성도 이방으로 들어오게 된다. 결국 이 둘은 감사의 주선으로 부모를 찾아 혼례를 올리게 된다.

이 작품은 봉건말기 세도정치가 극심했던 19세기를 배경으로 하고 있다. 그런 점에서 봉건제의 모순을 첨예하게 드러내고 있어 주목된다. 19세기는 조선봉건체제가 심한 세도정치의 등장으로 인해 보수화하고 타락한 말기적 현상을 보이던 시기다.

순조, 헌종, 철종의 3대 60여년간 행해진 안동 김씨의 세도정권은 끊임없이 지속되어 오던 봉건체제의 몰락과 민중세력의 성장에 불안한 나머지 더욱 보수적인 길을 선택함으로써 근대적 지향을 철저히 억제했으며, 한 가문의 이익을 위하여 권력을 행사했다. 자연 부정, 부패가 극심했으며, 매관매직이 공공연히 행해졌고, 관직을 산 수령들은 삼정의 문란으로 표현되는 농민 수탈을 통해 그 보상을 철저히 받았다.

작품 내에서도 김진사가 돈을 싸들고 벼슬자리를 사기 위해 서울로 올라간다. "이 째 김진사는 서랑도 듯볼겸 **환로에 유의하야 다수한 재산을 가지고** 서울로 올라와 세력가을 차질제 당시하야 허씨가 제일 세력가로 조정이 붓좃는 배라"(p.17)하여 그에게 벼슬을 사려고 한다. 매관매직이 얼마나 공공연히 행해졌는가를 알 수 있다.

또 세도가의 하수인이 다리를 놓아 벼슬을 사는 모습을 자세히 보여주기도 한다. 김진사는 과천현감을 사기 위해 만냥을 바친다.

> 허판서가 다시 진사를 처다보고 사람되미 단아한 선비로 되엿군 그래 어대 수령 하나 하기가 원이라지 위선 시험겸 조금아한 과천 현감을 하야 볼까 미상불 과천이 조치 **울고 드러가서 웃고 나온다**는데 김진사는 무삼 영문인지도 모르고 감나히 섯는데 김양주가 뭇는다 지금 과천이 공관이 온닛가 (허) 응―과천 현감이 청원을 햇지 (김양주) 가격은 얼마를 예산하심닛가 (허) **만냥** 하나는 잇서야 할 걸 (p.23) (강조 인용자)

매관매직하는 장면을 자세히 보여준다. '울고 드러가서 웃고 나온다'는 것은 돈을 내고 벼슬을 살 때는 아깝지만 임기가 끝날 때는 그 이상의 돈을 벌어서 나온다는 얘기다. 그 보상이 민중을 수탈한 결과임은 말할 것도 없다.

1) 인물의 대립양상

『秋風感別曲』이 봉건말기의 부패·타락한 시대를 배경으로 하고 있다는 것은 살펴봤다. 작품에 등장하는 인물 역시 그 시대와 무관하지 않다. 오히려 당대를 살아가는 여러 모습을 전형적으로 그려내고 있다.

등장하는 인물을 크게 두 부류로 나눌 수 있는데 하나는 강필성과 채봉으로 대표되는 젊은 세대이고 또 다른 하나는 허판서, 김양주, 김진사로 대표되는 보수적인 봉건지배계층의 여러 모습이다. 말하자면 인물의 대립양상을

통하여 낡고 보수적인 봉건지배층과 비판적이고 진취적인 젊은 세대의 모습
을 부각시켰다 하겠다.

(1) 비판적이고 진취적인 젊은 세대 ― 채봉·강필성

우선 채봉을 보자. 평양부중에 사는 김진사의 외동딸이다. 사족 신분의 여
자로 "화용월태는 목단화 앗참 이슬을 먹음은 듯 문장은 리두를 싸르고 녀
공은 쇼약낙을 묘시할 만하다"(p.2)고 한다.

이런 묘사를 보면 다른 고소설의 여주인공과 별로 차이가 없게 보인다. 그
런데 이런 채봉이 강필성을 알게 되면서 변화를 일으킨다. 우선 강필성과 만
나는 장면을 보자. 시비 추향이를 데리고 동산에 오라 갔다가 담안을 엿보고
있는 강필성과 눈이 마주친다. 거기서 좋아하는 감정이 생기게 된다. "십팔
세 가량 된 소년 하나이 의복을 선명히 하고서 규시(窺視)를 하는데 얼골은
백옥이오 풍채는 두목지라 **한번 보매 마음에 반가온 생각이 잇으나** 아녀
자에 마음이라 만면통홍(滿面通紅)이 되었"(p.3)다고 한다. 첫눈에 반했음을
보여준다.

그래서 강필성이 자신을 받아달라는 말에 "전일군자게 증여하신 싯귀도
잇지 안이하시고 잇사오며 겸하야 추향에게 드른 말도 잇사오니 웃지 다른
말삼 하오릿가 군자난 댁으로 도라 가시여서 매파을 보내시여 통혼하시미
조홀 듯 합니다."(p.11)한다. 이미 마음을 정했다는 말이다. 시구란 강필성이
구혼하는 내용을 담은 칠언절구의 한시다. 부부의 인연을 맺자는 내용인데
그것에 대해 채봉은 완곡하게 승낙의 뜻을 표시한다.

이런 행위는 자유로운 개성의 표현이라고 볼 수 있다. 즉 자신의 감정이나
의사에 따라 좋아하게 되고 부부의 인연을 맺고자 한다. 여기까지는 별 문제
가 없다. 적극적인 성격으로 변모하는 것은 아버지인 김진사의 태도 때문이

다. 김진사가 권세가 허판서의 첩으로 자신을 준다고 하자 조금도 서슴지 아니하고 거부의 뜻을 밝힌다.

리부인을 처다보고 여보 마누라 참―그 애기야말로 인제는 여공을 배여도 쓸 째가 업구료 침모가 잇서서 다 해서 밧칠 터이니 하는데 **채봉은 얼골 양협에 도화긔운을 찍엿더라** 김진사가 다시 채봉을 처다보며 아가 너어 재상에 별실이 조흐냐 려렴집 부인이 조흐냐 아비 어미 잇는데 붓그러울 것인니 네 소원 째로 말하라 이런 말에 대하야 조금이라도 붓그러운 마음이 잇스며 무어시라 개구를 하야 대답하리요마는 채봉은 속에 잇슬 뿐외다 김진사 내외 하는 말을 드른 터이라 **조금도 서슴지 아니하고 차라리 닭에 입이 될지언정 소에 뒤 되기는 원하지 아니 하옵나이다** (p.28,)(강조 인용자)

부모의 말에 노골적으로 불쾌감을 표시하고 닭의 입(여염집 부인)이 될지언정 소의 뒤(재상의 별실)가 되지는 않겠노라고 강경하게 말한다.

여기서 부모에게 무조건 복종해야 된다는 가부장적 권위에 대한 반발을 엿볼 수 있다. 더욱이 그것이 봉건말기의 부패, 타락한 현상인 매관매직에서 비롯된 것이기에 그 의미는 더욱 크다. 채봉의 반발은 개인의 자유의사나 행복을 무시하는 보수적인 가부장적 권위에 대한 도전이며 더 나아가 무너져 내리는 봉건윤리를 떠받치고 있는 이미 낡아빠진 이념에 대한 저항이다.

그래서 김진사도 "허허허 그 자식 네가 남의 별실 구경을 못해서 이런 소리를 하나보다 만은 세상에 호강은 쏘 업느니라"고 말을 얼버무린다. 이 대답은 거꾸로 새로운 기운에 무너져 내리는 봉건윤리의 모습을 단적으로 보여주는 증거가 될 수도 있다.[17)]

---

17) 이 작품의 결말이 젊은 세대의 승리로 귀결된다는 점을 주목하자. 이 점은 뒤에서 자세히 언급하기로 한다.

채봉의 일차적인 행동은 서울로 가는 도중 도망하는 것으로 나타난다. 이미 시비인 추향과 약속을 하고 뒤를 밟아오라고 부탁을 했다. "그러시면 진사님과 마님게서 오작하시겟슴닛가 자손되여서는 부모에 쯧을 질기여야 하오니 생각을 돌니소녀(p.30)"하는 추향의 말에 "오냐 그러면 고만 두어라 나는 네가 업던지 잇던지 몸을 서울까지 안이가고 말 쩌시니"(p.30)할 정도로 굳은 결의를 보여준다. 부모를 따라가서 재상가의 첩으로 들어가는 것이 효를 실천하는 길이고 그것이 자식된 도리란 것을 이미 낡아빠진 봉건윤리일 뿐이다. 더욱이 그것이 잘못된 길이기에 더욱 문제가 크다. 채봉은 과감히 이를 거부한다.

결국 부모는 화적을 만나 재산을 털리고 허판서를 찾아 평양까지 내려온 이부인에게 돈 5천냥을 마련해주기 위해 자신은 기생이 된다. 그것이 올바른 방법으로 부모를 돕는 길이다. 기생이 되겠다는 채봉의 말에 이부인은 서울로 올라가자고 하지만 채봉은 "나는 기생이 될지언정 재상에 별실 소원이 아니요"(p.39)라고 자신의 의지를 실천해 나간다.

기생이 되겠다는 것은 무엇인가? 옥에 갇힌 아버지를 빼오기 위한 편법[18]이면서 재상의 첩이 되는 길을 막을 수 있는 유일한 방법이다. 재상가의 첩은 호강은 하지만 대등한 인간관계로 맺어진 사랑은 아니다. 반면 기생은 비록 천민의 신분으로 떨어지더라도 자신의 사랑을 지킬 수 있는 여지가 있다. 또 강필성을 만나 사랑을 이룰 수 있는 가능성이 있는 것이다.

여기서 채봉이라는 인물이 주어진 상황에 얼마나 적극적으로 대처하는가를 알 수가 있다. 기생을 주인공으로 한 동시대의 애정소설[19]처럼 주체적

---

18) 옥에 갇힌 아버지를 빼오기 위해 기생이 되는 것은 **봉건윤리인 효**와는 다른 것이다. **인간적인 차원에서의 효**라고 할 수 있다. 즉 위급한 상황에 처한 아버지를 구하기 위한 편법인 것이다.

19) 같은 시기에 나온 신작구소설 『부용상사곡』·『청년회심곡』 등이 그 예에 해당된다.

변화가 없고 사랑하는 님이 과거에 급제해 자신을 구출할 때만 기다리는 것이 아니라 주체적으로 상황에 대처하고 변화해 간다. 채봉은 어느 한 순간이라도 고정돼 있는 인물이 아니라 항상 움직이는 역동적인 인물임을 알 수 있다.

기생이 된 채봉은 이름을 松伊로 바꾼다. 송이란 절개를 뜻하는 말이다. 하지만 봉건적 의미의 烈은 아니다. 사랑하는 남자와의 약속을 위해 자신의 정절을 지킨다고 할 수 있다.

기생이 되자 여염집 여자와는 달리 신분상의 위치와 거기에 따르는 대우가 달라진다는 것도 견디기 어려운 상황이다. 힘들게 만난 강필성도 "전일에는 규수라 함부로 말 못하였지마는 오늘은 송이로 대접 할 수 밧게 업네 신분을 짜라서 대우하랴잇가"(p.43)할 정도로 세상은 냉정하다.

기생이 된 것이 단순히 님을 만나기 위한 허구적 장치에 불과한 것이 아니라 사랑을 이루기 위해 따르는 고통을 감수해야 하는 현실적 절박함을 보여준다. 심지어 사랑하는 남자조차 자신을 천한 기생으로 여기어 대우할 정도다. 이 암담한 비극은 사랑을 이루기 위해 자신이 선택한 것이고 어떤 구원자도 없이 스스로 해결해야 되는 것이다.

송이가 推연 딘식하고 군자끠서 이처림 말삼하시나 내단 불가하외나. 첩이 전일에는 규중처녀 정실로 인정하시엿거니와 오날은 기생에 몸이 되얏사오니 웃지 정실로 인정하시릿가 내 몸은 비록 빙옥갓치 가젓사오나 첩오 비록 오날 부모로 인하야 몸이 기생으로 팔니엿사오이 몸이 일만 번 죽어 수화에 들지라도 수절(守節) 이짜를 직키리니 바리지 아니하시고 부실로 정하세도 은혜를 잇지 못하겟나이다. (p.44)

문맥 그대로 보자면 부실로라도 들어가겠다는 것이니 이제까지 싸워온 것이 의미가 없게 된다. 하지만 사실은 사정이 이렇게 된 것이 둘의 사랑을 지키기 위해 어쩔 수 없이 택한 방편임을 역설하는 말이다. 그래서 강필성도 "정처로 맞을 거시라"고 자신의 의사를 재차 밝힌다. 또 강필성이 어려운 형편을 들어 면천시키기 어렵다 하자 송이는 "그는 넘려마시오 첩이 형편 보와서 추신하리니"(p.46)하고 자신의 의지를 밝힌다. 자기 스스로의 힘으로 기생의 처지를 면하겠다고 하는 말이다.

적극적이고 진취적인 여성의 모습을 확인할 수 있다. 기생이야기를 다룬 애정소설의 경우 상대방이 과거에 급제해 구해줄 때만 기다리고 있는데 여기서는 본인의 적극적인 실천으로 사랑을 이루어 나간다.

물론 평양감사 이보국의 등장으로 어려운 문제가 해결되지만 그가 절대적인 구원자는 아니다. 기생인 송이 스스로가 문제를 해결하려 했던 적극성을 인정해야 한다. 기생을 면하고자 주체적인 노력을 기울인 결과라고 할 수 있다.

평양감사가 자신을 부른다는 말을 듣고 "속으로 올타 오날이야 이 군혈을 버스리로다 하고 즉시 사자(使者)를 따라"(p.47)간 것을 보아도 알 수 있다. 송이가 예상 못한 의외의 행운이 주어진 것이 아니라 이미 기회를 기다리고 있었다고 봐야 한다. 그래서 감사가 자신의 일을 도와달라는 말에도 "만심환희하야 이러 절하며 천기를 불상이 넉이사 이갓치 하해지택을 내리사 건저주고자 하시니 배골이 진퇴되여도 잇지 못하겟사오나 몸갑시 잇사오니 봉행못할가 하나이다"(p.5)하고 구체적으로 몸값을 얘기한다. 일종의 계약인 셈이다. 자신을 고용해 부리려거든 몸값을 내여 기생의 신세를 면하게 해달라는 것으로 해석된다.

그러면 여기에 짝을 이루는 강필성은 어떤 인물인가? "선친께셔난 일즉이 션천군수로 계시다 도라가시고 편모시하에 지금까지 입장을 못"(p.5)한 "대동문 밧 사난"을 몰락한 향반의 후예다. 김진사의 딸 채봉과 혼사얘기가 나왔을 때도 필성모가 "네나히 직금 십팔셰라 그런 생각이 업겟는냐마는 김진사 집과 우리 문벌은 상당하지마는 빈부가 판이하니 질기여 우리와 결친코자 하겟난냐"(p.5, 강조 인용자)고 난색을 표명할 정도로 가난했음을 알 수 있다.

당대는 봉건해체와 더불어 상업이나 수공업의 발달 등 자본주의의 맹아가 싹틀 무렵이다. 문벌보다는 빈부의 격차가 중요한 문제로 대두되고 있음을 알 수 있다. 이부인이 서울서 돌아온 김진사에게 대동문 밖에 사는 강선천의 아들과 혼사를 정했다고 말하자 "강선천 아달과 정햇셔—거지 다된 것하고 흥"(p.27)하고 무시한 것을 보더라도 강필성의 집안은 상당히 몰락한 향반의 처지임을 알 수 있다.

대개 몰락한 양반의 경우 벌렬층이나 세도정권의 등장과 함께 정권에서 영원히 소외되어 窮士로서 남게 되는데 이들은 대개 시대의 흐름과는 무관하게 보수적이고 퇴영적인 모습을 보이기 쉽다. 이른바 '딸각발이'라고 부르는 봉건말기의 꾀죄죄한 선비가 바로 그들이다. 강필성의 집안도 이런 부류에 해당된다. 그런데 강필성은 그렇지 않다. 채봉과 마찬가지로 봉건적 윤리에 얽매이지 않고 개성을 소중히 여기며 그에 따라 적극적으로 행동하는 인물이다.

처음에 채봉을 보고 마음에 늘자 "백년을 해로하미 평생 소원"(p.10)이라고 당당하게 말해 응낙을 받아낸다. 또 김진사가 서울서 내려오면 혼인을 하려니 생각하고 있다가 아무 말 없이 식구를 데리고 서울로 올라갔다는 말을 듣고 "세상에 인심은 난측이로다 하고 마음을 단단히 먹고 단렴하"(p.41)지만 채봉이 기생이 된 사연을 듣고는 오해를 풀고 정처로 맞을 것을 다시 약속한다.

자네는 넘녀말게 자네 마음이 이러할진대 나도 정남(貞男)잇자를 가저 서로 저바리지 아니 할거시오 쏘 비록 자네에 몸이 일시 액운으로 락명이 되얏스나 나는 정처(正妻)로 마질 거시라. (p.44)

부모의 동의 없이 이러한 결단을 내린 것은 파격적이지 않을 수 없다. 그만큼 낡은 봉건규범보다는 사랑과 신의를 소중히 여긴 결과이다.

그래서 채봉이 기생을 면하고 평양감사의 서기로 일하고 있다는 소식을 듣자 거리낌없이 이방을 자처해 사랑하는 여자를 만나려는 적극성을 보인다.

송이가 리감사에 압헤서 감사에 지위를 바다 공사를 처리한다는 말을 듯고 속으로 송이 보랴면 리방을 다니면 쉬우리로다 하고 엇더케 운동을 하얏든지 리방을 피입하고 검사에게 현신(現身)하니 (p.47)

이방은 대개 중인계층에서 하는 직업이다. 비록 몰락했지만 양반은 자신의 자존심 때문에 하지 않는 경우가 일반적이다. 감사가 강필성을 보고 "송이를 보기 위하야 리방천역을 자원"(p.61)했다고 할 정도다. "리방천역'이란 말을 주목해 보자. 당당한 벼슬의 입장에서 보면 지방관아의 아전은 양반이 하면 욕되는 일에 불과하다. 그러나 당시의 사정은 어떤가? 대부분의 양반들이 구체적인 생업에 종사할 명분이 없이 낡은 봉건이념만을 고수하여 궁색하게 책만 읽었을 뿐이었다. 그렇다고 과거를 통해 인재로 등용될 수는 없었다.

작품 내의 문학적 질서를 따른다면 사랑하는 사람을 만나기 위한 행위이지만 좀더 확대해서 살펴보면 신분제의 동요로 인한 몰락한 양반의 구체적 일거리일 수도 있다.[20] 과거는 이미 그 부패와 타락의 도를 넘어서 아무런

---

20) 19세기에 신분제가 붕괴되면서 양반이 농·공·상 등 여러 직업에 종사한 것은 당연

기대도 할 수 없었고 매관, 매직이 일반화된 상황이었다.

가능한 방법은 낡은 봉건이념을 고수하는 것이 아니라 새로운 시대의 흐름을 따라가는 것이었다. 강필성의 경우 직접 행정적이니 이방에 종사하면서 자신의 지식과 생각을 활용했다고 볼 수도 있다.

당시 지방관리와 더불어 아전들은 중간수탈자로서 역할을 했다. 특히 이방은 아전들의 가장 핵심적인 위치에 속하는 자리다. 이 자리를 강필성이 맡았다는 것은 이런 점에서 구체적 직업으로서 긍정적인 의미를 지니고 있다. 감사가 강필성을 보고 "이애 필셩아 리방이라 하든 거슨 책임이 중차대하니 아무조록 일심봉공하야 백성원망이 업도록 하여라"(p.48)는 당부는 같은 맥락에서 이해할 수 있다.

강필성은 끝내 과거시험을 통해 벼슬을 하지 않는다. 과거에 급제해 삼공육경을 두루 지내지 않는다는 것도 흥미로운 사실이다. 다만 "차후 리감사 필셩에 위인을 사랑하야 나라에 천하야 당하관(堂下官)으로 마니 지내엿더라"(p.64)한다. 채봉과 결혼할 당시도 평양부의 이방에 불과했다.

봉건체제가 그 모순을 드러내면서 붕괴되고 근대로의 이행이 진전되면서 새로운 시대적 윤리인 개성의 존중과 주체적인 삶의 방식이 이들 두 인물을 통하여 형상화되고 있다.

(2) 부패하고 보수적인 봉건지배층 ── 허판서·김양주·김진사

채봉과 강필성이 근대적인 모습을 보인 진취적 인물이라면, 허판서·김양주·김진사는 부패하고 보수적인 봉건지배층을 대표하는 인물이다. 모두가

한현상이다. 이방 같은 아전의 경우 그 조직이 있어 양반이 직업으로 선택한 것은 힘드는 일이다. 작품에서도 '엇더케 운동을 하엿든지' 이방을 피입했다고 했다.

정석종, 「朝鮮後期 社會身分制의 崩壞」(『十九世紀의 韓國社會』, 성대대동문화연구원, 1972) 참조.

봉건말기의 지배층인 양반이란 점에서 공통점을 갖지만 구체적 모습은 판이하게 다르다. 이들 세 인물이 지배층의 여러 모습을 각기 전형화하고 있어 주목된다.

허판서는 집권층 특히 세도정권의 핵심적인 위치에 있는 인물이다. "허씨 댁만 잘 다니면 삼상육경(三相六卿)이라도 할는지 모"(p.22)른다 할 정도로 당당한 세도가의 모습을 보여준다. 이런 특권을 이용해 매관매직을 일삼으며 자신의 욕심을 채웠던 것이 봉건말기 집권층의 전형적 모습이었다.

김진사에게 과천현감을 만낭에 팔고 또 그 딸까지 빼앗다시피 한다. 그런가 하면 김진사가 화적에게 재산을 다 뺏기고 왔을 때에도 욕을 해대며 몰아세울 정도로 잔인한 면모를 보인다.

> 허판서 쌈짝 놀나며 응—그게 무슨 소리야 풍파격다니 김진사 전후 말을 다하니 허판셔 별안간 눈이 실족하야지며 조금도 가이업슨 생각이 업시 허—이런 맹난한 놈 보와 제가 엇지 하던지 과천은 할 터이잇가 내려갈 째는 허락을 다하고 지금은 다른 소리를 해가며 부러 더 놀나는 체하고 대단 놀나온 말일세 그려 (p.34)

또 하인을 시켜 감금시키기까지 하며 "이놈—네 쌀를 다려오던지 그럿치 안니면 돈 오천량을 마져 밧치던지 해야 무사하리라 이놈—"(p.34)하고 닥달한다. 놀라울 정도로 부정적 인물의 전형을 잘 그려내고 있다. 이러한 허판서의 모습에는 봉건말기 권세를 휘두르며 온갖 전횡을 일삼았던 당시 집권층의 부패상이 반영되어 있으며, 허판서는 바로 집권층 양반의 전형인 셈이다.

김양주는 집권층에 빌붙어 사는 교활한 인물이다. 신분은 양반이지만 시정잡배의 인상을 풍긴다. "허씨 집 **긴한 객**"으로 "위인이 **아첨소인**으로 허씨에게 일긴하게 구어 양주목사짜지 하고 **매관매직에 제일거간**으로 재산이 거부에 이"(p. 17, 강조 인용자)른 인물이다. 세도가의 식객으로 있다가 아첨을 잘하여 양주목사가지 했다고 한다. 또 매관매직의 거간으로 재산이 거부에 이를 정도라면 권세가의 하수인으로 권력의 남용을 통해 얻어지는 중간이득을 민첩하게 취한 결과일 것이다. 작품 속에서도 세도가의 하수인 노릇을 톡톡히 해낸다.

처음 김진사가 서울에 벼슬을 얻으러 올라왔을 때에도 "김진사가 거액에 재산을 가지고 구사차 올나왔단 말을 듯고 금혈이나 엇든듯시 대단 정친히 지내며 평양으로 은근이 사람을 보내여 김진사 형편을 아라보고 올타 올타 신수가 재수 대통이라더니 금혈 하나를 맛낫도다"(p.17)고 좋아했다. 물론 자신에게 돌아올 중간이득을 치밀하게 계산한 결과이다. 그래서 김진사가 출육턱을 낸다고 하자 "속으로 돈 백이나 인정을 쓸 줄 아랏더니 술로 쩨랴 하는 거슬 보고 헷 패장을 핀"(p.19)다. 교활하고 간사한 시정잡배의 모습을 사실적으로 형상화하고 있다. 이런 인물이 세도정권의 하수인으로 지방관에 나갔으니 그 수탈의 정도는 능히 짐작할 수 있다.

채봉의 아버지 김진사는 어떤 인물인가? 원래는 의주사람인데 평양이 살기 좋다 하여 이주한 사람이다. 의주는 일찍부터 중국과의 교역을 통해 무역이 성했던 지역이고, 의주상인은 민간무역의 중요한 역할을 담당했다 한다.[21] 김진사가 의주사람이라는 것은 이런 사실과 무관하지 않게 보인다. 허판서의 하수인인 김양주가 사람을 보내 김진사의 형편을 알아보고 "금혈 하나를 맛나도다"할 정도로 김진사의 형편은 부유했다. 또 강필성의 모가 "김진사 집과 우리 문벌은 상당하"(p.14)다고 하는 것으로 보아 문벌이 좋은 사족 신분은 확실하다. 사족 신분으로 물화가 풍성한 의주에서 재물을 모아 평양에 내려와 정착한 인물이라고 해야겠다.

---

21) 강만길, 『조선 후기 상업자본의 발달』(고려대 출판부, 1973), pp.120~121.

여기에 불행이 야기될 소지가 있다. 철저하게 몰락한 것이 아니라 상당한 재산을 가진 양반이기에 그 재산을 발판으로 하여 정치세력과의 결탁을 꾀하게 된다. "이 째 김진사는 서랑도 듯볼겸 **환로에 유의 하야 다수한 재산을 가지고** 서울로 올나와"(p.17, 강조 인용자) 세도가를 찾게 된다. 신랑을 본다는 것은 핑계고 벼슬을 사기 위해 많은 돈을 가지고 서울에 올라온 것이다. 당시 세도정치 아래서 매관매직이 성행했기 때문에 돈만 있으면 벼슬을 산다는 생각에서였다. 결국은 자신의 외동딸까지 세도가의 첩으로 내어주면서 벼슬을 해보겠다는 파렴치한 모습을 보여준다. 허판서가 딸을 달라는 제의를 하자.

김진사 속으로 채봉에 위인이 녹녹지 아니하닌가 팔자가 세여서 재상이 별실이나 그렀치 안으면 남의 재취나 될 터이니 바로 재상에 별실을 주어 호강이나 식키고 **나난 부원군 부럽지 아니하게 벼살이나 어더서 하리라** 하고 혼연한 낫흐로 (p.26,) (강조 인용자)

승낙하게 된다. 이런 몰염치한 모습 때문에 허판서나 김양주에게 희생을 치를 뿐더러 새로운 시대의 흐름을 자각한 자신의 딸로부터도 배척받게 된다. 새로운 시대의 흐름에 주체가 되지 못하고 무너져 가는 봉건윤리를 등에 업고 이를 통하여 부귀공명을 누려보자는 향반의 딱한 처지가 김진사를 통해 사실적으로 그려져 있다. 그래서 다소 희화된 모습을 보이기도 한다.[22]

이것도 이부인도 마찬가지다. 처음엔 학식 있고 현숙한 부인으로 등장하

---

22) 대개 고소설에서 부친은 엄한 가부장적 권위의 상징으로 나타난다. 봉건 윤리의 유지라는 면에서 본다면 그럴 수밖에 없는데, 여기서는 그와는 반대로 무너져 내리는 봉건윤리를 등에 업고 있기 때문에 희화된 모습으로 나타난다. 그만큼 인물에 생동감이 있다고 하겠다.

여 김진사가 딸을 세도가의 별실로 주겠다는 말에 발끈하여 "진사님도 서울 가시더니 환장을 하셋구료"(p.27)할 정도로 강경한 입장을 보였다. 그러나 김진사가 높은 벼슬을 할 수 있다는 말에 솔깃해서 "진사님도 그여코 하라 드시면 난들 엇더케 하겟소"(p.28)라고 찬성의 뜻을 비친다. 또 채봉이가 몸을 팔아 기생이 되자 "속으로 조런 복철에 년이 어대잇나 오냐 나는 모르겟다. 나중에 개를 베고 죽어도"(p.40)할 정도로 근시안적 사고를 한다.

이들 두 인물은 허판서에게 갖은 고난을 겪게 되는데 그것은 새로운 시대의 흐름을 깨닫지 못한 결과로 봐야 한다. 자업자득인 셈이다. 허판서의 감옥에서 풀려난 김진사가 "만일 채봉이가 고집을 아니세고 허가와 견친하던든 화를 면치 못 하얏스리니 이런 다행이 어대 또 잇소 그러나 아모리 부녀 지간이라도 나는 채봉이 볼 낯치 업소구료"(p.63)하는 말은 새로운 세대의 승리를 간접적으로 증거하는 말이다.

허판서, 김양주는 처형되고 김진사, 이부인은 자식들의 생각에 굴복함으로써 작품의 인물대립은 비판적이고 진취적인 젊은 세대의 승리로 끝맺게 된다.

(3) 주변 인물—이보국·추향

이 작품이 젊은 세대의 승리로 귀결된다고 하는 것은 당연하나 문제는 온전히 그들의 힘으로 되는 것이 아니라는 점이다. 문제해결에 도움을 주는 인물이 어진 관리로 등장하는 평양감사 이보국이다. 이 감사는 어떤 인물인가?

당시 명망이 조야에 진동하는 이보국이라 하는 양반이신데 행년 팔십에 벼살로는 못지내본 거시 업스나 무삼 일로 인년함인지 팔십이 되어도 평양 감사를 못 지낸고로 물색도 구경겸 수석이 조탄 말 듯고 을밀대 아래에 별저(別邸)를 굉장히 짓고 평양감사를 일부러 해서 내려와 지내더니 (p.46)

극심한 세도정권 아래서 이런 인물이 가능할까? 상상할 수 없는 일이다. 문제해결을 위해 꾸며낸 가공적 인물이다. 그래서 다른 인물들은 사실적으로 생동감 있게 묘사된 데 비해 이 감사는 허황된 데가 많다. 확대해서 생각하면 새로운 세대의 승리로 이야기를 끌고 가기 위해 수용자의 요구를 반영한 결과인 것이다.

하지만 어진 관리라는 중세적 한계에도 불구하고 채봉, 강필성과 연대해 지배층의 양심을 대변하는 인물로 볼 수 있다. 물론 당시의 시대상을 본다면 사실적 인물은 아니지만 이상이자 요구일 수 있는 것이다. 이 경우 채봉과 강필성의 주체적 노력의 연장선상에서 의미를 갖게 된다. 이감사가 면천시키지 않았어도 채봉이 스스로 추신하겠다는 결의나, 강필성이 채봉을 만나기 위해 이방으로 들어간 사실은 이 감사의 위치가 이들과 관계를 맺음으로써 정립된다는 증거가 된다.

시비 추향도 작품이 중심을 이루는 인물은 아니지만 개성있는 인물로 등장한다. 매사에 채봉과 같이 생각하고 행동하지만 중요한 시기에 기회주의적인 약삭빠름을 보인다. 처음 채봉과 추원에 올라가 원색을 구경하면서 식물, 동물의 생사이치를 합리적으로 해석하고 있어 주목이 된다.

> 텬지 릿치가 그럴 수 박게 잇슴닛가 식물이라 하는 거슨 동물에 **리용후생**(利用厚生)하는 재료가 안이온닛가 유한한 토디에 식물은 동물이 리용하므로 일변 업서지고 일변 생기거니와 만일 동물이 식물과 갓치 영생불사하면 웃더케 처치를 함닛가 (p.3)

동물이 죽어 사라지는 것에 대하여 채봉이가 의문을 품자 이와 같이 대답했다. 상당히 과학적이고 합리적인 해석이다. 사물을 관념론적으로 파악하지 않고 있는 모습 그대로의 유물론적인 사고를 한다고 하겠다. 이것이 바로 당대 민중이 지니고 있는 현실파악의 근거인 것이다.

그래서 강필성과의 만남을 주선하기도 하고 머뭇거리는 주인 채봉을 적극적 행동을 하게 유도한다. 강필성에게 마음은 있지만 행동을 결정하지 못하고 머뭇거리는 채봉에게 "소저계셔 직녀가 되시랴면 저는 오자교가 되어 볼가요"(p.9)하고 채봉의 행동을 적극적으로 유발시킨다.

그런데 채봉이 사건의 진전과 함께 적극적이고 진취적인 모습으로 변화해 가는 반면 추향이는 소극적인 모습을 보이며 현실과 타협하고자 한다. 결정적인 계기가 채봉이 서울로 올라갈 때 나타난다. 채봉이 세도가의 첩으로 들어가는 것에 반대를 하고 울자 추향은 오히려 김진사가 벼슬을 하게 되어 "조흔 경사인데 웨─우신단 말이요"(p.29)하고 위로를 한다. 또 서울가는 길에 도망쳐 나올테니 뒤를 밟아 달라는 말에 "그러시면 진사님과 마님게서 오직하시겟슴닛가 자손 되어서는 부모에 쯧을 질기여야 하오니 올나가셔서 부모가 영귀이 되시게 하면 가위 효오니 생각을 돌니쇼셔"(p.30)하고 현실과 타협한다.

일이 이렇게 됐으니 그것을 거역하지 말고 부모에게 효도하라는 말이다. 이런 모습은 당대 민중들이 지녔던 기회주의적인 한 단면이며 동시에 긍정적인 민중의 모습과는 거리가 있음을 보여준다. 특히 봉건해체와 더불어 시정인이 출현으로 이런 유형은 보편화 돼 있다고 봐야한다. 언세나 사기 운신의 폭을 정해 두고 그 범위 내에서 행동을 결정한다. 대세에 따라 봉건적인 모습을 띄기도 하고 근대적인 모습을 보여주기도 한다.

작품 내에서는 이런 인물이 홍미를 주지만 당대를 살아가는 민중의 전형으로서는 한계가 있다고 하겠다.23)

___

23) 『春香傳』의 방자, 월매도 같은 유형이라고 할 수 있다. 박희병, 「春香傳의 歷史的 性格分析」(『전환기의 동아시아 문학』, 창작과 비평사, 1985) 참조바란다.

2) 애정추구의 의미

『秋風感別曲』은 채봉과 강필성 간의 사랑을 다룬 이야기다. 어려운 고난
을 극복하고 사랑을 성취했다는 것이 작품의 뼈대일텐데 그 사랑을 저해했
던 요인이 무엇이며, 그것을 어떻게 극복해 나갔는가가 중요한 문제다.

처음에 둘이 만나 사랑을 하게 되고 부부가 될 것을 약속하는 것부터가
주체적이고 적극적인 모습을 보인다. 개성의 존중이라고 하겠지만 이 정도
의 애정추구는 고소설에 많이 등장한다. 조선초기 작품인 金時習의『李生
窺墻傳』에 보더라도 이생과 최랑은 부모 몰래 만나 사랑을 하게 되고 결혼
을 약속한다. 문제는 애정을 저해하는 요인이 무엇이냐는 것이다.

『李生窺墻傳』에서는 홍건적에 의해 둘의 사랑이 깨지게 된다. 개인의 힘
으로는 도저히 극복할 수 없는 세계의 횡포이고, 주인공은 가능성을 찾지 못
한 채 단절된 세계의 저편에서 이미 이 세상 사람이 아닌, 혼령이 된 여주인
공을 맞이하는 수밖에 도리가 없었다. 이생은 자기 아내였던 최여인을 만나
"그녀가 이미 죽었음을 알고 있었으나 너무나 사랑하는 마음에 반가움이 앞
서 의심도 하지 않고 물었다."24)한다.

영웅소설 혹은 군담소설에서는 애정의 저해요인은 누명에 의한 가문의 몰
락으로 나타난다. 간신의 모함으로 가장은 귀양가고 집안이 뿔뿔이 흩어져
사랑을 이룰 수 없는 지경에 이른다. 하지만 구원자가 등장하고 남주인공이
과거에 급제한 후 간신을 쳐 없애고 나라에 공을 세움으로써 가문은 다시

---

24)『국역 매월당집』3 (세종대왕 기념사업회, 1977), p.332.
    원문은 다음과 같다. '生雖知己死 愛之甚篤 不復疑訝遽問曰' 이러한 사실은 당시
  가 조선초기이고, 이상적인 왕도정치를 희구했지만 그것의 가능성 갖지 못한 작가의
  '비극적 세계관'에 근거하고 있다.
    拙稿,「金鰲神話의 비현실성과 梅月堂의 비극적 세계관」(『成大文學』24집, 성대국
  문과, 1986).

일어나고 사랑이 다시 이어져 결혼에 이르게 된다. 천상계 질서에 의해 이미 예견되어 있는 사실이고 봉건이념을 옹호하는 태도를 보인다.

『秋風感別曲』과 비슷한 경우가 기생을 여주인공으로 한 애정소설이다. 『春香傳』이 대표적인 경우인데 사랑의 저해요인으로 신분상의 격차나 탐관오리의 횡포가 등장한다. 신분상의 격차는 봉건신분제 사회의 가장 근간이 되는 것이기에 사회상이 문제와 맥락을 같이 하게 된다. 게다가 봉건해체기의 부패를 대변하는 지방관리가 제삼자로 등장해 여주인공을 취하려 하기에 문제가 더욱 어려워진다. 『春香傳』의 탁월함은 이런 신분상의 격차를 주체적인 노력에 의해 극복하고 봉건모순인 지방관리의 횡포와 맞서 싸우기에 근대적 성격으로 입증된다.25)

하지만 같은 시기에 나온 『약산동대』·『부용상사곡』·『청년회심곡』 등은 기생이라는 신분상의 격차보다 제삼자로 등장하는 지방관리의 횡포에 더 중점을 두고 있다. 더욱이 제삼자인 지방관리가 애정의 방해자로서 등장할 뿐 봉건해체기 민중의 수탈자로서 꾸며져 있는 것은 아니다. 자연 애정추구가 그만큼 사회성이 약화되고 흥미위주로 바뀌었다.26) 『부용상사곡』에서는 평양기생 부용이 부실의 자리에 만족하기도 한다.

그러면 『秋風感別曲』은 어떤가? 우선 여자주인공 채봉이 기생이 아니라

---

25) 박희병, 앞의 글이 좋은 참고가 된다.

26) 이은숙, 앞의 글에서 『추풍감별곡』『약산동대』『부용상사곡』『청년회심곡』을 신작 구소설의 애정소설로 동일하게 취급하고 있지만 『추풍감별곡』은 채봉의 신분이 애초에 기생이 아니라는 점에서 구별돼야 한다고 본다. 다른 세 작품이 약간의 편차를 두고 있지만 『춘향전』에 보이는 것 같은 신분갈등보다는 방해자의 등장으로 인한 애정의 삼각 관계에 더 중점을 두고 있다. 사회성보다는 '청루열녀'나 '명기열전'식의 흥미위주로 바뀌었다. 『약산동대』는 사실 『춘향전』의 인기를 생각해 배경과 인물만 다르게 하고 똑같이 옮겼다. 『춘향전』의 통속화라고 하겠다. 『부용상사곡』은 방해자를 2명으로 등장시켰고, 『청년회심곡』은 또 다른 여자기생을 등장시켜 사건을 보다 복잡하게 했을 뿐이다.

는 점을 주시할 필요가 있다. 필요에 따라 편법으로 기생을 선택했을 뿐이지 처음부터 그렇게 설정된 것은 아니다. 이런 점에서 『春香傳』처럼 신분갈등을 전면적으로 문제삼지 않는다. 또 동시대의 다른 소설처럼 여자주인공의 주체적인 노력이 배제된 남자주인공 중심의 애정추구가 아니라는 점을 명백히 해둘 필요가 있다.

채봉과 강필성이 서로 사랑을 나누다 그것이 장애에 부딪치게 된 것은 채봉의 부친인 김진사 때문이다. 김진사가 "서랑도 둣볼겸 환로에 유의하야" 서울로 올라가 당시 세도가인 허판서에게 딸을 첩으로 줄 것을 약속하고 내려오는데 이것이 애정추구의 방해요인으로 등장한다. 돈 만냥으로 과천현감 자리를 사고 어음을 써주는데 심부름하는 美童의 모습에 반하여 무심코 중얼거린 말이 허판서의 귀에 들어가고 딸을 첩으로 달라는 허판서의 부탁에 순순히 응낙한다. 둘의 대화를 보자.

> (허) 다른 청이 안이라 내가 자네 사위가 되고자 하니 엇더한가
> (김진사) 천만에 말삼이 올시다.
> (허) 천만에 말이랄 거시 아니라……자네 쌀을 남줄 것 갓흐면 자네 쌀도
>   호강을 식킬 거시오쏘 자네도 저근 수령으로만 다니겟나 감사라던지
>   대신은 못 할나구
> 김진사가 속으로 채봉에 위인이 녹녹지를 아니 하닌가 팔자가 세여셔 재
> 상에 별실이나 그럿치 안으면 남의 재취나 될 터이니 바로 재상에 별실을
> 주어 호강이나 식키고 나난 부원군 부럽지 아니하게 벼살이나 어더셔 하리
> 라하고 흔연한 낫으로 미천한 녀석을 더럽다 아니하시고 이 갓치 하렴하시
> 니 엇지 감히 거역하겟슴닛가마는 미거한 거시 감당을 할는지그거슬 몰나
> 넘려올시다. (p.26)

딸을 첩으로 달라는 세도가의 말에 '흔연한 낫흐로' 승낙한다. 그 이유는

딸을 호강시키고 자신도 '부원군 부럽지 아니하게 벼살이나 어더셔 하겠다 는 것이다. 문제의 어려움은 바로 여주인공의 아버지가 애정추구의 방해자 로 등장하는 것이다. "녀자에 마음이라 하는 거슨 한번 정한 일이 잇스면 비 록 텬자에 위력으로도 아슬 수 업는데 부모는 엇지 하신단 말이냐"(p.29, 강 조 인용자)는 채봉의 고민에서도 그것은 알 수가 있다.

또 그것이 단순히 가부장적 권위에서 비롯되는 것이라면 문제가 다를 텐 데 그와 동시에 봉건말기의 극도로 타락한 세도정권과 엇물려 있기에 해결 이 어려워진다. 채봉은 가부장적 권위와 동시에 봉건지배층의 횡포와 맞서 싸우는 셈이다. 이 작품의 우수함은 애정문제를 통해서 봉건말기의 부패·타락한 모습을 어우르고 있는 데 있다. 자연 애정추구의 의미는 정치적이나 사회적인 의미까지 확대될 수 있다.

통속애정소설의 경우 잘못된 길임을 알면서도 부모의 뜻을 따른다.[27] 그 러나 『秋風感別曲』에서는 부모와 떨어질 것을 생각하고 그것을 실행에 옮 긴다. 시비 추향이가 부모의 뜻을 따르라고 하자 "오냐 그러면 고만 두어라 나는 네가 업던지 잇던지 몸을 서울까지 안이가고 말쩌시니"(p.30)하며 대단 한 결의를 보인다.

두 번째 장애요인은 신분적 속박 혹은 사회적 통념이다. 아버지인 김진사 가 화적을 만나 재산을 털리고 허판서의 옥에 갇히자 그 돈을 마련하기 위 해 기생으로서 몸을 팔게 된다. 기생이 된 것은 세도가의 첩으로 들어가지 않기 위해서 스스로 선택한 것이다. 그렇기 때문에 신분 갈등이 중요한 문제 로 부각되는 것은 아니다. 강필성과는 이미 굳은 약속을 한 뒤다. 하지만 그 렇다고 신분적 속박이나 사회적 통념을 완전히 벗어날 수는 없는 것이다.

---

27) 대표적인 작품이 같은 시기에 나온 번안소설 『長恨夢』이다.
   여주인공 심순애는 이수일을 사랑하지만 부모의 뜻에 따라 김중배에게 시집간다.

어렵게 만난 강필성조차 "전일에는 규수라 함부로 말 못 하얏지마는 오늘은 송이로 대접할 수밧게 업네"(p.43)라면 신분을 따라 대우하자 채봉의 갈등은 극도에 달한다.

> 송이 이 말을 듯고 야속한 생각이 들고 급창이 메여지나 몸이 팔이여 기생이 되얏스니 비록 매음 아니 하얏스나 신분은 채봉으로 잇실 째와 소양지판이라 분한 생각이 치밀며 쓰거운 눈물이 치마 압자락에가 더벅더벅 써러진다. (p.44)

자못 비장하기까지 하다. 신분적 속박을 완전히 벗어나기는 어렵지만 상대방은 그런 것에 개의치 않을 줄 알았다. 자신도 사랑을 이루기 위해 양반의 신분을 버리고 천한 기생을 선택한 것인데 강필성조차 신분을 따라서 대우하니 막막할 수밖에 없다.

여기서 신분적 속박이나 사회적 통념을 극복해야 되는데 그것이 쉽지가 않다. 둘이 사랑만 하면 되지 않느냐는 질문은 어리석기 짝이 없다. 동등한 인격체로서 인간해방을 이루는 애정추구로서 의미가 없기 때문이다. 그것은 극복하는 길은 사회적 통념을 깨트리는 것이다. 사랑하는 사람인 강필성에게 그것을 요구하는 것이 유일한 방법이다. 그래서 송이는 다음과 같이 말한다.

> 첩이 전일에는 규중처녀라 정실로 인정하시엿거니와 오늘은 기생에 몸이 되얏사오니 웃지 정실로 인정하시릿가 내 몸은 비록 빙옥 갓치 가젓사오나 첩이 비록 오날 부모로 인하야 몸이 기생으로 팔니엿사오이 몸이 일만 번 죽어 수화에 들지라도 수절(守節) 잇자를 직키리니 바리지 아니하시고 부실로 정하세도 은혜을 잊지 못하겠나이다. (p.44)

문맥대로 부실로 맞아 달라는 것은 아니다. 사랑을 이루기 위해 어쩔 수 없이 이 지경에 이르렀다는 말이다. 몸은 깨끗하지만 부모의 잘못으로 인해 이런 처지에 이르렀다고 한다. 말하자면 자신의 입장을 우회하여 말한 것이다.

그러자 강필성도 "정처로 마질 것이라"고 선언한다. 채봉의 변모 뿐이 아니라 강필성의 변모도 주목된다. 기생이 된 송이를 보고 "측은하고 분한 생각"이 들었다가 송이의 얘기를 듣고 오해를 풀게 된다. 그래서 사회적인 통념이야 어떻든 정실로 맞을 것을 약속하게 된다.

이런 변모는 송이가 평양감사의 서기로 들어가고 나서 보다 적극적으로 나타난다. 채봉이 권세가의 첩을 거부하고 천한 기생이 되어 사랑을 지킨 것처럼 양반인 강필성도 채봉을 만나기 위해 '이방천역'을 자처하게 된다. 양반이라는 신분적 속박을 벗어버린 결과다.

그 뒤 평양 감사 이보국의 도움으로 이들이 서로 만나게 되는데 얼마나 적극적인 노력을 기울였는가를 간과해서는 안 된다. 주체적이거나 적극적인 노력이 없이 구원자가 나타나서 사랑을 이루었다는 것은 그만큼 애정추구의 의미를 약화시키기 때문이다.

송이의 태도를 보자.

> 송이는 차후로 리감사 잇는 별당 건는 방에가 독처하고 잇서 리감사 압혜서 전후 거행사를 하며 마음에 기생을 면함은 다행하나 주야 잇지 못하는 바 부모소식과 강필성을 못 보믈 한하고 리감사 보는 대는 감히 내색을 못하나 혼자 있을 째에는 주야 탄식으로 지내더라 (p.47)

애정의 절실함이 극에 달했음을, 알 수 있다. 그래서 "삼월부터 구월까지 되매 자연 서로 상사병이 될 지경"(p.48)이라고 한다. 강필성이 이방으로 들어오고 서로 상대방의 글씨 만 보고 지냈으니 그 심정이야 충분히 짐작할 수 있다.

채봉이가 강필성를 만나게 되는 것은 이감사의 주선이지만 그런 계기를 마련하게 된 사건은 「추풍감별곡」을 짓고 울었던 일 때문이다.

그 대목을 보자.

쓰기를 맛치고 붓대를 던지며 정신업시 안저서 지재시삼 드려다 보더니 소래를 삼키여 늣기다가 다시 책상머리에 업대여 잠이 드럿더라 주지소사가 필유야몽(畫之所思, 必有夜夢)이라 송이가 상사에 뢰곤하야 잠간 조으더니 장주에 꿈을 비러 몸이 나븨되여 두 날개를 썰치고 바람을 좃차 중텬에 써 나가며 사면을 살피니 오매불망하던 강필성이가 빈방에 혼자 안저 전일에 답시를 내여노코 한번을 펴보고 두 번 울며 두 번을 울기를 마지 안커날 송 이가 다라들어 마주 붓들고 우다가 아주 내처운다. (p.58)

절실함을 지나 비장하기까지 하다. 이런 사건으로 인해 이감사가 사정을 알게되고 둘의 만남을 주선하게 되는데 애정의 절실함이 결국 이들을 만나 게 한 셈이다. 이 감사이 도움은 절대적이라기 보다 서로 만날 수 있는 계기 를 만들어 주었다고 보아야 한다. 강필성의 경우도 "필성아 네가 송이를 보 기 위하야 리방천역을 자원하고 드러온지가 류칠삭이 되어"(p.61)도 못 보았 다고 할 정도로 절실함을 느끼게 해준다.

채봉과 강필성이 이루어 나가는 애정추구는 단순한 남녀의 애정문제를 떠 나 정치적이나 사회적 의미로까지 확대됨을 확인했다. 그것은 철저히 타락 한 봉건지배층과 그의 권력에 기대어 벼슬을 하겠다는 아버지의 파렴치한 행위에 대한 싸움이며 이를 이루기 위해서는 신분적 속박과 사회적 통념을 거부해야 되기 때문이다. 이들 애정추구의 의미가 反封建의 모습으로 나타 날 수 있는 여지가 여기에 있다.

4. 反封建의 문제와 근대적 지향

『秋風感別曲』은 봉건말기를 배경으로 하여 두 남녀의 애정을 그린 이야기다. 하지만 사랑을 이루기 위해 많은 장애요인을 극복해야 되고, 그 장애요인은 개인적인 실수나 감정의 변화에서 비롯되는 것이 아니라 봉건말기의 구조적 모순과 긴밀히 연결되어 있기에 정치적이나 사회적인 의미까지 포괄할 수 있다고 했다. 사랑을 얻기 위해서는 이런 문제들을 해결해야 되기에 애정추구는 反封建性을 드러낼 수밖에 없다.

물론 이 작품이 봉건성을 완전히 배제하고 근대성을 획득했다고 보기는 어렵다. 하지만 이런 요소를 지니고 있을 때 긍정적인 가치로서 반봉건성의 문제를 부각시키는 것은 당연하다고 보겠다.

우선 애정의 추구에서 개성을 존중해 자유로운 연애방식을 취했다고 반봉건성이라 부르기는 어렵다.28) 문제는 그것이 봉건체제의 모순을 어떻게 드러내고 있는가에 있다. 이 작품에는 애정추구의 장애요인으로 많은 봉건제의 모순이 등장하고 그것을 극복해 나가고 잇다.

봉건체제가 지니는 모순에는 여러 가지가 있다. 지배계급과 피지배계급 간의 모순이 있고 지배계급 내부의 모순도 있다. 또 봉건지배계급과 신흥시민계급 간의 모순도 있다. 이럴 경우 『秋風感別曲』이 드러내고 있는 모순은 무엇일까?

앞에서 작품에 등장하는 인물을 크게 두 부류로 나누어서 장황하게 설명했

---

28) 金時習의 『李生窺墻傳』에도 그런 모습이 보인다. 최랑과 이생간의 자유롭게 맺어지는 사랑을 '개성의 존중'이라고 볼 수는 있지만 그것을 反封建性이라고 보기는 어렵다. 이 작품은 오히려 이상적인 봉건 이념을 확인한 작가의 세계관을 내세우고 있다. 마찬가지로 1910년대에 등장한 이광수의 소설에 나오는 자유연애가 과연 근대적 모습이었나는 여러모로 의문시 된다.

다. 하나는 부패하고 보수적인 봉건지배층이고 또 다른 하나는 비판적이고 진취적인 젊은 세대라 했다. 작품이 보여주는 것은 이들간의 모순관계다.[29]

강필성과 채봉은 어떤 인물인가? 봉건지배층인 양반계급에 속한 인물이다. 피지배계층인 민중도 아니고 자본주의의 발달과 함께 새롭게 등장하는 시민계급도 아니다. 말하자면 이들은 봉건지배층의 일원이고 작품에 드러나는 모순관계는 지배층 내부의 모순이라고 할 수 있다. 즉 인물의 대립양상에서 보인 것처럼 부패하고 보수적인 봉건지배층과 비판적이고 진취적인 젊은 세대간의 모순을 작품은 보여주고 있다. 이것이 反封建性의 구체적 실상이 되는 셈이다.

봉건말기 부패한 지배층을 대표하는 허판서, 그의 하수인이며 교활한 시정배 김양주, 자기 딸까지 바쳐 벼슬을 하겠다는 김진사 이들의 부정적인 모습과 이와는 대조적으로 권세가의 첩이 되는 것보다 차라리 천한 기생이 되어 자신의 애정을 지키겠다는 채봉, 사랑하는 여인을 만나기 위해 양반이라는 신분적 속박을 벗어버리고 이방을 자원한 강필성, 이들 젊은 세대의 긍정적인 모습이 작품에 잘 드러나 있다. 더욱이 작품의 결말은 이들 젊은 세대의 승리로 끝나게 된다.

그러면 이들은 어떻게 해서 그런 진취적인 기풍을 지닐 수 있었는가? 여기서 주목할 수 있는 것은 작품의 배경이 되는 평양 내지는 서북지방이다.[30]

---

29) 『紅樓夢』논쟁을 체계적으로 정리하고 비판한 郭豫適의 논문 「論 '紅樓夢'思想傾向性 問題」(성민엽정리, 「紅樓夢의 反封建性」, 『전환기의 동아시아 문학』수록)이 많이 참고가 되었다. 『紅樓夢』역시 반봉건성의 실체를 지배계급 자체내의 모순에서 발견했다.

30) 『秋風感別曲』의 배경이 평양이라는 점은 일찍부터 주목되었다.
   최원식은 「歌辭의 小說化 경향과 봉건주의의 해체」(앞의 책)에서 "주지하다시피 북선(北鮮)은 봉건 지배층으로부터 철저히 소외된 지역이고 그 때문에 시민의 성장이 비교적 순조로왔고, 홍경래의 난(1811~1812)에서 보이듯 그만큼 봉건주의에 대한 저

이곳은 일찍부터 자본주의의 발달에 따른 시민의 성장이 활발했던 지역이다. 특히 평양은 18세기에 들어와 상업도시로서 크게 발전했으며, 19세기 초에는 전국 각지의 물산거래로 최대최성의 상업도시를 이루었다 한다.[31] 작품에서도 "평양이 인물이 잇다하는 소리도 듯고 살기가 좃타"(p.39)고 묘사되어 있다. 인물이 있거나 살기가 좋다는 말은 그만큼 물화가 번성한 도시적 분위기를 말한다고 할 수 있다.

이와 같은 상업의 발달은 무엇보다도 서북지방이 청나라와 연결된다는 점에서 대청무역에 의한 것임을 쉽게 알 수 있다. 개성상인, 의주상인, 평양상인들은 신흥세력으로 성장한 富商이기도 했다. 더욱이 이 지방은 일찍부터 수공업이 발달한 지역이기도 했다.

그래서 서북지방에서는 전국적으로 전개되었던 봉건지주계급과 농민과의 사이에 계급대립의 급진화 외에 이 지방에 있어서 급속하게 발전 한 수공업 및 상업의 발전에 따라 봉건적인 체제를 타파하는 새로운 제요소─즉 자본주의적 요소─가 다른 어느 지방보다도 강력했다고 할 수 있다.[32]

『秋風感別曲』에 나타나는 젊은 세대의 진취적인 모습은 이런 기운과 무관하지 않게 보인다. 작품 내에서도 어음을 지불하는 광경이나 몸값을 구체적으로 흥정하는 대목은 그런 분위기를 강하게 풍겨 준다.

김진사는 출륙에 이비 버러져서 백목전에 자질 어음 천냥표를 주며(p.17)

항이강한 곳이다.(p.14)"했으며 조동일은 앞의 책에서 "『부용상사곡』이하 세작품과 『약산동대』는 서북지방을 무대로 삼은 것이 주목할 만하다. 서북지방의 새로운 기풍이 구시대의 모순을 극복하는데 적극적인 구실을 할 수 있다는 것을 막연하게나마 인식한 증거라고 볼 수 있다(p.341)"고 했다.

31) 河原林靜美, 「1811년의 평안도에 있어서의 농민전쟁」(『封建社會 解體期의 社會經濟構造』, 청아출판사, 1982), p.293.
32) 같은 글, 같은 곳.

김진사가 임치표 오천량 어음을 내여 놋코 쏘 오쳔량 표를 써셔 노으니(p.25)

(봉선모) 그래 드럿다 그러면 돈을 얼마나 주랴
(채봉)　 가마니 무삼 생각을 하더니 륙쳔량만 쥬시오
(봉선모) 그리해라 오날 주랴
(채봉)　 오날 쥬세요 봉선어미……집으로 가서 륙쳔량을 갓다가 쥬고 리
　　　　부인에 표를 바다가니 (p.39)

이런 모습들은 부분일 뿐이고 전체와 유기적인 관련을 맺는 것은 아니나 적어도 자본주의의 발달을 보여줄 수는 있을 것이다. 작품에 나타나는 진취적인 모습이 자본주의의 발달에 따른 시민계급의 성장과 관련이 있다고 했다. 그러나 확실한 것은 채봉과 강필성이 발흥하는 시민계급이 아니라는 점이다. 다만 새로운 시대적 분위기를 받아들였을 뿐이다. 여기서 이 작품의 한계를 발견하게 된다.

사건의 해결이 봉건지배계층의 일원인 평양감사 이보국에 의해 된 것이 그 것이다. 물론 그가 사건해결의 절대적인 인물이 아님은 분명하다. 채봉과 강필성의 주체적인 노력의 연장선상에서 의미를 갖는 것이 분명하지만 중세적인 어진 관리의 환상을 지니고 있었다는 것은 사실이다. 즉 사회현상을 구조적 관점으로 보지 못하고 허판서에게는 부패한 모습을 이보국에게는 어진 면을 부여했다는 것은 그만큼 중세적인 한계일 수 있는 것이다. 결국 이 사실은 주인공이 시민계급으로서의 변모가 불가능했던 것과 무관하지 않게 보인다. 『秋風感別曲』의 근대적 지향은 진취적인 젊은 세대의 사랑을 통하여 반봉건성을 드러내지만 이것이 온전히 근대적 모습으로 정착된 것은 아니다.

문제의식의 근대적 지향처럼 작품의 짜임새 역시 상투적인 고소설에서 발전된 모습을 보인다. 우선 각 사건들이 우연적인 계기에 의해 단선적으로 전

개되는 것이 아니라 필연적인 인과관계에 의해 입체적으로 짜여져 있다. 즉 주인공을 중심으로 한 일대기적 전개방식을 취하지 않고 여러 인물들의 사건을 동시에 전개하는 방식을 취하고 있다.

처음에 채봉이 강필성을 만나 혼약을 맺기까지는 채봉을 중심으로 사건이 진행된다. 그러나 김진사가 서울로 올라가고부터는 김진사를 중심으로 사건이 펼쳐진다. 그런가 하면 채봉이 기생이 되고부터는 채봉에게 초점이 맞춰진다. 적어도 채봉, 김진사, 강필성 등 세 인물을 축으로 하여 사건이 전개되고 있는 것이다.

이러한 사건전개는 어느 한 인물에 초점을 맞추는 일대기적 방식보다 여러 인물들의 관계 속에서 이야기를 전개시키기에 각 인물의 개성이 드러남은 물론 생동감있게 묘사될 수 있는 것이다. 또 우연적 계기가 아니라 필연적 관계 속에서 이야기가 짜여지기에 성격의 변모가 구체적으로 드러나는 것이다.

서술방식에 있어서도 주인공의 탄생부터 진술되는 것이 아니라 가장 핵심이 되는 장면부터 드러나고 있다. 서두를 보자.

> 만산락엽(萬山落葉)은 쓸쓸한 가을 바람을 따라 흣터지고 공산에 명월은 적막한데 상풍(霜楓)에 놀난 기럭이 벽경에 놉히 쩌서 옹옹(雝雝) 한 긴 소래로 짝을 부르며 평양을밀대(平壤乙密臺)앞 리감사 집 후원 별당위로 남텬을 향하고 지내간다. 별당 건너 방안에 십팔 가량된 절대가인이 잇서(p.1)

서술의 초점이 가을 분위기를 묘사하는 데서 을밀대, 이감사 집, 후원 별당으로 점점 좁혀지고 마지막에는 주인공인 채봉에게 고정된다. 이 장면은 뒤에서 채봉이 강필성을 그리워하면서 「추풍감별곡」을 짓는 부분이다. 시간적 순서로 보자면 뒷부분에 위치해야 하는데 제일 앞에 내세우고 있다. 가을 바람에 흩어지는 낙엽이나 기러기가 짝을 부르는 소리는 그대로 스산한 인상을 주며 앞으로 작품에 전개될 주인공들의 사랑이 결코 순탄하지 않음을 미리 일러둔다. 일종의 복선인 셈이고 가장 핵심이 되는 장면이다. 독자들에게 가장 핵심이 되는 부분을 미리 제시해 의문과 동시에 암시를 주는 역할을 한다고 하겠다. "화설 조션 ○○조 시절 ○○땅에"로 시작하는 고소설투의 서술에서 완전히 탈피하고 있다. 결말도 장황한 후일담이 아니라 작자의 후기가 붙어 있을 뿐이다. 문체도 언문일치에 근접하고 있으며 대화를 직접 표기한 것은 주목할 만하다.

이런 변모는 이 작품이 1910년대에 형성됐다는 사실로 보면 당연하다 하겠다. 하지만 고소설의 짜임이나 서술방식을 변화시킨 점에 유의해야 한다. 신소설의 충격이었다 할지라도 그것을 그대로 옮긴 것이 아니라 고소설의 형태를 통해 문제의식이나 짜임을 근대적으로 변용시킨 것은 중요한 의미가 있는 것이다.

5. 맺음말

『秋風感別曲』은 1910년대 나타난 신작 고소설이지만 작품이 갖는 反封建性이나 근대적 지향은 그 의의를 인정받을 수 있다. 왜냐하면 우리의 근대사회가 일제에 의해 봉건체제가 그대로 온존된 채 '식민지반봉건사회'로 전락했기 때문이다.

작품의 배경이 되는 19세기에 있어서 反封建性은 온전히 근대적 대안으로 여겨질 수 있었다. 그런데 이 작품이 쓰여진 1910년대는 '반봉건'과 동시에 '반제국주의'라는 두 가지 과제를 안고 있었다. 『秋風感別曲』은 반봉건을 문제로 삼았지만 반제국주의의 문제는 해결하기 힘든 것이었다. 의고성을 내세우는 고소설의 형태 때문이기도 하지만 보다 근본적인 요인을 생각해보지 않을 수 없다.

작품 내에서 찾자면 주인공들이 근대적인 지향을 보이고 있지만 어진 관리의 도움으로 문제를 해결하는 중세적 한계를 보이고 있다. 그것은 시민적 분위기를 받아들였지만 새시대의 주역인 시민으로서의 변신이 불가능했다는 데에서도 찾을 수 있다. 이 문제는 결국 작품 외적 요인으로, 제국주의 침략으로 인한 자생적인 자본주의의 발달, 시민계급의 형성이 좌절된 근대사의 파행적 전개에 귀착될 수밖에 없다.

하지만 당대성을 내세우는 신소설의 개화사상보다 한 발 앞서 있음을 느낀다. 그것은 일제에 의해 제공되는 근대성이 아니라 자생적으로 제기되고 해결하려 노력했던 근대적 지향의 모습이기 때문이다.

동시대에 등장한 李海朝의 소설 『花世界』33)를 보면 그 점은 명백해진다. 『花世界』는 구참령이 등장하여 김이방을 다그쳐 그의 딸 수정과 강제로 혼약을 맺게 된다. 『秋風感別曲』의 허판서와 비슷한 모습을 보인다. 구참령의 모습을 보더라도

  본래 호색을 어떻게 하던지 첩을 네다섯씩 두고도 유위부족(猶爲不足)하여 어디 똑똑한 계집이 있다면 반계곡경으로 기어이 상종하고 말던 위인이라, 대구 진위대에 와 있는 지 얼마 아니되어 의성 김이방의 딸 잘 두었다는 소문을 듣고 불같은 욕심이 걷잡을 새 없이 치밀어올라와서 (p.233)

---

33) 『花世界』는 李海朝가 친일어용지 『海日新報』에 연재한 첫 작품이다. 1910년 10월 12일~1911년 1월 17일로 총 73회로 완결된 작품이다. 작품은 『韓國新小說全集』2권 (서울, 을유문화사, 1968)에서 인용한다. 마찬가지로 괄호 속에 면수만 표시한다.

라고 묘사되어 있다. 그런데 수정의 태도가 문제다. 이런 구참령에게 강제로
혼약을 맺었는데 얼마 후 군대가 해산되고 구참령의 행방을 알 수 없게 되
자 부모가 다른 혼처를 정해 출가시키려 했다. 그러자 수정은 "에그 어머니,
나는 이 자리에서 죽어요. 사람이 개짐승이 아닌 바에는 그 일은 행할 수 없
어요"(p.240)라고 집을 나가 구참령을 찾아 결국 혼약을 이룬다.

여기서 근대성과는 정반대의 봉건적인 윤리를 찾아볼 수 있다. 『秋風感
別曲』의 전도된 모습으로 보인다. 겉으로는 개화를 주장하고 신문명을 내세
웠지만 이는 단편적 모습일 뿐 사실은 봉건이념에 철저한, 귀족적 영웅소설
을 그대로 계승한 신소설의 실체34)를 분명히 알 수 있다.

이렇게 본다면 『秋風感別曲』에서 제기되는 반봉건성이나 근대적 지향이
얼마나 값진 성과인가를 알 수 있다. 외세의 논리를 통하여 반봉건과 개화를
외친 신소설의 근대성보다 『秋風感別曲』에서 드러나는 근대적 지향은 바로
고소설의 연장선상에 위치하기에 더욱 의미가 크다. 더욱이 삶의 총체적이
고 본질적인 질문을 외면한 채 '돈이냐 사랑이냐'식의 그릇된 애정소설이 범
람하던 1910년대35)에 애정문제를 통하여 총체적 삶의 모습을 보여준 사실
만으로도 그 전형성을 인정받을 수 있다. 『秋風感別曲』은 신소설로 주도되
는 1910년대 서사문학사의 일방적 흐름에 반기를 들 수 있는 작품이다.

---

34) 조동일, 『신소설의 문학사적 성격』(한국문화연구소, 1973)에서 신소설이 전대소설 특
   히 귀족적 영웅소설의 모습을 그대로 이어 받았다고 했다.
35) 남녀의 애정을 주로한 신소설이 대폭 유행했고, 『長恨夢』으로 대변되는 애정의 삼각
   관계가 당시 소설의 주류였다. 이광수의 『無情』도 예외일 수는 없다.

『三國志演義』의 受容과 그 지향
― 活字本 古小說을 중심으로

1. 머리말

동아시아에서 가장 애독되는 작품 중의 하나는 단연코『三國志演義』다. 각 인물에 대한 풍부한 디테일을 통해 지금까지도 흥미롭게 읽히는 작품이다. 역사의 격랑 속에 인간들을 배치하여 그들이 어떻게 역사를 움직였는가를 살펴본다.

『三國志演義』가 우리 나라에 들어온 것은 선조 때다. 그 뒤 이 작품은 다양한 형태로 번안 혹은 재창작됐다. 유학자들의 소설배격론도 거의가『三國志演義』를 대상으로 삼을 정도로 폭발적으로 읽히고 수용됐다.

본 연구에서는 活字本을 대상으로 하여『三國志演義』가 어떻게 번안 혹은 재창작됐는가를 다룬다. 워낙 방대한 작품이기 때문에 내부분 인물이나 사건을 소재로 하여 단편의 형태로 작품이 출판됐다. 그 작품 성격을 통하여『三國志演義』를 어떻게 해석·재단했는가를 밝힌다. 이는 곧『三國志演義』의 수용이면서 동시에 동아시아 역사에 대한 해석인 셈이다.

『三國志演義』수용에서 가장 두드러지고 독특한 작품은 판소리「적벽가」와 이를 소설화한「華容道」일 것이나 만만찮은 문제 의식을 지니고 있어 별도의 작업이 필요하리라 보여 여기서는 제외한다.

활자본에 한정시킨 이유는 당시 활자본 고소설의 출판에서 '역사소설'과 '애정소설'이 두드러지는 바,1) 식민지시대 역사에 대한 나름대로의 견해가 드러나리라는 생각에서다. 즉 긍정적이든 부정적이든 역사를 주도해 나가는 인간군상들에 대해 어떻게든 해석을 하고 이를 현재화시키리라고 여겨진다. 그 실상을 밝히는 것이 이 글의 목표다.

2. 『三國志演義』의 受容史

『삼국지연의』가 우리 나라에 들어온 것은 선조 때의 일이다. 『星湖僿說』에 보면 "선조 때에 임금의 교지에 '장비 한 소리에 만군이 도망간다'는 말이 있었다. 기대승이 나아가 말하기를 『삼국연의』는 최근에 건너왔지만 신은 아직 그 책을 보지 못했습니다."2)했다.

이렇게 들어온 『삼국지연의』는 그 후 상당한 인기를 얻으면서 널리 읽혔다. 西浦는 『삼국지연의』 중의 사건이 선배의 科文 중에 자주 나타나 그 참과 거짓이 뒤섞인다고 했는데3) 이것을 보더라도 『삼국지연의』에 대한 호응을 충분히 짐작할 수 있다.

또 당시의 유학자들이 소설 배격의 예를 『삼국지연의』를 통해서 찾았던 것도 얼마나 읽혔는가를 알 수 있는 좋은 자료가 된다.

---

1) 拙稿, 「1910년대 活字本 古小說 研究」, 成均館大 박사논문, 1990 참조.
2) 李瀷, 『星湖僿說』 권9 "宣祖之世, 上教有張飛一聲, 走萬軍之語. 奇大升進曰: 三國演義出來未久, 臣未之見".
3) 金萬重, 『西浦漫筆』 下, "如桃園結義·五關斬將·六出祁山·星壇祭風之流, 往往見引前輩科文中, 轉相承襲, 眞贋雜糅".

(가) 「東坡志林」에 이르기를, "시중에 있는 아이들은 개구쟁이들이어서 그
집안에서는 골칫거리다. 그래서 돈을 주어서 모여 앉아 옛날 이야기를
듣게 하는데, 삼국시대 이야기가 나와 유현덕이 졌다고 하면 얼굴을 찡
그리고 눈물까지 흘리는 놈도 있으며 조조가 졌다고 하면 기뻐하며 통
쾌하다"고 하였다.4)

(나) 옛날에 어떤 남자가 운종가 담배가게에서 패사 읽는 것을 듣고 있다가
영웅이 가장 실의한 대목에 이르러서 갑자기 눈을 부릅뜨고 입에 거품
을 품고 담배 써는 칼로 패사 읽는 사람을 찔러 죽였다.5)

(가)는 蘇東坡의 친구인 王彭의 말이지만 『삼국지연의』가 얼마나 많은 사
람들을 사로잡을 수 있는가를 보여주며, (나)는 반드시 『삼국지연의』라는 단
서가 붙어있지는 않지만 역시 영웅이 등장하는 이야기들의 수용양태를 보여
준다.

『삼국지연의』가 많은 사람들의 인기를 얻을 수 있는 이유는 어디에 있을
까? 아마도 끊임없는 역사의 변천 속에서 義를 추구하고자 하는 인간의 노
력 때문일 것이다. 이른바 명분인 셈인데 그것이 실제와 다르기에 문제가 된
다. 陳壽의 『三國志』는 魏를 정통으로 보지만 민간의 얘기인 『삼국지연의』
는 蜀을 정통으로 보고 있는 것이나. 민간에서는 역사상 우위를 차지했던 조
조를 오히려 '奸雄'으로 여기고, 그보다 훨씬 뒤졌던 유비를 진정한 영웅으
로 보고 있는 것이다. 민간의 성원은 역사상 실세와는 관계없이 유비의 의리
와 대의명분에 근거하고 있다. 그래서 유현덕이 졌다고 하면 슬퍼하고 조조

---

4) 같은 책, "東坡志林曰: 塗巷中, 小兒薄劣, 其家所厭若. 輒與錢, 令聚坐聽說古話,
至說三國事, 聞劉玄德敗, 嚬蹙有出涕者; 聞曹操敗, 卽喜唱快".
5) 李德懋, 「銀愛傳」(『雅亭遺稿』3), "古有一男子, 鍾街煙肆, 聽人讀稗史, 至英雄最
失意處, 忽裂眦噴沫, 提截煙刀, 擊讀史人立斃之".

가 졌다고 하면 기뻐했던 것이다.

하지만 역사의 흐름은 민간의 성원과는 관계없이 魏의 승리로 귀착된다. 이것이 역사적 정통이라 할 수 있으며, 이런 관점으로『삼국지연의』를 봤을 때 이단시되는 것은 당연하다. 그래서 유학자들의 소설배격론은 역사적 정통론에 근거하고 있다. 말하자면 역사적 정통을 인정해야 하는데『삼국지연의』가 그것을 흐려 놓는다고 한다.

> ㈎ 演史의 지음은 처음에 어린애 장난 같기도 하고 문자 또한 비속하여 참을 어지럽히지 못했다. 그런데 흘러 전함이 이미 오래 되다 보면 참과 거짓이 병행하고 거기 실린 말이 비슷한 책에 제법 채용되니 문장을 짓는 선비들도 또한 살피지 못하고 섞어 쓰게 되었다. 陳壽의『三國志』는 사마천과 반고 다음가는 것인데, 연의가 가리우는 바 되어 사람들은 다시 보지를 않는다. 오늘날에는 역대에 걸쳐 각각 연의가 있어 중국의 開國聖典에서까지 또한 거짓말을 부연하고 있다.6)

> ㈏ 대개 세속에서 말하는 소설은 곧『삼국지연의』같은 등속인데, 이는 음탕과 도둑질을 가르치고 인륜과 교화를 해치는 것이다. 왕정에 있어 엄격히 금지해야 할 것이기 때문에 우리들이 통절히 미워하고 배척하는 것이다.7)

> ㈐ 演義나 小說은 간악하고 음란한 말을 기록한 것이니 보아서는 안 된

---

6) 李植,「雜著」(『澤堂先生別集』권15) "演史之作, 初似兒戲, 文字亦卑俗, 不足亂眞. 流傳旣久, 眞假竝行, 其所載之言, 頗採入類書, 文章之士, 亦不察而混用之. 如陳壽三國志, 馬班之亞也, 而爲演義所掩, 人不復觀, 今歷代各有演義, 至於皇國開國聖典, 亦用言近說敷衍".

7) 李德懋,「與朴在先齊家書」(『雅亭遺稿』7) "夫俗所謂小說者, 卽演義之流也, 以其誨淫誨盜, 壞倫敗化之具. 王政之所可厲禁. 故吾輩, 嘗與痛惡而深斥之".

다. 자제들에게 보지 못하게 금해야 한다. 혹 사람을 만나면 소설 내용
을 끈덕지게 얘기하거나 그것을 읽기를 권하는 사람이 있으니 애석하
다. 사람의 무식이 어찌 이 지경일까? 『三國演義』는 진수의 正史와 혼
동하기 쉬운 것이니 엄격하게 구분해야 한다.8)

배격의 이유는 역사적 정통이 혼란되기 때문이다. 그래서 유학자들은 엄
격히 금지해야 한다고 주장한다. 하나가 정통이면 다른 것은 이단시되는 것
이 역사의 법칙이다. 正史는 위를 정통으로 보지만 『삼국지연의』는 이를 거
부하기에 문제가 된다. 명분을 세우고 정통을 따르자니 소리 높여 배격해야
하는 것은 당연하지만 그 배격의 이면에는 그만큼 널리 읽혔다는 전제가 들
어 있다. 李德懋가 朴齊家에게 보낸 편지에서 그런 연의류나 소설을 읽지
말라고 비난했지만 뒤집어 보면 박제가가 그만큼 읽었다는 것을 알 수 있다.
더욱이 소설에 대한 배격론을 가장 열렬히 폈던 이덕무 역시 연의류에 심취
해 있었던 적이 있었다.

"내가 일찍이 『西遊記』와 『三國演義』를 보는데 선군께서 보시고 곧 크
게 책망하시기를 이러한 雜書는 正史를 어지럽히고 사람의 마음을 무너뜨
리는 것이다"9)고 했다 한다. 사대부들이 소리 높여 연의류를 배격했던 것은
당연하지만 그것은 동시에 그만큼 재미가 있었음을 증명하기도 한다. 자제
들에게 보지 못하게 금한다거나, 내용을 얘기하거나 읽기를 권하는 사람이
있다고 한탄하는 것은 바로 『삼국지연의』가 많은 사람들의 호응을 받으면서
읽혀졌다는 예가 된다.

---

8) 李德懋, 「敎習」(『士小節』) "演義小說, 作奸誨淫, 不可接目切禁. 子弟勿使看之.
   或有對人, 娓娓誦說,勸人讀之者, 惜乎! 人之無識, 胡至於此? 三國演義, 混於陳壽
   正史, 須當嚴辨".
9) 李德懋,「先考府君遺事」"不肖, 嘗觀西遊記三國演義, 先君見輒, 大責曰: 此等雜
   書, 亂正史, 壞人心".

이런 추세는 곧 坊刻本의 출판으로 이어지게 된다. 『삼국지연의』는 물론
이고 그 단편들까지 등장하게 되었다. 목록을 적어보면 다음과 같다.10)

```
               ┌─ 京板 99, 126장본
    三國誌      ├─ 安城板 20장본
               └─ 完板 85장

               ┌─ 京板 24, 32장본
    諸馬武傳     └─ 安城板 20장본

    桃園結義 錄 : 京板 17장본
    華  容  道 : 完板 84, 86장본
```

『三國誌』는 연의의 내용을 축약한 것으로 모든 판본에 다 있는 것으로
보아 상당히 널리 읽혔음을 알 수 있다. 그 다음은 단편인데 이들 작품은
『삼국지연의』의 어느 한 부분이 독립되어 소설로 나왔을 것으로 추측된다.
단편이 성립된 이유를 들면 첫째 『삼국지연의』의 내용이 너무 길기 때문에
모든 내용을 전부 판각하기가 힘들고 또 상업성이 적기 때문일 것이다. 그래
서 둘째로 독자들이 흥미있게 생각하는 인물이나 사건 중심으로 단편이 나
타나게 된다.

「諸馬武傳」은 『삼국지연의』의 인물들에 관련되는 얘기다. 元나라 때 만
들어진 「全相三國志平話」의 얘기다. 내용은 주인공 제마무가 옥황상제의
명으로 염라대왕을 대신하여 아직까지 해결하지 못했던 漢高祖 관련 송사
를 처리한다는 것으로 되어 있다. 그래서 한고조를 한나라 마지막 황제인 獻
帝로, 呂后를 伏皇后로 환생케 하여 억울하게 죽음을 당한 韓信으로 하여

---

10) 목록은 金東旭, 『景印古小說板刻本 全集』 1~5(연세대학교 인문과학연구소, 197
   3·1975)에서 뽑았다.

금 조조로 환생시켜 이들에게 복수하게 하는 한편 彭越을 유비로, 項羽를 관우로, 義帝를 손권으로 등장시켜 전대의 원수와 은혜를 갚도록 했다. 뒤에 「夢決楚漢訟」·「諸馬武傳」 등의 활자본으로도 출간되는데 창작이라고 하기보다는 중국 작품의 번안으로 보여진다.11)

「桃園結義錄」은 유비·관우·장비가 서로 만나 도원에서 의형제를 맺고 세상을 바로 잡겠다고 떨치고 나가는 얘기며, 「華容道」는 공명을 얻기부터 적벽대전에서 승리하여 三分天下하는 내용을 다루고 있다. 특히 적벽대전은 「삼국지연의」에서 가장 인기 있는 사건이다. 이 전쟁의 승리로 인해 유비가 근거지를 확보하고 위·오와 더불어 겨루게 되는 것이니 가장 절정에 해당되는 얘기라 할 수 있다. 더욱이 판소리 「적벽가」도 있어 수용의 정도가 두드러진다.

이렇게 수용된 『삼국지연의』는 식민지시대 활자본으로 이어지면서 무려 16종에 61회나 출간될 정도로 인기를 누렸다.12)

金台俊은 『朝鮮小說史』에서 "더욱 조선에서 關岳廟를 세워 關羽를 崇拜하야 나종에는 그의 一部分을 摘出하야 번역하야 보게 되었으니 華容道·山陽大戰·赤壁大戰·劉忠烈傳·姜維實記·玉人記·魏王別傳 等이 그것이다"(92쪽)고 하였다. 하지만 여기 등장하는 소설은 대부분 활자본으로 출간된 것이고 「劉忠烈傳」은 『삼국지연의』와는 관계 없는 군담소실인데 잘못 예를 든 것이며, 「華容道」를 제외하고는 坊刻本이나 筆寫本으로

---

11) 李明九, 「夢決楚漢訟硏究」(『成大論文集』 33집, 1983)에서 이 작품이 古今小說 제 31권의 「鬧陰 司司馬貌斷獄」을 번안한 것이라 하여 자세히 비교하고 있다.

12) 조동일, 『한국문학통사』4 (지식산업사, 1986), 336쪽에서 "두번째 순위는 『삼국지연의』 및 그작품의 주요 사건이나 인물별 분책이 차지해 모두 43회 출간되었다"고 했는데 필자가 확인한 결과그 보다 많은 61회 출간되었음을 알게 되었다. 자세한 내용은 목록을 참조.

전해지는 작품은 없다. 다만 「玉人記」「魏王別傳」은 어디에도 목록이 없다. 김태준이 예로 든 것 외에도 훨씬 많은 작품이 출판되었다. 그 목록을 서지 적인 것에 유의하여 정리하면 다음과 같다.[13]

◀ 삼국지연의

① 三國志(大昌書院, 1918) — 1회

② 諺吐 三國志(匯東書館, 1920) — 1회

◀ 삼국지 인물에 관련된 이야기

③ 夢決楚漢訟(新舊書林, 1914 : 誠文堂書店, 1914 : 朝鮮圖書會社・ 新文館・朝鮮書館, 1925)— 5회

④ 諸馬武傳(朝鮮圖書會社, 1916・1922 : 東洋大學堂, 1930) — 3회

◀ 인물 중심의 각편

⑤ 黃夫人傳(世昌書館, ?) — 1회

⑥ 諸葛亮傳(廣益書館, 1915) — 1회

⑦ 姜維實記(大昌書院, 1922) — 1회

⑧ 關雲長實記(光東書局, 1917・1919 : 京城書籍組合, 1926) — 3회

⑨ 張飛馬超實記(光東書局, 1917・1918・1919 : 朝鮮圖書會社, 1925 : 京城書籍組合, 1926)— 5회

◀ 사건 중심의 각편

⑩ 漢水大戰(大昌書院・普及書舖, 1918) — 2회

⑪ 三國大戰記(德興書林, 1912 : 永昌書館, 1918 : 東洋書院, 1925 : 世 昌書館, 1935) — 4회

⑫ 五關斬將記(大昌書院・普及書舖, 1918) — 2회

⑬ 山陽大戰(唯一書館・朝鮮圖書會社・京城書籍組合・漢城書林, 1916 : 光文冊肆, 1917 : 大昌 書院, 1918・1920・1922 : 普及書舖,

---

13) 목록 작성은 필자가 자료를 직접 찾아 확인한 것이다. 간단한 작품 인용에 따르는 서 지적 사항은 일일이 각주를 달지 않고 이것으로 대신한다.

　　1922) ― 9회

　　趙子龍傳(永昌書館・世昌書館, 1918 : 匯東書館, 1925 :以文堂,
　　1935) ― 4회

⑭ 赤壁大戰(匯東書館, 1925) ― 1회

⑮ 華容道實記(朝鮮書館, 1913・1915・1916・1917 : 光東書局, 1920 :
　　大昌書館, 1919・1921 : 誠文堂書店, 1914 : 光文冊肆, 1916 : 大東
　　書院, 1917 : 新舊書林, ?) ― 11회

⑯ 赤壁歌(德興書林, 1916・1930 : 唯一書館・漢城書林・京城書籍組
　　合, 1916 : 東洋書 院・東 洋大學堂, 1932) ― 7회

　　16종을 대체로 분류하면 예시한 바와 같이 네 종류로 나눌 수 있다. 첫 번
째는『삼국지연의』를 전부 축약하거나 한문에 토를 단 것을 들 수 있다. 이
계통은 내용이 워낙 방대해서 대중적인 인기는 얻지 못했던 것 같다. 한 종
류 밖에 출판되지 못한 것이 그 근거가 된다.

　　두 번째는『삼국지연의』의 인물들에 얽힌 이야기다. 초한시절의 송사를
바탕으로 古今小說「鬧陰司司馬貌斷獄」으로 형성됐으며 이것이 우리 나
라에 건너와 보다 복잡하게 이야기가 구성되었다.

　　세 번째는 인물 중심의 단편들이다. 제목은 ~傳, ~實記라고 했지만 온
전히 인물 중심으로 찌여진 작품은「黃夫人傳」과「諸葛亮傳」뿐이다. 나머
지는『삼국지연의』에서 그 인물이 주로 등장하는 사건을 중심으로 편집한
것이라 온전한 인물 중심의 작품이라 하기는 어렵다. 주목되는 것은『삼국지
연의』에서 어떤 인물이 호응을 얻느냐 하는 것이다. 작품의 제목이 보여주는
것처럼 촉의 오호대장 중 관우, 장비, 마초, 조자룡과 제갈량이 특히 인기가
있었던 것으로 보인다.

　　네 번째는 사건 중심의 단편이다.『삼국지연의』가 원래 여러 인물들이 얽

힌 사건 중심의 작품이고, 더욱이 여러 이야기들이 모여 한 편의 방대한 작
품을 구성하기에 각 이야기들이 개별 작품으로 형성될 수 있는 여지는 얼마
든지 있다.

가장 호응을 많이 받은 사건은 역시 '적벽대전'이다. 작품의 종류도 3가지
나 되며 특히「華容道實記」는 11회나 출간될 정도로 인기가 높았다. 그 다음
은 유비가 조조와 겨루는 '漢中 쟁탈전'일 것이다. 「漢水大戰」, 「三國大戰
記」, 「山陽大戰」이 모두 여기에 해당되는 이야기를 작품으로 엮은 것이다.
한중 쟁탈전은 유비가 漢中을 차지하고 촉을 세움으로써 三分天下하는 이
야기니 지지도도 그만큼 컸다고 보겠다. 「五關斬將記」는 관우가 유비를 찾
아서 그 가족을 이끌고 가면서 다섯 관을 지나며 여섯 장수의 목을 베는 이
야기로, 신의와 충절의 상징처럼 일컬어지는 내용이다.

이런 활자본으로 출판된『삼국지연의』의 단편들은 출판 상황으로 미루어
본다면 대단히 읽혔음을 알 수 있다. 당시의 신문, 잡지의 자료들을 보더라
도 그 사실을 알 수 있다.

> ㈎ 이러한 處地(신문에 신진 작가들의 발표란이 부족한 처지-인용자 주)
> 에 잇슴도 不拘하고 **營業政策에 눈치 빠른 新聞業者들은 讀者의**
> **迎合만을 爲主로 하여** 水湖志니 西遊記니 三國演義니 하는 우리의
> 現在 生活과는 아무 交涉이 업는 慌唐한 外國 古代小說을 싯기에
> 머릿 싸흠을 한다.14)(강조 인용자)

> ㈏ 둘째로 中國 古代小說이 新聞에 揭載되는 것을 말하고 싶다. 西遊
> 記・三國志・水湖志는 中國小說의 三大奇書다. 그 藝術의 價値와
> 文章의 雄壯豪蕩함을 읽을 때 우리는 三歎치 않을 수 없다. 그러나

---

14) 長壽山人, 「反芻」(『朝鮮之光』, 1930년 1월호), 72쪽.

이것은 벌써 數百年을 두고 우리의 입에 膾炙된 바이다. 모름직이 現實을 알라. 지금의 그 軟軟한 붓끝으로 아무리 飜譯을 周密히 한다 할지라도 原作의 氣魄을 뉘 能히 百에 十인들 살릴 수 있는가. 또한 우리에게는 漢文과 國文으로 넉넉히 볼 수 있는 것이 있지 아니하냐. 얕은 興味로 大衆을 끄을되 아무런 效果를 주지 못하는 쩌나리즘의 弊害를 탄식치 않을 수 없다.15)

이 자료들은 모두 당시(1929년)에 신문들이 대중들의 흥미에만 역점을 두어 중국소설들을 번역해서 싣는 것을 비난하고 있다.16) ㈎의 글은 우리의 현 생활과 아무 관련이 없는데 "營業政策에 눈치 빠른 新聞業者들은 讀者의 迎合만을 爲主로 하여" 그런 작품들을 싣는 것을 비난하고 있다. 신진작가들의 작품을 발표할 지면도 없는데 독자들의 흥미만을 노려 황당한 작품들을 싣는다고 나무란다.

㈏글은 약간 시각을 달리하고 있지만 신문에 게재된 중국소설이 "얕은 興味로 大衆을 끄을 되 아무런 效果를 주지 못하는 쩌나리즘의 弊害"라고 하였다. 月灘은 신문에 실리는『삼국지연의』등이 흥미에만 초점을 맞춰 제대로 번역하지 못한 저질 상업물이라 했지만 그 자신도『삼국지연의』의 번역에 손을 대기도 했다. 이렇게 신문에 연재되는 중국 고대소설 즉「西遊記」·「三國志」·「水滸志」의 번역물이 활자본 소설의 성행과 무관하지 않음은 물론이다.(이 문제는 수용의 의미를 언급하면서 자세히 다루기로 한다.)

이들 자료들은 흥미에 역점을 둔 저질성과 상업성을 비난했지만, 오히려『삼국지연의』가 대단히 읽혔고 신문에서 그것을 노려 소설란에까지 이런 중

---

15) 月灘,「朝鮮文壇의 回顧」(『新生』15호, 1929년 12월), 9쪽.
16) 심지어는「三國演義」가 '슬픈 모순'을 지어 근대소설을 개척했던 梁白華에 의해『每日申報』에 1929년 5월 5일부터 연재되기도 했다.

국소설들을 번역해서 실었던 것이다.

3. 『三國志演義』 短篇의 작품 성격과 지향

1) 「夢決楚漢訟」·「諸馬武傳」[17]과 인과응보

「몽결초한송」·「제마무전」은 「삼국지연의」의 인물들에 해당되는 얘기로 제마무라는 선비가 옥황상제의 명을 받아 염라왕이 되어 漢高祖 관련 송사를 해결했다는 내용이다. 작품은 漢·楚시절의 인물들을 三國時代로 재현해 놓아 은원관계를 해결해 놓는 이야기다. 우선 작품의 전반적인 줄거리를 보자.

> ① 東漢 말 壽春 땅에 제마무라는 선비가 사는데 천성이 민첩하고 재기가 뛰어나 경전과 사기를 모를 것이 없다.
> ② 靈帝가 昏庸하여 벼슬자리를 사고 판다.
> ③ 科場에 참여하려고 상경하나 金銀이 많아야 합격한다는 말을 듣고 고향으로 내려간다.
> ④ 春三月, 스스로 신세를 한탄하고 세상이 불공평한 것을 들어 玉皇上帝를 비난하는 글을 쓴다.
> ⑤ 바로 잡아오라는 명이 내려지고, 제마무는 地府로 간다.
> ⑥ 閻王이 꾸짖으나, 도리어 제마무는 염왕을 나무라며 옥황상제에게 부탁하여 염왕이 처리 못 한 송사를 해결하고자 한다.

---

17) 「夢決楚漢訟」(新舊書林, 1914), 저작 겸 발행자는 신구서림 주인인 池松旭으로 되어 있으며, 「제마무전」(朝鮮圖書株式會社, 1916·1922), 저작 겸 발행자는 南宮楔로 되어 있다. 지명이 약간 다를뿐 내용은 거의 동일하다. 이 작품의 인용은 괄호 속에 '몽결', '마무'만 표시하고 면수만 밝힌다.

⑦ 4백년 묵은 송사를 가져오지만 제마무는 十王의 지혜 없음을 나무라
　 며 이 漢高祖의 송사를 말끔히 해결한다.

⑧ 玉皇上帝가 기뻐하며 그를 인간 세상에 다시 보내 80세까지 부귀공명
　 을 누리며 살게 하고 죽 은 후 司馬炎이 되어 삼국을 통일하고 晉을
　 세워 治國安民케 하라 하신다.

⑨ 十王과 작별하고 인간세상에 돌아와 남은 여생을 즐긴다.

　여기서 가장 많은 부분을 차지하고 핵심이 되는 얘기는 楚漢시절의 은원관
계를 삼국시대에 해결하는 것이다. 모두 50명이 등장하는데 그들을 각각 다음
과 같이 환생시켜 삼국시대로 내보낸다. 이해의 편의를 위하여 삼국시대 인물
을 중심으로 분류해 보겠다.[18] (괄호 속은 전신인 초한시대 인물이다)

㈎ 獻帝(劉邦)	㈏ 劉備(彭越)	㈑ 孫權(義帝)
伏皇后(呂后)	糜皇后(戚姬)	陸遜(范增)
袁紹(蕭何)	*關羽(項羽)	呂蒙(韓生)
文醜(田夫)	龐統(許負)	周瑜(酈食其)
顔良(李左車)	廖化(周蘭)	潘璋(紀信)
㈏ *曹操(韓信)	吳班(桓楚)	馬忠(樵公)
華歆(如意)	趙子龍(龍且)	朱然(周苛)
王朗(丁公)	馬超(鐘離昧)	㈒ 黃承彦(張良)
陽修(陣平)	黃忠(虞子期)	
龐德(項伯)	甘寧(于英)	
于禁(周殷)	周倉(烏江亭長)	
曹仁(灌嬰)	諸葛亮(樵夫)	

---

18) 인물들의 분류는 李明九, 앞의 글, 6~8쪽의 것을 은원관계에 따라 다시 배열한 것
이다.

曹丕(田橫)	徐庶(蒯徹)
司馬徽(三老董公)	普淨(虞美人)
孔秀(王翳)	(대) 張飛(樊噲)
韓福(楊喜)	魏延(陣豨)
卞喜(呂馬童)	馬岱(曹參)
王植(呂勝)	蔣琬(王陵)
秦琪(楊武)	費緯(周學力)
呂布(英布)	王平(季布)
	姜維(夏候嬰)
	劉禪(秦王子嬰

　삼국시대의 집단을 기준으로 해서 볼 때 5개 정도의 부류로 나눌 수 있다. 여기서 가장 중심이 되는 인물은 項羽가 변한 關羽와, 韓信이 변한 曹操가 된다. 이들 두 인물을 축으로 해서 보면 (가)는 한신을 모해했던 무리고, (나)는 한신을 중심으로 한 그룹이며, (다)는 항우를 중심으로 한 무리고, (라)는 항우에게 원한을 가진 집단이며, (마)는 은원관계가 없는 부류로 일단 나눌 수 있다. 물론 서로 간에 은원관계가 잘 맞지 않는 사람들도 더러 있다.

　漢王을 도와 천하통일의 대업을 이루었지만 呂后의 모해를 받고 죽음을 당한 한신과 彭越이 각각 天下三分의 주역인 조조, 유비로 환생하여 원한을 갚고자 한다. 더욱이 한신은 그 원한을 갚기 위해서 조조로 환생해 헌제와 복황후를 핍박하거나 죽이기까지 한다. 또 蕭何의 후신인 袁紹를 쳐 이김으로써 묵은 원한을 갚는다. 제마무는 한신의 송사를 다음과 같이 해결한다.

　너는 류방을 위ᄒᆞ야 개셰지공을 셰웟거늘 왕후지락을 누리지 못ᄒᆞ고 이미히 죽엇스니 엇지 차홉지 아니리오 너를 셰상에 내여 보내ᄂᆞ니 셩명은 조조오 ᄌᆞ는 밍덕이라 모략은 손빈과 오긔갓고 지혜 과인ᄒᆞ야 치셰지능지신이

오 란셰지간웅이라 협텬즈 이령졔후ᄒᆞ며 현뎨를 허도에 가도와 날노 핍박ᄒᆞ
며 복황후를 죽여 원을 플고 텬하에 횡ᄒᆡᆼᄒᆞ야 일홈이 우쥬에 떨치게 ᄒᆞ노라
(몽결, 42쪽)

하지만 가장 주목되는 인물은 項羽의 후신인 關羽일 것이다. 작가는 무
려 5면에 걸쳐 항우의 송사를 해결하고 묵은 은원을 갚게 한다. 작품에 등장
하는 대부분의 인물들이 관우와의 관계 속에 자리가 매겨진다.

우선 항우를 통해 仁人君子다움과 烈丈夫의 기개를 칭찬하고, 다만 義帝
를 죽여 放屍한 것을 애석하게 생각한다고 말한다. 천하통일의 대업을 이루
지 못한 것을 안타깝게 생각하여 관우로 화하여 묵은 은원을 갚게 한다고
한다.

하동 히량 짜히 환셩ᄒᆞ야 셩명은 관우오 ᄌᆞ는 운장이니 용밍은 만인을 더
젹ᄒᆞ고 의긔는 산악과 ᄀᆞᆺᄒᆞ며 …… 만군지중을 무인디경ᄀᆞᆺ치 ᄂᆞᆫ다시 드러
가셔 하북 명장 **안량 문츄**를 입합에 버혀들고 …… 이숙의 거쟝을 호위ᄒᆞ야
독ᄒᆡᆼ 쳔리홀졔 **오관에 륙쟝**을 버히고 고성 흔 북소리에 ᄯᆞ로는 **쟝슈 채양**을
일합에 버히여 …… 젹벽 오병홀 졔 군령쟝을 두고도 화용도 좁은 길에 궁곤
흔 **조조**를 노하 보내니 엇지 쟝치 아니며 그후에 슈엄 칠군ᄒᆞ야 우금을 사로
삽고 **방듸**을 버히니 위엄이 화ᄒᆡ에 진동홈애 조조의 간웅으로도 허두를 쩌나
그 봉예를 피ᄒᆞ려 ᄒᆞ고 죽은 후 쳔츄만셰에 향화를 밧들고 데호로 츄존ᄒᆞ게
ᄒᆞ야 대왕의 깁흔 흔을 신셜케 ᄒᆞ노라 (몽결, 50~52쪽) (강조 인용자)

먼저, 항우가 원한을 갚고자 했던 인물을 보자. 위 작품의 인용에 나타난
것처럼, 항우를 사항계로 유인하고 길을 속여 가르친 李左車와 田夫를 이들
의 후신인 안량·문추를 벰으로써 해결케 한다. 또 항우 스스로 자결한 후
그 사지와 머리를 나누어 가지고 공을 다툰 呂馬童, 呂勝, 楊武, 楊喜, 王翳

등을 다섯 관을 지키는 장수가 되게 하여 관우의 손에 죽게 만든다. 게다가 항우의 계부로서 오히려 유방을 섬긴 項伯을 방덕으로 환생케 하여 칠군의 선봉으로 번성싸움에서 관우의 손에 죽게 하고, 항우의 부하로서 항우가 불리해지자 군사를 발하지 않아 항우를 패하게 한 周殷을 우금으로 화하여 하여, 마찬가지로 관우의 손에 죽게 한다. 이로써 항우의 묵은 원한을 갚게 된다. ㈎·㈏ 그룹에 속하는 인물들이 대개 이런 부류다.

두 번째로, 항우에게 은혜를 갚고자 하는 인물이다. 항우의 부하들이었던 강동의 명장 龍且, 鐘離昧, 虞子期를 각각 五虎大將의 하나인 조자룡, 마초, 황충으로 화하게 하고, 마찬가지로 于英을 감녕으로 周蘭과 桓楚를 각각 요화와 오반으로 환생케 하여 관우를 돕게 한다. 게다가 虞美人을 남자의 몸으로 환생시켜 보정이라는 중이 되게 하여 관우를 위험한 지경에서 구해준다. 주로 ㈐에 속하는 인물들이다.

세 번째로, 항우에게 원한이 있는 부류이다. 대개 오나라 장수로 화하여 荊州에서 관우를 죽임으로써 원한을 갚게 된다. 항우에게 죽음을 당한 義帝가 손권이 되어 삼분천하의 대업을 이루게 할 뿐 아니라 관우에게 복수할 기회도 준다. 즉 항우에게 억울하게 죽임을 당한 韓生, 紀信, 周苟, 樅公을 각각 여몽, 반장, 주연, 마충으로 환생케 하여 관우를 사로잡아 죽여 그 원한을 풀게 한다. 대개 ㈑에 속한 인물들이 바로 이 부류다.

매우 치밀하게 초한시대의 은원관계를 삼국시대로 재현해 놓아 이를 해결하고자 했다. 하지만 상대편과의 은원관계는 비교적 치밀하게 해결했지만 같은 부류 내에서는 서로 어긋나 있는 것도 있다. 그 대표적인 예가 유방을 도와 천하통일의 대업을 이룬 樊噲일 것이다.

너는 웅호갓흔 장쉬라 홍문연에 드러가 픽공의 급흠을 구홀졔 두발이 상

지흐고 목지 진렬이라 흔마더 말슴으로 항우를 칙흐야 감히 퇴공을 히치 못
흐게 흐엿스니 엇지 장흐고 쾌치 아니리오 쏘 여러 번 쏜화 공렬이 호더흐
니 진실로 아름다온지라 셰상에 나가 셩명은 장비오 즈는 익덕이라 (몽결,
73쪽)

이런 장비가 유현덕을 도와 용맹을 떨치게 되는데 그렇다면 항우가 환생한
관우와는 초한시절로 보면 서로 적대적인 관계가 된다. 그런데 『삼국지연의』
에서는 桃園結義한 의형제로 가장 가까운 사이가 된다. 蜀의 장수들이 대개
두 종류로 나누어지는데 ㈐는 전대에 항우를 중심으로 한 인물이고, ㈐′는
전대에 漢나라의 장수들이다. 그러나 삼국시대에는 하나의 집단을 형성하게
되니 은원관계가 서로 잘 맞지 않는 셈이다.

아무튼 이 작품은 중국 話本의 번안작이라고 한다. 인물이 훨씬 다양해지
고 합리적으로 처리되어 있으며, 특히 관우에 대해서 많은 비중을 두었음을
볼 수 있다.[19] 그러다 보니 같은 집단 내에서 서로 어긋나는 부분도 생기게
되었다고 본다.

이 작품이 밑바탕에 깔고 있는 것은 '因果應報에 대한 觀念'[20]일 것은 분
명하다. 그런데 그 구체적 내용에 있어서 인과응보의 해결이 하늘에 의해서
저절로 이루어지는 것이 아니라 제마무라는 인간의 힘으로 해결된다는 점에
서 이 작품의 의미를 찾을 수 있다. 말하자면 이를 통하여 '인간 위치의 부
상'을 엿볼 수 있는 것이다.[21]

여기에서 이 작품의 문제를 제기하고 해결해 가는 제마무라는 인물을 주

---

19) 李明九, 앞의 글, 15쪽.
20) 앞의 글, 25쪽.
21) 李慧淳, 「三國志演義의 成立過程과 人物性格考」(『전환기의 동아시아 문학』, 창작
    과 비평사, 1985), 264쪽.

목할 필요가 있다. 그는 처음 일개 서생에 지나지 않았다. 당시 東漢 말의
정세는 간신들과 환관들이 판을 치고 벼슬은 공공연히 돈으로 거래되었으
며, 백성은 극도로 어려운 생활을 영위하고 있었다. 제마무도 과거에 응시하
려 했으나 금은을 많이 가져야 합격한다고 하여 고향에 내려온다. 그 분기를
이기지 못하고 다음과 같이 탄식한다.

　　사룸이 근쵸 한울이 주신 셩품과 마음을 타가지고 싱겨나기는 일반이어
　늘 엇던 쟈는 부귀영화 극진ᄒ고 엇던 사룸은 빈한곤궁ᄒ며 엇던 사룸의 심
　ᄉ는 불량ᄒ야 남에 권리를 쎼앗고 엇던 사룸은 어딜어셔 졔 가진 권리를
　보젼치 못ᄒ야 어딜고 악ᄒ 길의 분별이 ᄂᆫ어 지난가 (마무, 5쪽)

말하자면 세상 일이 공평치 못하다고 한탄하는 것이다. 더 확대해서 해석
하면 역사의 발전이 과연 올바르게 진행되고 있는가 하는 회의라고 할 수도
있다. 그래서 결국 옥황상제와 閻羅國 十王을 나무라는 긴 글을 짓게 된다.
「졔마무젼」에는 "밤마다 졍화슈를 쩌다 노코 단졍이 쑬어 안즈 한운님을 싱
각ᄒ고 한우님 뵈옵기로 축원"(5쪽)했다고 한다. 그만큼 인간의 노력이 부각
되어 있다.

　　제마무가 지었다는 긴 글은 인간사의 공정치 못함을 탄식하고 이것이 玉
皇上帝와 十王의 잘못이라 하여 그를 비난하는 내용이다. 그 마지막 부분을
보면

　　옥황상뎨 어림ᄒ샤 인간 만민의 시비션악을 지공무ᄉ히 숣히시나 혹쟈
　유루ᄒ심이 계심인가 그러치 아니ᄒ면 염라국 십뎐명왕이 비록 륜회보응지
　ᄉ룰 맛흐나 그 총명과 지혜 밋지 못ᄒ 곳이 잇셔 이러ᄒ인가 (몽결, 5쪽)

라고 되어 있다. 많은 고소설이 천상계의 질서를 따라 하늘의 일은 모두가 공정하고 당연하다고 하나 여기서는 오히려 하늘을 비난한다. 이 글이 문제가 되어 제마무는 지옥으로 잡혀간다. 閻王이 제마무에게 하늘의 일은 모두가 공정한데 "네 덕을 닥가 어진 일을 힘쓸 줄은 싱각지 아니코 망녕도히 하눌을 원망ᄒ고 지부를 칙ᄒ"(몽결, 10쪽)고 있다고 꾸짖게 된다. 하지만 제마무는 여기에 굴하지 않고 당당하게 자기의 주장을 펴 나간다.

> 대왕이 옥황의 명을 밧ᄌ와 셰상만민의 싱ᄉ화복과 부귀빈쳔을 졈지ᄒᆫ다 하니 맛당히 지공무ᄉᄒ게 홈이 올커눌 어이ᄒ여 사룸의 화복길흉과 인간고락을 고로게 아니ᄒ고 시비션악을 잘 ᇂᆱ히지 못ᄒ야 불상ᄒᆫ 스룸과 어린 ᄋ희와 무죄한 인싱이며 영웅호걸들을 무ᄉᆞ히 잡아가며 평싱을 착한 일을 힝ᄒ며 부모에게 효셩ᄒ며 님군에게 충셩한 쟈는 그 복록과 슈한을 주지 아니ᄒ며 불츙불효ᄒ고 모든 악한 일을 힝ᄒᄂᆫ 쟈는 도로혀 그 몸이 영귀ᄒ며 일싱을 안락케ᄒ며 그 다른 분명치 못한 졍ᄉᄂᆫ 내 창졸간 일일히 다 말ᄒ지라 내 혜아리니 이ᄂᆫ 옥뎨믜셔 밝지 못홈이오 대왕이 엇지 디부왕의 직분을 극진히 한다 ᄒ리오 (몽결, 11쪽)

인간의 생사화복과 부귀빈천을 다스리는 염라왕을 오히려 압도하고 있다. 이 말을 듣고 염라왕이 너 같은 놈이 어떻게 우리가 해결 못힌 송ᄉ를 해결할 수 있냐고 하자 제마무는 협박에도 굽히지 않고 자신 있다고 대답한다. 결국 제마무와의 논쟁에서 진 염라왕이 이 사실을 옥황상제에게 알리고, 시험삼아 제마무에게 염왕을 봉하여 4백년 묵은 초한의 송사를 해결하게 한다.

제마무는 일개 서생으로 인간사를 주관하는 염라왕과 맞서 자신의 정당함을 획득한 것이다. 4백년 묵은 송사의 문서를 보면서도 "십왕이 다 지혜 업스며 문무쳔관이 모다 무용이로다 이러ᄒ고 어이 텬록을 먹으리요"(몽결, 16

쪽)라고 할 정도로 기개가 살아 있다.

결국 염왕이 된 제마무는 4백년 묵은 송사를 말끔히 해결하고 그 공으로 다시 인간세상에 돌아와 80세까지 부귀공명을 누린 후에, 司馬炎이 되어 晉나라를 세우고 천하를 통일하게 된다. 제마무는 자신의 생각처럼 염왕이 되어 楚漢訟事를 해결함은 물론 다시 사마염으로 환생해 그 일을 마무리 짓는 역할까지 하게 된다. 이렇게 본다면 이 작품은 하늘이 주도하는 인과응보라기 보다 제마무의 활동에 더 초점이 맞춰져 있는 셈이다. 말하자면 인과응보를 누가 주도하느냐가 문제인데 그것이 제마무라는 인간에 의해 주도되기에 긍정적 의미로 읽힐 수도 있다.

하지만 이 작품의 수용적 의미는 그렇게 긍정적이지 못하다. 인간 위치의 부상이나 인간 중심의 사고라기보다는 하늘에 의한 인과응보를 부각시키고 있다. 「제마무젼」의 마지막 부분을 보면 저작자의 다음과 같은 말이 붙어 있어 주목된다.

> 대뎌 인간의 화복은 분명히 **한늘님의 뎡ᄒ시ᄂᆞᆫ 바**오 그 화복을 뎜ᄒ시ᄂᆞ 방법은 싱시의 힝위를 됴사ᄒᆞ야 착ᄒᆞᆫ 쟈 복을 주고 악ᄒᆞᆫ 쟈 화를 주어 이 셰상일을 뒤졉ᄂᆞᆫ 것은 하늘님의 근본 뜻이라 **엇디 변통이 잇스리오** 그런고로 이 칙이 비록 허황ᄒᆞᆫ 뜻ᄒᆞ나 그 션악 보응ᄒᆞᄂᆞᆫ 리치로 보면 분명이 그럿케 될 줄노 싱각ᄒᆞ노니 이 칙 보시ᄂᆞᆫ 쳠군ᄌᆞᄂᆞ 경계ᄒᆞ야 거울홀던뎌
> (마무, 74쪽) (강조 인용자)

이 무슨 말인가? 작품에서는 인간의 화복이 제대로 되지 못하기에 제마무가 이를 바로 잡았다. 그런데 저작자가 내리고 있는 결론은 인간의 화복이 "한늘님의 뎡ᄒ시ᄂᆞᆫ 바"이기에 "엇디 변통이 잇스리오"라고 반문한다. 하늘이 하는 일은 모두가 바르기 때문에 인간은 그저 믿고 따라야 한다고 말하

는 것이다. 작품의 진정한 의미가 상반되게 나타났다고 하겠다.

더욱이 「夢決楚漢訟」, 「제마무전」의 뒤에 「回心曲」이라는 불교가사가 붙어 있다. 「回心曲」은 석가여래의 공덕을 힘입어 이승에서 선악의 어느 한 쪽을 택하고 살다가, 죽은 뒤 저승에서는 인과응보의 법대로 선인은 극락세계로, 악인은 지옥으로 떨어짐을 경계하고 착실히 마음을 닦으라고 권면하는 총 652구의 불교가사로[22] 작자의 의도를 뒷받침해준다.

그래서 이 작품은 인간 위치의 부상이나 인간 중심의 사고라는 긍정적 의미를 감추고 하늘에 의한 인과응보가 의도적으로 드러나 있다.[23] 세상일이 어떻게 되든 인간은 하늘을 믿고 따르며 그저 착한 일이나 많이 해서 극락으로 가라고 한다. 당시 이 작품이 출간되어 많이 읽혔던 때가 일제가 우리나라를 지배하던 식민지시대라 할 때 이 작품이 갖는 수용의 부정적인 모습은 더욱 두드러질 것은 물론이다.

2) 인물 중심 短篇의 두 지향

『삼국지연의』는 원래 여러 인물들이 얽혀서 엮어내는 사건 중심의 이야기이기 때문에 인물 중심의 단편은 성립되기가 힘들다. 제목으로는 많이 존재하는 것같으나 온전히 인물 중심으로 이루어진 각편은 2편에 불과하다. 「關雲長實記」, 「張飛馬超實記」, 「姜維實記」 등은 그 인물이 등장하는 『삼국지연의』의 부분을 축약한 것에 불과하다. 더욱이 「趙子龍傳」이라는 것은 「山陽大戰」과 내용이 같아 인물 중심의 단편이라고 볼 수는 없다.

---

22) 서울대학교 동아문화연구소 편, 『國語國文學事典』(신구문화사, 1981), 708쪽.
23) 이 문제는 사실 작품의 실상보다도 그것을 받아들이는 독자층의 요구일 것이다. '인간 위치의 부상'이라는 작품의 의미와 '하늘에 의한 인과응보'라는 또 다른 작품의 의미가 서로 공존한다고 하겠는데, 당시의 독자층은 인과응보의 의미로 작품을 받아들인 셈이다.

「關雲長實記」는 관운장이 유비·장비와 더불어 桃園結義할 때부터 荊州에서 吳의 여몽에 의해 죽을 때까지의 이야기를 축약한 것이다. 다만 맨 앞부분에 "각설 동한 말의 하동 해량에 한 영웅이 잇스되 셩은 관이요 명은 우요 자난 운장이라 신장이 구쳑 오촌이오 얼골은 무른 대초빗 갓고 눈은 봉의 눈이오 눈섭은 누의 갓튼지라 상뫼 당당하고 위품이 늠름하니 일대에 호협한 긔 남자라"(1쪽)고 소개가 있을 뿐이다. 관운장의 출생이나 성장과정이 없는 것은 물론 이야기의 전개도 관운장만을 중심으로 되어 있지 않다.

「張飛馬超實記」도 마찬가지다. 도원결의부터 한중을 차지할 때까지의 이야기다. 이 작품도 첫부분에 "화셜 동한의 탁군 쌍에 일위 현스 잇스되 셩은 쟝이오 명은 비오 즈는 익덕이니 신쟝이 팔쳑이오 표범의 나룻이오 쇼리 우뢰 ズ흐니 당당흔 일셰 영웅일너라"(1쪽)고 장비를 소개하고 있지만 마초에 대한 얘기는 없다. 이들 작품들은 『삼국지연의』의 내용을 축약한 데다가 중심 인물의 이름을 따서 제목을 붙이고 그 인물에 대한 간략한 소개를 첫머리에 덧붙였을 따름이다. 중심 인물의 생애를 재구성하여 이야기를 만들었다고는 보기 어렵다.

「姜維實記」는 재구성한 흔적이 보인다. 저작 겸 발행인이 朴健會[24]로 되어 있으며 모두 16회의 回章體로 되어 있다. 서두를 보면 "화셜지라 삼국시졀에 텬슈 현긔짜에 흔 담크고 특이흔 일더 명장이 잇스니 셩은 강이오 명은 유요 즈는 빅약이니 그 사룸되오미 신쟝이 팔쳑이오 낫츤 거무며 수염은 길고 눈은 밝근 별 갓흐며 상묘는 당당흔고 위풍은 름름흔지라"(1쪽)고 인물을 소개하고 나서 왜 이 작품을 짓게 되었는가를 얘기하고 있어 주목된다.

---

24) 朴健會는 朝鮮書館의 주인으로 있으면서 그 곳에서 발행한 책 외에도 많은 구소설을 지었던 사람이다. 주로 回章體로 소설을 지었으며 의고적이고 친일적인 색채를 띠었다. 자세한 것은 앞의 졸고참조.

져지 삼국지를 보다가 강유의 구벌 중원흔 사실을 보면 그림에 쩍이 되엿
스니 한 번 소리지르고 칙상을 치지 아니치 못흐리로다(1쪽)

姜維가 아홉 번 중원을 치려다가 실패한 얘기를 소설로 엮는다고 한다.
강유는 처음에는 위의 장수였으나 제갈공명에게 항복하여 나중 제갈공명이
죽고 나서 그 뒤를 이어 촉의 군사를 통제했던 사람이다. 위의 대군이 쳐들
어오고 나라는 혼란스러워 망하게 되자 위의 장수 鍾會에게 거짓 항복하고
鄧艾와 서로 다투게 하여 촉을 다시 찾으려 했으나, 결국 실패로 돌아가서
죽게 된 인물이다. 작자도 "담크다 강빅약이오 구사일싱으로 종회를 쳐결흐
야 장게 취게흐야 한실을 회복하려다가 십통병니 이러나 난군 중에 죽엇스
니 엇지 가련흐고 원통치 아니흐리오"(1쪽)라고 앞부분에 썼으며 제목도 '담
크다'하여 「大膽姜維實記」로 하였다.
하지만 내용으로는 별다른 게 없다. 회장체로 바꾸어 서술했을 뿐이다. 앞
부분의 작자의 말은 독자들의 흥미를 끌기 위한 장치로 보인다.
황당한 도술 이야기지만 인물 중심의 내용을 다룬 것이 「黃夫人傳」[25]이
있다. 제갈공명의 부인인 황부인을 주인공으로 삼았다. 줄거리를 단락으로
나누어 보면 다음과 같다.

① 대한 말년 형주 땅에 황승언이란 은사가 딸을 얻었으나 용모가 몹시
   추했다.
② 꿈속에 도인이 나타나 여자에게 모습을 그림으로 그려 교자에 걸고 가
   면 배필을 만나리라했다.
③ 제갈공명이 그림을 보고 구혼하여 결혼하게 됐다.

25) 자료는 인천대학교 민족문화연구소 편,『舊活字本 古小說 全集』권32(은하출판사,
1983·1984)에있다. 이 자료집은 앞으로『全集』으로 약칭하기로 한다.

④ 첫날밤에 황부인의 모습이 추한 것을 보고 나가고자 하나 여러 가지
   신기한 일이 일어나 결국 그날밤을 지냈다.
⑤ 자고 일어나니 황부인이 흉한 허물을 벗고 아름다운 용모로 앉아 있었다.
⑥ 황부인 때문에 가세가 부유해지고, 손님들을 초대하여 도술로 음식을
   날라와 대접했다.
⑦ 유현덕이 삼고초려하자 제갈공명은 그를 따라 나섰다.
⑧ 조조의 대군이 쳐들어 오자 신야를 떠나 번성으로 향했다.

『삼국지연의』에는 황부인에 대한 얘기가 거의 나타나 있지 않다. 그런데 「黃夫人傳」을 보면 황부인에 대하여 자세하게 묘사되고 있으며 주인공으로 등장하여 많은 이적을 행한다. 실제로 『삼국지연의』에서는 황부인의 아버지인 황승언이란 도사가 잠깐 등장할 뿐이다.

이것이 『삼국지연의』에 나타나는 내용인데, 도술을 부린다는 사실과 얼굴이 추하다는 사실을 보태어 이야기를 대폭 확대했다. 황부인을 옥황상제의 선녀로서 죄를 지어 허물을 쓰고 지상에 내려온 인물로 만들었다. 작자도 마지막 부분에 "황부인 ᄉ젹은 삼국지에 업논고로 대강 긔록ᄒ노라"(35쪽)고 한 것을 보아 독창적인 작품으로 보인다.

내용을 보면 하늘에서 죄를 지어 허물을 썼다는 것과 도술을 부리는 얘기가 주종을 이루고 있다. 『삼국지연의』의 인물인 황부인을 주인공으로 내세웠지만, 「박씨전」을 모방해서 지었다. 도술을 부리는 얘기는 첫날밤에 제갈공명을 꼼짝 못하게 했다는 사실과 손님에게 도술을 써서 음식을 날라왔다고 한다. 첫날밤에 황부인의 흉한 용모에 놀란 제갈량이 가려고 하자 옷을 붙잡아 찢어지게 해서 그것을 감쪽같이 꿰매고, 식사를 차려오는데 금새 진수성찬을 차려오고, 나가던 제갈량에게 커다란 범을 만나게 하여 다시 들어오게 하며, 마지막에는 가도가도 그 자리에 있게 했다는 것이 도술의 내용이

다. 제갈량이 친구들을 초대했을 때 조조의 음식을 날라와서 손님을 대접했다는 얘기는 기상천외의 도술을 보여 준다.

조조의 모친 슈신을 당ᄒ미 대연을 비셜ᄒ야 만조공경을 쳥ᄒ야 즐기니
사방에셔 진궁ᄒ는 산진히물이 뫼ᄌᆞ치 싸히미 진수셩찬을 산ᄀᆞ치 차렷스니
아니 가진 거시 업고 일호미 진ᄒ미 업더라 이날 부인이 도슐을 힝ᄒ야 그
뫼ᄌᆞ치 싸힌 셩찬을 쓰기에 합ᄒ게 슈운ᄒ야 오게 ᄒ미러라 (14쪽)

문제는 이런 황당한 도술이야기로 끝나지 않는 데에 있다. 뒷부분은『삼국지연의』의 내용을 축약한 것인데 삼고초려하는 이야기와 조조의 대군을 만나 싸움을 하는 부분은 사실대로 서술하고 있다. 개작이든 창작이든 한 인물을 중심으로 이야기를 전개시켜야 할텐데 이런 점에서 보면 이 작품은 통일성이 없다. 뒷부분에는 황부인이 등장하지도 않고 제갈공명만 나온다.「박씨전」을 모방하여 황당한 도술이야기와 허물 벗는 이야기로 엮다가 뒷부분에 가서 다시『삼국지연의』이야기로 끝을 맺었다. 황당한 홍미 위주의 도술과 구성상의 통일성 결여가 이 작품의 문제로 남는다.

인물 중심의 각 편으로 비교적 제대로 된 작품은「諸葛亮傳」(廣益書館, 1915)[26]이다. 저작 겸 발행인이 玄公廉으로 되어 있는 이 작품은 모두 15회의 회장체로 되었는데 각 회의 제목을 들어보면 다음과 같다.

뎨일쟝 남양에서 몸소 밧갈다
뎨이쟝 한말략기
뎨삼쟝 초려에 셰번 도라봄
뎨ᄉ쟝 적벽에 싸홈(상)

---

26) 자료는『全集』권13에서 찾았다.

뎨오쟝 적벽에 싸홈(하)
뎨륙쟝 뎐하삼분
뎨칠쟝 형주와 한중
뎨팔쟝 관운쟝의 말경
뎨구쟝 한실의 대변
뎨십쟝 자귀의 픠군
뎨십일쟝 빅뎨셩
뎨십이쟝 졍스를 베품
뎨십슴쟝 남만졍벌
뎨십스쟝 북졍
뎨십오쟝 오쟝원

『삼국지연의』의 줄거리를 따라 가면서 제갈공명의 탄생부터 시작하여 마지막 오장원에서 죽을 때까지의 이야기를 재구성하여 보여주고 있다. 필요한 부분은 늘이고 불필요한 부분은 줄여 이야기를 새롭게 엮었다고 보여진다. 어떤 방식으로 이야기를 꾸몄는가 알아보자.

아셰아쥬 지나본부 십팔셩(省) 중에 산동셩은 녯적 졔국과 로국의 디경이라 양양흔 황하슈는 텬상으로부터 흘러나려 발히로 드러가고 티산은 아아흐야 중텬에 소삿는디 놉기가 스십여 리오 큰 산뷕이 열 여덟이니 그중 진관봉상에 올나셔면 셔으로 쟝안 젼경을 구버보며 월관봉은 남으로 회계를 림흐얏스니 셕경도화 빅운 수렴 등의 동학과 왕녀 왕모 빅룡 등의 대튁은 경긔졀승한 곳이오 봉션디 오대부송 티산비 등은 산중에 유명흔 고적이라 산슈가 명려흐고 졍긔가 령이홉으로 산동 짜에 녜로부터 성현달스와 영웅호걸이 끈어지지 아니 흐얏도다. (1쪽)

난데없이 산동지방이 경치가 좋다는 말을 늘어 놓고 끝에 가서 이런 곳에서 '성현달스'와 '영웅호걸'이 많이 배출됐다고 한다. 바로 이곳이 제갈공명의 고향이고 그런 곳에서 태어났으니 뛰어나다고 하는 말을 암시하고 있다. 일반적으로 "화설 ~시졀 ~따헤"식의 어투와는 전혀 다르다. 아세아로 시작하여 중국을 거쳐 산동성으로 점점 범위가 좁혀지고 결국은 작품의 주인공 제갈량에 이른다. 제갈량은 어떤 인물인가?

  제갈량에 주는 공명이니 산동랑야인이라 동한 령뎨 광화 스년(셔력 일빅 팔십 일년)에 출싱호니 한나라 스례교위 제갈풍후오 규의 아돌이라 규가 삼 남일녀를 두엇스니 쟝남은 조이오 추남은 량이로 삼남은 균이며 녀아는 후 에 방덕공의 쳐가 되니라 공명은 어려서 부모를 구상호고 종부 제갈현에게 양육을 밧은 지라 현이 일즉 예장틱슈가 되얏다가 오리지 아니호야 벼살을 스양호고 형쥬에 드러가 류표에게 의지호얏더니 현이 마참니 셰상을 리별호 거눌 공명은 고향에 도라갈 뜻이 업셔 인호야 형쥬에 머무를 졔 (2쪽)

군담소설식의 천상계 설정이나 허황됨이 없다. 지극히 사실적으로 공명의 출생, 가계 그리고 형주에 머무른 이유를 설명하고 있다. 공명의 출생에 西紀까지 달아 놓는 자세함을 보인다. 사실 이 얘기는『삼국지연의』에 없는 얘기다. 그러면 작자는 어디서 이런 얘기를 취해 서술했을까? 쉽게 생각할 수 있는 것이 陳壽의『三國志』에 있는 列傳이다.

  실노 경스에 젼혼 비 업슴을 가셕히 녀기는 비로다 다만 연의삼국지를 보 면 공명의 활동과 신긔혼 지슐을 가히 알지로다 그러나 연의는 경스가 아닌 고로 럭스덕으로 치용키 불능호여 이에 긔록지 아니홈이라 (62쪽)

이 얘기는 제갈량이 동남풍을 불게 했다는 사실을 기록하면서 달아놓은 논평이다. 이것을 보면 正史에 비중을 두어 이야기를 엮어 갔음을 알 수 있다. 애국계몽기 丹齋類의 글투를 보는 것 같다.

제갈공명을 正史 중심으로 자세히 설명한 다음 2회에서는 당시 후한 말의 정세를 그려놓고 있다. 작은 제목을 보면 (일)외척과 환관은 호랑, (이)동한은 청절명ᄉᆞ가 만음, (삼)턴변디이는 인ᄉᆞ와 셔로 감응홈, (사)군웅이 벌과 ᄀᆞ치 이러남, (오)치셰의 능신이오 난셰의 간웅, (류)손칙은 웅무ᄒᆞ야 강동을 공략홈, (칠)류현덕과 관우, 장비 순으로 당시의 상황을 설명하고 있다. 『삼국지연의』의 ⅛에 해당하는 내용을 단 1회로 처리하고 있다. 제갈공명의 얘기가 주가 되기에 나머지 부분들은 간략하게 처리되고 있음이다.

그런데 여기서 주목되는 것은 역사를 보는 저자 玄公廉의 시각이다. 후한 말 어지러운 정세를 설명하면서 "한토민족의 혈관 중에는 수쳔녀이러로 ᄭᅳᆫ치지 않는 혁명혈이 잇ᄂᆞᆫ지라 악졍의 열긔를 심히 밧아 ᄭᅳᆯ타 못ᄒᆞ면 반다시 폭발ᄒᆞᄂᆞᆫ 셩질이오 지변이 빈삭홈은 디긔와 텬의가 셔로 감응ᄒᆞᄂᆞᆫ 표상이로다 …… 진실노 민심이라는 것은 이와ᄀᆞ치 희롱ᄒᆞ야 좌우치 못홀 지니라"(16쪽)고 하고 있다. 민심이 곧 역사를 움직여 나가는 것이라는 말이다. 더욱이 악정이 심하면 혁명으로까지 발전된다는 말을 하고 있어 역사 발전에 대한 긍정적인 시각을 알 수 있다.

3회에서 공명이 유현덕을 따라 세상을 나서는 것을 이야기하고 있는데, 여기서 지식의 올바른 사용을 주장하고 당시 세태를 비난하고 있어 주목된다.

> 대뎌 근디에 이르러셔는 싱존경징의 영향이 날노 극심흔 ᄭᅡ닭인지 거셰 청년이 겨우 학교를 졸업ᄒᆞ면 즉시 권문을 향ᄒᆞ고 셰가를 조차 빅반아쳠으로 일고를 엇으면 그 영랑을 ᄌᆞ랑ᄒᆞ며 심지어 귀족과 결혼ᄒᆞ야 **문별을 더ᄒᆞ고** 부호와 결교ᄒᆞ야 **ᄌᆡ산을 탐득홀** 계칙으로써 몸을 셰우고 집을 일운쟈를 보면 곳지ᄉᆞ로 칭찬ᄒᆞ야 부러워홈을 마지 아니ᄒᆞ니 (34쪽, 강조 인용자)

당시(1910년대) 권문이나 세가라면 당연히 일제의 앞잡이들을 말할 것이다. 학교를 졸업한 청년들이 이들에게 아첨하여 출세하고자 하는 세태를 비난하고 있다. 즉 제갈공명의 三顧草廬는 의로움을 위해서 몸을 일으켰으나 당시의 청년들은 '문벌을 더흐고', '지산을 탐득흘 계책으로써' 세상에 나간다고 한다.

제4, 5회 '적벽에 싸홈'이야말로 충실히 正史를 따라 서술한 부분이다. 이미 앞에서 보아온 것처럼 "연의는 경스가 아닌고로 력사덕으로 치용키 불능"하다고 하여 역사적 사실만을 기록하고 있다. 그래서 제갈공명이 동남풍을 일으키는 내용도 빼버리고, '적벽대전'에서 가장 압권이라고 할 관운장이 화용도에서 조조를 놓아 보내는 부분이 서술되어 있지 않다. 그저 "조조는 창황망조흐야 화용도로 다라날시 산곡은 험익흐고 도로는 니녕흐며 광풍은 밍렬흐야 능히 촌보를 나아갈 수 업스미 군스로 흐야금 마른 풀을 버혀 진창을 덥허가며 겨우 화용도를 버셔나니 스졸에 죽고 도망흔 지 부지기수러라"(53쪽)고만 서술되어 있다. 조조가 웃을 때마다 복병이 나왔다거나 관운장이 옛 恩 義를 생각해 조조를 놓아 주었다는 얘기는 어디에도 없다. 또 조조의 참패에 대해 "슯흐다 일세의 간웅으로 텬하를 횡힝흐든 조밍덕도 그 마음을 교만히 가진 동시에 이와 갓흔 대 실픽를 졸디에 일우워 능히 통일흘 형세로써 겨우 삼분텬하에 긋치게 됨은 실노 가석흔 일이로다"(53쪽)라고 하여 실제의 역사적 사실을 따르고 있음을 보여준다. 그만큼 소설적인 재미는 삭감된다고 하겠다.

그 뒷부분도 대개 비슷하다. 正史 중심으로 기록했기에 소설적인 재미보다는 역사에 대한 해석을 위주로 하고 있다. 다만 마지막 부분에서 공명이 죽고 나서 "임의 상기동이 부러졌스니 엇지 대하를 지팅흐리오 이후스는 다시 말흐기 슬인고로 다만 공명의 즈손에 더흐야 수언을 더흐고져 흐노라"(153쪽)하여 공명의 자손에 대한 後事와 내용 중에 포함시키지 않은 애기를 모아 遺事雜記라 기록하고 있다.

「諸葛亮傳」은 正史를 바탕으로 하여 공명의 일을 중심으로 이야기를 엮어 나갔다. 正史를 중심으로 하기에 역사적인 고증과 날카로운 논평이 들어 있지만 소설적인 흥미나 재미는 그만큼 삭감된다고 하겠다. 이 글은 애국계몽기 역사전기물의 서술에서 보이듯이 인물과 역사에 대한 논평이 주를 이루고 있다.

저작자라고 하는 玄公廉에 대해서 알아보자. 그는 계몽주의자로 저작·번역에 왕성한 활동을 했던 玄采의 아들로, 그 역시 애국계몽기부터 활발하게 활동했던 것으로 보인다. 1908년 우문관에서 「經國美談」이란 책을 譯述해 내기도 했으며, 大昌書院·東美書市·大東書市의 발행인이기도 하다.27) 「經國美談」은 "제무국 회복ᄒ던 영웅준걸의 익국혈셩을 감동ᄒᆞ여" 번역한 책이라 한다. 본래 「經國美談」은 일본 明治前期 改進黨系의 대표적 정치소설로 그리스의 민주정치를 이상화한 작품이다. 작자는 개진당의 참모이며 ≪報知新聞≫의 발행인인 야노 류우께이(矢野龍溪)다. 줄거리는 그리스 테베를 무대로 하여 전정주의자들의 쿠데타를 분쇄하고 스파르타군도 제압하여 테베에 민정의 밝은 사회가 되살아난다는 내용이다.28)

그런데 日本의 「經國美談」 서문을 보면

본인이 생각한 바는 원래 正史를 기록하는 데에 있기 때문에 보통 소설과 같이 마음대로 사실을 변경한다거나 正邪善惡을 전도하는 것과 같은 일은 하지 않았다. 다만 사실과 약간 윤색을 가했을 뿐이다.29) (강조 인용자)

---

27) 자세한 것은 졸고, 「1910년대 活字本 古小說 硏究」를 참조.
28) 日本 明治前期의 「經國美談」에 대해서는 泉降二, 「일본 開化期의 정치소설」(『전환기의 동아시아 문학』) 참조.

고 했다. 현공렴 역시 이 책을 번역하면서 소설에 대한 이런 생각에 동조했을 것이다. 그래서 그도 「經國美談」을 번역하면서 그 서문에다 다음과 같이 썼다.

간관은 쳥셜ᄒᆞ시오 아한국문의 편리가 한문보담 긴요ᄒᆞ여 민지를 발달ᄒᆞ기가 쉬우되 이왕 여념의셔 **성남ᄒᆞᄂᆞᆫ 소셜이 부탄 허무ᄒᆞ야** 부녀와 목동의 담소ᄒᆞᄂᆞᆫ 쟈뢰가 될 ᄯᅳᄅᆞᆷ이오 **지식과 경뉸의ᄂᆞᆫ 일호 유익이 업슬 ᄲᅮᆫ더러** 원뎌호 식견의 방희가 블무인고로 빅슈춘옹이 야인을 감심ᄒᆞ거 헌쟝부가 우밍을 면치 못ᄒᆞ니 엇지 지탄치 아니ᄒᆞ리오30) (강조 인용자)

유행하는 국문소설들이 '부탄허무'하여 '지식과 경뉸의ᄂᆞᆫ 일호 유익이 업슬 ᄲᅮᆫ'이라고 한다. 그래서 재미나 흥미가 아니라 지식과 경륜에 유익한 내용을 담은 것이 「經國美談」이라 한다. 그리스의 민주주의를 신봉한 이 책은 한일합병과 함께 압수된 것은 물론이다.

이런 현공렴이기에 「諸葛亮傳」에다 흥미나 재미보다 정사 중심의 '유익'한 내용을 담고자 했던 것이 당연하다. 다만 소설의 재미를 등한시했다는 데서 애국계몽기 소설론자들의 경직성을 엿볼 수 있다.

3) 사건 중심 短篇과 군담소설의 방식

『삼국지연의』는 본래 무수한 인물들이 펼치는 다양한 사건의 대하소설이다. 그러기에 사건 중심으로 이야기가 전개되는 것은 당연하다 하겠다. 다른 단편들에 비해 가장 많은 분량을 차지하고 있을 뿐더러 독자들에 대한 인기도 가장 높았다.

---

29) 앞의 글에서 인용.
30) 자료는 全光鏞 편, 『原本 韓國近代小說의 理解』 I (민음사, 1983), 128쪽.

가장 인기 있었던 사건은 '적벽대전'임을 쉽게 알 수 있다. 종류도 3가지나 되며 그중 「華容道實記」는 무려 11회나 출판될 정도였다. 『삼국지연의』에서 가장 절정이 되는 사건이고 유비로서는 삼분천하의 기틀을 마련하는 계기가 되기에 이 얘기는 독자들에게 많은 홍미를 제공해 주었을 것이다. 朴健會가 편집했다고 하는 「華容道實記」(朝鮮書館)[31]를 보자. 모두 16회의 회장체로 되었고 부록으로 '적벽가'라는 노래와 「三說記」에 있는 「五虎大將記」가 붙어 있다. 각 회의 내용은 다음과 같다.

① 구월산 중에서 숙녀를 맛느고 황부인이 도슐로 와룡을 굴ᄒ다
② 황부인이 츄악ᄒ 모양을 벗고 제갈량이 산수간에 노다
③ 셔서가 림힝에 제갈량을 천거ᄒ고 류현덕이 세번 초려를 도라보다
④ 슘분를 졍ᄒ야 룡중에셔 쇠를 결단ᄒ고 장강에셰 쏘화 손씨가 원수를 갑다
⑤ 형쥬셩에서 공지 세번 계교를 구ᄒ고 박망파에서 군시 쳐음으로 용병ᄒ다
⑥ 치부인이 의논ᄒ야 형쥬를 드리고 제갈량이 불노 신야를 슬르다
⑦ 류현덕이 빅셩을 잇그러 강을 건너고 됴즈룡이 단긔로 쥬인을 구ᄒ다
⑧ 장익덕이 쟝판교에서 대료ᄒ고 류예쥐 피ᄒ야 한진구로 다라ᄂ다
⑨ 제갈량이 군유로 더부러 셜젼ᄒ고 노즈경이 중의를 물이치다
⑩ 공명이 계교로써 주유를 격동ᄒ고 손권이 계교를 결단ᄒ야 조됴를 파ᄒ다
⑪ 삼강구에셔 조됴가 군스를 썩고 군영회에셔 쟝간이 계교에 빠지다
⑫ 긔이ᄒ 계교를 써 공명이 슬을 쎄앗고 가만ᄒ 쇠를 드려 황긔가 형쟝 맛다
⑬ 감턱이 가마니 스항셔를 드리고 방통이 공교히 련환계를 가라짓다

31) 자료는 「華容道實記」(朝鮮書館, 1913)이며 『全集』 17권에 있다.

⑭ 쟝강에셔 잔치홀시 부와 시를 짓고 젼션을 련환ᄒ고 북군이 무예를 쓰다
⑮ 칠셩단에셔 졔갈량이 바롬을 빌고 삼강구에셔 주유 불을 놋타
⑯ 졔갈량이 지혜로 화용도 일을 손놋코 관운쟝이 의로 조됴를 놋타

유비가 제갈공명을 얻는 사건에서부터 적벽대전을 승리로 이끈 내용까지 서술했다. 조조의 80만 대군을 300명만 남기고 모조리 전멸시켜 버린 사건이 바로 이 적벽대전이다. 신야에 머물렀던 유비가 이 싸움의 승리로 인해 荊州를 얻고 한중을 얻어 삼분천하의 기반을 닦는 것은 물론 화용도에서 관운장이 조조를 놓아준 것은 싸움뿐이 아니라 명분에서도 우위를 차지하고 있음을 보여준다. 그래서 제목도 '화용도'를 부각시켜「華容道實記」라 했던 것 같다.

작품을 보면 1, 2회는『삼국지연의』에는 전혀 없는 황당한 내용이다. 앞에서 살폈던「黃夫人傳」과 내용이 거의 같다. 얼굴이 못생겼다는 것은 물론 화상을 보고 제갈공명이 청혼했던 얘기며 첫날밤에 도망가는 공명을 도술로 막고 다음날 비로소 허물을 벗었다는 내용도 그렇다. 또 공명을 따라가 가세를 일으키고 공명의 친구들을 초대해 조조의 음식을 도술로 날라다 대접했다는 얘기도 일치한다. 작가가 흥미를 끌게 하기 위하여『삼국지연의』에 없는 내용을「바씨전」을 모방해 지어 넣었을 것으로 보인다. 나중 이 부분이 독립되어「黃夫人傳」으로 형성됐다고 보면 별 무리가 없어 보인다.

서두에 황부인을 등장시켜 사건을 전개시킨 것은 그만큼 흥미는 줄지 모르나『삼국지연의』의 현실적인 시각을 약화시켰다는 문제점이 있다. 황부인은 하강한 옥황상제의 선녀다. 그가 도술을 부리는 것을 제시함으로써 공명의 계책이나 술법도 이와 무관하지 않음을 보여준다.

이윽고 쳐스 도라갈시 공명이 악장을 싸라 황부에 니르러 머무르며 도학
을 힘써 숙독홀시 공명이 본디 총명다지 한지라 문일지십ᄒᆞ고 상통텬문ᄒᆞ고
하달지리ᄒᆞ며 ᄯᅩ 인ᄉᆞ를 아라 셰샹ᄉᆞ를 무불통지ᄒᆞ니 (24쪽)

공명이 장인 황승언에게 도술을 배웠다는 얘기인데『삼국지연의』를 보면
장인에게 도술을 배웠다는 얘기는 없다. 현실적인 공부를 통해 익힌 것이다.
도사를 만나 인간세상에 없는 신기한 술법을 익혔다는 군담소설의 방식을
차용했다고 보여진다. 그래서 '상통텬문'하고 '하달지리'했다고 하는 얘기는
자연스럽게 받아들여진다.

『삼국지연의』와 군담소설의 차이는 군담의 성격이 다르다는 것이다.[32] 즉
『삼국지연의』에 나타나는 것은 용병전이고 지략전인데 비해 군담소설을 초
개인적인 능력으로 나타난다. 그러기에 군담소설의 주인공은 도사로부터 인
간세상에 없는 기이한 무예나 계책을 습득한다. 그것이 바로 초능력적인 용
맹을 나타내는 근거가 된다. 이런 군담소설의 방식을 채택하여 군담소설에
익숙한 독자들의 흥미를 끌게 했음은 물론이다.

3회부터는『삼국지연의』의 내용을 分回해서 실었는데 뒷부분에는 항상
"~이 엇지되얏는고 하문(회)을 보와 분히ᄒᆞ라"는 말이 붙어 있고, 작품의
마지막 부분에는 공명이 관운장의 죄를 용서해주고 "이 뒤를 보고ᄌᆞ ᄒᆞ시는
이는 됴션셔관에서 발힝ᄒᆞ는 산슈삼국지를 렬남ᄒᆞ시옵"(207쪽)이라는 말이
붙어 있다. 철저하게 상업성을 염두에 두었다.

'적벽대전' 다음으로 흥미를 주었던 사건은 유비가 적벽대전의 승리 후 형
주를 얻고 한중을 차지해 漢中王이 됨으로서 삼분천하하는 것이다. 유비가
조조와의 漢中쟁탈전에서 승리하는 얘기다. 「漢水大戰」, 「三國大戰記」,

---

32) 서대석, 「군담소설과 삼국지연의」(『군담소설의 구조와 배경』, 이대 출판부, 1985),
    273쪽.

「山陽大戰」이 모두 이 계열의 각편인데 특히 주목되는 것은 「山陽大戰」 (唯一書館, 1916)이다. 다른 작품들은 『삼국지연의』의 축약인데 비해 이 작품은 독창적으로 창작한 듯하다. 이 작품은 대단히 많이 읽혔다. 9회나 출간될 정도이고 「趙子龍傳」이라고 표제를 바꾼 것도 있어 모두 합하면 13회나 출간되었다. 『삼국지연의』의 각편으로는 가장 많이 읽힌 셈이다.

저작 겸 발행인이 南宮楔로 되어 있고[33] 모두 10회의 회장체로 되어 있는데 각 회의 제목을 보면 다음과 같다.[34]

① 조죠 漢나라 치기를 의론ᄒ고 한효 선봉이 되여 진군ᄒ다
② 션쥬와 공명이 젹병 막기를 근심ᄒ고 운장과 밍긔 일시에 드러오다
③ 팔쟝을 죽여 쳐음 공을 셰우고 명무를 버혀 위진에 횡힝하다
④ 마쵀 한효로 디젼ᄒ고 운장이 밍긔를 구ᄒ다
⑤ 한효를 버혀 위병을 디파ᄒ고 조죠 삼국에 쳥병ᄒ다
⑥ 관운쟝이 위진 즁에 에워싸히고 죠자료이 산양슈를 쮜여 건너다
⑦ 죠자룡이 삼국병을 쓰러바리고 조밍덕이 슈염을 싹고 도망ᄒ다
⑧ 디연을 비셜ᄒ야 삼쟝을 위로ᄒ고 한왕과 위왕이 구계산에 모히다
⑨ 공명이 슈죄ᄒ야 조죠가 디참ᄒ고 량진졔쟝이 지조를 시험ᄒ다
⑩ 로쟝 황츙이 조인을 싱금ᄒ고 진법을 보고 가마니 퇴병ᄒ다

이 작품의 내용을 보면 다른 작품처럼 『삼국지연의』의 축약이 아니라는 것을 알 수 있다. 등장인물과 배경이 서로 맞지 않을 뿐 아니라 사건이 전혀 다르게 전개된다. 전반적인 내용은 조조와의 '한중쟁탈전'을 기본 골격으로

---

33) 南宮楔은 唯一書館에서 활동했던 구소설 저작자인 것 같다. 유일서관은 주인이 南宮濱이었는데, 그와 인척관계가 있어 보인다. 출판사와 작자에 대한 자세한 내용은 졸고, 「1910년대 活字本 古小說研究」 참조.
34) 「山陽大戰」(唯一書館, 1916). 자료는 『全集』 권5에 있다.

하고 있으나 구체적인 내용은 전혀 다르다.

작품을 보면 유비를 한중왕으로 묘사하고 있지만, 유비가 한중왕에 오른 것은 한중에서 조조를 물리친 건안 24년 7월의 일이었다. 그런데 작품의 내용은 한중왕에 오르기 전의 일을 그리고 있다. 더욱이 싸움하는 장소가 山陽인데, 산양은 한중과는 정반대의 지역이다. 한중이 서쪽인데 산양은 동쪽 끝이다. 또한 유비와 공명이 "신야에 잇셔 천하사를 의론ᄒ더니"(6쪽)라고 신야에 있는 것으로 나타나 있다. 신야는 유비의 처음 근거지이고 조조의 대군을 맞아 싸우다 도망한 곳이다.

이렇게 시간과 공간적인 배경이 서로 어긋나 있다. 게다가 의외의 인물이 등장하기도 한다. 인물들은 대개가 『삼국지연의』의 인물들이 등장하는데 魏의 선봉대장 한효는 그렇지 않다.

그 장수 신쟝이 구척이오 셩음이 우뢰ᄀᆞᆺ고 낫츤 슛먹을 가라 찌친듯 ᄒ며 면광은 일쳑 오촌이오 눈은 셰치 닷분이라 단산 졀벽에 모진 범이 밥을 물고 안졋는 듯 긔셰 당당ᄒ고 위풍이 름름ᄒ니 이는 셔량태슈 한효니 텬하명쟝이라. (3쪽)

서량태수 한효라 한다. 서량태수는 한효가 아니라 마초의 아버지인 馬騰이다. 그는 漢을 다시 일으켜 세우려는 계책을 세우다 도리어 조조에게 죽음을 당했다. 한효는 『삼국지연의』어디에도 등장하지 않는다. 말하자면 가공적인 인물인 셈인데 이런 인물이 조조 백만대군의 선봉이 된다고 하니 그 허구성을 짐작할 수 있겠다.

싸움의 내용도 이와 무관하지 않다. 사실 중요한 것은 싸움의 내용인데 문제는 그 싸움의 내용이 황당한 데 있다. 조조의 백만대군이 쳐들어 온다는 말을 듣고 유비와 공명은 매우 걱정한다. 걱정하는 이유는 주위에 장수가 없

다는 것이다. 한효를 대적하기 위해서는 五虎大將 정도여야 하는데 그들이
하나도 같이 없다고 한다. "조자룡은 ᄉ쳔칠빅리 되는 ᄉ쳔을 직히옵고, 운
장은 습쳔팔빅리 동평관을 직히옵고, 익덕은 셔평도독부 션회셩을 직히옵고,
밍긔는 이쳔팔빅리 북도셩을 직히옵고, 한승은 습쳔이빅리 셔평관을 직히"(8
쪽)고 있다고 한다. 그들 오호대장이 이렇게 떨어져 나간 적도 없고 지명도
생소하다. 여기서도 가공적으로 꾸민 것을 알 수 있다. 문제는 거기에 있지
않다.

　유비와 공명이 걱정하고 있는데 마초와 관운장이 찾아온다. 어떻게 왔냐고
묻자 "쳔긔를 보오니 왕상의 쥬셩이 운무에 싸이여 십분 희미ᄒ옵고 쏘한 셩
중에 살긔가 가득ᄒ엿기로 무슴 급ᄒ미 잇는가 ᄒ야"(10쪽) 급히 왔다고 한
다. 그래서 이들이 나가 적병을 쳐서 없애는데 마초가 단신으로 나가 그 일을
행한다. "밍긔 슌식간에 팔장의 머리를 버혀들고 격진을 치며 위진장졸을 무
슈이 죽이고 쏘 날닌 장슈 칠인을 버혀 슈급을 말게 달고 중군으로 도라오
며"(15쪽) 자기의 재주를 자랑한다고 한다. 마초는 의기양양해 하다가 진속에
갇히고 관운장이 나가서 이를 구한다. 이에 조조는 서촉과 강동에 군사를 청
하여 魏·吳·蜀 삼군의 연합군이 이 두 장수를 잡으려 한다. 두 장수를 잡기
위해 삼군의 군사가 모두 모인다고 하는 것은 사실과도 부합되지 않는 어처
구니없는 발상이다. 더욱이 아군인 촉의 군사들까지 가세한다는 발상은 이
작품의 허구가 얼마나 황당한가를 보여주는 좋은 예가 된다.

　결국 진법을 교묘하게 써서 마초와 관운장을 진속에 갇히게 하나 조자룡
이 올까봐 걱정되어 山陽水의 배를 모조리 없앤다. "죠자룡은 틱산을 엽헤
씨고 북히를 쒸여 건너는 날닉미 잇ᄉ오니 삼국쳥병이 비록 미만ᄒ여도 즈
룡디격홀 지 업"(38)어서 "밧비 슈ᄉ공의게 분부ᄒ야 비를 하나도 두지 말고
인젹이 업게 ᄒ라"(38쪽)고 한다. 하지만 조자룡은 산양수를 뛰어 건너 위험

에 빠진 관우와 마초를 구한다. 그 부분을 보자.

　　이졔 산양수에 니른 즉 션쳑과 인젹이 업셔 건널길이 업스오니 이는 하늘이
한나라를 망케ᄒ시미라 ᄉ빅년 종ᄉ를 엇지 회복ᄒ며 션쥬와 션셩을 어듸가
다시 뵈오리ᄒ며 탄식 불이ᄒ다가 문득 싱각하고 …… 말이 귀를 쫑구리고
이윽히 듯다가 문득 오던 길노 슈십리를 물너셔며 소리를 벽력갓치 지르고
ᄉ족을 모흐고 흔번 쮜더니 순식간에 산양슈 너른 물을 건넛는지라(39쪽)

　넓은 강을 말이 뛰어 건넜다 한다. 황당함과 과장의 정도가 지나치다. 또
조자룡이 홀로 삼군 연합군 속에 들어가 군사를 헤치고 마초와 관우를 구해
내기도 한다. 조조의 모사 정욱이 "진셰를 바라보다가 북치를 던지고 탄식
왈 자룡은 곳 텬신이 아니면 분명 신장이로다 잡을 싱의도 말고 져 가는 대
로 바려두라"(43쪽)고 할 정도다. 게다가 관우와 마초를 구해내고 홀로 적진
속에 들어가 적군을 헤치고 조조를 잡기 위해 달려들어 조조의 수염을 베고
도망가기까지 한다. 위・오・촉의 연합군을 조자룡이 혼자서 이겼다는 내용
이다. 이 작품이 「趙子龍傳」으로도 출간된 것을 보면 조자룡의 활동에 특히
역점을 두어 이야기를 전개시켰다고 하지만 너무 개인의 초능력에 의지하고
있다. 군담소설에서 주인공이 홀로 적의 대군을 무찌르는 모습과 유사하다.
　『삼국지연의』의 묘미는 전략과 계책에 있다. 장수들의 용맹이나 무예는
그것을 뒷받침해 줄 뿐이다. 전쟁에서의 승리는 장수와 군사들을 어떻게 쓰
느냐에 달렸다 해도 과언이 아니다. 유비도 용맹한 장수를 많이 거느렸으나
제갈량을 얻음으로써 삼분천하할 수 있었다.
　이 작품은 이런 『삼국지연의』식의 싸움이 아니라 군담소설식의 싸움으로
이야기를 만들었다. 말하자면 병법과 지략으로 적군을 무찌르는 것이 아니
라 주인공 일개인의 초능력과 용맹에 의해 적군을 쳐부순다. 조자룡의 용맹

만이 작품에 드러나 있다. 여기서 제갈공명은 오히려 일을 당하여 어찌할 바를 모르는 겁 많은 선비로 나타난다.

이렇게 황당하게 이야기를 만든 것은 독자들에게 익숙한 군담소설의 방식을 끌어와 『삼국지연의』를 개작했기 때문일 것이다. 자연 개인의 초인적인 능력이 등장하고, 우연적인 사건이 연속돼 구성이 미흡하며 그만큼 진실성이 결여되어 있다. 그것이 독자들의 흥미나 재미에 기인함을 물론이다. 작품의 끝을 보면 "방금 편집ᄒᆞᄂᆞᆫ 적벽디젼이란 칙은 이보다 더 ᄌᆞ미가 잇ᄉᆞ오니 출판광고를 니거든 곳 쥬문ᄒᆞ야 보시옵소셔"(68쪽, 강조─인용자)란 말이 붙어있다. 이 황당함이 주는 'ᄌᆞ미'가 소설이 주는 진실성과 정반대에 위치하기에 문제가 아닐 수 없다.

역사를 통해 소설적 진실을 밝혀냄으로써 역사와 그를 움직인 인간들의 본질적 모습을 그려내야 하지만 이 작품들은 역사를 단지 소설적 재미를 위한 도구로 전락시켰다.

4. 맺음말

『三國志演義』는 선조 때 수입되었으며 대단한 인기를 누렸다. 부녀자나 어린 아이들도 그 줄거리를 외울 만큼 널리 읽혔다 한다.[35] 이런 인기에 편승하여 여러 종류의 방각본이 등장하게 되었다. 또 내용이 너무 길기 때문에 등장인물이나 사건 중심의 단편들이 나타나기도 했다.

이런 인기는 활자본시대에 들어와서도 수그러들지 않았다. 오히려 더 많

---

35) 金萬重, 앞의 책, "今所謂三國志演義者, 出於元人羅貫中. 壬辰後, 盛行於我東, 婦孺皆能誦之".

은 단편들이 나타나 모두 16종에 61회나 출판되었다. 이들 단편들은 초한시절의 인물을 삼국시대의 인물로 재현한 작품과 인물 중심, 사건 중심의 작품들이다.

초한시절의 송사를 『삼국지연의』의 인물과 연결시킨 「夢決楚漢訟」・「諸馬武傳」은 중국 話本소설의 번안작으로 보여진다. 작품의 의미는 인간 위치의 부상과 인과응보가 서로 논쟁적으로 드러난다고 하겠는데, 당시 수용의 의미는 단순한 인과응보로 나타난다. 즉 인과응보는 하늘이 정하는 것이기에 인간은 다만 그것을 따라야 한다는 소극적인 의미로 받아들여졌다.

인물 중심의 단편은 『삼국지연의』의 내용을 축약하고 거기에 오호대장인 관운장, 장비, 마초, 조자룡, 강유 등 촉의 장수들 이름을 제목으로 붙인 것이다. 주목되는 작품은 「黃夫人傳」과 「諸葛亮傳」인데 서로 상반되는 모습을 보여주고 있다. 「黃夫人傳」은 천상계가 설정되었고 황당한 도술이야기가 주를 이루고 있다. 「박씨전」을 모방해서 지어진 것으로 흥미를 위주로 하여 이야기를 만든 것이다. 「제갈량전」은 오히려 흥미를 배제하고 正史 위주로 이야기를 엮었다. 당시의 정세와 비교해 논평을 삽입하기도 하였다. 애국계몽기 역사전기물의 연장선상에 위치한다. 교술적인 성격이 강하고 내용도 논설투여서 많이 읽히지는 못했다.

사건을 다룬 단편들이 가장 많이 읽혔던 것으로 보인다. 「화용도실긔」와 「山陽大戰」은 각각 11회, 13회나 출판될 정도로 인기가 좋았다. 이 작품들은 독자들에게 친숙한 군담소설 방식을 받아들여 『삼국지연의』 사건을 개작하였다. 「화용도실긔」는 제갈공명의 부인인 황부인이 적강한 옥황상제의 시녀로 설정되어 도술을 부리고, 「山陽大戰」은 조자룡이 혼자서 위・오・촉의 삼군 연합군을 부순다. 『삼국지연의』에 나타나는 지략과 계책 대신에 도술과 초인적 능력이 두드러진다.

이런 사실들이 독자들에게 흥미를 주어 많이 읽혔던 것은 사실이었다. 독자들이 느끼는 흥미나 재미의 실체는 주인공을 통한 대리충족감일 것이다. 즉 자신과 주인공을 동일시하여 초인간적인 능력으로 적군을 쳐부수는 것은 신나는 체험임이 분명하다. 그래서 소설은 독자들이 편들고 있는 인물에게 무한한 능력을 부여하고, 그러다 보니 도술이나 군담소설적인 요소가 개입되게 된다고 볼 수 있다. 문제는 바로 여기에 있다. 흥미나 재미가 소설을 읽게 하는 중요한 기능을 하는 것은 분명하지만 그것이 현실성과 멀어지고 진실성을 획득하지 못했을 때 독자들을 그릇된 방향으로 이끌고 가는 역기능을 수행할 수 있다.

『삼국지연의』가 지니고 있는 긍정적인 의미는 인간의 각 집단들이 벌이는 현실적 싸움이 역사를 변천시키는 원동력이 된다는 것이다. 황당한 도술이나 초인적인 능력이 중요한 것이 아니라 각 집단의 이해관계와 힘이 부딪쳐 승패가 결정되고 역사가 바뀐다. 여기에 대의명분이 등장해 싸움의 정당함을 증명하기도 하며 지략과 계책을 통해 그 싸움에 현실성이 부여되기도 한다. 독자들의 성원과는 반대로, 유비가 인심과 대의명분을 얻고도 질 수밖에 없었던 것은 촉의 힘이 부족했기 때문이었다. 역설적으로『삼국지연의』의 중심인물인 관우·장비·유비가 죽고 촉이 망하는 것이『삼국지연의』의 현실성을 높여 준다고도 할 수 있겠다.

『삼국지연의』는 수 많은 실재 인물이 등장하는 역사소설이다. 물론 기본 틀은 역사적 전개와 일치하지만 여기에 풍부한 디테일이 첨가되어 이야기가 만들어졌다. 이 때문에 얼마든지 다양한 해석을 가능케 하고 있다.『삼국지연의』의 묘미는 바로 이런 다양한 해석이 가능하도록 텍스트를 열어놓은 데 있다. 說話人들의 단편적인 이야기로부터 연극으로 소설로 무한히 다양한 해석을 다 수용해왔다. 우리의 경우『삼국지연의』의 단편들도 일종의 그 작품에 대한 수용이고 해석인 셈이다.

식민지시대에 많이 읽혔던『삼국지연의』의 단편들은 군담소설의 상투적인 수법처럼 천상계가 선정되기도 하고 도술과 초인적인 능력이 두드러지기도 한다. 이것이 재미나 흥미에 기인하는 것이지만 그 재미가 당시의 현실과 무관한 것이고 더욱이 진실성을 획득하지 못했기에 문제가 된다. 당시의 독자들은 역사이야기인『삼국지연의』의 단편들을 통해 역사와 인간의 관계에 눈을 돌리지 못하고 식민지 현실과 무관한 과거의 황당한 싸움이야기에 더 흥미를 느꼈던 것이다. 이것이『삼국지연의』수용이 갖는 의미인 것이다.

결국『삼국지연의』의 수용은 각 단편들을 통해 이루어지게 됐던 바, 역사적 진실이나 본질을 외면한 채 하늘에 의한 인과응보라거나 황당한 도술과 초인적 능력이 작품을 지배하게 되었다. 이렇게 된다면 역사를 움직이는 인간군상들의 노력은 사라지게 되고 역사는 흥미거리로 전락한다. 당연히 동아시아의 역사에 대한 이러저러한 해석을 배제하게 된다. 작품들에서 진실성이 결여됐기 때문이다. 식민지시대 활자본 고소설에서 유난히 '역사소설'이 많이 등장한 것도 이런 사실과 무관하지 않다. 일종의 역사물의 저질 통속화이고 식민지시대 역사에 대한 도피인 것이다.

古小說에서 歷史小說의 문학사
- 活字本 古小說을 중심으로

1. 문제의 제기

고소설에서 역사소설은 드문 편이다. 대개가 '창작 군담소설' 혹은 '역사 군담소설'로 분류하기 때문이다. 역사소설을 "역사적 인물이나 사건을 소재로 한 소설"이라고 정의할 때, 여기에 해당되는 작품은 그리 많지 않다. 뒤에 다시 언급하겠지만 역사는 官에서 주도했기에 민간적 상상력을 쉽게 허용되지 않은 탓이다.

하지만 1910년대에 이르러 활자본 고소설 시대를 맞아 역사소설은 막혔던 출구가 열리기 시작했다. 무려 50종에 가까운 작품들이 출간되었는데 구작이나 개작은 몇 편 안되고 대부분 신작이다.[1]

활자본 시대에 와서 역사소설이 대거 등상하게 됐다는 것은 분명 새로운 사실이다. 특히 애국계몽기의 역사적기물이나 근대 역사소설과도 일정한 관계를 지녔다고 보여진다. 이들의 관계를 중심으로 하여 우리 소설사에서 역사소설의 구도를 밝혀보는 것이 글의 과제다. 그럼으로써 고소설에서도 역사소설의 전통이 살아있음을 확인하고자 한다.

---

1) 49편의 목록은 뒤에 첨부하기로 한다. '구작'은 「林慶業傳」, 「崔孤雲傳」이고, '개작'은 「洪景來實記」, 「金應瑞實記」뿐이며 나머지는 '신작'이다.

2. 古小說에서 역사소설의 존재방식

역사적 사실과 허구, 사건과 인물의 관계를 중심으로 고소설에서 역사소설의 유형을 나누면 다음의 세 가지로 분류된다.

첫째는 역사적 사실이 단지 작품의 배경만을 제시하는 경우다. 인물은 역사적 사건과는 별도로 최대한의 허구가 허용된다. 최치원을 주인공으로 한 「崔孤雲傳」이 여기에 해당된다. 이런 작품을 '설화적 유형'이라 할 수 있다.

둘째는 역사적 사실이 작품의 주요 사건들을 구성한다. 허구의 폭이 제한되기는 하지만 소설과 역사는 일치할 필요는 없다. 이런 경우는 '사담(史譚)적 유형'으로 볼 수 있다. 임진왜란과 병자호란을 주요 사건으로 차입한 「壬辰錄」이나 「朴氏傳」이 여기에 해당된다.

셋째는 역사적 사실이 작품의 전체 구조를 지배하는 경우다. 인물은 역사적 사실을 벗어나지 않는 범위 안에서만 허구가 허용된다. '전기적 유형'의 소설이며, 「林慶業傳」이 그 대표적인 경우다.

그런데 필사본이나 방각본 시대에는 역사소설이 드물었다. 역사의 기록은 官에서만 주도했기에 역사적 사실을 소설로 만든다는 것은 이단시되고 금기시 되었다. 그 대표적인 예가『三國志演義』다.

演義나 小說은 간악하고 음란한 말을 기록한 것이니 보아서는 안 된다. 자제들에게 보지 못하게 금해야 한다. 혹간 남을 대해서 소설 내용을 끈덕지게 얘기하거나 남에게 그것을 읽기를 권하는 사람이 있으니 애석하다. 사람의 무식이 어찌 이지경일까?『三國演義』는 陳壽의 正史와 혼동되기 쉬운 것이니 엄격하게 구분해야한다.[2]

---

2) 李德懋, 「士小說」敎習
演義小說 作奸誨淫 不可接目 切禁子弟 勿使看之 或有對人娓娓誦說 勸人讀之

제2부 活字本 古小說의 변모와 지향 261

배격의 이유는 민간에서 역사를 자유롭게 해석함으로써 그 정통성을 거부했기 때문이다. 演義란 곧 역사소설인 셈인데 이런 허구적 상상력이 관에서 주도하는 역사의 기술과 다르기에 문제가 되는 것이다. 허용되는 한계는 역사적 정통을 거부하지 않는 범위 내에서다.

설화적 유형의 역사소설인 「崔孤雲傳」은 역사적 사실과는 관계없는 설화적 세계가 전개되기에 작품이 허용된다. 「朴氏傳」역시도 병자호란의 골격은 유지하고 있지만 세부사건들은 허구화 되고 인물도 허구화 되었다. 더욱이 문제되는 사건들은 당시 北伐論과 맥을 같이 하고 있어 허용되었다고 볼 수 있다. 같은 맥락에서「林慶業傳」도 이해된다. 작품이 전적으로 역사적 사실을 문제 삼았으나 이야기의 전개가 북벌론을 주장하는 당시의 역사적 정통론에 의거해 있기에 배격되지 않았다.[3]

말하자면 역사의 자유로운 해석에 대한 금기로 인해 풍부한 역사소설의 전통이 확립되지 못했다고 하겠는데, 근대로 들어서면서 이런 제약은 없어져 역사를 소재로 한 작품이 많이 등장할 수 있는 여건이 마련됐다. 활자본 고소설에서 구작이나 개작보다 신작이 월등히 많은 것은 이런 이유에서다.

하지만 1910년대가 되면서 이제는 역사적 정통론에 대한 것이 문제가 되지 않고 일제의 간섭이 문제가 된다. 「崔孤雲傳」・「朴氏傳」・「林慶業傳」 등은 활자본으로 다시 출판됐지만, 「壬辰錄」은 출간되지 못했다. 「壬辰錄」은 흔히 일본에 대한 정신적 보상 혹은 복수심이 두드러진 작품인 바, 이런 경향이 거세되었을 것으로 보여진다.

者 惜乎 人之無識 胡至於此 三國演義 混於陳壽正史 須當嚴辨
3) 「林慶業傳」은 正祖의 명을 받아 편찬한 「林忠愍公實記」와 맥을 같이 한다. 특히 明에 대한 의리를 강조한 宋時烈의 傳과 '尊明排淸'이란 점에서 다를 바가 없다. 이런 점으로 볼 때 다른 작품과는 구별되게 역사적 사실을 정면으로 다룬 「林慶業傳」이 허용될 수 잇었던 것은 老論정권의 북벌론과 맥락을 같이 하기 때문이라 여겨진다.

「壬辰錄」의 인물들을 주인공으로 한 작품들이 있으나 「壬辰錄」과 문제 의식이 같지는 않다. 「金應瑞實記」를 보자.

조선서는 사명당이 일본에 드러가 포로로 잡혀드러가 잇는 남녀 삼천을 다리고 나왓스나 강화는 허락지 아니하드니 류영경이 령의정이 된 뒤로 덕 천막부에 교섭하야 임진년에 일본국사가 성종 중종의 두 릉을 파내인 범릉 적을 잡아다가 참형을 행한 뒤에 강화를 하기로 하야 (p.57)

「壬辰錄」에는 사명당이 비를 내리게 하여 일본을 침몰시키고 왜왕의 '항 복'을 받는데, 여기서는 강화한 사실로 바뀌어 있다. 더욱이 강화도 일본의 우위가 인정된다.

「四溟堂傳」도 임진왜란 당시 활약상이 대폭 축소되어 있다. 작품의 대부 분은 출가 전의 이야기에 비중을 두고 있다. 일본과의 강화 부분도 「壬辰錄」 에서처럼 맹활약을 보이지 못하고 "수길이 죽으니 자연 무조건으로 평화가 되어 일본은 삼남지방의 군사를 거더가고 임유정은 포로되어 일본 갓든 조선 사람 오천명을 다리고"(p.52) 왔다 하여 간단한 후일담으로 언급했다.

실상 임진란의 피해를 소설을 통해 허구적 승리로 전환시킨 가장 두드러 진 작품이 「壬辰錄」이라 할 수 있는데, 그런 문제의식은 활자본 고소설의 역사소설로 계승되지 않은 셈이다. 일제 당국의 출판검열로 인한 결과다.[4]

---

4) 대부분의 활자본 고소설은 총독부 경무국의 '납본필증'을 받아야 출판, 판매가 가능 했다. 「壬辰錄」과 비슷한 경우를 「金太子傳」에서도 찾을 수 있다. 한문소설「六美堂 記」의 번안작인「金太子傳」은 『每日申報』1914.6.10~11.14에 연재됐는데, 왜구를 정 벌하고 왜왕의 항복을 받는 원작의 내용이 신선이 되어 하늘로 올라가는 것으로 바뀌 어져 있다.

3. 애국계몽기 역사전기물과의 관계

일제의 강제합병 이전인 애국계몽기 역사전기물을 역사소설의 범주에 포함시키기는 어렵다. 하지만 우리 역사상 영웅을 통하여 국권회복의 염원을 담았다는 점에서 역사의식의 일면을 비교할 필요는 있다.

애국계몽기의 역사전기물은 ① 서양의 국가적 영웅에 대한 번역전기 ② 약소국의 민간영웅에 대한 번역, 번안전기 ③ 민족적 영웅들에 대한 창작전기로 구분되는데[5] 그 중에서 역사소설과 관계되는 것은 세 번째 경우다. 작품을 정리하면

姜邯贊傳 : 우기선 편집, 현공렴 발행, 1908.
乙支文德 : 신채호 저, 광학서포, 1908.
李舜臣傳 : 신채호 저, 『大韓每日申報』1908.6.11~10.24.
崔都統傳 : 신채호 저, 『大韓每日申報』1909.12.5~1910.5.27.
淵蓋蘇文傳 : 박은식 저, 1911.

등이다.

이 작품들은 소설이기보다 전기에 가깝다. 비교할 수 있는 것은 민족영웅을 보는 역사관이다.

활자본 고소설에서도 姜邯贊, 乙支文德, 李舜臣을 조인공으로 한 작품들이 등장했다. 조동일은 "애국계몽운동을 일으킨 선각자들이 국난극복의 민족적 영웅의 전기를 다수 펴낸 데 자극을 받고, 그런 작품을 원하는 독자의 요구를 의식해서 그 비슷한 소설을 내놓았다"[6]고 했지만 문제의식은 전

---

5) 강영주, 『한국역사소설의 재인식』(창작과 비평사, 1991), 참조.
6) 조동일, 『한국문학통사 4』(지식산업사, 1986), p.341.

혀 다르다.

강감찬을 주인공으로 한 『高麗姜侍中傳』은 천상계의 질서가 작품을 지
배하며 군담의 방식도 역사적 사실과 무관하다. 게다가 거란을 물리친 민족
영웅 강감찬을 초대총독 테라우찌와 동일시 하는 노골적 친일성향을 보인
다. 이순신을 주인공으로 한 『忠武公 李舜臣實記』·『李舜臣傳』등은 오히
려 전기의 방식을 따른다. 출생부터 죽음까지 역사적 사실에 충실하게 서술
되어 있다. 하지만 역사를 보는 관점은 판이하다. 서두를 보자.

> 인종원년 을사 춘삼월초팔일에 한성 거천동에 일위 영웅이 출생하니 성은
> 리오명은 순신이오 자는 여해오 관향은 덕수라 (忠武公李舜臣實記, p.1)

> 東萊釜山에 殺氣가 日逼하매 檀租神靈이 靑邱에 無人을 非難하사, 大
> 敵 對抗할 干城良材를 下送하시니, 實로 宣廟朝 乙己 三月 初八日 子時
> 에 漢城 乾川洞에서 呱呱聲을 報하니라.[7]

활자본 고소설은 객관적 사실만을 담담하게 서술할 뿐인데 신채호의 전기
에서는 비분강개가 넘치고 분명한 민족적 지향을 보인다. 역사는 ‘我와 非
我’의 투쟁이라고 할 만큼 이민족의 침략을 물리치고 민족적 긍지를 높인 인
물로 이순신을 선택했을 터인데, 곧 “今에 往昔 日本과 對抗함에 是히 我
民族의 名譽할 만한 偉人[8]”으로 서술되어 있다.

반면 활자본 고소설 중에서 「乙支文德傳」은 애국 계몽기 역사전기물의
문제의식을 계승한 작품으로 보인다. 천상계도 소설에서 사라졌으며 당시의
정세도 객관적으로 설명하고 있어 주목된다.

---

7) 「李舜臣傳」, 『丹齋申采浩全集』中 (단재신채호선생기념사업회, 1970, p.359.
8) 같은 책, p.381.

이때에 사방 형세난 동양 삼국 중에 고구려가 뎨일 극성한 시대니 … 중략…고구려의 강토는 동은 큰 바다히오 북은 흑룡강이오 남은 죽령이오 서난 무려라(遼河에 在홈)니 동서가 륙천여리오 남북이 륙천여리라 만여리의 큰 디방이오 (p.6)

고구려가 당시 대제국을 형성하여 수나라와도 대등한 관계에 있음을 설명하는 대목이다.

이는 신채호가 「乙支文德」에서 "始終倔强의 態度를 守ᄒ고 獨立을 保持ᄒ야 支那와 對峙흔 者는 惟一高句麗"[9]라 한 인식과 동일하게 보인다. 더욱이 "백제와 신라가 수국을 잠통하야 고구려를 모해"(p.14)한 것도 "噫라 兄弟 아閱墻의 遺憾으로 外寇룰 請ᄒ야 報復ᄒ랴홈은 實로 可惜"[10]하다 하여 시각의 일치를 보인다.

신채호의 작품을 비롯한 애국계몽기의 역사전기물이 공통적으로 민족주체적 사관을 지녔다 하겠는데 「乙支文德傳」만이 이런 문제의식을 계승했을 뿐이고 대부분의 작품들은 이와 무관하다. 오히려 대척적인 입장을 보인다. 이는 애국계몽기의 국권회복의식과 무관하게 활자본 고소설의 역사소설이 형성됐음을 의미한다.

4. 근대 역사소설과의 관계

활자본 고소설의 역사소설이 대거 등장했던 1920년대 후반기는 또한 근대 역사소설이 개척된 시기이기도 하다.

---

9) 신채호, 「乙支文德」(광학서포, 1908), p.12.
10) 같은 책, p.17.

최초의 근대역사소설이라고 하는 朴鐘和의 「목매이는 女子」[11]가 제목을
「申叔舟夫人傳」으로 바꾸고 약간 개작되어 世昌書館에서 발행됐으며,[12]
이 광수의 『端宗哀史』가 연재되는 중에 「端宗大王實記」가 德興書林에서
출판되기도 했다.[13] 이런 사실들은 활자본 고소설이 근대역사소설과 어느
정도 영향관계가 있다는 징표다.

이 둘의 영향관계를 보여주는 구체적 근거로는 첫째, 역사소설의 주인공
들이 대부분 왕이나 영웅들이라는 점이다. 현진건의 『無影塔』이나 홍명희
의 『林巨正』을 제외하고는 대부분이 역사상 위인을 주인공으로 하고 있다.
왕이나 영웅같은 역사상 위인을 주인공으로 한 것은 고소설의 전통과 깊이
관련된다. 근대역사소설로 오면서 주인공이 범인에 어느 정도 가까워진 것
은 사실이나, 역사의 전면에 등장하여 사건진행의 주도적 역할을 포기한 건
아니다.

둘째, 역사소설의 사건이 왕조사나 궁중비사에 머물고 있다는 점이다. 당
시 사회의 분위기나 민중들의 살아가는 모습은 작품에 드러나지 않는다. 이
점은 분명 역사소설의 불행한 전통일 터인데 근대역사소설로 고스란히 계승
된 셈이다.

셋째, 독자들의 반응에서 고소설의 역사소설과 근대역사소설을 구별하지
못했다는 점이다. 박종화는 1929년 12월 문단을 회고하면서 『林巨正傳』(신
문에 연재될 당시는 고소설식으로 ~傳이라 하였다.)과 『端宗哀史』를 다음
과 같이 설명했다.[14]

---

11) 『白潮』3호 (백조사, 1923)에 실렸다.
12) 원제목은 「萬古義烈 申叔舟夫人傳」이다. 자료는 『구활자본고소설전집』26권 (인천
대 민족문화연구소, 1982)에 있다.
13) 「端宗大王實記」가 1929년 9월 17일에 초판이 나왔으니 이광수의 『端宗哀史』가 연
재되던 중이었다. 『端宗哀史』는 『동아일보』(1928. 11. 30 ~ 1929. 12. 11)에 연재됐다.
14) 당시 『林巨正傳』은 『朝鮮日報』에, 『端宗哀史』는 『東亞日報』에 각각 연재되고 있

事實에 있어서 『林巨正傳』과 『端宗哀史』와 같은 大衆小說이 층과 층으로 傳播되는 힘은 크다. 이것은 우리가 웬만큼 이곳에 注意하는 사람이면 짐작할 일이다. 주로 新文化運動以來의 우리들의 讀者層, 다시 말하면 知識階級에 속한 一般靑壯年과 中學程度以上의 學生層은 勿論 讀者의 核心이려니와 新文藝에 對하여 一分의 理解를 일즉이 갖지 못하였든 또는 자질 줄 모르는 그야말로 頑固한 六七十以上의 老人層 知識階級과 또는 그들의 準知識階級과 在來의 「이야기책」의 큰 讀者인 所謂 안방마님층을 包含한 것은 말할 것도 없고…15)

　　근대역사소설의 대표작인 『林巨正』과 『端宗哀史』가 '이야기책' 곧 고소설의 독자층까지 끌어들였다는 것은 그만큼 동질성이 있기 때문일 것이다. 『端宗哀史』는 이해조의 「洪將軍傳」이나 「韓氏報應錄」 등 활자본 고소설에서 다양하게 소설화 된 계유정란을 다시 문제 삼았다. 하지만 역사를 다루는 데에서는 궁중의 암투를 그리는 데 그쳐 새로운 면모를 보여주지 못했다.
　　『林巨正傳』은 제목부터 고소설식으로 ~傳이라 했으며, 서두도 "자 림꺼정이의 이야기를 붓으로 쓰기 시작하겠습니다. 쓴다쓴다 하고 질감스럽게 쓰지 안코 끌어오든 이야기를 지금부터야 쓰기 시작합니다. 각설 명종대왕 시절에 경긔도 양주짜백정의 아들 림쩍정이란 장사가 잇서…"16)라고 이야기꾼의 이야기 방식을 채택하고 있다.
　　이런 사정들로 인하여 고소설의 역사소설이나 근대역사소설이 동일하게 수용되었다고 보인다. 그런데 근대역사소설이 본격적으로 개진된 1930년대에는 고소설의 역사소설이 더 이상 나타나지 않았다. 근대역사소설의 방식

었다.
15) 月灘, 「朝鮮文壇의 回顧」(『新生』15호, 1929. 12), p.9.
16) 『朝鮮日報』1928년 11월 21일자.

들이 독자층을 포함한 결과로 보인다.

대신 그 자리를 역사통속물인 '野談'이 메웠다. 원래 야담은 조선후기 한문 단편을 지칭하는 말인데 그 시기에 와서는 '역사통속물'을 가리키는 말로 대체되었다. 1933년에 『朝鮮野談大海』가, 1934년에는 『朝鮮西千年秘事』·『朝鮮野史全集』이 출간됐으며, 같은 해에 尹白南이 『月刊野談』을 창간했고, 1935년 12월에는 金東仁이 이 잡지를 인수해 『野談』을 펴냈다.[17) 야담의 시대가 전개되었고, 고소설의 역사소설도 야담과 경계가 불분명해졌다.

결국 20년대까지는 고소설의 역사소설이 근대역사소설 발흥의 근거를 제공해주고 서로 보완관계에 있었으나, 30년대에 오면서 근대역사소설이 발전하자 야담과 함께 역사통속물로 전락했다고 보면 무리가 없겠다.

5. 마무리 : 소설사에서의 기여와 한계

고소설에서 역사소설이 어떻게 발전돼 왔으며 애국계몽기의 역사전기물, 근대역사소설과는 어떤 관계에 있는가를 살펴보았다. 특히 1910년대에 등장한 활자본 고소설의 역사소설을 집중적으로 살펴보았는데, 이는 우리 소설사에서 어떤 기여를 했는가.

우선 우리의 역사에 대한 관심을 대중적으로 높였다는 점이다. 국운이 위태롭던 애국계몽기에는 역사전기물을 다수 펴내 국권회복의지를 일깨웠다. 하지만 이 시기 역사전기물은 역사에 대한 흥미보다도 계몽이 목적이었다. 논술투의 서술과 교술성으로 인해 대중화에는 성공하지 못했다. 하지만 고

---

17) 金東仁,「野談·月刊野談」(『新天地』1949. 3월호)참조

소설은 대중들에게 익숙한 방식이고 오랜 기간 읽혀져 왔기에 쉽게 접할 수 있는 장점이 있다. 이런 고소설의 존재방식이 역사에 대한 흥미를 높일 수 있었다.

당시 일반 대중들에게는 문학과 역사가 뚜렷이 구분되어 인식되지 않았다. 「世宗大王實記」는 표제에 '歷史小說'임을 강조했으나, 내용은 역사적 사실에 대한 설명식 서술이며, 반대로 「善竹橋」란 작품은 "선생의 자초지종 역사를 보기 쉬운 언문으로 번역"(p.1)했다고 하나 대부분 문학적 허구로 채워져 있다. 김동인조차도 南孝溫을 소설가라 하였고, 「六臣傳」, 「秋江冷話」를 소설이라 여겼다.18) 이런 역사와 문학에 대한 모호한 장르인식은 작품에 드러난 문학적 허구의 세계를 실제 역사와 동일시하여 역사를 쉽게 받아들이게 한다. 그것은 분명 역사를 통속적 읽을거리로 여기는 부정적 경향이기도 하지만 한편 역사를 대중적으로 확산시키는 데에는 큰 기여가 된다.

다음은 독자층은 확대시켰다는 점이다. 활자본 고소설이 부녀자층은 물론 노동자나 농민들에게까지 널리 읽힌 사실을 염두에 둔다면19)역사소설도 예외일 수는 없다.

이런 역사에 대한 관심의 증대, 독자층의 확대를 통해 결국 고소설의 역사소설은 근대역사소설이 발흥할 수 있는 기반을 마련해주있다. 인물의 위인적 면모나 왕조사나 궁중비사 중심의 사건은 근대역사소설에 그대로 전이되었다.金東仁은 "宮中事件은 民間에는 諱之秘之하여 오든 이 王朝라, 秘하는 者에게는 好奇心을 일으키는 것이 人情으로, 이 백성들은 宮廷錄이라면

---

18) 김동인, 「癸酉・丙子・丁丑」(『朝光』1941년 12월)참조.
19) 졸고,「딱지본 고소설의 수용과 1920년대 小說大衆化論」(『陶南學報』10집, 도남학회, 1987)참조

머리를 싸매고 달려"20)든다고 했다. 궁중비사가 당시의 대중들에게 얼마나 많은 호기심을 주었는지를 알 수 있다. 하지만 역사적 인물을 주인공으로 하여 궁중비사나 권력투쟁사를 다룬 것은 역사적 총체성과는 거리가 있다고 볼 때, 고소설의 유산은 근대역사소설이 통속적 시대물로 떨어지는 한 근거가 되기도 한다.21)

고소설의 역사소설들이 역사적 총체성을 보여주지 못한 것은 무엇보다도 고소설이 갖는 양식적 한계 때문이다. 고소설의 전통으로 인하여 인물이 영웅화 되고 역사적 사건들이 개인화 되거나 천상계 질서 속에 편입된다.

활자본 고소설이 등장했던 시대적 분위기도 이와 무관하지 않다. 문학사에서 활자본 고소설은 1912년부터 본격적으로 등장했는데, 이 때는 신소설이 사라지고 왜색 번안물이 밀려들던 시기다. 이런 통속적인 시대 분위기는 역사소설에 영향을 주어 개인의 출세에 비중을 두거나 권력투쟁사나 궁중비사에 집착토록 할 수 있다.

결국 고소설의 역사소설은 활자본 시대에 이르러 대거 등장하여 근대역사소설 발흥의 기반을 마련했으나, 장르적 취약함이나 역사의식의 한계로 인하여 통속적 역사물로 전락하게 된다. 이 글은 우리 역사소설의 구도를 점검하는 것이기에 면밀한 작품분석은 추후로 미룰 수밖에 없다.

---

20) 金東仁, 「春園研究」, 『金東仁全集』(삼영사, 1984), p.151.
21) 崔元植, 『韓國近代小說史論』(창작과 비평사, 1986), p.170 참조.

▌ 활자본 고소설의 역사소설 작품목록 ▌

저작 양상	작 품 명	서적상 및 출판년도	저작자	비고
구 작	1. 林慶業傳	光明書館(1916) 以文堂書店(1918) 新舊書林(1924) 漢城唯一書館(1925) 滙東書館(1926) 永昌書館・韓興書林(1926) 博文書館(1928) 太華書館(1928) 東美書市(?) 共同文化社(1954) 世昌書館(1957)	朴建會 증수	「全集」30
	2. 朴氏傳	漢城書館(1915) 博文書館(1917) 朝鮮圖書株式會社(1917) 大昌書院(1917) 德興書林(1925) 韓興書林(1925) 東洋大學堂(1929) 盛文堂書店(1933) 永昌書館(?) 世昌書館(1952)	南宮楔	「古典」2
	3. 崔孤雲傳	滙東書館(1927,1930) 世昌書館(?)		「全集」31
개 작	4. 洪景來實記	新文館・廣學書鋪(1917) 京城書籍組合(1926) 博文書館(1929) 世昌書館(?)	南岳主人	「全集」17
	5. 朴泰輔實記	德興書林(1916)		「全集」3
	6. 金應瑞實記	世昌書館(?)		「全集」19
신 작	7. 高麗姜侍中傳	朝鮮書館(1913)	朴健會	「全集」1
	8. 朴文秀傳	漢城・唯一書館(1915) 京城書籍組合(1926) 世昌書館(1955)	玄丙周	「全集」3
	9. 洪將軍傳	五車書廠(1918)	李海朝	「全集」32
	10. 韓氏報應錄	五車書廠(1918)	李海朝	「古典」12

저작 양상	작 품 명	서적상 및 출판년도	저작자	비 고
신 작	11. 불가살이젼	光東書局(1921)	玄丙周	「全集」4
	12. 東明王實記	漢城圖書株式會社(1921)	張道斌	
	13. 忠武公李舜臣實記	永昌書館(1925)	編輯部	「全集」29
	14. 乙支文德傳	高麗館(1925)	張道斌	
	15.蓋蘇傳	高麗館(1925)	張道斌	
	16. 姜甘贊傳	高麗館(1925)	張道斌	
	17.朝鮮太祖大王傳	德興書林(1926)	張道斌	「全集」32
	18. 南怡將軍實記	德興書林(1926)	張道斌	「全集」2
	19. 金德齡傳	德興書林(1926)	張道斌	「全集」19
	20. 金庾信實記	永昌書館・韓興書林 (1926)	金正杓	「全集」2
	21. 도술이 유명한 서화담	光東書局(1926)		「全集」21
	22. 李舜臣傳	滙東書館(1927)		「全集」29
	23. 太祖大王實記	滙東書館(1928)		「全集」32
	24. 乙支文德傳	博文書館(1929) 世昌書館(?)		「全集」32
	25. 端宗大王實記	德興書林(1926)		
	26. 死六臣傳	新舊書林(1929)	玄秀峯	
	27. 生六臣傳	新舊書林(1929)	玄秀峯	「全集」5
	28. 英祖大王夜巡記	大成書林(1929)	李圭瑢	「全集」9
	29. 世宗大王實記	世昌書館(?)	朴埈杓	「全集」21
	30. 仁祖大王實記	世昌書館(?)		「全集」30
	31. 善竹橋	世昌書館(?)		「全集」25
	32. 西山大師傳	世昌書館(?)		「全集」21
	33. 四溟堂傳	永和出版社(1959)		「全集」21
	34. 李太王實記	永和出版社(1952)		「全集」29
	35. 鰲城과 漢陰	永和出版社(1953)		「全集」29
	36. 元斗杓實記	永和出版社(1962)	朴埈杓	「全集」29
	37. 西山大師와 四溟堂	世昌書館(?)		
	38. 成宗大王實記	德興書林(?)		
	39. 孝宗大王實記	德興書林(?)		
	40. 肅宗大王實記	德興書林(?)		
	41. 興宣大院君實記	德興書林(?)		
	42. 都元師 權慄	德興書林(?)		
	43. 論介實記	德興書林(?)		

저작 양상	작 품 명	서적상 및 출판년도	저작자	비 고
신 작	44. 小攝傳	德興書林(?)		
	45. 淸正實記	德興書林(?)		
	46. 李如松實記	德興書林(?)		
	47. 퉁두란傳	德興書林(?)		
	48. 鄭忠信傳	滙東書館(?)		
	49. 大院君傳	永昌書館(?)		

* 仁川大民族文化硏究所, 舊活字本 古小說全集→『全集』
　東國大韓國學硏究所編, 活字本 古小說全集→『古典』

「콩쥐팟쥐젼」과 고소설의 童話化 경향

1. 문제 제기

「콩쥐팟쥐젼」은 고소설의 한 작품이기보다는 전래동화의 대표적 형태로 인식되어 있는 것이 사실이다. 특히 아동용 그림책이나 동화책을 보면 빠짐없이 '콩쥐팥쥐 이야기'를 수록하고 있다. 또 아동들에게 옛날 이야기를 물어보면 대부분 '콩쥐팥쥐 이야기'는 알고 있다. 말하자면 '콩쥐팥쥐 이야기'는 전래동화의 대명사로 지위를 확고히 하고 있다고 해도 과언이 아니다.

그런데 사실 고소설 「콩쥐팟쥐젼」은 방각본이나 필사본도 없이 식민지 시대인 1928년 太華書舘에서 처음 발행되었다.[1] (그 뒤 世昌書舘에서 공동 발행한 것이 있다) 고소설의 형태라 하지만 식민지시대에 처음 만들어진 소설이라고 하겠다. 기껏 한 종류밖에 없는 활자본 「콩쥐팟쥐젼」이 그 뒤 어떻게 해서 전래동화의 대명사로 탈바꿈할 수 있었는가?

활자본 「춘향전」이 97회나 출간된 것과 비교해 보면 상업적으로도 실패하고 광범위한 독자층에게 읽힌 것도 아닌데 그 뒤 어떻게 아동물로 성공할

---

1) 「긔담쇼셜 콩쥐팟쥐젼」(太華書舘, 1928) 앞으로 이 자료는 「콩쥐팟쥐젼」으로 표기하여 작품의 인용은 쪽수만 밝힌다. 띄어쓰기는 필자가 하지만 표기형태는 당시의 모습을 그대로 유지하도록 한다.

수 있었느냐는 의문이 아닐 수 없다. 이 연구에서는 바로 방각본이나 필사본도 없고 유일하게 활자본으로 출간된 「콩쥐팟쥐전」이 어떻게 대표적 전래동화로 남게 되었는가를 살펴보고자 한다.

이것은 당시 많은 고소설이 역사적이고 사회적인 맥락이 거세되고 아동들의 흥미거리로 전락하게 되는 '고소설의 동화화 경향'을 밝혀주는 좋은 단서가 될 것이다. 주지하다시피 「홍길동전」·「춘향전」·「심청전」·「토끼전」·「흥부전」 등이 특히 동화화 경향이 두드러진데, 「홍길동전」은 도술사 홍길동의 얘기로, 「춘향전」은 열녀 춘향의 이야기로, 「심청전」은 효녀 심청의 이야기로, 「토끼전」은 단지 동물들의 우화로, 「흥부전」은 착한 흥부와 심술쟁이 놀부 이야기로 변질되어 아동물로 정착되어 있는 것이 사실이다. 여기서 특별히 「콩쥐팟쥐전」을 대상으로 삼은 것은 비교적 민담적 요소를 많이 지니고 있어 동화적 변용이 쉽다는 가정과 당시 수입됐던 「그림동화」의 '신데렐라 이야기'와 유사하다는 점 때문이다.

「콩쥐팟쥐전」에 대한 기존의 연구성과를 보면 그것이 繼母譚[2]인가 婚姻譚[3]인가를 밝히는데 주력하고 있다. 김태준의 「조선소설사」이래로 대부분의 논자들이 '계모형 고전소설'로 이름 붙이고 있지만 그것이 과연 얼마나 작품의 참 모습을 보여줄까? 그 작품이 케케묵은 고전소설이 아니라 식민지시대인 1928년에 처음으로 출판되었고 당시의 독자들이 읽었다고 한다면 그 작품의 의미는 무엇일까? 더욱이 그 작품이 지금도 아동들이 읽는 동화의 대표적인 작품이라면, 작품의 참 모습을 밝히는 것은 죽어있는 고소설의 이름 붙이기가 아니라 살아서 변질되고 있는 생명력을 찾아야 하지 않을까?

---

2) 장덕순, 「CINDERELLA」와 「콩쥐팟쥐」(<국어국문학> 16, 국어국문학회, 1957).
   우쾌제, 계모형고전소설연구 (고려대 석사학위 논문, 1976).
3) 이관일, 「콩쥐팟쥐」이야기 재고 (<文湖>6·7 합병호, 건국대학교 국어국문학과, 1972).

　불행하게도 '신데렐라 이야기'가 수록되어 있는 「그림동화」가 「콩쥐팟쥐
젼」보다 몇 년 앞서 이 땅에 수입되어 번역되었다.4) 물론 우리의 「콩쥐팟쥐
젼」이 「그림동화」의 단순한 모방으로 이루어졌다고는 믿지 않는다. 하지만
적어도 당시의 여러 가지 문화적 분위기는 민담의 형태로 존재하던 '콩쥐팥
쥐 이야기'를 소설로 형성시켰으리라 보여진다. 또 그 과정에서 동화화 될
수 있는 여지를 지니고 있었다고 여겨진다. 그 구체적 실상을 밝히는 것이
이 글의 과제이기도 하다.

2. 활자본 「콩쥐팟쥐젼」의 소설화 과정과 작품의 의미

　애초에 '콩쥐팥쥐 이야기'는 민담, 특히 '계모 박해담'의 형태로 존재했을
것이다. 그런데 현재 채록된 설화가 원형을 찾기 어려울 정도로 「콩쥐팟쥐젼」
과 유사하다. 채록된 설화의 내용을 보면 다음과 같다.

　　① 어떤 양반이 콩쥐라는 아이를 얻었으나 부인은 아이를 낳자마자 죽었다.
　　② 할 수 없이 다른 여자를 부인으로 맞이하였다.
　　③ 계모와 계모 자식인 팥쥐는 콩쥐를 몹시 미워하였다.
　　④ 계모는 콩쥐에게 나무 호미를 주면서 자갈밭을 매라고 하였으나 검은
　　　소가 내려와 밭을 다 매주고 먹을 것도 주었다.
　　⑤ 계모는 팥쥐와 함께 잔칫집에 가면서 물긷기·방아찧기·밥짓기·베
　　　짜기 등을 시켰으나 두꺼비·참새·소·선녀의 도움으로 일을 마치

---

　4) 독일 「그림동화」의 수입과 번역은 1920년대 초에 이루어졌다. <東明>이라는 잡지에서
　　 2권 3호~23호(1923. 1. 4~6. 4)에 「그림동화」를 번역 소개하고 있다. '신데렐라 이야기'
　　 인 「재투성이 왕비」도 수록되어 있다. (2권 15호~16), 또 오천석에 의해 「그림동화」가
　　 번역되어 출판되기도 했다. 「끄림 童話」(오천석 역, 한성도서주식회사, 1925. 5. 1).

고, 선녀가 준 옷과 신발을 신고 잔칫집으로 갔다.

⑥ 콩쥐는 잔칫집에 가는 길에 신발 한 짝을 잃어 버렸다.

⑦ 신발 한 짝을 주운 귀인(貴人)이 신발 임자와 결혼하겠다고 하여 콩쥐
　 는 신발이 맞아 귀인 과 결혼했다.

⑧ 이를 시기한 팥쥐가 콩쥐를 죽이고 스스로 콩쥐 행세를 했다.

⑨ 콩쥐는 죽어 연꽃·구슬이 되었다가 다시 살아나 사실을 밝히고 남편
　 과 함께 잘 살았다.

⑩ 팥쥐는 일이 탄로나 죽임을 당하고, 이를 본 계모는 놀라서 죽는다.5)

이 설화는 세계적으로 널리 분포된 '신데렐라형 설화'라고 하며 한국에서
는 '콩쥐팥쥐 설화'로 알려져 있다. 설화의 내용을 보면 활자본 「콩쥐팟쥐젼」
과 거의 일치한다. 구체적인 사실이 조금씩 다를 뿐 별로 차이를 보이지 않
는다. 소설이 설화를 충실히 따랐기 때문일까? 오히려 그 반대의 경우도 가
능하다.

특히 뒷부분(⑧~⑩)은 민담적 요소가 비교적 적으며 여러 가지 변이형이
많다. 어떤 설화는 콩쥐가 귀인과 결혼하는 것으로 끝맺고 있기도 하다.6) 콩
쥐가 결혼하기까지는 별 차이가 없는데 비해 결혼 후의 이야기가 여러 가지로
변이된다는 것은 이 설화가 「콩쥐팟쥐젼」을 형성했다기보다 「콩쥐팟쥐젼」의
영향으로 설화가 전승되고 변이되었을 가능성이 크다.7)

---

5) 한국구비문학대계(성남, 정신문화연구원, 1981) 1-9, pp.460~466. 같은 책, 8-8, pp.10
　 2~111.

6) 任東權, 韓國의 民譚(서문당, 1972), p.241.
　 '콩례와 팥례'는 계모의 박해를 견디지 못해 울고있는 콩례에게 지나가던 사람이 반해
　 결혼했다는 이야기로 끝을 맺고 있다.

7) 최운식은 「繼母說話의 硏究」(<韓國의 民俗> 3집, 경희대 민속학연구소, 1986. 3)에
　 서 "고소설 「콩쥐팥쥐」가 이 설화를 수용하여 형성된 것인지, 아니면 이 설화가 「콩쥐
　 팥쥐」의 영향을 받아 전승되고 있는 것인지에 대하여는 더욱 세밀한 고찰이 있어야
　 하겠다."고 했다.

그러면 '콩쥐팥쥐 이야기'의 원형은 어떤 모습일까? 설화의 가장 기본 뼈대만 추려보면 계모의 박해를 꿋꿋이 견뎌내는 마음 착한 콩쥐가 결국 하늘의 도움으로 복을 받는다는 이야기일 것이다. 즉 '계모박해담'의 기본 골격이 시대를 거치면서 구체적 내용—이를테면 나무호미로 자갈밭 매기, 물긷기, 베짜기, 벼 말리기 등—이 보태져 '콩쥐팥쥐 이야기'를 형성했다고 보여진다. 그렇게 본다면 콩쥐가 하늘의 도움을 받아 귀인과 결혼하는 것까지가 하나의 독립된 이야기가 된다. 이 이야기에 팥쥐가 콩쥐를 죽이고 콩쥐 행세를 하다가 환생한 콩쥐에 의해 사실이 드러나 처형되는 후일담이 보태져 소설「콩쥐팟쥐젼」이 형성된 것이다.

앞부분은 자연 민담적 요소가 강하고 뒷부분은 민담이기보다 소설적 창작이기 쉽다. 작품의 의미를 파악하는 과정에서 구체적으로 밝히겠지만 구원자가 등장하지 않고 콩쥐 스스로 일을 밝혀내는 적극성은 민담에서는 찾아보기 힘든 내용이다. 기존 연구에서도 이점을 지적하고 있다.

다음, 이 作品의 興味는 後半部에 있었다고 본다. 一見「콩쥐」와 監司와의 婚姻以後는 無用의 蛇足같으나, 그 創作的 敷衍은 오히려 錦上添花의 發展이 아닐 수 없다. 이에 이르러서는, 이미 說話 그것이 아니라 小說的 作品으로 飛躍하려는 過程이기도 하리라. 이것이「콩쥐팥쥐」를「古代小說」이라고 云謂하게 된 所致이기도 하리라.[8]

이야기가 後半部에서 흥미를 돋구고 敎訓的 價値를 부여하는 結構를 보이고 있어서 創作的 作品의 一面性을 가지고 있는 것도 사실이다.[9]

---

8) 장덕순, 위의 글, p.653. (강조 인용자)
9) 이관일, 위의 글, p.24. (강조 인용자)

소설의 제목도 '긔담쇼셜(奇談小說)' 「콩쥐팟쥐젼」이라고 하여 '이상한 이야기'라는 것을 강조하고 있으며, 표지의 그림도 신을 읽어버린 것이나 신을 신어보는 장면을 내세운 것이 아니라 콩쥐와 팥쥐가 연당에서 연꽃을 구경하는 장면을 그려 넣고 있다.[10] 소설로서의 작품 비중은 자연 뒷부분에 치우쳐 있다.

작품의 의미 역시 민담적 요소가 강한 앞부분과 소설적 창작이 두드러진 뒷부분이 다르다. 퇴리의 딸인 콩쥐가 전라감사와 결혼하는 앞부분은 신분상승이란 의미가 부각되고, 팥쥐의 계략에 빠져 죽음을 당한 콩쥐가 환생하여 사실을 밝혀내는 뒷부분은 악에 대한 철저한 복수가 문제로 제기된다.

1) 민담적 질서와 신분상승

「콩쥐팟쥐젼」의 앞부분은 신분상승의 민담이 그대로 정착된 것 같다. 민담적 질서에 의해 이야기가 전개되고 있다.

우선 콩쥐와 팥쥐의 선명한 대비에서부터 민담적 질서를 확인할 수 있다.[11] 이것은 또 '콩쥐팥쥐'라는 제목에서도 선명히 드러난다. 고소설의 경우 주인공의 이름에 '전(傳)'을 붙인 것이 대부분인데 「콩쥐팟쥐젼」의 경우는 콩쥐/팥쥐라는 선명한 대립을 이미 인정하는 셈이다.

원리 콩쥐는 천성이 지효ᄒ고 지질리 비범ᄒ야 어려셔 비혼 것은 업슬지라도 잠시를 놀지 아니ᄒ며 그 부친을 봉양ᄒ기의 효도를 다홈으로 동리 ᄉ

---

10) 활자본 고소설을 '딱지본'이라 부르는 것은 표지에 울긋불긋하게 칠해진 그림이 있다는 뜻으로 그렇게 명명하는데, 이 그림은 작품의 주제와 밀접한 관련이 있다.

11) 李相日은 「說話장르 論」(<民談學槪論>, 일조각, 1982)에서 "민담이 극단적인 것을 드러내기를 좋아 하고 극단적인 대조를 즐긴다는 것은 한 특성으로 꼽힌다."(p.37)고 하여 민담구조상 대립은 이야기로 서 살아남기 위한 수단이라고 한다.

룸까지 칭찬 아니 ᄒ는지 업고 (p.1)

팟쥐 역시 ᄆ음이 온양치 모스며 얼골조ᄎ 슌후치 못흔 인물이니 요악ᄒ
기는 쪽이 업는 그 어미보다도 흔층 더ᄒ야 무단흔 모함으로 고ᄌ질리 일슈
이며 콩쥐의 못되는 것은 져의 잘 되는 것보다 상쾌ᄒ게 싱각ᄒ야 (p.2)

「장화홍련전」같은 계모박해형 소설에서는 계모만 적대자로 등장하는데
비해 여기에서는 오히려 팥쥐가 적대자로 등장한다. 계모와 대립보다 팥쥐
와의 대립이 두드러진다. 비록 계모의 손을 빌리지만 콩쥐를 박해하는 모든
계책은 팥쥐로부터 비롯된다. "그 모녀의 소곤소곤 흄이 ᄆ치면 콩쥐의 몸에
는 참흄흔 경상이 자조 이로디"라는 것으로 보아 계모는 오히려 대행자의
역할을 한다고 하겠다.

두 번째는 여러 가지 시련을 겪는다는 것이다. 이른바 '입사식(initiation)'
의 형태를 갖추고 있는데 그것이 계모의 박해라는 의미를 담고 있지만 콩쥐
로서는 이루기 힘든 것이다. 처음에는 나무 호미를 주고 자갈밭을 다 매라고
하며, 두 번째는 밑 빠진 독에 물을 채우라 한다. 세 번째는 베짜기와 겉피
석섬 말리기를 시킨다. 콩쥐의 능력으로서는 도저히 불가능한 일이다.

세 번째는 이 고난을 스스로 해결하는 것이 아니라 반드시 구원자가 등장
하여 처리해준다. 검은소가 내려와 쇠호미를 주고, 두꺼비가 등장해 깨진 독
을 막아주며, 하늘에서 직녀가 내려와 베를 짜주고 또 참새 떼가 나타나 곡
식을 까준다.

이런 세 가지 모습은 민담적 질서를 따르고 있다는 사실을 증명해 준다.
그래서 '착한 사람은 하늘의 도움을 받는다'는 민담에 두루 나타나는 공통적
인 의미를 담고 있다고 하겠다.

그런데 여기에 '신발 찾기 이야기'가 첨가되어 신분상승이라는 구체적 의

미를 획득하게 된다. 유럽의 '신데렐라 이야기'와 너무 비슷하여 모방이 아니
냐는 의혹도 주지만 단정할 수는 없다. 「콩쥐팟쥐젼」을 제일 먼저 거론한 김
태준도 『조선 소설사』에서

　　이는 西洋에 널리 流行하는 仙姑譚 「신데렐라」와 同系의 說話이니 이
　　니야기 或은 이를 좀 變作한 類話로는 西洋 各國에 많이 流行하야 英國
　　의 民俗學會에서 이것을 몯은 中에 이 型에 屬하는 것이 三篇이였다. 獨
　　逸의 「끄림」佛國의 「페늘」이 모다 이를 記載하였다. 東洋에서도 天餘年前
　　唐 段成式의 西洋雜俎 續集卷一에 南方 吳姓人의 家庭에 생긴 事實은
　　곧 이것이다.[12]

　세계에 널리 퍼진 민담이라고 하지만 우리의 민담에서 이런 모티프는 거
의 찾아 볼 수가 없다. 중국의 민담이라고 하는데 당나라 때의 이야기가 계
속 전해졌다고는 볼 수 없다. 1920년대에 그림동화가 수입되었다는 점을 놓
고 본다면 '차용된 모티프'가 아닌가라는 의혹을 주기도 하지만 결정적인
자료가 확보되지 않은 단계에서는 결론을 유보할 수밖에 없다.
　이 부분은 '착한 사람은 결국 하늘에서 도움을 받는다'는 민담의 공통적
의미를 신분상승이라는 구체적 의미로 바꾸어 놓았을 뿐만 아니라 작품의
앞부분과 뒷부분을 이어주는 중주적 역할을 하기도 한다.
　콩쥐의 신분은 中人이다. 작품의 앞에 "됴션 리조 중엽 시졀에 전라도 셔
문 밧 삼십리허에 흔 퇴리가 잇스니라"고 하여 퇴리의 딸임을 보여준다. 이
퇴리의 딸인 콩쥐가 전라도 감사와 결혼하게 된다. 그러면 전라감사는 어떤
사람인가?

---

　12) 金台俊, 朝鮮小說史 (학예사, 1939), p.128.

　당초 감스는 벼살이 종일품이오 승지 참판을 ᄎ례로 지닌 후 젼나감스로
외임흔 량반이니 셩은 기씨러라.(p.11)

　벼슬이 종일품이요 승지와 참판을 지낸 명문거족의 양반이라고 하다. 이
런 명문거족의 양반이 일개 퇴리의 딸을 첩도 아니고 정식 부인으로 맞아들
인다는 것은 조선 봉건사회에서 있을 수 없는 일이다. 이 신분상의 간격을
메꾸는 것이 바로 잃어버린 신발 찾기 모티프다.

　일작이 흔낫 아들도 두지 못ᄒ고 겸ᄒ야 부인니 별셰흔 이후로 심하에 씌
여 첩도 두지 아니ᄒ고 마음을 가다듬어 가며 셰월을 보내는 터임으로 ᄌ연
이상흔 셔긔를 보자 그곳에셔 시 신짝을 어더슴으로 그 스룸을 차자보랴 흔
것인디 의외에 관차는 관령만 중히 녁이고 남의 집 쳐녀를 다리고 왓는지라
깜작놀나며 엇더흔 쳐녀완디 신짝에셔 셔긔가 싱ᄒ는고 ᄒ며 ᄌ셰히 그 쳐
녀의 외슘촌에게 무르니 그 외슉이란 자도 셔긔가 낫다는 까둙에는 디답홀
슈 업슴으로 필경 콩쥐에게 친히디답ᄒ에 ᄒ얏는디 이쩌 콩쥐는 홀 슈 업시
긔이지 못홀 줄 알고 ᄌ초 모친 상스 당흔 일로붓터 셔모 비씨 들어온 이후
에 고셩되는 것과 김매라 갓슬 쩌에 검은 소가 ᄂ려와셔 쇠호미와 과실 쥬
던 일이며 둑겁이가 물독 밧치던 것을 차례ᄎ례 이약이 ᄒ고 이번 외가에
올 쩌에 셔모의 소위와 시쩨가 것피석셤 벗겨 준 일로 직녀가 ᄂ려와 베도
쓴쥬고 의복도 쥬어서 입고 오는 길에 감스쩌문에 신짝을 닐허 버린 스유를
쎄지 안코 물 흐르듯 낫낫치 고ᄒ는지라 감스는 **듯기를 다ᄒ고 십분 경희
ᄒ야 즁심으로 흠모ᄒ기를 마지 아니ᄒ며** (p.11) (강조 인용자)

　신발에서 서기가 나서 이를 이상히 여겨 알아본 즉 그것이 하늘의 도움이
라는 사실을 알고나서 감사는 콩쥐에게 청혼하게 된다. 「춘향전」처럼 신분
상의 격차를 뛰어 넘어 서로가 사랑한 것이 아니라 민담적 질서인 하늘의

도움에 의해 퇴리의 딸인 콩쥐는 당당하게 전라감사의 부인이 된다.

콩쥐의 능동적인 행동은 어디에도 없다. 구원자들의 도움으로 콩쥐는 고난을 극복하고 복을 받는 것이다. 착한 사람은 하늘의 복을 받는다는 민담적 질서에 의해 콩쥐는 수동적으로 행동할 뿐이다. 그 복의 실현으로서 감사 부인이 되는 신분상승이 주어졌다고 해야 옳겠다.

2) 소설적 개작과 철저한 복수

뒷부분의 이야기는 여러모로 민담적 요소가 약화되었으며 소설적 개작 혹은 창작의 모습을 보여준다. 마음 착한 콩쥐가 단순히 하늘의 도움을 기다리는 것이 아니라 적대자를 징치하는 적극적 모습으로 변모해 간다.

> 이러구러 몇 날을 지닌 후 홀오는 감수가 신긔 불평ᄒ야 일즉이 공소를 마치고 련못 욥흐로 비회 ᄒ노라니 못 가온디로셔 젼의 업던 련꼿 한 줄기가 특별히 놉게 소슨 것이 꼿도 긔려ᄒ미 비길디 업스므로 ᄌ연 ᄉ랑ᄒᄂᆞᆫ 마음이 싱겨 그 꼿슬 꺽거다가 련당 방문우에 ᄭᅩ자 노코 무한히 ᄉ랑ᄒ기를 마지 안니ᄒᄂᆞᆫ디 팟쥐ᄂᆞᆫ 일즉이 ᄭᅵ닷ᄂᆞᆫ 일리 잇슴으로 그런 꼿이 별안간 그다지 긔려ᄒ게 소슨일에 디ᄒ야도 심히 괴상ᄒ게 싱각ᄒᄂᆞᆫ 중 더욱 괴상ᄒ기 심흔 거슨 령감만 그 방을 써나면 **팟쥐가 들어오고 나갈 적마다 그 꼿 속에 무슴 숀 것흔 거시 팟쥐의 머리를 바당바당 쥐여 뜻ᄂᆞᆫ지라** 흔번 두번만 그러흠도 아니오 번번이 뜻기를 마지 아니 ᄒᄂᆞᆫ고로 팟쥐ᄂᆞᆫ 크게 놀랍고 결증ᄒ야 요것이 필연 콩쥐년의 귀신이 붓흔 것이라 ᄒ고 그 꼿을 ᄲᅦ여불 아궁에 너헛더라 (p. 14) (강조 인용자)

앞부분에서처럼 하늘의 도움만 기다리고 울기만 하는 콩쥐가 아니라 연꽃으로 변신하여 팥쥐에게 복수하는 적극성을 보인다. 감사가 없을 적마다 팥

쥐의 머리를 쥐어뜯는 것은 시작에 불과하다. 팥쥐가 아궁이에 꽃을 넣어 불
에 태우려 했지만 콩쥐는 다시 구슬로 변신한다.

　　리웃 집 한미 ᄒ나이 잇셔 불씨를 어드랴고 감ᄉ딕 니아에 들어와 이왕
　　감ᄉ부인과 친친ᄒ ᄭ닭으로 바로 련당 아궁이에 이르러 불을 쩌가랴 ᄒᄂ
　　딕 아궁이 속의 불은 씨도 업시쩌지고 난딕 업ᄂ 오식구실이 ᄒ 아궁이나
　　더글더글 흠으로 로파ᄂ 탐나ᄂ ᄆ음에 허겁지겁 그 구슬을 모다 치마 압헤
　　쓸어 담아 가지고 급히 집으로 도라가셔 쉬쉬ᄒ며 반다지 속에 감초아 두엇
　　더니 천만 뜻밧게 반다지 속으로셔 할몸할몸 부르ᄂ 소리가 흡ᄉᄒ 감ᄉ부
　　인 목소린지라 로파ᄂ 놀나 반다지 문을 열고 본 즉 와년ᄒ 감ᄉ부인니 엇
　　지ᄒ ᄭ닭인지 그 속에 안져 로파에게 반식을 ᄒ며 (p.15)

　여기서 변신의 의미는 하늘의 도움이라는 민담적 질서보다 악을 징치하기
위한 문학적 장치로 보인다. 변신 그 자체가 중요한 것이 아니라 그 변신을
통해 어떻게 팥쥐이게 복수하느냐가 중요한 변수로 작용한다. 독자의 흥미
도 바로 그런데 있다고 하겠다.
　구슬 속에서 비로소 자신의 모습을 드러낸 콩쥐는 옆집 할멈에게 팥쥐를
징치할 계책을 일러준다. 옆집 할멈은 앞부분의 검은 소, 두꺼비, 직녀처럼
절대적 구원자가 아님을 명확히 인식해야 한다. 다만 콩쥐의 계책을 수행하
는 조력자에 불과하다.
　콩쥐의 계책으로 옆집 할멈은 잔치를 열고 그 자리에 감사를 초대해 짝
틀린 젓가락을 상위에 올려놓는다. 이것은 물론 콩쥐의 계책이고 이를 통하
여 진실을 깨닫게 하고자 함이다. 그러나 감사는 진실을 깨닫지 못하고 푸념
을 한다.

져를 들어 혼 번 상에 굴으니 혼 짝은 길고 혼 짝은 짝은 것이 손에 잡히지 아니홈으로 심중에 로파의 소홀홈을 괘심히 싱각ᄒ야 됴치 못혼 괴식으로 참다 모ᄒ야 져의 짝 틀림을 말ᄒ니 로파는 밋쳐 더답ᄒ기 젼에 홀연 병풍 뒤으로셔 ᄉ람의 음셩이 잇셔 그 말에 쳣더 더답ᄒ더 **져짜락 짝 틀린 것은 엇지 져러케 쪽쪽ᄒ게 아시는 양반이 ᄉ람 짝 틀니는 것은 엇지 그럿케 모르시노** ᄒ는지라 (p.16) (강조 인용자)

보다 못한 콩쥐가 젓가락 짝 틀린 것은 아는 사람이 어찌 사람 짝 틀린 것은 모르느냐고 말한다. 물론 콩쥐는 모습을 드러내지 않고 병풍 뒤에서 음성으로만 전해질 뿐이다.

이 부분은 앞의 '신발 찾기'와 마찬가지로 이 소설의 압권이라고 하겠다. 수동적인 콩쥐의 모습을 보여준 '신발 찾기'에 비해 여기서는 적극적인 콩쥐의 모습을 확인할 수 있다. 또 지혜롭게 사태를 대처해 나가는 것도 볼 수 있다. 「장화홍련전」처럼 원귀가 직접 나타나 호소하는 방식이 아니라 감사로 하여금 사실을 깨닫게 하는 이야기 전개는 구성의 재치성을 보여준다고 하겠다.

일이 어떻게 된 것인가 하고 어찌 할 바를 모르는 감사, 거기에 지혜롭게 자신의 실체를 조금씩 드러내는 콩쥐. 독자는 이미 모든 사실을 알고 있었다. 그래서 콩쥐가 어떻게 사실을 폭로하는가에 흥미를 집중시키게 된다.

감ᄉ 대경ᄒ야 잠간 말을 멈츄고 가만히 안져 싱각ᄒ니 싱각ᄒ니 싱각ᄒ야도 찌닷지 못홀지라 너외의 쪽이 틀니다니 이 엇진 말인가 ᄒ는 그 자가 ᄉ롭인가 귀신인가 ᄒ야 그윽히 싱각 ᄒ다가 그 ᄉ이 지고 안희의 힝동이 종종 괴상혼 일이 잇슴을 밍연니 찌닷고 필연 콩쥐에게 무슴 일이 잇는 것이라 ᄒ야 얼는 집에 도라가 알아보리란 ᄆᆞ음에……중략……

병풍 뒤흐로셔 일위 미인이 록의홍상으로 텬연이 나와 감ᄉ에게 례ᄒ며

왈 령감이 첩을 몰라 보시나잇가 ᄒ거눌 감ᄉᄂᆞ 더욱 경의홈을 안니ᄒᆞ야 엇
지 홀 줄 모르다가 이르는 마이 부인이 엇지 ᄉᆞ사람을 속이면 엇지 이 갓치
심홀 슈 잇스리오 내가 불민ᄒᆞ던지 그더의 죠롱이던지 이ᄶᅵ것 ᄒᄂᆞ 일과 ᄒ
ᄂᆞ 말은 젼연히 ᄶᅵ다러 알 슈 업스니 그릴 것 업시 쌜니 이약이ᄒᆞ야 ᄉᆞ롬의
답답ᄒᆞ 가슴을 헷처쥬기를 바라노라. (p.16)

콩쥐가 눈앞에 나타나도 사실을 깨닫지 못하고 거꾸로 사람을 놀린다고
한다. 결국 콩쥐가 사실을 얘기하자 그제서야 모든 것을 깨닫는다.

여기서 오히려 감사의 무능함이 폭로된다. 아내가 바뀌어도 모를 정도의
무능하고 무관심한 인물로 드러난다. 일종의 가부장적 권위에 대한 도전이
라고 볼 수 있는데 그것이 여성의 권리신장에 따른 결과인지 계모박해형 고
소설이 갖는 공통적 특징인지 하는 점이 문제가 된다. 「콩쥐팟쥐젼」은 다른
고소설에 비해 감사의 무능함이 두드러진다.

감사가 콩쥐의 얘기를 다 듣고 자신의 불명함을 부끄럽게 여길뿐더러, 콩
쥐도 "령감끠셔는 이졔 이러케 된 이샹에 다른 싱각을 두지 마시고 그 팟쥐
와 홈의 안향ᄒᆞ심을 바라ᄂᆞ이다"라며 빈정대기까지 한다.

다른 계모박해형 고소설에는 아버지가 단지 무능하고 무관심한 인물로 묘
사되는데 여기서는 한 걸음 더 나아가 풍자되기도 한다. 일반 계모박해형 고
소설의 특징에다가 「콩쥐팟쥐젼」이 소설화되는 과정에서 여성의 권리신장
이란 근대적 요소가 삽입되지 않았을까? 「콩쥐팟쥐젼」이 1928년에 출간됐다
는 사실과 뒷부분이 거의 소설적 개작 혹은 창작이라는 논거는 이를 뒷받침
할 수 있겠다.

콩쥐의 복수는 철저하다. 감사에게 사실을 일렀고 법에 의해 팟쥐가 심판
되길 기다린다. 결국 문초를 통해 모든 사실이 드러나고 팟쥐를 처형시키라
는 여론과 법에 의해 팟쥐는 처참하게 죽는다.

　만구일담이 팟쥐년은 쳔차만륙이 되여야 가ᄒ다는 소리가 랑자ᄒ게 되여
드디여 감ᄉ도 그것을 알고 문초를 더욱 엄즁ᄒ게 홈에 팟쥐도 홀 슈 업시
이긔지 못ᄒ고 일일 ᄌ빅에 감ᄉ는 즉시 팟쥐를 칼 씨워 하옥ᄒ고 ᄉ실을
샹ᄉ에 보ᄒ야 지령을 밧은 후 슈레에 찌져 죽이고 그 송장을 졋담아 항아
리 속에 긴봉ᄒ야 가지고 팟쥐의 어미를 ᄎᄌ 젼ᄒ얏더라. (p.17)

　팥쥐의 어미 역시 그것을 보고 놀라 죽는다. 여기서 복수의 드라마는 끝을
맺는다. 여기에는 팥쥐를 용서한다던가 잘못을 회개하고 우애 좋게 살게 된
다는 식의 결말이 없다. 악의 세력은 거기에 합당한 벌을 받아 비참하게 최
후를 마쳐야 한다는 것이 작품 뒷부분의 의미일 것이다. 앞부분의 민담적 질
서와는 너무 다르다.

　시체를 연못 속에서 찾아내고 팥쥐의 자백을 받아내는 등 공안적 요소도
드러나고 있다. 사실을 제대로 밝혀내는 것은 철저한 심판을 위한 예비 단계
이기 때문이다. 진실을 은폐하거나 용서하는 식의 이야기는 찾아 볼 수가 없
다. 오직 철저한 복수를 위해 각 단계의 사건들이 짜여 있는 것 같다.

　이런 작품의 의미는 당대 식민지적 상황 속에서 어느 정도 현실적인 의의
를 인정받을 수 있다. 무턱대고 착하기만 한 콩쥐가 하늘의 복을 받았다는
것은 식민지적 현실에 비추어보면 아무런 의의도 찾을 수 없다. 오히려 작품
속의 고난처럼 식민지적 현실을 참고 하늘이 복을 줄 때까지 기다리라는 반
역사적인 의미 밖에는 없다. 다시 환생하여 지혜를 동원해 악의 세력에게 철
저하게 복수하는 것이야말로 이 작품이 주는 당대적 의미라고 하겠다.

3. 고소설의 童話化 경향과 小波의 동화론

활자본 「콩쥐팟쥐전」은 기껏해야 한 종류 밖에 발행되지 못했다. 상업적
으로도 실패한 셈이고 많은 독자들의 지지도 얻지 못했음을 알 수 있다. 간
단히 추측해보면 「콩쥐팟쥐전」이 노리는 상업적 의도는 '신분상승'일텐데
「춘향전」에 비해 적극성을 띄지도 못하고 하늘의 도움을 기다리는 것이니
재미가 그만큼 삭감될 수밖에 없다. 그런데 어떻게 해서 아이들 동화의 대표
적 작품으로 남을 수 있었을까?

우선 작품 내에서의 근거를 찾아보면 민담적 구조를 충실히 따르고 있음
을 알 수 있다. 김태준도 『조선소설사』에서 '童話傳說의 小說化'라는 장에
서 다루고 있으며, 앞에서 거론한 것처럼 콩쥐 · 팟쥐의 선명한 대비, 여러
가지 시련, 구원자의 등장, 변신 혹은 환생의 모티프들은 민담적 질서를 충
분히 따르고 있다.

바로 이런 민담적 질서가 「콩쥐팟쥐전」을 아동물로 남게한 요인이 된다.
다른 고소설에 비해 「콩쥐팟쥐전」은 특히 민담적 질서가 두드러진다. 앞부
분은 민담의 형태를 온전히 갖추고 있다해도 과언이 아니다. 그래서 콩쥐팟
쥐 이야기가 등장하는 많은 동화를 보면 대부분 앞부분이 중요하게 다루어
져 있다. 뒷부분의 이야기가 등장하는 것도 철저한 복수보다는 팟쥐와 계모
가 귀양가는 것으로 끝을 맺기도 하고, 연꽃으로 변신한 콩쥐가 팟쥐의 시선
만 닿으면 시드는 내용으로 되어 있다.13) 악에 대하여 소극적이고 체념적인
모습을 보여준다.

무능한 남편에 대한 비난이나 악에 대한 철저하고 적극적인 대항은 거의
나타나지 않는다. 이런 경향은 「홍길동전」· 「심청전」· 「토끼전」 등의 소설

---

13) 임석재 엮음, 옛날 이야기 선집 3 (서울, 교학사, 1971), pp.232~246.

에도 심하게 나타난다. 즉 고소설이 갖는 사회적이고 역사적인 맥락이 거세되고 봉건 명분의 강조와 거짓 화해가 주류를 이루며 동화로 전락하게 된 것이다. 이야기 속에서 현실적인 의미보다 환상적인 요소를, 대결 양상보다는 거짓 화해의 모습을 보여주고자 하는 의도일 것이다.

그러면 그런 논리는 어디서 비롯되었을까? 외적인 요인을 찾아보도록 한다. 아동문학의 개척자이고 1920년대 전래동화의 부활을 부르짖었던 小波 方定煥의 동화론에서 그 모습을 확인하도록 하자. 小波는 동화의 중요성을 주장하며 전래동화 즉 민담의 수집을 적극적으로 추진했다. <開闢>32호 (1923년 2월)부터 수집된 민담 중에서 우수한 것을 게재하고 시작했으며, 31호(1923년 1월)에 동화의 이론적 점검으로서 「새로 開拓되는 '童話'에 關하야」란 글을 실었다.[14]

'동화'를 '아동의 설화'라 전제하고 막연히 '옛날 이약이'라고는 할 수 없다고 하며 예로 들기를 「해와 달」· 「흥부와 놀부」· 「콩쥐팥쥐」· 「별주부(토의 간)」같은 것이 있다고 했다. 우연하게도 「해와 달」을 빼고는 예로 든 것이 모두 고전소설의 작품이다.

동화의 효용도 "兒童 自身이 童話를 求하는 것은 決코 知識을 求하기 爲함도 아니요 修養을 求하기 爲함도 아니고 거의 本能的인 自然의 欲求일다"고 한다. 말하자면 어떤 녹석의식도 없이 자연발생적인 본능이 동화의 매력이라는 것이다. 그래서 "童話는 兒童性을 닐치 아니한 한 藝術家가 다시 兒童의 마음에 돌아와서 어떤 感激-혹은 現實生活의 反省에서 생긴 理想-을 童話의 獨特한 表現方式을 빌어 讀者에게 呼訴하는 것이다"라고까지 말한다.

그러면 동화의 생명은 어디에 있을까? 그 구체적 모습이 바로 **'永遠한 兒**

---

14) 小波, 새로 開拓되는 '童話'에 關하야 (<開闢> 31호, 1923. 1) pp.18~25.
앞으로 이 글의 인용은 일일이 주를 달지않고 괄호 속에 쪽수만 밝힌다.

童性'이라고 한다. 즉 때묻지 않은 아동성을 유지해 나가는 것이 동화를 통해 얻을 수 있는 것이라는 말이다.

> 우리는 누구나 가지고 있는 '永遠한 兒童性'을 이 兒童의 世界에서 保持해가지 안흐면 안될 것이요 또 나아가가 洗鍊해가지 아니하면 아니된다. 우리는 자조 그 깨끗한 그 곱고 맑은 故鄕-兒童의 마음에 돌아가기에 힘쓰지 아니하면 아니된다.
>
> 兒童의 마음! 참으로 우리가 사는 世上에서 兒童時代의 마음처럼 自由로 날개를 펴는 것도 없고, 또 純潔한 것도 없다. 그러나 우리는 年齡이 늘어갈수록 그것을 차츰차츰 닐허버리기 始作하고 그 代身 여러 가지 經驗을 갓게되고 쌀하서 여러 가지 複雜한 知識만을 갓는다 하면 그것으로 무엇을 하랴, 經驗 그것이 無益한 것이 아니요 知識이 無益한 것도 아니다. 그러나 그것만이 늘어간다는 것은 결코 **아름다운 人生으로서**의 자랑할 것은 못되는 것이다. 더구나 그 經驗 그 知識이 느는 동안에 한 便으로 그 純潔한 그 깨끗한 感情이 消滅되었다 하면 우리는 어쩌랴……그 사람은 설사 冷冷한, 말르고(枯), 언(凍) 知識의 所有者일망정 人生으로서는 亦是 墮落한 자일 것이다.
>
> 아아 우리는 恒常時時로 天眞爛漫하든 옛 故園-兒童의 世界에 돌아가 마음의 純潔을 빌지 아니하면 아니된다. (p.21~22) (강조 인용자)

극단의 유아성을 강조한 것 같다. 지식과 경험이 중요한 것이 아니라 아동과 같은 순결함이 중요하다면 역사의 발전, 개인의 성장은 어떻게 설명될 수 있을까? 당시가 일제 식민지 시대인데 이런 논리대로라면 모두가 순결한 동심으로 돌아가 역사의 횡포를 받아들여야 할까?

소파는 오히려 동화(민담)가 지니고 있는 민족적 감수성, 판단력, 동정심이나 의협심조차 부정하고 오직 순수한 마음의 고향, 즉 영원한 아동성을 찾는 것을 동화의 최대 목표로 생각하고 있다.

이 글은 우리 전래 동화(민담)를 발굴하면서 거기에 대한 이론적 지침이
되는 글인데 이상하게도 민족의식이나 민족적 감수성을 내세우고 있는 말은
어디에도 없다. '옛날이야기'를 거부하고 '동화'라는 말을 그가 고집한 것에
서도 찾을 수 있다.

> 從來에 우리 民間에서는 흔히 兒童에게 들려주는 아야이를 「옛날 이약
> 이」라 하나 그것은 童話는 特히 時代와 處所의 拘束을 밧지 아니하고 大
> 槪 그 初頭가 '옛날 옛적'으로 始作되는 故로 童話라면 「옛날 이약이」로
> 알기 쉽게 된 싸닭이나 決코 옛날 이약이만이 童話가 아닌 즉 다만 「이약이
> 」라고 하는 것이 可合할 것이다. (p.19)

그러면 그가 생각하는 동화란 어떤 장르일까? 여기에 대해선 구체적인 언
급이 없다. 다만 전래동화 못지 않게 외국동화도 중요하게 취급하고 있어 주
목된다.

> 아즉 우리에게 童話集 몇卷이나 쏘 童話가 雜誌에 揭載된대야 大槪 **外
> 國童話의 譯**뿐이고 우리 童話로의 創作이 보이지 않는 것은 좀 섭섭한 이
> 리나, 그러타고 落心할 것은 업는 것이다. 다른 乂學과 가티 童話도 한째의
> 輸入期는 必然으로 잇슬것이고 쏘 처음으로 괭이(鍬)를 잡은 우리는 아즉
> 創作에 汲汲하는 이보다는 **一面**으로는 **古來童話를 캐여내고 一面**으로
> 는 **外國童話를 輸入하야 童話의 世上을 넓혀가고 材料를 豊富하게
> 하기**에 努力하는 것이 順序일 것 갓기도 하다. (p.23) (강조 인용자)

전래 동화(민담)의 발굴 뿐이 아니라 외국동화의 수입도 동등한 비중으로
인정하고 있다. 소파는 동화(민담)가 민족의식이나 감수성을 담고 있어야 한

다고 생각하는 것이 아니라 인류보편의 아동성을 담고 있어야 한다고 생각
한다. 그래서 외국동화의 수입을 통해 동화의 세계를 넓혀가자는 주장에까
지 이른다.

묘하게도 이 글의 발표와 같은 때인 1923년 1월부터 독일의「그림동화」가
이 땅에 수입되어 번역되기 시작했다. '콩쥐팥쥐 이야기'와 유사한 '재투성이
왕비'가 <東明>이라는 잡지에 게재되기도 했다. 소파도「그림동화」의 우수
성을 높이 인정하면서 "세계 童話文學界의 重寶라고 하는 독일의「그림동
화집」은 그림형제가 50여년이나 長歲月을 두고 地方地方을 다니며 고생으
로 모은 것이라"고 했다.

구비문학 특히 민담은 그 민족의 정서를 가장 뛰어나게 형상화 했다는데
는 이의의 여지가 없다. 독일의「그림동화」도 그런 소산이다. 그런데 소파는
거꾸로 민족의식의 소산이 아니라 서구 보편주의의 동화론에 근거해 논리를
전개하고 있다. 그가 내세우는 '영원한 아동성'이란 이런 보편주의 동화론의
실체가 되는 셈이다.

앞에서 예로들은「흥부와 놀부」·「콩쥐팥쥐」·「별주부」 등은 조선 후기
에 형성된 판소리계 소설이거나 민담을 바탕으로 악의 세력을 물리치는 적
극적 모습의 주인공이 등장하는 소설이다. 거기에는 당대를 살아가는 민중
의 지혜라던가 市井人의 모습이 등장한다. 이런 우리의 고소설들이 서구문
화의 열정에 들뜨게 했던 식민지 문화정책과 맞설 수 있는 좋은 문화적 무
기임에 분명했다. 그런데 소파에게는 이러한 모습이 단지 '영원한 아동성'을
드러내주는 좋은 동화의 재질로 받아들여진다.

이런 소파의 태도에서 문화란 본질적으로 정치나 물질생활과는 무관한 순
수히 정신적인 교양이라는 식민지적 문화관의 모습을 찾을 수 있다. 그에게는
오랜 시간을 두고 전해진 가장 민족적이고 민중적인 구비설화나 고소설조차

'영원한 아동성'을 드러내는 동화로 탈바꿈된다. 민족의식이나 민중적 감수성을 담고 있는 고소설들이 아동들의 동화로 전락된 것은 이런 연유이다. 소파가 주장하는 영원한 아동성은 일제의 탄압아래 신음하던 식민지 시대에 어떤 민족의식도 용납하지 않는 '극단적인 유아성'의 다른 이름임이 분명하다.

「콩쥐팟쥐젼」을 중심으로 생각해보자. 앞부분이 민담적 질서를 따르고 있음에 비해 뒷부분은 악의 세력을 징치하는 콩쥐의 적극적인 모습이 부각된다고 하였다. 그런데 동화로 정착되면서 뒷부분의 적극적인 모습이 사라지게 된다. 동화는 '영원한 아동성'을 지녀야 한다는 생각아래 단지 착하기만 하고 수동적인 콩쥐의 모습이 강조되어 있다.

그 단서를 <開闢>33호(1923년 3월)에 시린 「금선의 이약이」를 통해 확인하고자한다. 이 이야기는 개벽사에서 전래동화 현상모집에 당선된 작품이다. 소파의 「새로 개척되는 동화에 관하여」와 함께 전래동화를 현상모집한 결과 모두 5편의 입선 작품과 20편의 等外入賞작을 발표했는데[15] 「금선의 이약이」는 입선작의 하나이다. 이 이야기를 보면 소파의 동화론이 어디에 근거하고 있는 지를 구체적으로 알 수 있다. 간추린 내용은 이렇다.

옛날 어느 산 밑 동네에 과부 한 사람이 딸 두 형제를 데리고 살았다. 큰 딸은 금선이고 작은 딸은 점례였는데, 큰 딸은 전처 소생이고 작은 딸은 자기가 낳은 딸이었다. 전처 소생인 금선이에게 온갖 집안 일을 시켜 고생이 말이 아니었다. 그래도 금선이는 반항하지도 않고 순종하며, 매일 눈물로 지낼 뿐이었다.

어느 눈이 쏟아지는 날, 점례가 딸기를 먹고 싶다하여 계모는 금선이 더러 딸기를 구해 오라고 시켰다. 금선이는 바구니를 들고 눈 속을 헤쳐 가던 중 추위와 배고픔으로 어느 소나무 밑에 쓰러지게 되었다. 한참을 지나 눈을 떠보니 머리가 허연 노인이 딸기를 구해준다고 하는 것이었다. 그 노인을 따라가니 회색 집으로 들어가는데 거기에는 젊은 남자도 있었다. 젊은 남자는 유월 귀신(여름의 신)이고 노인은 섣달 귀신(겨울의 신)이었다. 이들이 調和를 부려 금선이는 딸기를 딸 수 있었고 눈 속을 헤치고 집으로 돌아왔다. 그런데 집에 돌아와보니 그동아 세월이 많이 지나 계모는 병들어 죽고 점례는 나무장사가 업어가 그와 같이 사는데 고생이 말이 아니라는 것이었다. 효녀 금선이의 소문이 온 동네에 퍼져 이 소문을 듣고 동네 제일가는 만석군 집에서 막내 며느리로 삼았다. 그러나 일년에 두 번씩 금선이는 고향의 계모 산소와 고생하는 점례를 찾아가기를 잊지 않다.[16)]

'콩쥐팥쥐 이야기'와 같은 구조를 지니고 있다. 계모와 의붓 동생의 박해를 견디며 착하게 사는 금선이가 결국 하늘의 복을 받아 만석군의 며느리가 되었다는 것이다. 이 동화의 선택이 바로 소파의 '동화론'에 입각한 것인데 묘하게도 「콩쥐팟쥐젼」의 민담적 질서와 일치한다. 콩쥐 팥쥐의 대비처럼 여기도 금선이와 점례가 대비되고, 계모의 박해 혹은 시련으로 겨울철에 '딸기 구해오기'가 제시되며, 겨울의 신이 구원자로 등장한다.

계모와 의붓 동생의 박해를 견디며 울기만 하는 금선이, 겨울에 딸기를 구해오라는 명령에 바구니를 들고 나서는 금선이……이런 모습이 소파가 말한 '영원한 아동성'이 아닐까? 콩쥐도 마찬가지다.

콩쥐는 나무 호미를 쥬어 산빗탈 돌사닥 밧을 미게 ᄒ야 졈심도 조금 엇어 먹지 못ᄒ고 호미는 밧흔 도랑을 미여 나가지 못ᄒ야 목이 부러져 ᄇ리니 심악흔 계목의 손에 그를 펴지 못ᄒᄂᆞ 콩쥐의 마음이야 엇더ᄒ리요 집에

---

16) <開闢> 33호 (1923년 3월), pp.51~57.

도라가면 호미 부지른 것도 죄목이 될 것이오 김 얼마 못 미인 것도 져녁은 두슈 업시 국물됴 건나라 어리고 젹은 마음에 **이 일을 엇지ᄒᆞ면 됴흘가 ᄒᆞ 고 텬디 아득ᄒᆞ야 아모리 홀 줄 모르고 울기만 ᄒᆞᄂᆞᆫ 즁** (p.3) (강조 인용자)

세계의 횡포와 맞서 저항하지 못하고 눈물만 홀리는 콩쥐, 이런 콩쥐의 수동성과 가련함이 '영원한 아동성'과 일치하여 동화의 대명사로 자리를 굳히게 됐다면 지나친 억측일까? 많은 동화가 고난을 극복하는 주인공의 적극적 행위보다 착한 성품만을 고집스럽게 강조하여 결국 하늘의 복을 받는다는 식으로 짜여지는데 이것은 체제 순응적이고 발전을 인정치 않는 극단적인 복고주의의 한 형태이다. 더욱이 그것이 식민지 시대에 시작된 동화이론의 시발이기 때문에 문제는 더욱 심각하다. 소파의 동화론은 전래 동화의 부활이란 이름으로 위장된 식민지 문학관의 한 모습일 것이다.17)

4. 마무리

활자본 「콩쥐팟쥐젼」은 방각본이나 필사본이 있었던 것이 아니라 세계에 널리 분포되어 있다고 하는 '콩쥐팟쥐 이야기'가 소설로 형성된 것이다. 그 형성시기를 책의 출판시기인 1920년대로 보고자 한다.

자연 민담적 요소가 강한 앞부분의 이야기와 소설적 창작으로 볼 수 있는 뒷부분의 이야기로 내용이 갈라지는데, 앞의 이야기는 단순히 착한 사람은 하늘의 복을 받는다는 신분상승의 의미를 갖고 있다면 뒤의 이야기는 죽은

---

17) 이런 점은 1920년대 소위 국민문학파에 의해 '민족문학운동'이란 이름으로 제기된 이광수의 '민요론'(民 謠小考), 최남선의 '시조부흥운동'(조선 국민문학으로서의 시조) 등에서도 비슷한 양상을 확인할 수 있 다.

콩쥐가 여러 형태로 변신해 가면서 악을 징치하는 복수의 의미를 지니고 있다. 당대 식민지적 상황과 연관지워 볼 때 뒤의 이야기는 현실적 의의를 인정받을 수 있다. 즉 악(일제)에 대항하여 적극적으로 대처해 나가는 것은 당대 사회가 요구하는 운동방향이기 때문이다.

이런 「콩쥐팟쥐젼」이 다른 고소설과 마찬가지로 수동적 의미의 동화로 전락하게 된다 이 과정에서 현실적인 의미가 거세되고 착한 사람은 하늘의 복을 받는다는 민담적 구조로 짜여지게 된다.

그 이론적 근거를 소파 방정환의 「새로 개척되는 동화에 관하야」란 글을 통해 점검했다. 동화선택의 이론적 시금석이 되는 그 글에서 소파는 '영원한 아동성'을 들어 아이들의 동심을 막연히 미화시켰을 뿐 민족의식에 입각한 구비문학의 채록과는 엄청난 거리가 있었다. 이는 어떤 면에서 '극단적인 유아성'과 상통하여 우리의 민족 문화를 정신적인 것으로만 몰고가는 식민지적 문화관의 한 모습일 것이다.

「콩쥐팟쥐젼」이 아이들 동화의 대명사로 된 것은 많은 민담적 요소 때문이다. 동화로 정착된 '콩쥐팥쥐 이야기'는 대개 소설의 앞부분이며 뒷부분이 수록된 것도 콩쥐의 적극적 행위가 약화된 것인데, 이런 민담적 질서로 인하여 '영원한 아동성'을 내세우는 소파의 동화론과 맞아떨어지게 된 것이다. 더욱이 소파의 동화론에 입각해 선별된 전래동화 「금선의 이야기」가 '콩쥐팥쥐 이야기'의 구조와 일치함을 확인했다.

우리의 구비설화나 고소설이 아이들이 보는 아동물의 형태로 전이되는 데에는 이론의 여지가 없다. 단 그것이 민족문화의 긍정적 계승일 때만 의미를 갖는다. 소파의 '영원한 아동성'처럼 보편주의의 모습을 띠고 식민지적 문화관에 봉사할 때는 문제가 심각해진다. 참다운 민족의식의 고양은 아동물이라고 제외될 수는 없는 일이다.

活字本 古小說의 수용과 1920년대 小說大衆化論

1. 머리말

우리의 고소설은 18, 19세기 상업출판인 방각본과 애호가들에 의한 필사본의 시대를 거쳐 식민지 시대에는 그 당시 신식활자에 의한 舊 活字本[1]을 대량으로 출판, 공급하기에 이르렀다. 1912년 8월 10일 「不老草」를 시작으로 李海朝의「獄中花」·「江上蓮」 등이 출판되면서 본격적인 활자본 시대를 열었다.

표지가 울긋불긋한 그림과 큰 활자의 제목으로 장식되어 있는 이 '이야기책'은 가격이 대개 25~30전이 일반적이며 장바닥을 통해 전국적으로 널리 퍼져 나갔다. 「춘향전」이 97회, 「삼국지연의」와 그 각편들이 43회나 출판될 정도[2]로 그 인기는 대단했다. 「춘향전」·「심청전」·「구운몽」·「옥루몽」 등의 이야기책이, 또는 그 이외에 10여종의 이야기책이 각각 1년에 적어도 만여 권씩 판매 되었다한다.[3] 당시의 출판 상황을 고려해 본다면 대단한 추세

---

1) 많이 사용하는 명칭은 '구활자본'이지만 '딱지본'이란 명칭을 사용하기도 한다. 딱지본이라 함은 표지가 울긋불긋한 그림으로 장식되어 있다는 뜻이다. 당시에는 '이야기책'이란 이름으로 많이 불렸다. '육전소설'이란 용어도 사용되지만 가격이 일정한 것이 아니어서 공식명칭으로는 적합하지 않다고 본다. 여기서는 '활자본'으로 통칭한다.
2) 조동일, 『한국문학통사』4 (지식산업사, 1986), p.336.

다. 신문이나 잡지를 통해 인텔리에게 수용되는 근대소설보다 노동자·농민·부녀자 등 일반 대중을 상대로 한 이런 활자본 고소설이 훨씬 많이 수용됐음을 여러 자료에서 확인할 수 있다.

　문제는 개화의 열정에 들뜬 시대부터 '춘향전은 **음탕교과서**오 심청전은 **처량교과서**오 홍길동전은 **허황교과서**'[4]라고 철저하게 부정됐던 고전소설이 왜 그렇게 폭넓게 수용됐느냐는 점이다. 전시대의 유물로 새로운 시대의 이념을 담기에는 여러모로 부적당한 '구소설'이라는 이름의 이 활자본 고소설들이 신소설과 근대소설을 제치고 많은 수용층을 확보하게 된 이유는 무엇일까?

　그 수용의 근저에는 당대 사회와 수용층의 복잡하고 다양한 모습들이 내재해 있을 것이며, 이를 통하여 당대의 문제 핵심에 접근하도록 할 것이다. 이것을 밝히는 작업이 이 글의 뼈대가 될 것이다.

　더욱이 1928년부터 1931년에 걸친 KAPF의 '대중화론'에 활자본 고소설이 그 대상으로 부각되었다는 것은 여러모로 흥미롭다. 민족문학에 대해 정반대의 입장을 고수했던 KAPF의 진영에서 그 문제가 제기되었다는 것도 그렇거니와 소설의 독자를 문제로 삼았다는 것도 예사롭지가 않다. 金基鎭에 의해 제기된 이 대중화론은 「通俗小說小考」(1928. 11)를 거쳐 「大衆小說論」(1929. 4)에 그 절정을 이루게 된다. 여기서 김기진은 활자본 고소설인 '이야기 책'을 과거의 대중소설로 규정하고 그것이 당시에도 많은 대중들에게 읽히는 것에 주시하여 그 형식을 이용한 새로운 대중 소설을 주장하게 된다. 이 문제는 활자본 고소설의 형태를 빌려 새로운 내용을 담자는 것인데, 결국은 상황에 처하는 작가의 태도 때문에 林和를 비롯한 소장파의 강

---

　3) 八峰, 「大衆小說論」(『東亞日報』1929. 4. 17).
　4) 이해조가 『자유종』에서 구습타파를 위해 내세운 말이다. pp.10~11. (강조 인용자)

한 반격으로 '전면 무장해제적 오류'라고 비판 받게된다. 하지만 당대 독자의 수준을 정확히 지적했다는 점과 KAPF의 최대 약점이라고 할 수 있는 민족 유산의 계승 문제를 미비하나마 거론했다는 점에서 그 논의의 가치를 어느 정도 인정할 수 있겠다.

이 글에서 다루고자 하는 것은 대중화론의 전개과정과 그것이 갖는 비평 사적 의미가 아니고 '고소설 수용'이라는 문제가 소설의 대중화론에서 어떤 의미를 획득할 수 있느냐는 점이다.[5] 즉 1920~1930년대의 문학적 논쟁 속 에서 고소설 양식이 어느 정도 긍정적 가치를 인정받느냐 하는 것이다. 아울 러 바람직한 형태의 서사적 전통 계승 문제를 검토해 보고자 한다. 그것은 문학사가 지속되는 한 식민지 시대 뿐 아니라 오늘날에도 중요한 문제로 부 각되기 때문이다.

2. 활자본 고소설의 수용양상과 그 의미

1912년부터 활발하게 출판되기 시작한 활자본 고소설들이 얼마나 많이 읽 혔으며, 그 수용의 요인과 의미는 무엇인가를 다음의 자료를 통해 살펴보도 록 한다.

㉠ 지금 조선서 가장 많이 팔리는 책이 무엇이냐 하면 춘향전(春香傳)이 나 심청전(沈淸傳)이라고 한다. 이 춘향전과 심청전의 애독자는 만히 **중류 이상 가뎡부인**이다. …… 춘향전과 심청전이 조선 부인네에게 주는 영향은 실로 무엇보담도 크고 무엇보담도 만타. 하필 그 두 책이 아니다. 림화정연

---

5) 엄창호, 「김기진의 소설 대중화론 고찰」(연세대학교 석사학위 논문, 1986).
이 글은 현대 비평사적 관점에서 '이야기책'의 변개를 다루기에 주목된다.

이니 현씨량웅쌍린느니 옥련몽이니 옥린몽이니 하는 책들이 모다 그러하다.
……

지금 가뎡부인으로서는 본래 서책과 그다지 친밀치 못하지만은 혼자 독서를 하고자 한다 하더래도 춘향전이나 심청전이상 달은 책이 별로 없다. 그에게 그대신 아무 것도 주는 것이 업시 그것을 구축하지는 못한다. 여긔서 작가들은 남녀 학생의 대상을 떠나 가뎡 안으로도 한번 진출하야 봄직하다.

구소설은 가뎡부인네에게 뿐이 아니라 농촌, 공장으로 우리들보담 몬저 들어가서 잇지 안한가? 작가들에게 잇서 그 문뎨는 모든 방면으로 상당히 큰 문뎨가 된다 하겠다. 여긔에 작가와 책 파는 이들과 협력하여 주기를 바란다.6) (강조 인용자)

ⓛ 재래의 소위 <이야기冊>이라는 「玉樓夢」,「九雲夢」,「春香傳」「趙雄傳」「劉忠烈傳」「沈淸傳」가튼 것은 **년년히 數萬卷式 出刊**되고 이것들 外에도 「秋月色」이니 「江上淚」니 「再逢春」이니 하는 二十錢 三十錢하는 小說冊이 十餘版씩 重版을 거듭하야오되 이것들은 모다 通俗小說의 圈外에도 참석하지 못하여 왓다. 이것들 욹읏붉읏한 表紙에 四號活字를 바다 가지고 文學의 圈外에 멀리 쫓기어 온 것이 事實이다. 그러나 新聞紙에서 길러낸 文藝의 使徒들의 通俗小說보다도 이것들 <이야기冊>이 훨씬 더 놀라울 만큼 比較 할 수도 업게 대중 속에로 傳播되어 잇는 것도 쏘한 사실이다.7) (강조 인용자)

ⓒ 그러면 조선의 大衆小說은 누구의 小說인가? 뭇지 안하도 勞動者와 農民의 小說이다. 春香傳 沈淸傳 九雲夢 玉樓夢은 第一 만히 누구에 닐히어지는 소설인가? 뭇지 안하도 **勞動者와 農民에게 닑히어지는 小說**이다.8) (강조 인용자)

---

6) H.K生, 「가뎡과 구소설」(『동아일보』, 1929. 4. 2).
7) 八峰, 앞의 글(1929. 4. 14).
8) 같은 글(1929. 4. 15).

　㉣ 春香傳 沈淸傳 九雲夢 玉樓夢 等의 이야기冊이 各各 **一年에 적어
도 萬餘卷式 販賣**되는 出版界의 現像으로 나타나고 잇다.……

　오늘날 가장 만히 팔리는 이야기冊 ─ 卽 春香傳 沈淸傳 趙雄傳 洪吉
童傳 劉忠烈傳 江上淚 玉樓夢 九雲夢 秋風感別曲 秋月色 月下佳人 再
逢春 其他 十數種과 또는 이것들 만은 못하지만 그래도 貧弱하기 짝업는
朝鮮出版界에서 再版 以上式 나아가는 地位를 獨占하고 잇는 有象無象
의 이야기冊들이 大槪 누구의 손으로 팔리어 가느냐 하면 學生보다도 婦
人보다도 **農民**과 그리고 **勞動者**에게로 팔리어 간다. 장거리나 큰 길거
리에서 行商人이 벌려 노흔 잇짜위 冊들은 좁쌀되나 北魚ㅅ 마리나 사가지
고 집으로 돌아가는 장꾼 卽 農民이 사가는 것이 大部分이다.9) (강조 인용
자)

　㉤ …舊小說들이 아직도 있다는 듯이 손을 드러 저쪽 書架를 가르친다.
"그래 그런 것들이 잘 팔렸읍니까?" "잘 팔리고 말구요. 지금도 잘 팔리지
요. 예나 이제나 같습니다. 春香傳 沈淸傳 劉忠烈傳 이 셋은 **農村**의 **敎科
書**이지요"10) (강조 인용자)

　이 자료들은 1920~30년대 자료들이지만 당대에 얼마나 광범위하게 고소설
이 수용됐는가를 보여주고 있다. ㉠에서는 가장 많이 팔리는 책이 「춘향전」「심
청전」과 같은 활자본 고소실이라 하고 ㉡에서는 일년에 수 만권씩 출간된다고
하며 ㉣의 자료는 일년에 적어도 만여권씩 판매된다고 한다. 20년대 초반 3대
일간지 중의 하나인 「時代日報」가 2만부 정도의 발행부수를 가졌다는 사실과
비교해 본다면11) 단행본으로서는 엄청난 부수다.

　또 활자본 고소설의 수용층이 부녀자와 노동자·농민인 것을 알 수 있다.

---

　9) 같은 글(1929. 4. 17).
10) 盧益亨, 「出版業을 大成한 諸家의 抱負」(『朝光』4권, 1938. 12. 인터뷰), p.313.
11) 趙容萬, 『六堂 崔南善』(三中堂, 1969) p.196.

㉠은 부녀자층이 ㉢㉣은 노동자·농민이 ㉤은 특히 농민이 많이 읽었음을 알 수 있다. 18, 19세기 방각본 고소설이 부녀자와 市井人들을 중심으로 수용됐던 사실과 약간 다른 모습을 보인다. 이른바 무산자층에서 활자본 고소설을 많이 수용했다고 하겠다. 지식이이나 학생들 같은 소위 인텔리층은 신문이나 잡지를 통해 근대소설을 접했으니 활자본 고소설의 수용층과는 무관하다고 보겠다.

판매되는 방식도 ㉣에서 전하는 것처럼 서점을 통해서 유통되는 것이 아니라 장바닥이나 큰 길거리에서 행상인들에 의해 전파되었다. 또 농한기에 동네를 돌며 책을 판매하기도 했다.

특히 「춘향전」이나 「심청전」은 대단히 호응이 좋았다. 농촌의 교과서 구실을 할 정도라 한다. 출판 상황을 보더라도 「춘향전」이 무려 97회나 출판될 정도였다. 왜 이렇게 엄청난 지지를 받았을까? 수용의 근거 및 수용이 갖는 사회적 의미를 생각해 보도록 한다.

1) 총독부의 출판, 문화 정책

첫 번째로 생각해 보아야 할 것이 총독부의 출판·문화정책이다. 일제에 의해 1902년 출판법이 발표되고, 1908년 교과서를 학부에서만 편찬하여 검인정 도서만을 사용하도록 강요했으며, 1909년에는 출판물의 원고 검열 및 배일적 출판물을 압수하여 그것이 출판의 위축을 가져왔다. 또 1910년 한일합병으로 지금까지 발간되던 민족주의적 경향을 지닌 회지까지 폐간을 당해 이미 설비된 인쇄시설이 남아돌게 되었다. 이렇게 남아돌게 된 인쇄시설의 타개책으로 일반 단행본 출판이 활기를 띄었으며 이는 곧 신식 활자에 의한 딱지본 고소설의 인쇄, 출판을 촉구하였으므로 엄청나게 많은 구소설의 발간을 보게 되었다 한다.[12]

활자본 고소설의 출판이 1910년대부터 활기를 띠고 시작된 사실은 이런 지적과 무관하지 않다. 총독부가 의도하는 출판정책과 맞아떨어진다고 하겠다. 즉 이제까지 애국계몽기를 통해 줄기차게 전파돼 오던 민족의식을 거세시키고 거기에다 퇴영적이고 봉건적인 모습을 심어줌으로써 일제가 제공해 주는 신문명에 들뜨게 할 수 있는 좋은 재료가 바로 고소설인 것이다. 물론 민족문화의 전통이 계승된다는 입장에서 볼 때는 결코 부정적으로 평가될 성질은 아닐 지도 모른다. 하지만 고소설은 봉건체제가 해체되어 가면서 근대로의 발돋움을 시도하던 18, 19세기 시정인들에 의해서 발전되어 오던 문학갈래다. 제국주의의 침입에 직면한 당대의 상황에 맞게 변모, 발전하지 못한 아쉬움을 남기고 있다. 즉 당대에 필요한 항일, 민족의식을 북돋아 주기에는 여러모로 부적합하다.

애국 계몽기의 민족사상을 담은 역사 전기물, 논설들이 제거되고 그 자리를 메운 것이 신소설이나 활자본 고소설들이다. 겉으로만 개화를 주장하는 신소설은 민족전통의 계승을 부정하고 일제가 제공해 주는 개화문명의 열정에 들뜨게 하는 것이며, 활자본 고소설은 거꾸로 봉건시대로 거슬러 올라가 복고적, 퇴영적 향수에 젖게 함으로써 민족, 항일 의식을 발견하기보다는 당대의 발전된 문명이 바로 일제에 의한 혜택임을 강조하는 효과를 준다.

八峰도「大衆小說論」에서 이 점을 분명히 지적하고 있다.

현재의 朝鮮의 農民과 勞動者에게 春香傳 沈淸傳 九雲夢 玉樓夢 等은 必要치 안타. 무슨 까닭이냐 하면 그것들은 우리들의 農民과 勞動者에게 現實에서 逃避하야 蒙幼에 陶醉하게 하며 迷信을 길러주며 奴隷根性을 붓도다주며 支配者에 對한 奉仕의 精神과 宿命論的 思想과 封建的

---

12) 김중하, 「개화소설의 문학사회적 연구」(경북대학교 박사학위 논문, 1985), p.29.

退嬰的 趣味를 培養하는 作用을 하는 까닭이다.13)

즉 활자본 고소설들이 ① 현실에서 도피하여 몽환에 빠지게 하고 ② 미신
을 길러주며 ③ 노예근성을 복돋아 주며 ④ 지배자(일제)에 대한 봉사의 정
신과 ⑤ 봉건적, 퇴영적 취미를 배양하게 한다는 것이다. 고소설이 주는 폐
해를 정확히 지적했다고 보겠다.

결국 총독부의 출판정책이 지향하는 바는 민족, 항일의식을 제거해 버리
는 동시에 일제가 제공하는 신문명의 혜택에 감사하게 만드는 것이라 할 수
있으며, 이런 점 때문에 활자본 고소설이 널리 유포될 수 있었다.

2) 출판업자의 상업성

두 번째는 여기에 편승한 출판업자들의 영리추구가 활자본 고소설을 광범
위하게 보급시키는데 큰 역할을 하게 된다. 출판업자들이 새로운 내용을 담
은 소설보다는 이미 방각본이나 필사본 혹은 이야기꾼을 통해 많은 수용층
을 확보하고 있는 고소설을 출판하기는 여러 면에서 영리에 맞는다. 신소설
이나 근대소설 등은 소수의 인텔리만을 상대하기에 인기가 있는 작품이 아
니면 아무래도 출판하기가 어렵다.

앞의 자료 ㉤을 보면 1930년대에도 활자본 고소설들이 상당히 팔려나가고
있음을 알 수 있다. 예전에도 잘 팔렸다는 것을 보면 오랜 기간동안 대단히
팔렸음을 말해준다. 또 같은 인터뷰에서 돈 2백원으로 시작해 대성한 것이 아
니냐는 질문에 "千萬에 이게 무슨 成功이요. 처음보다는 그저 좀 發展된 셈
이지요."했으며, 구소설로 재미본 것이 아니냐는 말에는 "네, 損害는 없었지
요. 그러나 거 어디 몇 푼 남습니까?" 했지만14) 博文書館의 경우 「춘향전」이

---

13) 八峰, 앞의 글(1929. 4. 15).

무려 17판이나 거듭될 정도로 대단히 이익을 남겼다.

世昌書館의 주인 申奉三에 의하면 1920년대와 1930년대 초 활자본 고소설이 잘 팔릴 때에는 5일 동안에 50~60원 분을 메고 다니면서, 많을 때에는 하루에 20원씩 벌었다고 한다. 당시 쌀 한 가마에 4천원이었으니 많은 이익을 남긴 셈이다.[15] 世昌書館본 책 뒤에는 「小資本金으로 大企業體를 成功할 수 있는 것도 書籍商이 第一」이라는 글귀를 적어 넣기도 했다.

이렇게 활자본 고소설이 영리에 맞자 출판사가 여기저기 설립되었으며 1929년 9월 서울에 있는 출판업·서적상만 들더라도 27업체에 달했다.[16] 물론 활자본 고소설이 주종이었다. 이른바 '육전소설'의 서두를 보면

근리 칙박는 법이 편홈을 싸라 답지 못혼 칙이 만히 나는 중 녜젼부터 널리 힝ㅎ던 칙을 구태 일홈을 밧고고 ㅅ연을 고치되 혼이 쥬옥을 변ㅎ야 와록을 만들어 턱 업는 리를 탐ㅎ는 재 만흐니 엇지 한심치 아니ㅎ리오. 우리가 이를 개연히 녁이어 크게 이 폐단을 고칠 끠를 훌신 먼겨 녯 칙 가운 디 가히 젼홀 만혼 것을 가리혀 시연과 글의 잘못된 것을 바로 잡으며 올치 못혼 것을 맛당토록 고치여 이 류젼쇼셜(六錢小說)이란 것을 닉오니 ㅅ연은 녯 맛이 시로우며 글은 원법에 마지며 칙은 얌젼ㅎ며 갑슨 싼지라 ㅅ희군즈 뫼셔는 다힝히 깃븜으로 마지시기를 쳔만 바라ᄂ이다.[17]

라고 하여 이미 형성되어 있는 고소설 수용층에게 가격을 낮춰 다량으로 공급함으로써 영리를 취하고자 했던 것을 알 수 있다. 고소설 중에서 비교적 많이 읽히는 책을 골라 그것으로 이익을 올리고자 했던 것이다.

---

14) 盧益亨, 앞의 글.
15) 申泰三 老人(67세)의 진술이다.
16) 하동호, 『韓國近代文學의 書誌研究』(깊은샘, 1981), p.70.
17) 『류젼쇼셜 심청젼』(신문관, 1913).

博文書館의 방침을 보아도 고객에게

謹告
本館은 **薄利多賣**主義와 信用本位를 目的하고, 정당한 價金으로 迅速
酬應하오니 安心하시고 注文하시옵   博文書館 告白18)(강조 인용자)

이라 하여 당시의 대중들에게 싼 가격으로 많이 파는 것을 목적으로 하였다.
이 '박리다매주의'가 바로 출판업자들의 영리와 직결되며 상대적으로 비싼
신소설에 비해 많이 보급시킬 수 있는 요인이 되었다.

3) 수용자의 요구와 사회적 의미

세 번째는 수용자의 문제다. 총독부의 출판 정책과 출판업자의 영리추구
가 결합하여 많은 양의 활자본 고소설이 수용될 수 없다. 거기에는 활자본
고소설을 받아들이고자 하는 수용층의 요구가 있었기에 그렇게 많이 유통될
수 있었다. 그러면 수용층의 요구는 무엇일까? 「大衆小說論」을 제기한 八
峰도 이 점에 대해 자세히 언급하고 있다.

그들이 이 위 冊을 사가는 心理는 (一) 옭읏붉읏한 그림 그린 表紙에 好
奇心과 購買欲의 刺戟을 밧고 (二) 호롱불 미테서 목침베고 들어 누어서 보
기에도 눈이 아피지 안흘 만큼 큰 活字로 印刷된 까닭으로 好感을 갓고 (三)
定價가 싸서 그들의 經濟力으로도 能히 一, 二卷쯤은 一時에 사 볼 수 있다
는 것이 購買欲을 刺戟함으로 드듸어 사가는 것이요 사 가지고 가서는 (四)
文章이 쉬웁고 高聲大讀하기에 適當함으로—소위 그들의 「韻致」가 잇는
글이 그들을 ?혹하는 까닭으로 수독하고 (五)소위 재자가인의 박명애화가 그

---

18) 하동호, 앞의 책, p.70.

들의 눈물을 자아내고 부귀공명의 성공담이 그들로 하여금 慘憺한 그들의
현실로부터 그들을 우화등산하게 하고 호색남녀를 중심으로 한 음담패설이
그들에게 성적 쾌감을 환기케 하야 책을 버릴래야 버리지 못하게 함으로 그
들을 혼자서만 이 책을 보지 않코 이웃 사촌까지 청하야다가 듣게 하면서 구
비구비 썩거가며 고성대독하는 것이다.[19]

  팔봉이 제시한 수용의 근거는 매체문제, 가격문제, 내용문제로 나눌 수 있
겠다.

  우선 매체문제로 활자본의 울긋불긋한 표기와 큰 활자를 수용요인으로 들
었다. (一)(二)가 여기에 해당되는데 울긋불긋한 석판 다색인쇄의 표지는 작
품의 내용과도 밀접한 관계가 있는 것이다. 심지어는 속표지 서너 장을 삽화
로 채운 활자본도 있다. 책을 사려는 독자는 표지의 그림을 통해 어떤 내용
인가를 짐작하게 되는데 이 표지의 울긋불긋한 그림이 구매욕을 자극하게
된다.[20]

  또 활자도 당시의 신문이나 잡지 활자에 비해 훨씬 커서 누워서 보기에도
눈이 아프지 않다고 한다.

  가격문제는 대부분이 25~30전 이니 노동자나 농민도 한, 두 권쯤은 능히
사볼 수 있다. 1929년 당시 공장노동자 통계에 의하면 성년공은 하루에 받는
일당이 1원이었다 한다.[21]

  내용 문제로는 우선 문장이 쉬워 이해하기 좋을 뿐 아니라 운치가 있어
대중들의 감각에 맞는다고 한다. 이것은 고소설이 율문으로 되어 있어 소리
내어 읽기 좋다는 말이다. '高聲大讀'에 적당하다고 하는 말이 그것이다.

---

19) 八峰, 앞의 글(1929. 4. 17).
20) 오늘날에도 대중잡지들이 표지를 화려하게 치장하는 것은 같은 맥락으로 볼 수 있겠다.
21) 강만길, 『한국현대사』(창작과 비평사, 1984), p.61.

또 내용이 비현실적이라는 것인데, 才子佳人의 이야기며 富貴功名의 성
공담이 그들로 하여금 참담한 식민지 현실을 잊게 해줄 뿐 아니라 好色男女
의 얘기가 성적 쾌감까지 준다고 한다. 말하자면 현실의 참담한 식민지 현실
을 잊게 해주는 위안 혹은 환각의 역할을 한다고 지적했다. 물론 여기에는
긍정적 의미의 민족 전통으로서의 서사문학적 맥락을 간과한 점도 있지만
당대가 식민지 사회라는 점에서 고소설이 갖는 당대적 의미는 아무래도 삭
감될 수밖에 없다.

그래서 팔봉은 활자본 고소설을 '今日의 大衆小說'이 아니라 '昔日의 大
衆小說'로 파악하는 것이다.

> 그들은 이야기冊의 表裝의 惶惚, 定價의 低廉, 인쇄의 大, 문장의 「韻致」
> 에만 興味를 가질 쓴만 아니오 實로 그 이야기冊의 內容思想—**卑劣한 享
> 樂趣味, 忠孝의 觀念, 노예적 奉仕精神, 宿命論的 思想** 등—에 까지 興
> 味와 同感을 갓는 것이 쏘한 움즉일 수 업는 事實인 點에 문제의 困難은
> 橫在하여 잇다. 才子佳人의 이야기, 富貴功名의 이야기, 好色男女의 이야
> 기, 忠臣烈女의 이야기가 아니면 재미가 업다는 것이 오늘날 그들의 傾向이
> 다.22) (강조 인용자)

매체나 가격 문제 뿐 아니라 내용, 사상이 봉건적이라고 비판한다. 여기서
활자본 고소설을 읽는 수용자의 요구가 단순히 매체나 가격에 기인하는 것
이 아니라 봉건적 잔영에 대해 흥미와 공감에서 발단된다는 것을 알 수 있
다. 말하자면 전시대 봉건적 모습들이 이들에게 흥미를 주고 공감을 불러일
으킨다는 것이다. 八峰도 여기에 문제의 어려운 점이 있다고 한다.

그러면 왜 이런 '비열한 향락취미'·'충효의 관념'·'노예적 봉사정신'·'숙

---

22) 八峰, 앞의 글(1929. 4. 18).

명론적 사상'같은 봉건적·퇴영적 내용에 흥미를 느끼는 것일까? 단순히 현실을 잊게 하는 마취제라면 굳이 봉건적 내용만이 흥미의 대상은 아니다. '돈이냐 사랑이냐'식의 「장한몽」류 애정물이나 자유연애를 내세우는 이광수의 소설도 위안 혹은 환각으로서의 역할을 활자본 고소설 못지 않게 해냈다고 보여진다. 오히려 이질적일 것 같은 봉건적 내용이 노동자나 농민들을 감동시켰다고 하는 것은 쉽게 납득이 가지 않는다.

八峰의 글을 보자. 여기에 대해서도 八峰은

왜 그러냐하면 그들의 그와 가튼 興味는 決코 一朝一夕에 이루어진 것이 아니오 長久한 歲月을 두고 적어도 一, 二世紀 前부터 이 따위 이야기 冊을 말미암아 **蓄積되어 온 心理的 效果**의 結果인 同時에 이미 消失된 舊時代의 社會機構와 그 分圍氣가 아즉도 그들의 想像의 世界에서는 持續되어 오는 까닭이다.23) (강조 인용자)

고 말하고 있다. 사회체제가 바뀌어도 구시대의 분위기가 지속된다고 한다. 즉 중세 봉건사회에서 근대 자본주의 사회로 이행됐지만 수용층의 머리에는 아직도 봉건적 잔영이 남아 있다는 것을 이해된다. '축적되어온 심리적 효과'라고 하는 것은 그런 내용이다. 그래서 임경업을 가졌던 당시의 국가조직, 사회제도, 생산관계는 전혀 소실되었건만 무용절인한 임경업의 행사와 충의의 개념만은 당시 사회의 분위기와 한가지로 독자의 상상의 세계에 이주하여 있다고 한다.

하지만 사회체제가 완전히 달라졌는데, '축적되어온 심리적 효과'에 의해서 봉건적 분위기가 그렇게 받아들여질까? 이는 오히려 당시의 사회가 봉건

---

23) 같은 글.

적 성격을 어느 정도 지닌다는 증거가 되기도 한다. 당시 우리의 사회가 기본적으로는 자본주의적 사회구성체이면서도 주요 모순에 대응하는 것으로서 植民地半封建社會로 성격지워지기 때문은24) 아닐까?

토지제도만 예로 들더라도 이것은 명확해진다. 일제에 의해 봉건적 토지소유는 근대적 토지소유관계로 이전되지 못하고 지주와 소작인의 관계로 극대화시켰으며, 자영농(농촌부르조아지)을 억제하는 대신 봉건적 지주층을 식민지 매판지주로 만들어 기득권을 유지시키는 대신 일제에 동조하게 만들었다. 자연 대다수의 농민층은 몰락의 길을 걷게 된다고 하겠다.

1928년 3월 제4차 조선공산당의 중앙집행위원회에서 채택한 정치논강 중에 당시의 정세를 보면 A) 조선의 극심한 식민지적 지위 B) **봉건유제가 허다히 잔대하고, 또 그것이 일제에 의하여 보호**되고 있다. C) 국민적 공업의 발달이 불가능하고, 민족 부르조아지가 극도로 미약한 것을 지적하고있다.25)

이런 정황을 참작할 때 활자본 고소설의 대부분을 수용하는 노동자나 농민이 봉건적 분위기에 흥미를 느끼고 동감하는 것은 당연하다고 하겠다. 당대의 사회가 '반봉건'을 특징으로 하기에 대다수의 대중들이 활자본 고소설에서 봉건적 잔영을 찾고자 했던 것은 자연스러운 요구일 것이다.

이 요구의 실체는 개인적 심리가 아니라 역사의 파행적 발전으로 인한 잘못된 근대화 즉 식민지 반봉건이라고 하는 당시의 사회성격에서 확인할 수 있다. 이것이 바로 식민지 시대 활자본 고소설의 수용이 갖는 사회적 의미일 것이다.

---

24) 박현채, 「한국사회에서 반봉건의 내용과 민주주의」(『창비 1987』, 창작사, 1987), p.328.
　　현재 사학계에서 몇 년간 '사회구성체 논쟁'이 진지하게 전개되어 왔다. 식민지 사회의 성격 을 '식민지 반봉건 사회'로 규정하는데 어느 정도의 의견이 모아지고 있다. 엄창호의 앞의 논 문에서도 필자와 같은 주장을 펴고 있다.
25) 김준엽·김창순 공저, 『韓國共産主義運動史』3 (청계연구소, 1986), p.276. (강조 인용자)

4) 이야기꾼(강독사)의 문제

그런데 여기 한가지 의문이 제기된다. 당시의 문맹률이 80%[26])에 달했는데 어떻게 그렇게 많은 수용층이 있었냐는 점이다. 노동자나 농민의 경우 글자를 아는 사람은 극히 드물었다고 봐야한다.

이 문제는 식민지 시대 당시에도 '이야기꾼(강담사·강독사)'이 존재했다는 사실로 해결될 수 있겠다. 18, 19세기에 존재했던 이야기꾼은 식민지 시대에도 그대로 남아 있었다.

八峰도 「大衆小說論」에서 '어떻게 써야 할 것인가'라는 문제를 풀어가면서 "그리고 짤러서 文章은 韻文的으로 되어야 한다. 다시 말하면 朗讀할 째에 呼吸에 便하도록 되어야 한다. 무슨 까닭이냐 하면 우리의 勞動者와 農民은 반드시 눈으로 小說을 보지 안코 흔히 귀로 보는 까닭이다"라고 설명했다.[27])

'귀로 보는' 것은 강독사가 있어 낭독을 해주면 그것을 통해 소설의 내용을 알게 된다는 뜻이다. 소설을 낭독 혹은 암송으로 구연하는 이야기꾼(강담사·강독사)은 1930년대까지도 존재했었다고 한다.[28])

1927년 11월 金振九를 중심으로 '朝鮮野談社'가 창립되면서 '야담운동'이 본격적으로 전개되었던 사실[29])을 염두에 둔다면 당시 이야기꾼의 존재는 일반적이었다고 보겠다. 강담사들이 역사이야기인 야담을 구연했다면, 강독

---

26) 崔埈, 「言論의 活動」(『한국사』21, 국사편찬위원회, 1981), p.57.
    위의 글에 의하면 1928년 당시 문맹률은 80%를 기록했다고 한다.
27) 八峰, 앞의 글(1929. 4. 19). (강조 인용자)
28) 심우성, 「민속문화와 민중의식」(동문선, 1985), p.213.
29) 야담운동에 대한 논의는 엄창호가 앞의 논문에서 '이야기 구연 행위가 갖는 현장성의 회복'으로서 활자본 고소설과 같이 긍정적인 의의를 부여했으며, 신재성은 「1920~30년대 한국역사소설 연구」(서울대학교 석사학위 논문, 1986)에서 역사소설 발흥의 단초적 근거로 야담운동을 제시했다.

사는 주로 고소설을 읽어 주는 역할을 했다고 생각된다.

八峰도 같은 글에서

　이야기冊을 가지고 江原道 金剛山을 구경가든 할량이 酒幕집에 들기만
하면 洞里ㅅ 사람들이 오좀을 싸드라는 이야기가 잇다. 이것은 지어낸 이야
기가 아니오 事實일 것을 우리는 밋는다. **한 사람이 목청조케 닑으면 여러
사람은 듯는다.** 듯다가 오좀이 마려워도 족음더 듯고 싶허서 잠간만 잠간만
참짜 하다가 오좀을 싼다. 이 이야기는 江原道 사람을 侮辱한 이야기가 아
니오 普通的 事實이다.30)

　라고 예를 들었다. 한 사람이 목청 좋게 읽으면 여러 사람이 듣는 것을 보
아 여기서 한량은 강독사임이 분명하다. 이 이야기가 지어낸 이야기가 아니
고 사실이라고 강조하는 것은 그 당시에도 이야기꾼의 존재가 일반적이었음
을 증명해 준다. 동네 사람이 듣다가 오줌을 쌀 정도로 인기는 대단했었다고
보겠다. 이 자료는 당시 강독사가 사람들이 많이 모이는 주막 같은 곳에서
소설을 읽어 주었음을 알게 해준다.

　글을 읽지 못하는 대다수의 문맹자도 이야기꾼을 통해 고소설을 수용했으
며, 이야기꾼은 활자본 고소설의 수용층을 넓이는 데 결정적인 역할을 했다
고 보겠다.

3. 八峰의 小說大衆化論과 고소설 수용의 문제

　1928년 시작해서 1931년에 끝난 KAPF의 예술대중화논쟁은 八峰의 「通

---

30) 八峰, 앞의 글(1929. 4. 18).

俗小說小考」[31]에서 시작된다. 그가 대중화론을 제기하게 된 것은 당대의
가중된 탄압 때문이지만 거기에는 내용·형식 논쟁을 통한 제1차 방향전환
으로서 대두한 '목적의식론'에 대한 강한 반발이 내재해 있는 것이다. 즉 懷
月과의 내용·형식 논쟁을 통해 懷月이 제시한 '예술적은 아니더라도 프로
문학적이 되어야 한다'는 목적의식론에 결코 동의할 수 없다는 생각이 대중
화론을 통해 제기된 것이다.

그래서 「通俗小說小考」를 통해 "극도로 곤란한 객관적 정세하에서……
오늘보다도 더 심하게 ××(탄압) 당한다면 「춘향전」 중의 (金樽美酒萬人
血 玉盤佳肴千姓膏 燭淚落時民淚落 歌聲高處怨聲高)이 정도의 표현을
가지고서라도 우리들의 작품을 만들어 내야 할 것이다"[32]고 했다. 그래서
「大衆小說論」을 통해 고소설의 형태를 이용한 새로운 대중소설을 주장하
게 된다.

하지만 상황에 대처하는 작가의 태도에 문제를 삼아 林和를 비롯한 동경
지부 소장파의 맹렬한 반격을 받게 된다. 소장파의 반격은 창작방법론에 기
인한 것이라기 보다는 "극도로 재미없는 정세에 있어서 우리들의 '연장으로
서의 문학'은 그 정도를 수그려야 한다."는 상황에 대처하는 작가의 태도에
기인한다. 그래서 八峰의 주장을 '전면 무장해제적 오류'라고 비난하면서 다
음과 같이 주장한다.

　金君이 春香傳식으로 이 難局을 지내가며 好機到來를 꿈꾸는 대신 우
리는 君이 한 번 듯기만 해도 기절을 할 ××××으로 해결한다. 이것은 君
이 東亞日報나 中外日報로 藝術運動을 하는 대신 우리는 堅固한 ××(1
행복자)×× 가졌다. 거기는 君이 기절할 맹렬한 文句로(그러나 勞動者 農

31) 八峰, 「通俗小說小考」(『朝鮮日報』, 1928. 11. 9~11. 20).
32) 같은 글(1928. 11. 20).

民은 웃더케 조와지는지) 가득 찼다.[33]

이 논쟁의 결과 KAPF의 주도권은 동경지부 소장파의 손으로 넘어갔으며 '볼세비키적 대중화론'이 정통으로 인정되게 된다.

당시의 시대상황이나 운동노선에 따라 그럴 수밖에 없었지만, 문제가 되는 것은 八峰이 활자본 고소설 즉 '이야기책'을 통해 대중소설론의 대안을 제시했다는 사실이다. 이미 「通俗小說小考」에서 「춘향전」의 칠언절구를 인용하여 이 정도의 표현을 가지고서라도 작품을 만들어 내야 할 것이라고 단초를 마련한 다음, 「大衆小說論」에서는 본격적으로 고소설의 형태를 빌려 오늘의 실정에 맞는 작품을 제작해야 한다고 한다. 八峰이 활자본 고소설을 '今日의 大衆小說'이 아니라고 단정짓지만 사실 고소설의 형태에 많은 것을 의존하고 있다. 그가 왜 활자본 고소설을 통해 대중소설의 대안을 제시했는가 살펴보도록 하자.

먼저 작품 내적인 요인을 살펴보면 그 당시에 가장 많이 읽고 있었다는 수용사적인 측면이다. 이미 앞에서 거론한 것처럼 매체, 가격, 내용에 있어서 가장 많이 읽힐 수 있는 여러 요인을 지니고 있었다. 즉 울긋불긋한 표지와 큰 활자가 독자들의 구매욕을 자극했으며, 가격도 싸서 노동자나 농민도 능히 사 볼 수 있었고, 봉건적·퇴영적 내용임에도 불구하고 당시의 사회구조가 그것을 받아들이기 용이했다고 한다. 게다가 80%나 되는 높은 문맹률에도 널리 퍼질 수 있었던 것은 당시에 존재했던 이야기꾼(강독사)의 역할이 지대했기 때문이다.

하지만 가장 많이 읽힌다는 장점이 긍정적인 의미를 얻기 위해서는 당시의 운동방향을 검토하지 않으면 안 된다. 많이 읽힌다는 사실이 언제나 검토

---

33) 林和, 「金基鎭君에 答함」(『朝鮮之光』, 1929. 11), pp.68~69.

의 대상이 되는 것은 아니다. 흔히 '통속소설'이라고 논외로 하기 십상이다. 八峰도 「通俗小說小考」를 '맑스주의적 통속소설의 구도'라고 불렀다가 「대중소설론」에 와서는 대중소설과 통속소설을 구분하여 통속소설은 소시민과 가정부인, 학생의 소설이고 대중소설은 노동자와 농민의 소설이라고 하여 통속소설은 논의에서 제외시켜 버렸다.

노동자와 농민에게 많이 읽히고 있다는 사실은 당시의 대중화 운동노선과 직접 관련된다. 1928년 2월 조선공산당 집행위원회는 소위 '2월 테제'라 불리는 「민족해방운동에 관한 논강」을 발표하게 된다. 이 논강은 노동자, 농민 등 프로레타리아의 임무를 강조한 것인데 여기에 따라 사회주의 운동노선도 대중화노선으로 기울게 된다. 특히 1927년 2월에 민족적 협동조직으로 창간된 新幹會가 그 구체적 예가 될 것이다. 서로 다른 노선으로 나뉘어 오던 민족주의 운동과 사회주의 운동이 하나의 힘으로 모아진 것이 바로 新幹會다. KAPF의 대중화론은 조선공산당의 대중화 노선이나 新幹會의 운동방향과 밀접한 관련을 지닌다. 대중화론도 여기에 맞추어 제기됐다가 1931년 5월 新幹會의 해체와 아울러 방향전환을 하게 되는 것은 결코 우연이 아니다.

新幹會의 강령에도 첫 번째로 "조선 **농민의 교양**에 적극적으로 노력한다"[34]고 되어 있다. 당시 80%에 달하는 농민들을 운동의 주체로 변혁시키고자 함은 당연하다 하겠다. 여기에 당시 노동자나 농민늘에게 닐리 수용됐던 활자본 고소설에 대한 검토의 필연성이 있다. 농민의 교양 즉 농민을 각성시킴으로써 일제에 대항하는 역사적 주체로 고양시키고자 했기 때문에 그들이 즐겨 읽는 대중소설인 '이야기책'을 변개시키고자 했다. 대중소설의 개념도

大衆小說이란 단순히 大衆의 享樂的 要求를 일시적으로 滿足시키기

---

34) 이재화 편역, 『한국근대 민족해방운동사』 I (백산서당, 1986), p.245. (강조 인용자)

위한 것이 켤코 아니요, 그들의 향락적 요구에 응하면서도 그들을 모든 痲
醉劑로부터 救出하고 그들로 하여금 世界史의 現段階에 主人公의 任務
를 다하도록 쓰을어 울리고 結晶케 하는 作用을 하는 小說이다.[35]

라고 정의했다. 즉 八峰이 생각하는 대중소설은 단순한 통속소설류가 아니
라 향락적 요구에 응하면서도 그것을 벗어날 수 있는 소설을 말한다. 그래서
당시 '이야기책'이 노동자, 농민들에게 널리 읽히고 있음을 주목하여 이것을
통해 바람직한 대중소설을 만들자고 한 것이다.

여기에서 八峰은 활자본 고소설을 향락적이고 퇴영적인, 봉건적 취미에
물든 부정적인 소설로 규정했음은 물론 당시의 노동자, 농민을 무지하고 둔
감하며 주체적 의지를 상실한 노예적 속성으로 파악했다. 그래서 이것을 극
복하고 대중들에게 직접적 교양과 쉴새 없는 훈련을 통해야 한다는 결론을
자연스럽게 보인다.

그러면 그가 대안으로 제시한 대중소설은 어떤 형태인가? 우선 '문제의 곤
란'이라고 하면서 홍미문제를 거론하고 있다. 이야기책이 노동자나 농민에게
널리 읽힌다는 것은 '이야기책이나 볼까'하는 단순한 홍미충족이라 전제하고
이 홍미를 제대로 파악하지 않고서는 그들 속으로 들어가기 어렵다 한다.

그들의 홍미요소를 구체적으로 말한다면 '才子佳人, 富貴功名, 好色男
女, 忠臣烈女의 이야기'일 것은 분명하다. 그런데 이러한 홍미요소가 단순
한 심리적 보상이 아니라 당대 식민지 사회의 반봉건성에 기인한다고 했을
때 그것은 쉽게 해결될 수 있는 문제가 아니다. 사회의 구조적 변화가 있어
야 하는 것인데 여기에 대해선 八峰도 홍미를 다소 맞추어 가면서 의식을
주입하자고 한다.

---

35) 八峰, 「大衆小說論」(『東亞日報』, 1929. 4. 15).

그들의 그와가튼 興味가 결코 一朝一夕에 消滅될 것이 아니라는 理由
에는 如上의 理論的 根據가 잇다. 그럼으로 이들의 그와가튼 興味를 구축
할려면 間斷업는 社會發展의 힘과 또는 ××的 知識階級의 「直接的 敎
養과 訓練」의 힘에 기달리는 外에 별 수가 업다. 다만 大衆小說의 作家는
그와가튼 最大의 困難을 무릅쓰고 그들의 興味를 多少 맞추어 주어 가면
서 現在의 傾向으로부터 全然히 다른 우리의 目的地로 그들을 救出하야
오도록 努力하여야 할 것이다.[36]

뚜렷한 대안이 없다. 사회발전이나 '직접적 교양과 훈련'의 힘을 기다리는
수밖에 없다고 한다. 다만 임시 방편으로 노동자와 농민의 흥미에 맞추어 소
설을 만들어야 한다고 한다.
이것은 八峰이 구체적인 대안으로 제시한 「무엇을 써야 할 것인가?」와
「어쩌케 써야 할 것인가?」에서도 드러난다. 앞의 것은 제재나 사상 즉 내용
을 말하는 것이고 뒤의 것은 문체나 표현 즉 형식을 설명한 것이다. 전체를
인용해 본다.

A. 무엇을 써야 할 것인가?
一. 題材를 勞動者와 農民들의 日常見聞의 範圍內에서 取할 일.
二. 物質生活의 不公平과 極度의 不合理로 말미암아 생기는 悲劇을 主
要素로 하고서 原因을 明白히 認識하게 한 일.
三. 迷言과 奴隸的 宿命論的 思想을 가진 싸닭으로 現實에서 慘敗하
는 悲劇을 보이는 同時에 새로운 希望과 容器에 빗나는 씩씩한 人生
의 姿態를 보이어 줄 일.
四. 男女, 姑婦, 父子間의 新舊 道德觀, 及至 人生觀의 衝突으로 닐어나
는 家庭的 風波는 조흔 題目이로되 반듯이 新思想의 勝利로 맨들일.

36) 같은 글(1929. 4. 18).

五. 男女間의 戀愛關係도 勿論 조혼 題目이나 그러나 情事場面의 빈번한 描寫는 避할 것이오 될 수 잇는대로 그 戀愛關係는 背景이 되든지, 惑은 中心骨子가 되든지 하고서 事件을 보다 더 만히 取扱하도록 맨들어야 한다. 무슨 까닭이냐 하면 戀愛하고 失戀하고 戀愛하고 失戀하는 것의 連續일 것 가트면 單純히 小說作法의 技巧上 見地만으로도 拙劣한 것이 될 뿐더러(뮤세의 「近代人의 告白」가튼 것도 잇기는 잇지만 그런 것은 여드름 박아지 文學靑年과 小女나 조아할 물건이다.) 돌이어 卑劣한 享樂趣味를 양성하는 결과를 가저오는 까닭이다.

B. 어쩌케 써야 할 것인가?

一. 文章은 平易하야 누구든지 理解할 수 잇도록 되어야 한다. 難澁한 文字나 述語의 使用은 避하여야 한다.

二. 그리고 한 句節이 넘우 길어서는 못쓴다. 그러타고 토막토막 끈어저서 呼吸이 동강동강 끈어저서도 안된다. 比喩를 써 가면서 말을 둘러다가 부치는 것도 程度問題이나 그러나 될 수 잇는 대로 避하여야 한다.

三. 그리고 짤해서 文章은 韻文的으로 되어야 한다. 다시 말하면 朗讀할 째에 呼吸에 便하도록 되어야 한다. 무슨 까닭이냐 하면 우리의 勞動者와 農民은 반드시 눈으로 小說을 보지 안코 흔히 귀로 보는 까닭이다.

四. 짤해서 文章은 華麗한 것이 조타.

五. 描寫와 說明은 簡潔히 하야야 한다.

六. 性格描寫보다는 人物의 處한 境遇를, 心理描寫보다는 事件의 起伏을 뚜렷하게 들어 내야 한다.

七. 最後로 全體의 構想과 表現手法은 客觀的, 現實的, 實在的, 具體的인 辨證的 寫實主義의 態度를 要求한다. 무슨 까닭이냐 하면 이러케 하는 것이 無産階級的 唯一한 態度인 까닭이다.[37]

---

37) 같은 글(1929. 4. 19).

「무엇을 써야 할 것인가?」에서 八峰이 제시한 제재를 보면 대중에게 흥미를 끌 만한 것의 나열에 불과하게 보인다. (二)나 (五)를 제외하고 보면 1910년대의 소설로 후퇴해버린 느낌을 준다. 미신과 노예적 정신, 숙명론적 사상이 참패하는 모습이나 남녀, 고부, 부자간의 신구 도덕관의 갈등, 남녀간의 연애 관계를 소설의 내용으로 하자는 발상은 1910년대 신소설이나 이광수의 소설들에서 시작됐었다. 더군다나 빈부의 갈등에서 생기는 사건을 제재로 하자는 생각도 '빈궁문학'이나 '동반자 작가'의 수준에 머무는 것이다.

그러면 八峰은 왜 이런 제재를 대중소설의 내용으로 생각했을까? 긍정적으로 본다면 당시 독자의 수준을 정확히 파악했다고 볼 수 있지만 작가는 독자에게 바람직한 세계관이나 전망을 제시해 주어야 하기에 八峰의 주장은 '대중추수주의'에 불과할 따름이다. 이 사실은 당시의 노동자나 농민을 '無智, 鈍感, 意志의 喪失者'로 파악한 八峰의 한계이기도 하다.

어떻게 보면 「무엇을 써야 할 것인가?」라는 문제보다는 「어쩌케 써야 할 것인가?」에 더 비중을 둔 것처럼 보인다. 「무엇을…」은 별다른 내용이 없지만 「어쩌케…」는 구체적 대안을 제시하고 있어 주목된다.

7개 항목 대부분이 활자본 고소설 형태에 의존하고 있음을 쉽게 알 수 있다. 특히 문장의 호흡을 중시하면서 토막토막 끊어져서는 안되고, 낭독하기에 좋게 운문적이어야 한나는 주장은 고소설의 문체론과 일치한다. 또 문장이 화려한 것이라든가, 묘사와 설명이 간결한 것도 고소설에서 많이 사용되는 표현방식이다. 심리묘사보다도 사건의 기복을 중시한다는 주장은 서구소설의 수법이 아니라 전통적인 이야기 전개방식임에 틀림없다고 하겠다. 게다가 덧붙여 매체문제까지 활자본 고소설의 형태를 제시하고 있다.

그리고 이와가티 맨드는 同時에 우리는 이러케 된 小說을 現在 市場에

잇는 **이야기冊과 한 모양**으로 普通 百頁內外의 冊子가 되도록 四號活字
로 印刷하야 가지고 表裝도 그것들과 가티 꾸미어 定價는 만허서 二, 三十
錢 되게 하야 널리 大衆에게 傳播되기를 꾀하여야 한다.38) (강조 인용자)

이렇게 본다면 「무엇을…」보다는 「어쩌케…」에 중점을 두어 대중소설의
양식을 주장했다고 할 수 있는데, 이것이 이야기책의 형식을 단순히 빌어오는
정도인지 우리의 서사문학 전통을 깊이 인식한 결과인지 문제가 된다. 형식
에 비중을 두었다는 것은 八峰이 내용·형식 논쟁 이래로 작품을 어떻게 써
야 하는가 라는 문제에 치우쳐 왔다는 사실을 통해 충분히 이해할 수 있겠다.

하지만 형식과 내용은 구별될 수 있는 성질의 것은 아니다. 마치 동전의
양면처럼 하나의 유기적 문학작품을 서로 다른 측면에서 보는 것에 불과할
뿐이다. 그래서 활자본 고소설의 양식을 이용하여 노동자나 농민의 의식을
고양시킬 내용을 담자는 주장은 일견 타당한 듯 하면서도 어색하기 짝이 없
다. 이는 八峰의 대중소설론이 서사전통에 대한 깊은 인식에 바탕을 둔 것
이라기 보다 당시에 노동자나 농민에게 많이 읽히는 '이야기책'의 양식을 단
순히 차용했다는 생각을 갖게 한다.

우리의 서사전통에서 고소설은 봉건해체기 市井人의 출현과 함께 생겨난
문학갈래다. 당시가 근래로의 이행기라는 특징으로 인해 한편은 중세적 사
회질서의 혼란과 세속적 관심의 증대 및 개인적 욕망의 추구라는 근대지향
성을 보여주며, 다른 한편은 흔들리는 옛 질서를 회복하여 그 안에서 개인과
가문의 영광을 찾고자 하는 중세 또는 복고지향적인 모습을 보여 주었다. 이
것은 당시 고소설의 담당층이 갖고 있는 역사 변혁의 몸부림으로 여겨진다.
이 문제는 시대의 발전과 더불어 보다 진보된 방향으로 발전되어 갔음은 물

---

38) 같은 글(1929. 4. 20).

론이다. 판소리계 소설에 이르러서는 담당층의 주체적 역량이 강조되고 이상의 추구보다는 세속적 현실이 보다 중시되어 근대로 향한 민중의 모습이 적극적으로 나타나게 됐다.

이러한 서사적 전통이 근대적 모습으로 온전히 발전하지 못하고 서구의 충격에 의해 중단된 것은 안타까운 일이다. 마땅히 봉건시대의 청산을 담당하고 근대의 전망을 획득해야 했으며 제국주의 침략에 대응하여 민족적 자각을 일깨울 수 있어야 한다.

八峰도 이 점에 대해서는 깊이 인식한 것 같지가 않다. 다만 문체나 표현, 매체를 이야기책에서 차용한 것에 불과하다. 활자본 고소설인 이야기책도 사실 서사적 전통의 바람직한 발전 형태는 아니다. 담당층이나 시대와는 관계없이 독자의 부정적 요구를 이용하여 등장한 상업주의의 변형일 뿐이다.

八峰의 대중소설론은 그 뒤 거기에 해당될 만한 작품이 없다는 것에서도 한계로 드러난다. 그는 「海潮音」[39]을 통해 대중소설론을 증명하려 했지만 경향성과 통속성을 동시에 추구하려 했던 의도와는 달리 여인의 수난사가 작품의 구조와 관계없이 긴 분량을 차지함으로써 작품의 통일성이 상실돼 결국 실패로 끝나고 말았다.[40]

4. 맺음말

고소설의 마지막 수용에 해당되는 식민지 시대에 그것이 얼마나 읽혔으며 그 요인이 무엇인가를 여러 측면에서 검토하였다. 그 결과 총독부의 출판정

---

39) 『朝鮮日報』에 1930년 1월 5일부터 7월 24일까지 연재된 작품이다.

40) 유보선, 「1920~30년대 藝術大衆化論硏究」(서울대학교 석사학위 논문, 1987), p.55.

책, 출판업자들의 영리추구, 독자층의 요구가 어울려 활자본 고소설이 근대
소설보다 더 많이 읽혔음을 확인했다.

일제에 의해 한일합병 후 민족주의의 경향을 지닌 모든 신문, 잡지가 폐간
되었으며 이 때문에 인쇄시설이 남아돌게 되자 이것을 이용해 신식 활자에
의한 고소설이 활기를 띄고 출판되게 되었다. 여기에 영리추구를 목적으로
하는 출판업자의 상술이 끼어들게 되어 활자본 고소설은 전국적으로 널리
보급될 수 있었다.

하지만 활자본 고소설이 널리 읽힌 점에 있어서는 당시 수용층인 가정부
인, 노동자, 농민의 요구가 있었기 때문이다. 그 요구로서는 우선 구매욕을
느끼는 울긋불긋한 표지와 싼 가격을 들 수 있겠다. 내용은 '才子佳人, 富貴
功名, 好色男女, 忠信烈女의 이야기'여서 오히려 식민지의 암담한 현실과
자신의 비참한 처지를 잊게 해 주는 위안 혹은 환각으로서의 역할을 했다고
보여진다.

이런 수용의 근본적인 요인을 살펴보면 당시 사회의 성격이 '식민지반봉
건사회'라는 데에 있다. 일제에 의해 그 당시에도 봉건적 잔재가 그대로 유
지되었으며, 이는 일제의 통치를 더욱 쉽게 해주는 역할을 했음은 물론 봉건
적, 퇴영적 내용의 활자본 고소설을 그토록 많이 수용하게 된 가장 근본적
요인이 된다.

특히 1928년에 제기되어 1931년에 끝난 KAPF의 대중화논쟁에서 활자본
고소설인 '이야기책'이 그 대상으로 부각되었다. 八峰의 「大衆小說論」을 통
해 제기된 골자는 당시의 노동자, 농민에게 익숙한 형태인 이야기책을 이용
해 거기에 새로운 내용을 담아 이들의 의식을 각성, 고양시킨다는 것이었다.
물론 이야기책이 당대가 안고 있는 문제의 해결을 위해서 바람직한 모습이
었나 하는 점은 회의적이지만 노동자나 농민에게 친근한 형식을 이용해 이

들을 '세계사의 현 단계에 주인공의 임무를 다 하도록 끄을어 올리'고자 했
던 발상은 자연스러운 것이다.

그래서 내용상으로는 새로운 것을 담는다고 하지만 형식에 있어서 문체나
표현은 '이야기책'의 형태를 그대로 따르고 있다. 이는 八峰이 내용·형식
논쟁이래로 형식에 비중을 두어 '어쩌케 써야 할 것인가'에 주력을 했음을
보여준다.

「三千里」라는 잡지에서 '民族文學과 無産文學의 合致點과 差異点'이란
설문을 여러 사람에게 보내 그 응답을 받았다. 대부분 차이점을 들었는데 八
峰은 '別個의 目的을 가졌으나 **表現과 手法이 갓다**'고 응답하였다.[41] 여기
서 표현과 수법이란 바로 작품의 형식을 말하는 것이니 이야기책의 형식을
통해 새로운 대중소설을 주장한 그의 논리와 맞아떨어진다.

당시의 상황으로 보았을 때 탄압이 극도로 어려웠다는 점이라든가 좌우합
작에 의한 신간회의 운동 방향이 대중화노선이었다는 점을 염두에 둔다면
대중화론의 제기가 필연적이라고 할 수 있다. 하지만 단지 노동자나 농민이
많이 읽는 책이 '이야기책'이라 하여 그 형식을 매개로 하여 새로운 내용을

---

41) 『三千里』1호, 1929. 6,p. 18. (강조 인용자)
　　물론 이 글은 압수되어 게재되지 못하고 제목만 나와 있다. 참고로 당시의 제목들을
　　보면
　　・ 歷史的 地理的이 갓고 哲學的 主義的이 다르다 (李光洙)
　　・ 薄弱한 差異점과 兩文學의 合致性 (金東仁)
　　・ 本質的으로 兩文學은 氷炭關係 (金永八)
　　・ 民族은 保守主義的 푸로는 世界主義的 (尹基鼎)
　　<압수기록>
　　・ 兩文學은 時間的으로 合致한다 (洪命熹)
　　・ 別個의 目的을 가젓스나 表現과 手法이 갓다 (金基鎭)
　　・ 取材와 表現에 合致性이 엇다 (李亮)
　　・ 푸로文學은 民族文學에 바랄 것 업다 (李箕永)
　　・ 文藝는 政治가 아니다. 兩文學은 依然對立 (朴英熙)

담자는 발상은 서사전통의 바람직한 계승으로서 부정적일 수밖에 없다. 왜
냐면 활자본 고소설의 형태는 봉건해체기 고소설이 갖고 있는 역동적 모습
이 상실되고 일제와 출판업자들의 합작에 의해 만들어진 저질 상업물이기
때문이다.

　서사전통의 맥락을 깊이 인식하지 못하고 단지 많이 읽힌다는 사실을 통
해 이야기책의 형식을 차용한 것은 八峰의 한계이기도 하다. 다만 KAPF의
최대 약점이라고 할 수 있는 민족문화 유산의 계승문제를 어느 정도 제기했
다는 것은 의의로 인정될 수 있겠다.

　'시조의 부흥', '민요의 보급', '조선심으로의 귀환', '국민문학의 건설'을 주
장했던 당시 국민문학파의 논리가 민족문학을 내세우고 있지만 사실 일제의
문화정책에 은근히 동조하는 복고주의로 흘렀던 것에 비해서는 훨씬 앞서고
있는 건 사실이다. 「時評的 數言」이라는 글에서

　　'時調를 復興하자! 民謠을 普及하자! 朝鮮人으로 돌아오라! 國民文學
　　樹立에 合致努力하자!' 이와가튼 主張이 얼마나 **時代錯誤的이며 反動的**
　　인 것이냐42)

라고 국민문학파의 허황된 논리를 날카롭게 지적했지만 그에게 있어서도 문
화유산의 계승 혹은 민족문화운동의 마땅한 대안이 없다. 그것은 또 「大衆
小說論」을 뒷받침 할 만한 작품이 없다는 점에서도 드러난다.

---

42) 八峰, 「時評的 數言」(『朝鮮之光』, 1929. 6), p.99. (강조 인용자)

활자본 고소설의 연도별 출판목록

　이 목록은 활자본 고소설의 연도별 출판목록이다. 작품은 여러 판이 거듭
됐으나 초판본의 서적상과 출판 연월일을 기록한다. 이 목록 작성은 우선 實
本을 중심으로 하였으나 실본을 찾지 못한 것은 영인본이나 당시의 신문광
고, 그밖에 기존 異本考를 참조하였다. 실본은 서적상과 발행일을 기록하고
그밖의 것은 다음과 같이 표기한다.

(ㄱ) 實本 : 초판본의 서적상과 출판 연월일을 기재

(ㄴ) 影印本 : '영'이라고 표기하고 仁川大 民族文化硏究所 編,『舊活字
　　　本 古小說全集』은『全集』으로, 東國大 韓國學硏究所 編,『活字本
　　　古小說全集』은『古典』으로 각각 약칭하고 권수만 적는다.

(ㄷ) 신문광고 : 신문제호와 일자 기록

(ㄹ) 異本考 : 각주를 달아 밝힌다.

(ㅁ) 기존 목록 : 우쾌제의 「목록」과 이은숙의 「목록」이 있고, (ㄱ)~(ㄹ)
　　　의 어느 방법으로도 확인되지 못한 것은 누구의 「목록」에 있는 것이
　　　라고만 밝힌다. 작품의 표기는 당시의 표지에 나와 있는 한문, 국문
　　　표기를 병기해 출판의 실상을 알게 했다.

▌ 1912년〔9종〕

　① 不老草 불노초(唯一書館, 1912. 8. 10)

　② 獄中花 옥중화(博文書館, 1912. 8. 17 / 普及書館, 1912. 8. 27)

③ 玩月樓 완월루(唯一書館 · 漢城書館, 1912. 8. 28)

④ 秋風感別曲 츄풍감별곡(新舊書林, 1912. 10. 10)

⑤ 瀟湘江 소상강(唯一書館, 1912. 10. 20)

⑥ 江上蓮 강상련(新舊書林, 1912. 11. 15)

⑦ 朴天男傳 박천남젼(朝鮮書館, 1912. 11. 25)

⑧ 鳳凰臺 봉황디(唯一書館, 1912. 11. 28 / 博文書館, 1912. 11. 28)

⑨ 玉樓夢 신교옥루몽(新文舘, 1912. 12) ※『每日申報』, 1912년 12월 26일
자 광고

▌1913년〔32종〕

① 高麗姜侍中傳 고려강시즁젼(朝鮮書館, 1913. 1. 10)

② 玉蓮夢 옥련몽(博學書院, 1913. 1. 15<1권>, 1913. 3. 24<2권>, 1913. 4.
25<4권>, 1913. 5. 15<5권>)

③ 新飜九雲夢 신번구운몽(新舊書林 · 同文書林, 1913. 2. 20 / 同文書林,
1913. 3. 10)

演頂九雲夢 연뎡구운몽(唯一書館, 1913. 7. 30)

④ 別三說記 별삼결긔(博文書館 · 朝鮮書館, 1913. 2. 26)[1]

⑤ 張子房實記 쟝ᄌ방실긔(朝鮮書館, 1913. 4. 11<上>, 1913. 10. 10<下>)

⑥ 廣寒樓 증졍특별춘향젼(東洋書院, 1913. 4. 20)

⑦ 三國志(朝鮮書館, 1913. 4) ※『每日申報』1913. 4. 22일자 광고

⑧ 增像演藝 獄中佳人(新舊書林, 1913. 4. 30)

⑨ 洪桂月傳 홍계월전(新舊書林, 1913. 5. 2)

⑩ 白袍小將 薛仁貴傳 셜인귀젼(新舊書林, 1913. 5. 20<上>, 1917. 12.
20<下>)

---

1) 丁奎福,「秋風感別曲의 新研究」(『大東文化研究』20집, 성균관대학교 大東文化研
究院, 1986)에서는 위와 같이 밝혔으나 필자가 확인한 新舊書林本은 1913년 10월 12일
에 발행되었다. 博文書舘本은「彩鳳感別曲」이라 하여 1914년 5월 25일에 발행되었다.

⑪ 謝氏南征記 사씨남졍기(永豊書舘, 1913. 6. 17)

⑫ 華容道實記 화용도실긔(新舊書林, 1913. 7. 15)

⑬ 別春香歌 별춘향가(唯一書舘, 1913. 7. 20)

⑭ 無雙 水湖志(新文舘, 1913. 8. 21) ※『每日申報』1913. 7. 22 광고에 五車 書廠 발행

⑮ 沈淸傳 심쳥젼(新文舘, 1913. 9. 5)[2]

⑯ 美人圖 미인도(滙東書舘, 1913. 9. 20)

⑰ 劉忠烈傳 유충열젼(德興書林, 1913. 9. 22 / 德興書林·漢城書館·滙 東書舘, 1913. 9. 22 / 德興書林·光東書局·滙東書舘·大昌書舘·博 文書舘, 1913. 9. 22)[3]

⑱ 兎의 肝(新舊書林, 1913. 9. 25)

⑲ 芙蓉의 相思曲 부용의 상사곡(新舊書林, 1913. 9. 30)

⑳ 륙젼쇼셜 홍길동젼(新文舘, 1913. 10. 5)

㉑ 륙젼쇼설 홍길동젼(新文舘, 1913. 10. 5)

㉒ 륙젼쇼설 홍부젼(新文舘, 1913. 10. 5)

㉓ 四遊記 셔유긔(博文書舘<1, 3권>, 朝鮮書舘<2권>, 1913. 10. 7)

㉔ 姜太公實記 강틱공실긔(朝鮮書舘, 1913. 11. 5)

㉕ 藥山東臺 약산동대(光東書局, 1913. 11. 10)

㉖ 待月 西廂記 디월셔상긔(新舊書林, 1913. 12. 1) ※『每日申報』1913. 12. 5 광고에 唯一書 舘本 능장

㉗ 唐太宗傳 당틱종젼(東美書市, 1913. 12. 10)

㉘ 古本 春香傳 고본 춘향젼(新文舘, 1913. 12. 20)

㉙ 燕의 脚(新舊書林, 1913. 12. 25)

㉚ 鮮漢文 春香傳 춘향젼(東美書市, 1913. 12. 25)

---

2) 이 경우 한 두 군데 서적상에서 개별적으로 간행하기도 했고, 다섯 군데의 서적상에 서 공동으로 발행하기도 한 것이다.

3) 崔雲植, 『沈淸傳硏究』(집문당, 1982), 71면.

　㉛ 增修 春香傳 증슈 춘향전(滙東書舘, 1913. 12. 30)

　㉜ 鸞鳳奇合(東洋書院, 1913)[4]

▌1914년〔14종〕

　① 彰善感義錄 창선감의록(朝鮮書舘, 1914. 1.5 / 新舊書林, 1914. 1. 15)

　② 蘇大成傳 소디셩전(光文書市, 1914. 1. 19 / 東美書市, 1914. 11. 30)

　③ 趙雄傳 조웅전(德興書林, 1914. 1. 28 / 德興書林・博文書舘, 1914. 1. 28)

　④ 金振玉傳 김진옥전(新舊書林, 1914. 5. 8 / 德興書林・博文書舘, 1914. 5. 8)

　⑤ 靑年悔心曲 청년회심곡(新舊書林, 1914. 8. 5)

　⑥ 夢決楚漢訟 몽결초한숑(新舊書林, 1914. 8. 5)

　⑦ 柳綠의 恨 류록의 흔(新舊書林, 1914. 8. 5)

　⑧ 女子忠孝錄 녀즈츙효록(新舊書林・漢城書舘, 1914. 8. 5)

　⑨ 花玉雙奇 화옥쌍긔(大昌書院, 1914. 9. 25<上>, 1914. 10. 10<下> / 廣
　　益書舘, 1914. 10. 10<下>)

　⑩ 李大鳳傳 리대봉전(博文書舘, 1914. 10. 10)[5]

　⑪ 蟾同知傳 둑겁전(德興書林, 1914. 10. 28)

　⑫ 淑香傳 숙향전(德興書林, 1914. 11. 20)

　⑬ 張伯傳 쟝빅전(德興書林, 1914. 12. 17)

　⑭ 陰陽玉指環(新舊書林・博文書舘, 1914) ※ 우쾌제의「목록」을 참조해
　　1914년으로 발행 연도를 잡았으나 영『古典』5권에(新舊書林, 1918. 9.
　　30)으로 표기.

▌1915년〔38종〕

　① 荊山白玉 형산빅옥(新舊書林, 1915. 1. 30)

---

4) 李銀淑, 앞의 글, 19면.
5) 판수를 밝히지 않고 博文書舘에서 1916년 2월 2일을 초판이라 표기한 것도 있어 빠
　른 것으로 초판년도를 확정했다.

② 李太伯實記 리티빅실긔(世昌書舘, 1915. 2. 13)

③ 女將軍傳 녀장군전(世昌書舘, 1915. 2. 17)

④ 梁山伯傳 양산빅전(漢城書舘, 1915. 3. 15 / 朝鮮圖書株式會社, 1915.
   3. 15 / 漢城書舘 · 唯一書舘, 1915. 12. 10)

⑤ 沈淸傳 심쳥젼(光東書局 · 博文書舘 · 漢城書舘, 1915. 3. 15)

⑥ 金剛聚遊 금강취류(東美書市, 1915. 4. 12 / 滙東書舘, 1915. 4. 12)

⑦ 薔花紅蓮傳 장화홍련전(漢城書舘 · 唯一書舘, 1915. 5. 20 / 京城書籍
   組合, 1915. 5. 24 / 永昌書舘, 1915. 5. 24 / 東明書舘, 1915. 11. 30)

⑧ 薔花紅蓮傳 附積成義傳 장화홍련전 부젹셩의젼(世昌書舘, 1915. 5. 24)

⑨ 淑英娘子傳(漢城書舘 · 唯一書舘, 1915. 5. 28 / 新舊書林, 1915. 5. 31
   / 大東書院 · 光東書局 · 太學書舘, 1915. 5. 31)

⑩ 雙珠奇緣 쌍주긔연(漢城書舘, 1915. 6. 10)

⑪ 朴氏傳 박씨젼(漢城書舘 · 唯一書舘, 1915. 8. 10)

⑫ 洪吉童傳 홍길동전(德興書林, 1915. 8. 18)

⑬ 玉簫奇緣 옥쇼긔연(新舊書林, 1915. 8, 31)

⑭ 玄壽文傳 현슈문젼(朝鮮書舘, 1915. 9. 29 / 太華書舘, 1915. 9. 30)

⑮ 諸葛亮 졔갈량(廣益書舘, 1915. 10. 24)

⑯ 新校 龍文傳 룡문젼(光文冊肆, 1915. 10. 24)

⑰ 張漢節孝記 쟝한졀효긔(쟝녕젼)(新明書林, 1915. 10. 27)

⑱ 江陵春月 玉簫傳 강릉츄월 옥쇼젼(德興書林, 1915. 11. 9)

⑲ 梁朱鳳傳 양쥬봉젼(漢城書舘 · 唯一書舘, 1915. 11. 20)

⑳ 楊風雲傳 양풍운젼(漢城書舘 · 唯一書舘, 1915. 11. 20)

㉒ 金山寺夢遊錄 금산ᄉ몽유록(滙東書舘, 1915. 11. 30)

㉓ 蔚遲敬德實記 울지경덕실긔(朝鮮書舘, 1915. 11. 30)

㉔ 張風雲傳 장풍운전(博文書舘 · 新舊書林, 1915. 12. 5)

㉕ 八壯士傳 팔쟝사젼(新舊書林, 1915. 12. 6)

㉖ 增修 陣大房傳 진디방젼(新舊書林, 1915. 12. 8)

㉗ 邵康節傳 도술이 유명한 소강절전(光東書局·東洋書院, 1915. 12. 10)

㉘ 三國二大將傳 삼국리더쟝젼(漢城書舘, 1915. 12. 18)

㉙ 鄭壽景傳 뎡슈경젼(漢城書舘, 1915. 12. 18)

㉚ 一代勇女 南江月 남강월(德興書林, 1915. 12.. 25)

㉛ 特別無雙 春香傳 무쌍춘향전(朝鮮書舘, 1915. 12. 25)

㉜ 金太子傳(唯一書舘, 1915) ※ 우쾌제「목록」, 영「古典」1권(京城書籍組合. 1926. 12. 18)

㉝ 朴文秀傳(漢城書舘·唯一書舘, 1915) ※ 우쾌제「목록」, 영「全集」3권

㉞ 說岳傳(滙東書舘, 1915) ※ 우쾌제「목록」

㉟ 林虎隱傳(唯一書舘, 1915) ※ 우쾌제「목록」, 영「古典」7권(滙東書舘, 1926. 2. 10)

㊱ 鄭乙善傳(東美書市, 1915) ※ 우쾌제「목록」, 영「古典」10권(博文書舘, 1917. 2. 20)

㊲ 崔將軍傳(京城書籍組合, 1915) ※ 우쾌제「목록」

㊳ 三土記(滙東書舘, 1915) ※ 이은숙「목록」

■ 1916년〔31종〕

① 금방울전(新舊書林, 1916. 1. 5)

② 六孝子傳 륙효즈젼(朝鮮書舘, 1916. 1. 10)

③ 特正新刊 獄中佳花 춘향젼(世昌書舘, 1916. 1. 10)

④ 黃將軍傳 황장군전(東美書市, 1916. 1. 17 / 新舊書林, 1916. 1. 17)

⑤ 錦香亭記 금향정긔(新舊書林, 1916. 1. 18 / 東美書市, 1916. 1. 25)

⑥ 月峰山記 월봉산긔(新舊書林, 1916. 1. 24 / 朝鮮書舘, 1916. 1. 25 / 唯一書舘·漢城書舘, 1916. 1. 27)

⑦ 雙美奇逢 쌍미긔봉(滙東書舘, 1916. 1. 25)

⑧ 陳將軍傳 진장군전(大昌書院, 1916. 2. 11)

⑨ 苦盡甘來(太學書舘, 1916. 2. 25)

⑩ 山陽大戰 산양딕젼(唯一書舘, 1916. 2. 29 / 漢城書舘, 1916. 2. 29 / 京
城書籍組合, 1916. 8. 29)

⑪ 月英娘子傳 월영낭자젼(漢城書舘・唯一書舘, 1916. 3. 8)

⑫ 張國振傳 장국진젼(東亞書舘, 1916. 3. 30)

⑬ 裵裨將傳 비비쟝젼(新舊書林, 1916. 4. 10)

⑭ 沈淸傳 심쳥젼(博文書舘, 1916. 6. 14)

⑮ 鴻門宴 홍문연(滙東書舘, 1916. 8. 3)

⑯ 桃花園 도화원(漢城書舘・唯一書舘・以文堂, 1916. 8. 30)

⑰ 蘇若蘭織錦圖 소약난직금도(新舊書林, 1916. 9. 5)

⑱ 孤獨閣氏 고독각씨(廣明書舘, 1916. 9. 6)

⑲ 增修 林慶業實記(光明書舘, 1916. 9. 14)[6]

⑳ 玉丹春傳 옥단춘젼(博文書舘, 1916. 9.20 / 靑松堂書店, 1916. 9.30)

㉑ 李太景傳 리티경젼(東亞書舘, 1916. 10. 27)

㉒ 교졍 졔마무젼(朝鮮圖書株式會社, 1916. 11. 5)

㉓ 張景傳 장경젼(博文書舘, 1916. 11. 20)

㉔ 秦始皇實記 진시황실긔(唯一書舘, 1916. 11. 26)

㉕ 淑女知己 숙녀지긔(唯一書舘, 1916. 11. 30)

㉖ 朴泰輔實記 박틱보실기(德興書林, 1916. 11. 30)

㉗ 赤壁歌 격벽가(京城書籍組合, 1916. 12. 5 / 唯一書舘・漢城書舘,
1916. 12. 20)

㉘ 張學士傳 장학사젼(新舊書林, 1916) ※ 영「全集」

㉙ 馬武傳(大東書市, 1916) ※ 우쾌제「목록」

㉚ 弄璋歌(滙東書舘, 1916) ※ 우쾌제「목록」

㉛ 斷腸錄(唯一書舘・漢城書舘, 1916) ※ 이은숙「목록」

---

6) 李胤錫,「林慶業傳異本考」(『연구논문집』25집, 효성여대, 1982).

▌1917년〔30종〕

① 언문 春香傳 츈향젼(博文書舘, 1917. 2. 10)

② 鄭妃傳 졍비젼(光東書局, 1917. 2. 10)

③ 申遺腹傳 신유복젼(光文書市, 1917. 3. 25)

④ 金圓傳 김원젼(東亞書舘, 1917. 5. 15)

⑤ 校正 田禹治傳 뎐우치젼(永昌書舘, 1917. 6. 25)

⑥ 洪景來實傳 홍경리실긔(新文舘, 1917. 7, 10)

⑦ 日鮮文 春香傳 춘향젼(漢城書舘 · 唯一書舘, 1917. 7. 30)

⑧ 五仙奇逢 오션긔봉(光東書局 · 太學書舘, 1917. 8. 28)

⑨ 大成 龍門傳디 셩용문젼(新明書林, 1917. 8. 28)

⑩ 興夫傳 홍부젼(博文書舘, 1917. 9. 5)

⑪ 南原 獄中花 춘향젼(漢城書舘, 1917. 9. 5)

⑫ 項莊舞 항장무(博文書舘, 1917. 9. 25)

⑬ 雙頭將軍 쌍두장군(朝鮮書舘, 1917. 10. 10)

⑭ 能見難思 릉견난사(世昌書舘, 1917. 10. 15)

⑮ 張飛馬超實記 장비마초실긔 (光東書局, 1917. 9. 27)

⑯ 關雲長實記 관운장실긔(光東書局, 1917. 10. 27)

⑰ 郭汾陽傳 곽분양젼 (新舊書林 · 漢城書舘, 1917. 11. 7)

⑱ 古代楚漢戰爭實記 고디초한젼징실긔(光東書局 · 太學書舘, 1917. 11. 10)

⑲ 蘇學士傳 소학ᄉ젼(博文書舘, 1917. 11. 10)

⑳ 蘇妲己傳 소달긔젼(光東書局 · 太學書舘, 1917. 11. 15)

㉑ 金喜慶傳 김희경젼(光文書市, 1917. 11. 20)

㉒ 女中豪傑 녀즁호걸(光文書市, 1917. 11. 20)

㉓ 懸吐 春香傳(東昌書屋, 1917. 11. 20)

㉔ 靑樓之烈女 청루지렬여(新舊書林, 1917. 12. 5)

㉕ 郭海龍傳 곽히룡젼(新舊書林, 1917. 12. 5)

㉖ 趙生員傳 됴ᄉ원젼(新舊書林 · 漢城書舘, 1917. 12. 5)

㉗ 華山奇逢 화산기봉(東亞書舘, 1917. 12. 22)

㉘ 鄭賢武傳 뎡현무젼(光東書局, 1917) ※ 영「全集」13권

㉙ 郭汾陽忠行錄(新舊書林·漢城書舘, 1917)[7]

㉚ 曹氏三代錄(新舊書林·漢城書舘, 1917) ※ 우쾌제「목록」

1918년〔37종〕

① 權龍仙傳 권룡션젼(新舊書林, 1918. 1. 15)

② 孫龐演義 손방연의(滙東書舘, 1918. 1. 28)

③ 三國大戰 삼국대젼(永昌書舘, 1918. 1. 30)

④ 蘇雲傳 소운뎐(普成社, 1918. 1. 30)

⑤ 今古奇觀 금고긔관(新舊書林, 1918. 1. 30)

⑥ 玉鸞聘(滙東書舘, 1918. 1. 31) ※ 영「古典」4권

⑦ 柳文成傳 류문셩젼(廣文書市, 1918. 2. 8)

⑧ 三仙記 삼션긔(以文堂, 1918. 2. 13)

⑨ 隋唐演義 슈당연의(滙東書舘, 1918. 3. 18)

⑩ 打虎武松 타호무숑(廣益書舘, 1918. 4. 3)

⑪ 隋煬帝行樂記 수양뎨힝락긔(新舊書林, 1918. 4. 20)

⑫ 項羽傳 항우젼(博文書舘, 1918. 5. 15)

⑬ 蘇秦張儀傳 소진장의젼(太學書舘, 1918. 5. 25)

⑭ 洪將軍傳 홍장군젼(五車書廠, 1918. 5. 27)

⑮ 韓氏報應錄 한씨보응록(五車書廠, 1918. 5. 27)

⑯ 楚覇王 초패왕(以文堂, 1918. 7. 2)

⑰ 鼠同知傳 셔동지젼(永昌書舘, 1918. 9. 29)

⑱ 伍子胥 오ᄌ셔실긔(大昌書舘·普及書舘, 1918. 9. 30 / 大昌書院 1918. 10. 5)

---

7) 같은 해 11월 7일에 나온「郭汾陽傳」과 동일한 작품인 것 같으나 우쾌제의「목록」에만 있고 작품을 찾지 못해서 확인할 수 없다.

　⑲ 明沙十里 명사십리(東亞書舘, 1918. 10. 3)

　⑳ 槐山 鄭進士傳 정진ᄉ젼(同文書林, 1918. 10. 10)

　㉑ 五關斬將記 오관참장긔(大昌書院·普及書舘, 1918. 10. 20)

　㉒ 玉麟夢 옥린몽(滙東書舘, 1918. 10. 25)

　㉓ 柳花奇夢 류화기몽(大昌書舘·普及書舘, 1918. 10. 29)

　㉔ 女豪傑李學士傳 녀호걸리학사젼(大昌書院·普及書舘, 1918. 10. 29)[8]

　㉕ 烈女傳 렬녀젼(大昌書院·普及書舘, 1918. 10. 29)

　㉖ 齊桓公 제환공(大昌書院, 1918. 11. 3)

　㉗ 漢水大戰 한수디젼(朝鮮書舘, 1918. 10. 29)

　㉘ 獄中佳人 춘향젼(大昌書院·普及書院, 1918. 11. 21)

　㉙ 絶代佳人 춘향젼(大昌書院·普及書院, 1918. 11. 28)

　㉚ 鳳凰琴 봉황금(滙東書舘, 1918. 12. 14)

　㉛ 潘氏傳 반씨젼(大昌書院, 1918. 12. 15)

　㉜ 新獄中佳人 신옥중가인(大昌書院·普及書院, 1918. 12. 20)

　㉝ 諺文 三國志(大昌書院·普及書院, 1918. 12. 31)

　㉞ 佳人奇逢(新明書林, 1918) ※ 우쾌제「목록」

　㉟ 脮梅淸心錄(永昌書舘, 1918 ※ 우쾌제「목록」

　㊱ 趙子龍實記(永昌書舘, 1918 / 世昌書舘, 1918 ※ 우쾌제「목록」

　㊲ 三星記(天一書房, 1918) ※ 이은숙「목록」

■ **1919년〔4종〕**

　① 李麟傳 리린젼(東昌書屋, 1919. 2. 10)

　② 朱元璋創業實記 쥬원장창업실긔(大昌書院, 1919. 3. 5)

　③ 三快亭(滙東書舘, 1919. 6. 7)

---

8) 金起東, 『韓國古典小說硏究』(敎學硏究社, 1983) 423면에「李學士傳」(普及書舘, 1918. 10. 29)을 소개하고 있는데, 필자가 찾은 것과 동일한 작품이다. 우쾌제는「목록」에서 以文堂에서 1917년에 발행했다고 하나 작품이 없어 확인이 불가능하다.

④ 韓厚龍傳(永昌書舘, 1919)[9]

1920년〔5종〕

① 玄氏兩雄雙麟記 현씨양웅쌍린긔(德興書林, 1920. 9. 30)
② 龍文將軍傳 룡문장군젼(大昌書院, 1920. 12. 14)
③ 姜太公傳 강틱공젼(大昌書院·普及書院, 1920. 12. 30)
④ 訪花隨柳亭 방화수류정(博文書舘, 1920. 12. 31)
⑤ 申桂厚傳 신계후젼 (大昌書院, 1920) ※ 영「全集」8권[10]

1921년〔3종〕

① 松都末年 不可殺爾傳 불가살이젼(光東書局, 1921. 11. 22)
② 東明王實記(漢城圖書株式會社, 1921)[11]
③ 朱海仙傳(大昌書院, 1921) ※ 우쾌제「목록」

1922년〔9종〕

① 三生奇綠 삼싱긔연(大昌書院·普及書舘, 1922. 1. 15)
② 錢秀才 젼수재(大昌書院·普及書舘, 1922. 1. 15)
③ 張翼成傳 장익셩젼(光文書市, 1922. 1. 20)
④ 大膽姜維實記 딕담강유실긔(大昌書院·普及書舘, 1922. 3. 5)
⑤ 牧丹花(光文書市, 1922. 3. 15)
⑥ 孫悟空(滙東書舘·東洋書院·博文書舘·德興書林·翰南書林·正
　　直書舘·大昌書院·廣益書舘·永昌書舘·漢城書舘·光東書局·廣
　　韓書林,[12] 1922. 5. 6)

---

9) 金起東, 앞의 책, 398면, 참조.
10) 필자가 확인한 실본은 新舊書林에서 1926년 12월 20일에 발행한 것이다.
11) 李完宰·金容德,「韓國傳記關係文獻資料調査」(『韓國學論集』6집, 한양대학교 한
　　국학연구소), 1984, 참조.
12)「孫悟空」은 12개의 서적상에서 공동 발행했다. 우쾌제의「목록」에 표기되어있는 '廣

⑦ 壁城偶 벽셩션(新舊書林, 1922. 12. 15)

⑧ 龍媒奇緣(廣文書市, 1922) ※ 우쾌제 「목록」

⑨ 雙蓮夢(翰南書林, 1922) ※ 이은숙 「목록」

▎1923년〔11종〕

① 天定佳緣 텬뎡가연(太華書舘, 1923. 1. 22)

② 十生九死 십생구사(大成書林, 1923. 1. 23)

③ 魚龍傳 어룡젼(光東書局, 1923. 2. 12)

④ 金鶴公傳 김학공젼(永昌書舘, 1923. 3. 15)

⑤ 林花鄭延(朝鮮圖書株式會社, 1923. 7. 10 / 1권~4권 : 1923, 5권 : 1924,
6권 : 1925)

※영「古典」8, 9권

⑥ 錦囊二山 금낭이산(新舊書林, 1923.12. 25)

⑦ 西征記 셔정긔(新舊書林, 1923. 12. 25)

⑧ 金牛太子傳 금송아지전(新舊書林, 1923)[13]

⑨ 薛丁山實記 셜뎡산실긔(博文書舘, 1923)[14]

⑩ 再生綠傳(大昌書院・普及書舘, 1923) ※ 우쾌제 「목록」

⑪ 逢仙樓(東洋大學堂, 1923) ※ 이은숙 「목록」

▎1924년〔1종〕

① 武陵桃源 무릉도원(永昌書舘・韓興書林, 1924. 10. 30)

▎1925년〔15종〕

① 陰陽三台星 음양삼티셩(滙東書舘, 1925. 1. 30)

文社'는 發賣所이다.

13) 金起東, 앞의 책, 57면에 1923년에 발행됐다고 밝혔다. 「金犢傳」이라고도 불리며, 영
인 본은 「고전」1권에 新舊書林에서 1929년 11월 25일에 발행한 작품을 실었다.

14) 필자가 발견한 실본은 新舊書林에서 1930년 2월 15일에 발행한 것이다.

② 玉娘子傳 옥낭즈젼(大昌書院, 1925. 2. 13)

③ 李鳳彬傳 리봉빈젼(大昌書院, 1925. 2. 27)

④ 雲英傳 운영젼(永昌書舘, 1925. 6. 5)

⑤ 趙子龍傳 죠자룡젼(滙東書舘, 1925. 12. 20)

⑥ 李進士傳 리진사젼(滙東書舘, 1925. 12. 25)

⑦ 장끼젼(京城書籍組合, 1925. 12. 25)

⑧ 忠武公李舜臣實記 충무공리순신길긔(永昌書舘, 1925. 12. 10) ※ 영「全集」29권

⑨ 乙支文德傳(高麗舘, 1925)[15]

⑩ 蓋蘇文傳(高麗舘, 1925)[16]

⑪ 天情緣分(世昌書館, 1925)[17]

⑫ 赤壁大戰(滙東書舘, 1925) ※ 우쾌제「목록」

⑬ 報心綠(書籍業組合, 1925) ※ 우쾌제「목록」

⑭ 千里春色(大成書林, 1925) ※ 우쾌제「목록」

⑮ 靑山綠水(大成書林, 1925) ※ 우쾌제「목록」

▌1926년〔12종〕

① 李舜臣傳 리순신젼(滙東書舘, 1927. 11. 25)

② 史大將傳 사대장젼(廣學書鋪, 1926. 1. 29)

③ 金庾信實記 심유신실긔(永昌書舘・韓興書林・三光書林, 1926. 3. 25)

④ 金德齡傳 김덕령젼(德興書林, 1926. 11. 15)

⑤ 도술이 유명한 서화담(光東書局, 1926. 11. 30)

⑥ 朝鮮太祖大王傳 죠선태죠대왕젼(德興書林, 1926. 12. 15)

⑦ 洪景來傳 홍경래젼(京城書籍組合, 1926. 12. 20)

---

15) 李完宰・金容德, 앞의 글 참조.

16) 같은 글 참조.

17) 이 작품은 1917년 3월 25일 광문서시에서 발행한 「신유복젼」과 같은 내용으로 지명만 약간 차이난다. 「全集」14권에 京城書籍組合에서 1927년에 발행한 영인본이 있다.

⑧ 百年恨 빅년한(京城書籍組合, 1926. 12. 20)

⑨ 楊貴妃 양귀비(京城書籍組合, 1926. 12. 20)

⑩ 南怡將軍實記 남이장군실기(덕흥서림, 1926. 12. 30)

⑪ 姜邯贊傳 (高麗館, 1926)[18]

⑫ 權益重傳(博文書舘, 1926)[19]

▌1927년〔4종〕

① 李舜臣傳 리순신전(滙東書舘, 1927. 11. 25)

② 崔孤雲傳 최고운전(滙東書舘, 1927) ※ 우쾌제「목록」

③ 姜明花傳(滙東書舘, 1927) ※ 우쾌제「목록」

④ 인독겹전(三光書林, 1927) ※ 이은숙「목록」

▌1928년〔7종〕

① 黃月仙傳 황월션전(德興書林, 1928. 11. 5)

② 太祖大王實記 태조대왕실긔(滙東書舘, 1928. 11. 15)

③ 王將軍傳(博文書舘, 1928. 12. 15)

④ 콩쥐팟쥐젼(太華書舘, 1928)

⑤ 附 金氏烈行綠 김씨렬힝록(太華書舘, 1928) ※ 영「全集」16권[20]

⑥ 鷄鳴山(太華書舘, 1928) ※ 우쾌제「목록」

⑦ 絶世佳人(新明書林, 1928) ※ 우쾌제「목록」

▌1929년〔7종〕

① 薛弘傳 셜홍전(永昌書舘・韓興書林, 1929. 4. 3)

---

18) 李完宰・金容德, 앞의 글 참조.

19) 金起東, 앞의 책, 207면.
   영「고전」1권에는 新興書舘에서 1936년 8월 30일 발행한 것이 실려 있다. 우쾌제의
「목록」에는 在田堂에서 1931년에 발행한 것도 있으나 작품을 찾지 못했다.

20) 필자가 확인한 실본은 1954년 10월 10일에 公同文化社에서 발행한 것이다.

　② 端宗大王實記 단종대왕실긔(德興書林, 1929. 9. 17)

　③ 生六臣傳 싱육신젼(新舊書林, 1929. 11. 20)

　④ 死六臣傳 사육신젼(新舊書林, 1929. 11. 20)

　⑤ 英祖大王夜巡記 영조대왕야순긔 (大成書林, 1929. 11.15)

　⑥ 捕盜大將 張志恒과 義賊一枝梅實記 의도일지매실긔(대성서림, 1929. 11. 16)

　⑦ 乙支文德傳 (博文書舘, 1929) ※ 우쾌제「목록」

▌1930년〔6종〕

　① 權仙傳(在田堂書鋪, 1931) ※ 우쾌제「목록」

　② 朴孝娘傳(在田堂書鋪, 1931)[21]

　③ 花中王(永昌書舘·韓興書林, 1934) ※ 우쾌제「목록」

　④ 梨花征西傳(新舊書林, 1931) ※ 우쾌제「목록」

　⑤ 西太后傳 서태후젼(德興書林, 1936. 10. 15)

　⑥ 金仁香傳 김인향젼(中興書舘, 1938. 1. 25)

▌해방 이후〔5종〕[22] 출판년도 미정〔25종〕

　① 李太王實記 리태왕실기(世昌書舘, 1952) ※ 영「全集」29권

　② 鰲城과 漢陰 오셩과 한음(世昌書舘, 1953. 12. 30) ※ 영「全集」29권

　③ 河陳兩門錄(共同文化社, 1954. 10. 10)[23]

　④ 元斗杓實記 원두표실긔(世昌書舘, 1962. 12. 30) ※ 영「全集」29권

---

21) 「竹城朴氏宗報」에 "1934년 甲戌年에 당시 白米一叺에 七, 八圓한 때에 單十五錢 한 때에 書店에 나오면 相對方이 全部를 買入하여 燒却處分하였다는데 天幸으로 한 卷이 秘藏되어 傳來한 것을 여기에 轉載한다"고 하여 작품이 실려 있다.

22) 해방 이후에 나온 世昌書舘, 永和出版社, 共同文化社本은 해방 전에 등장한 것도 있으나 발행년도가 밝혀져 있지 않아 확인할 방법이 없다. 대부분이 발행년도가 없거나 1950년 대로 되어 있어 그대로 정리한다.

23) 金起東, 앞의 책, 810면.
　　영인본은 「古典」11권.

⑤ 世宗大王實記 세종대왕실긔(世昌書舘, ?) ※ 영「全集」21권

⑥ 善竹橋 선죽교(世昌書舘, ?) ※ 영「全集」25권

⑦ 仁祖大王實記 인조대왕실기(世昌書舘, ?) ※ 영「全集」30권

⑧ 鄭道令傳 정도령전(世昌書舘, ?) ※ 영「全集」31권

⑨ 黃夫人傳 황부인전(世昌書舘, ?) ※ 영「全集」32권

⑩ 金應瑞實記 김응서실긔(世昌書舘, ?) ※ 영「全集」19권

⑪ 四溟堂傳 사명당전(永和出版社, 1959) ※ 영「全集」21권

⑫ 西山大師傳 셔산딕사젼(世界書林, ?) ※ 영「全集」21권

⑬ 西山大師와 四溟堂(世昌書舘, ?)24)

⑭ 嘉實傳(世昌書舘, ?) ※ 우쾌제「목록」

⑮ 牽牛織女(世昌書舘, ?) ※ 우쾌제「목록」

⑯ 白鶴扇傳(世昌書舘, ?) ※ 우쾌제「목록」

⑰ 謝角傳(世昌書舘, ?) ※ 우쾌제「목록」

⑱ 洞仙記 ※ 우쾌제「목록」

⑲ 成宗大王實記(德興書林, ?)25)

⑳ 孝宗大王實記(德興書林, ?)

㉑ 肅宗大王實記(德興書林, ?)

㉒ 興宣大院君實記(德興書林, ?)

㉓ 都元帥(德興書林, ?)

㉔ 論介實記(德興書林, ?)

㉕ 小攝傳(德興書林, ?)

㉖ 淸正實記(德興書林, ?)

㉗ 李如松實記(德興書林, ?)

㉘ 퉁두란傳(德興書林, ?)

㉙ 鄭忠信傳(湖東書舘, ?)

㉚ 大院君傳(永昌書舘, ?)

---

24) 李完宰・金容德, 앞의 글, 342면.
25) 이하 12종의 작품은 필자가 서적목록에서 찾아 정리한 것이다.

저자약력

權 純 肯

1955년 경기도 광주(현 성남시) 출생

서울고등학교 졸업

성균관대학교 국어국문학과 및 같은 대학원 졸업(문학박사)

경신고등학교 교사를 거쳐 성균관대학교, 광운대학교 강사

현 세명대학교 국어국문학과 교수

현 고전문학회 정보이사, 반교어문학회 지역이사(충북)

저서

『우리 문학의 민족형식과 민족적 특성』(1990)

『우리 소설 토론해 봅시다』(1997)

『역사와 문학적 진실』(1997)

『古典文學의 世界』(1997)

『漢文의 世界』(1998)

活字本 古小說의 편폭과 지향

2000년 4월 20일 1판 1쇄 인쇄

2000년 4월 25일 1판 1쇄 발행

저 자 / 권 순 긍

발행인 / 김 흥 국

발행처 / 도서출판 보고사

등 록 / 1990년 12월(제6-0429)

주 소 / 서울시 동대문구 이문2동 291-60 한빛빌딩 B01호

전 화 / 959-2032~3   팩스 966-5614

homepage / bogosabooks.co.kr

email / kanapub3@chollian.net

잘못된 책은 저희 출판사나 구입처에서 직접 바꿔 드립니다.

정가 13,000원

ISBN 89 - 8433 - 036-1